Über dieses Buch Die Zeit, zu der dieser Fragment gebliebene Roman spielt, 1814/15, sieht Europa in politischer Spannung: Napoleon ist auf die Insel Elba verbannt, König Ludwig XVIII. ist nach Frankreich zurückgekehrt. Dem jungen Cosmo Lathan, Sohn eines Engländers und einer Italienerin, teilt sich diese Atmosphäre sogleich sehr deutlich mit, als er nach Genua kommt. Er trifft hier einen französischen Freund seines Vaters, den Marquis d'Armand, einen ehemaligen Emigranten, der hier als Diplomat tätig ist, und seine schöne Tochter Adèle. In seinem Haus finden sich die seltsamsten Gestalten ein; die heimliche Erregung der Stadt überträgt sich von Tag zu Tag mehr auf den jungen Engländer, der sich, völlig unerwartet, mit Schmugglern sowie mit heimlichen, für Elba bestimmten Botschaften konfrontiert sieht. Ohne zu wissen, wie es geschieht, ist er plötzlich inmitten von italienischen Verschwörern und entkommt mit ihnen in dem Augenblick, in dem man ihn als verdächtig verhaften will. Bei allem abenteuerlich anmutenden Szenenreichtum dieses historischen Romans erweist Joseph Conrad auch hier vor allem seine große Kunst psychologischer Charakterisierung der Gestalten.

Der Autor Joseph Conrad (eigentlich Josef Teodor Konrad Nalec Korzeniowski) wurde 1857 als Sohn polnischer Landedelleute in der Ukraine geboren. Er besuchte das Gymnasium in Krakau und ging mit siebzehn Jahren nach Marseille, um Seemann zu werden. Als britischer Kapitän befuhr er die Weltmeere und bereiste den Kongo und die Malaiischen Inseln, Schauplätze seiner späteren Romane. Schon als Seeoffizier begann er zu schreiben. Als ein tropisches Fieber ihn zwang, den Seemannsberuf aufzugeben, ließ er sich 1894 als freier Schriftsteller in England nieder. In den folgenden dreißig Jahren entstanden – oft unter großer materieller Not – die berühmten Romane und Geschichten dieses Autors, der, obwohl er die englische Sprache erst als Erwachsener erlernte, zu den großen Meistern der englischen Literatur zählt. Er starb 1924 in seinem Landhaus bei Canterbury.

Im Fischer Taschenbuch Verlag erschienen außerdem ›Der Nigger von der »Narzissus«‹ (Bd. 2054), ›Der Freibeuter‹ (Bd. 2055), ›Der Verdammte der Inseln‹ (Bd. 2056), ›Almayers Wahn‹ (Bd. 2057), ›Die Rettung‹ (Bd. 2058), ›Die Schattenlinie‹ (Bd. 2059), ›Sieg‹ (Bd. 5352), ›Geschichten der Unrast‹ (Bd. 5724), ›Über mich selbst‹ (Bd. 5725).

Joseph Conrad

SPANNUNG

Ein Roman aus Napoleonischer Zeit

Deutsch von G. Danehl

Fischer Taschenbuch Verlag

Fischer Taschenbuch Verlag
Dezember 1983
Umschlaggestaltung: Jan Buchholz / Reni Hinsch
Umschlagabbildung: Harro Wolter
Fischer Taschenbuch Verlag GmbH, Frankfurt am Main
Lizenzausgabe mit freundlicher Genehmigung der
S. Fischer Verlag GmbH, Frankfurt am Main
Die englische Originalausgabe erschien
1925 unter dem Titel ›Suspense – A Napoleonic Novel‹

Druck und Bindung: Hanseatische Druckanstalt GmbH, Hamburg
Printed in Germany
1080-ISBN-3-596-25355-1

TEIL I

I

In tiefem Rot erglühten die Fassaden der marmornen Paläste, die sich am Hang eines reizlosen Berges drängten, dessen öder Kamm als geisterhafte, schimmernde Silhouette vor dem dämmernden Himmel stand. Über dem Golf von Genua sank die Wintersonne. Im Osten, hinter der mauerartigen Küstenlinie, war der Himmel wie dunkelndes Glas, und das offene Wasser glich einem purpurrot angelaufenen Spiegel, denn das letzte Tageslicht schien nicht weichen zu wollen. In der abnehmenden Helligkeit wirkten die Segel der wenigen, unbeweglich in der Flaute liegenden Feluken, die der prachtvollen Stadt den Bug zukehrten, rosig und heiter. Das Wasser des Hafens, eingefaßt von der langen Mole mit dem dicken runden Turm am Ende, war schon schwarz geworden. Ein größeres Schiff mit rechteckigen Segeln, das im Auslaufen begriffen war, wurde von der Flaute festgehalten und stand gegen die rote Scheibe der Sonne. Die Schiffsflagge hing schlaff herab, und ihre Farben waren nicht auszumachen. Der schlanke Mann, der zu einer abgewetzten Seemannsjacke eine fremdartige Mütze mit Troddel trug und beide Arme auf den Verschluß einer der mächtigen schwarzen Kanonen stützte, die zusammen mit dreien ihrer ungefügen Schwestern auf der Plattform des Turmes hockte, schien über den Heimathafen des Schiffes nicht im Zweifel zu sein, denn auf die Frage eines jungen Zivilisten in langem Überrock und Stulpenstiefeln, dessen frisches, freimütiges Gesicht aus den Falten eines weißen Halstuches hervorblickte, erwiderte er kurz, indem er die Pfeife aus dem Mund nahm, doch ohne sich umzuwenden:

»Das Schiff gehört nach Elba.«
Er schob die Pfeife wieder zwischen die Zähne und blickte ungesellig drein. Der elegante junge Mensch mit dem angenehmen Gesicht (es war Cosmo, der Sohn von Sir Charles Latham auf Latham Hall in Yorkshire) wiederholte leise für sich: »Nach Elba«, und blieb in stumme Betrachtung des von der Flaute gelähmten Schiffes mit der nicht zu erkennenden Flagge verloren. Erst als die Sonne im Wasser des Mittelmeeres versunken und an Bord des unbeweglichen Schiffes die nicht auszumachende Flagge eingeholt worden war, rührte er sich und wandte seine Blicke wieder nach dem Hafen. Ein imposantes englisches Kriegsschiff, das auf der Westseite, nicht weit von der Mole, festgemacht hatte, bot hier den bedeutendsten Anblick. Seine hohen Masten überragten die Dächer der Häuser. Soeben war die englische Flagge am Fahnenstock niedergeholt und durch eine Laterne ersetzt worden, deren Schein sich im klaren Dämmerlicht befremdlich ausnahm. Die Umrisse der im Hafeninnern zusammengedrängten Schiffe begannen miteinander zu verschmelzen. Cosmo ließ die Blicke über die kreisrunde Plattform des Turmes schweifen. Der Mann, der sich auf die Kanone stützte, fuhr fort, gleichmütig zu rauchen.
»Sind Sie der Wächter dieses Turmes?« fragte der junge Mann.
Der andere warf ihm einen Blick aus den Augenwinkeln zu, und als er antwortete, veränderte er seine Haltung so wenig, als spreche er mit sich selber:
»Der Turm wird nicht mehr bewacht. Die Kriege sind vorüber.«
»Wird der Eingang zu diesem Turm abends verschlossen?«
»Für jemanden wie Sie, der nachts ein weiches Bett hat, muß das eine besonders brennende Frage sein.«
Der junge Mann legte den Kopf auf die Seite und sah seinen Gesprächspartner lächelnd an.

»Ihnen scheint es jedenfalls einerlei zu sein«, sagte er. »Daraus schließe ich, daß auch ich mir darüber keine Sorgen zu machen brauche. Solange Sie hier verweilen habe ich nichts zu fürchten. Ich bin Ihnen übrigens hier herauf gefolgt.«
Der Mann mit der Pfeife richtete sich jäh auf. »Sie sind mir hierher gefolgt? Warum, im Namen der Heiligen, haben Sie das getan?«
Der junge Mann lachte, als habe er einen guten Witz gehört. »Weil Sie vor mir her gingen. Niemand sonst war in der Nähe der Mole zu sehen. Plötzlich waren Sie verschwunden. Dann entdeckte ich, daß die Tür am Fuße des Turmes geöffnet war und habe die Treppe bis zu dieser Plattform erstiegen. Und es hätte mich sehr überrascht, Sie nicht hier zu finden.«
Der Mann mit der seltsamen Troddelmütze hatte während des Zuhörens die Pfeife aus dem Mund genommen. »Aus keinem anderen Grund?«
»Nein. Aus keinem anderen Grund.«
»So etwas bringt bloß ein Engländer fertig«, sagte der andere vor sich hin und ein Schatten von Besorgnis ging über sein Gesicht. »Ihr Engländer seid ein sonderbares Völkchen.«
»Ich sehe in meiner Handlungsweise nichts Sonderbares. Ich hatte einfach Lust, aus der Stadt hinauszuspazieren. Die Mole eignete sich dazu vortrefflich. Es ist sehr hübsch hier.«
Eine sanfte Brise streifte die Männer, die einander schweigend betrachteten. »Ich bin nur ein Vergnügungsreisender«, sagte Cosmo unbefangen, »und heute morgen auf dem Landwege eingetroffen. Es war ein guter Einfall, hier heraufzukommen und Ihre Stadt im Glanze des Sonnenunterganges zu betrachten, dazu das Schiff, das nach Elba gehört. Viele solcher Schiffe dürfte es nicht geben. Sie aber, mein Freund ...«
»Ich habe ebenso das Recht, mir hier oben die Zeit zu vertreiben, wie ein englischer Reisender«, fiel der Mann hastig ein.
»Es ist hier sehr hübsch«, wiederholte der junge Reisende und

starrte in die Dämmerung, die sich auf die Plattform des Turmes senkte.

»Hübsch?« wiederholte der andere. »Nun ja, vielleicht. Als ich das letzte Mal hier auf dieser Plattform war, zählte ich gerade zehn Jahre. Damals kreiselte eine Kanonenkugel wie besessen auf dem Steinfußboden. Ein höchst wunderlicher Anblick; man hätte sie für lebendig und von der Tollwut befallen halten können.«

»Eine Kanonenkugel!« rief Cosmo und betrachtete die glatten Fliesen, als erwarte er, Spuren jener Heimsuchung darauf zu finden. »Woher kam denn diese Kugel?«

»Sie stammte von einer englischen Brigg, die zum Geschwader von Lord Keith gehörte. Diese Brigg war recht nahe herangekommen und eröffnete das Feuer auf uns ... der Himmel weiß, warum. Die Unverfrorenheit dieser Engländer! Eine einzige Kugel aus einem dieser Dinger hier«, fuhr er fort und klopfte dabei auf den Verschluß seiner Kanone, »hätte gereicht, den Kahn wegsacken zu lassen wie einen Stein.«

»Das kann ich mir gut vorstellen. Doch hat die Welt längst aufgehört, über die Furchtlosigkeit unserer Seeleute zu staunen«, murmelte der junge Reisende.

»Es gibt viele furchtlose Menschen auf der Welt, aber Glück ist besser als Mut. Die Brigg segelte ohne einen Kratzer davon. Jawohl, Glück ist besser als Mut. Es ist verläßlicher als die Klugheit und mächtiger als die Gerechtigkeit. Glück ist eine große Sache, der einzige Verbündete, den es sich wirklich verlohnt zu haben. Und ihr Engländer habt es stets gehabt. Jawohl, Signore, Sie gehören einer vom Glück begünstigten Nation an; wäre es anders, Sie stünden nicht hier auf dieser Plattform und spähten über das Wasser hinüber nach jenem Inselchen, auf dem Ihr berühmter Gegner eine letzte Zuflucht gefunden hat.«

Cosmo lehnte sich nahe der Schießscharte über die steinerne

Brüstung; auf der anderen Seite der Kanone vollführte der Mann mit der Hand, die die kurze Pfeife hielt, eine unbestimmte Geste. »Ich frage mich, woran Sie denken mögen«, fuhr er gleichmütig fort. »Vielleicht sind Sie noch zu jung, um sich schon Gedanken zu machen. Verzeihen Sie meine Offenheit, doch habe ich stets sagen hören, man dürfe mit Engländern ganz ungeniert reden. Und Ihre Aussprache läßt mich nicht daran zweifeln, daß Sie Engländer sind.«

»Ich versichere Ihnen, daß ich keine vom Haß eingegebenen Gedanken hege ... sehen Sie doch, das Schiff aus Elba wird immer undeutlicher. Fährt es, oder sieht das in der Dunkelheit nur so aus?«

»Die Nachtluft ist schwer. Auf dem Wasser geht mehr Wind als hier oben, wo wir stehen, doch glaube ich nicht, daß das Schiff Fahrt macht. Sie interessieren sich offenbar für das Schiff aus Elba, Signore.«

»Alles, was mit dieser Insel zusammenhängt, hat heutzutage etwas Faszinierendes«, gestand der junge Reisende. »Sie haben eben gemutmaßt, ich sei zu jung, um mir Gedanken zu machen. Sie selbst sehen nicht viel älter aus als ich. Ich frage mich, was Sie wohl denken mögen?«

»Die Gedanken eines einfachen Mannes, Gedanken, die für einen englischen Lord nicht von Interesse sein können«, erwiderte der andere in festem, abweisendem Ton.

»Glauben Sie denn, alle Engländer seien Lords?« fragte Cosmo lachend.

»Ich habe nicht darüber nachgedacht, sondern nach Ihrem Aussehen geurteilt. Ich habe einst einen alten Mann sagen hören, die Engländer seien eine großspurige Nation.«

»Ach nein!« rief der junge Mann und lachte wieder sein leises, angenehmes Lachen. »Ich wiederum habe einst einen alten Mann sagen hören, wir seien eine Nation von Händlern.«

»*Nazione di mercante*«, wiederholte der Mann langsam, »nun, auch das mag zutreffen. Jeder Greis hat seine eigenen Wahrsprüche.«

»Der Gedanke ist mir noch nie gekommen«, sagte Cosmo und schwang sich lässig auf die steinerne Brüstung des Turmes. Er stützte einen Fuß auf die schwere Lafette der Kanone und heftete die klaren Augen auf den dunkelroten Streifen, den die scheidende Sonne am westlichen Horizont hinterließ wie eine klaffende Schnittwunde im gequälten Körper des Weltalls. »Jeder Greis hat seine eigenen Wahrprüche«, wiederholte er nachdenklich. »Das stimmt wohl. Das Leben der Menschen ist so unterschiedlich ... und von welcher Art war die Weisheit Ihres Greises?«

»Es war die Wahrheit einer endlosen Prärie, die fast so eben ist wie das Meer«, sagte der andere ernst. »Ich vernahm seine Stimme geradeso unerwartet wie die Ihre, Signore. Die Schatten des Abends senkten sich auf mich, und kurz zuvor hatte ich im Westen, sozusagen am Rande der Welt, einen Löwen beobachtet, der ein Wild im Sprung verfehlte. Beide liefen in die Glut des Sonnenunterganges hinein und verschwanden darin. Es war, als hätte ich geträumt. Als ich mich umwandte, stand der Greis hinter mir, wenige Schritte entfernt. Meiner überraschten Miene begegnete er mit einem Lächeln. Die Brise spielte mit seinen langen, silbernen Locken. Es stellte sich heraus, daß er mich, verborgen hinter Bodenwellen und im Schilf, einen halben Tag lang beobachtet hatte, weil er nicht ahnte, was ich beabsichtigte. Ich war an Land gegangen, um in der Ebene zu wandern. Ich bin zuweilen gern allein. Mein Schiff lag in einer Bucht dieser verlassenen Küste vor Anker, etliche Meilen entfernt, zu weit jedenfalls, um von einem Landfremden, wie ich es war, zu Fuß in der Dunkelheit erreicht werden zu können. Ich verbrachte darum die Nacht in der Hütte des alten Mannes, die aus Gras und Schilf gefertigt war und sich nahe einem Teich befand, wo unzählige Vögel wohnten. Der

Alte behandelte mich, als sei ich sein Sohn. Wir sprachen miteinander bis zum Morgengrauen, und als die Sonne aufging, kehrte ich nicht zu meinem Schiff zurück. Was ich an Bord besaß, war ohne Wert, ganz gewiß ließ ich niemanden zurück, der in diesem ganz besonderen Ton ›mein Sohn‹ zu mir sagte – Sie verstehen mich wohl, Signore.«

»Ich weiß es nicht genau, doch kann ich es vermuten«, lautete die Antwort, deren unbeschwerte, zugleich aber ernste Offenheit besonders knabenhaft klang und den Älteren zu einem Lächeln veranlaßte. Wenn er schwieg, wirkte seine Miene streng. Sein englischer Gesprächspartner nahm nach einem Weilchen die Unterhaltung wieder auf: »Sie desertierten also von Ihrem Schiff und taten sich mit einem Einsiedler in der Wildnis zusammen, bloß weil dessen Stimme Ihnen gefiel – das meinten Sie doch, wie?«

»Ganz recht, Signore. Vielleicht war mehr dabei als nur das. Doch zweifellos bin ich von meinem Schiff desertiert.«

»Und wo ereignete sich das?«

»An der Küste Südamerikas«, erwiderte der Mann von der anderen Seite der Kanone her, plötzlich sehr schroff. »Und jetzt ist es Zeit, daß wir uns trennen.«

Doch rührte sich keiner von beiden, und ein Weilchen standen sie stumm, wurden einer für den anderen immer schattenhafter auf dem festen Turm, der selber bei einfallender Nacht nur ein grauer Schatten über der schwarzen, reglosen See war.

»Wie lange blieben Sie bei dem Eremiten in der Wüste?« fragte Cosmo. »Und wie kam es, daß Sie ihn verließen?«

»Er war es, der mich verließ, Signore. Nachdem ich seinen Leichnam begraben, blieb mir dort nichts mehr zu tun. Während jenes Jahres hatte ich viel gelernt.«

»Was ist es, das Sie gelernt haben, mein Freund? Das möchte ich gerne wissen.«

»Signore, seine Weisheit glich nicht der Weisheit anderer

Menschen, und es würde zu lange dauern, sie Ihnen zu dieser späten Stunde hier auf dem Turm auseinanderzusetzen. Ich lernte alles mögliche ... zum Beispiel lernte ich, Geduld üben ... Glauben Sie übrigens nicht, Signore, daß Ihre Freunde oder das Personal der Herberge Ihrer langen Abwesenheit wegen in Sorge sein könnten?«

»Ich sage Ihnen doch: ich bin erst seit gut zwei Stunden in der Stadt, und, abgesehen von den Leuten im Gasthaus, sind Sie der erste Einwohner, mit dem ich spreche.«

»Man wird nach Ihnen Ausschau halten.«

»Warum sollte man sich die Mühe machen? Es ist noch nicht spät. Warum sollte meine Abwesenheit überhaupt auffallen?«

»Warum? ... nun vielleicht einfach darum, weil man um diese Stunde das Abendbrot für Sie gerichtet hat«, entgegnete der Mann ungeduldig.

»Das mag ja sein, doch verspüre ich noch keinen Hunger«, erwiderte der junge Mann lässig. »Wenn es den Leuten Spaß macht, mögen sie meinethalben die ganze Stadt nach mir absuchen.« Und gleich darauf fragte er lebhafter: »Glauben Sie, daß man hier nach mir suchen würde?«

»Nein, daran würde man wohl zu allerletzt denken«, murmelte der andere wie im Selbstgespräch. Dann hob er nachdrücklich die Stimme: »Wir müssen uns jetzt wirklich trennen. Gute Nacht, Signore.«

»Gute Nacht.«

Der Mann in der Seemannsjacke stierte den anderen ein Weilchen an und setzte sich dann die Troddelmütze mit einer entschiedenen Bewegung aufs Ohr: »Ich gehe hier nicht weg«, verkündete er.

»Ach, ich dachte Sie wollten gehen? Warum haben Sie mir denn gute Nacht gewünscht?«

»Weil wir uns trennen müssen.«

»Tja, irgendwann einmal wird es wohl sein müssen«, stimmte Cosmo liebenswürdig zu. »Ich würde Sie gerne wiedersehen.«

»Wir müssen uns trennen, und zwar sofort.«

»Warum?«

»Weil ich allein gelassen zu werden wünsche«, sagte der andere nach einem kaum merklichen Zögern.

»Aber nicht doch! Wozu, um alles in der Welt, wollen Sie unbedingt allein gelassen werden? Was können Sie hier schon unternehmen?« widersprach Cosmo mit unerschütterlichem Wohlwollen. Dann tat er, als sei ihm ein lustiger Einfall gekommen: »Es sei denn, Sie hätten die Absicht«, fuhr er vergnügt fort, »sich hier als Teufelsbeschwörer zu betätigen.« Er verstummte und setzte dann spöttelnd hinzu: »Es gibt Leute, die glauben, daß man den Teufel herbeirufen kann.«

»So unrecht haben die nicht«, lautete die unheilträchtige Antwort. »Jeder von uns hat irgendwo einen Teufel ganz in der Nähe. Widersprechen Sie nicht, Signore, kitzeln Sie nicht den Teufel in mir wach! Sie täten gut daran, kein Wort mehr zu sagen und sich ganz friedlich davonzumachen.«

Der junge Reisende änderte seine lässige Haltung nicht im geringsten, und der Mann mit der Troddelmütze hörte ihn ganz gelassen und wie im Selbstgespräch sagen: »Ich ziehe es vor, ganz friedlich hier zu bleiben.«

Wirklich herrschte ein ganz wunderbarer Friede, der auch durch die Stimmen der beiden Männer nicht beeinträchtigt wurde. Der Friede war machtvoll und überwältigend und ergriff, wie es dem Mützenmann vorkam, rund heraus Partei für den still verstockten Engländer und gegen seine eigene, wachsende Wut. Es gelang ihm nicht mehr, eine jähe, drohende Gebärde gegen den unwillkommenen Gefährten zu unterdrücken, doch der dahinter stehende Zorn hatte sich bereits in Ratlosigkeit verwandelt. Er schob die Mütze noch mehr auf die Seite und kratzte sich den Schädel.

»Sie gehören zu den Leuten, die immer ihren Kopf durchsetzen, doch diesmal wird nichts daraus. Ich habe Sie rund heraus und in aller Ruhe aufgefordert, mich auf diesem Turm allein zu lassen. Falls Sie auf die Stimme der Vernunft nicht hören wollen...«

Cosmo drückte sich mit den Handflächen vom Rande der Brüstung ab, sprang leichtfüßig bis zur Mitte der Plattform und landete hier sicher, ohne zu schwanken. Auch seine Stimme klang ganz unbewegt.

»Eben die Vernunft ist es, von der allein ich mich leiten lasse«, versetzte er. »Ihr Verlangen kommt mir jedoch vor wie eine Schrulle. Denn was könnten Sie hier schon anstellen? Die Seevögel sind zur Ruhe gegangen, und ich habe ebenso das Recht, hier oben Luft zu schnappen, wie Sie. Also...« Da schien ihm ein Gedanke zu kommen. »Sie können sich hier doch unmöglich zu einem Stelldichein verabredet haben«, bemerkte er in ganz anderem Ton, der nicht frei war von Anteilnahme. Dieser Einfall wurde durch ein sehr schroffes, verächtliches Lachen des anderen für unzutreffend erklärt, und Cosmo murmelte ernüchtert: »Nein, das ist wohl abwegig ... zwischen diesen grimmigen alten Kanonen...« Dann sagte er entschlossen: »Ich will Ihnen gern den gesamten vorhandenen Platz überlassen.« Er zog sich von der Mitte der Plattform zurück auf das Verschlußstück eines Sechzigpfünders. »Nun fangen Sie schon an mit Ihren Beschwörungen«, forderte er die schlanke, undeutliche Gestalt auf, deren Unbeweglichkeit für diesen Augenblick wie Hilflosigkeit wirkte. Die Gestalt sagte nach einem Weilchen mit großem Nachdruck:

»Es ist Ihnen gewiß nicht entgangen, daß ich Sie in jedem beliebigen Stadium unserer Unterhaltung unversehens von der Brüstung hätte stoßen können, auf der Sie da saßen.« Und nach sekundenlangem Schweigen fragte er gedämpft: »Das wollen Sie doch nicht leugnen, wie?«

»Nein, das will ich nicht«, kam die sorglose Antwort. »Es war mir gar nicht eingefallen, mich vor Ihnen in acht zu nehmen. Übrigens kann ich schwimmen.«

»Sie wissen wohl nicht, daß da Felsblöcke im Wasser liegen. Es wäre ein fürchterlicher Tod ... und will der Signore nun vielleicht tun, worum ich bitte, und in seine Herberge zurückkehren, die weniger gefährdet ist als diese Plattform?«

»Sicherheit lockt mich nicht sehr. Ich glaube auch keinen Augenblick, daß Sie erwogen haben, mich hinterrücks zu überfallen.«

»Nun ja...« Die schlanke, undeutlich sichtbare, von der Troddelmütze gekrönte Gestalt gestand dies nur ungern ein: »Tja... wenn Sie es so ausdrücken ... das hatte ich tatsächlich nicht vor.«

»Da haben wir's. Ich halte Sie für einen anständigen Kerl. Immerhin bin ich nicht verpflichtet, mich Ihren Anweisungen zu fügen.«

»Sie sind ein rechter Pfiffikus«, stieß der andere erbittert hervor. »Das liegt im Blut. Wie soll man mit Leuten Ihres Schlages fertig werden?«

»Sie können versuchen mich wegzujagen«, schlug Cosmo vor. Darauf erfolgte anfänglich keine Antwort, dann verfiel sein Gegenüber in ein gemurmeltes Selbstgespräch. »Schließlich ist er Engländer.«

»Darum halte ich mich noch nicht für unbesiegbar«, bemerkte Cosmo gleichmütig.

»Ich weiß. Ich habe nämlich in Buenos Aires gegen englische Soldaten gefochten. Ich überlegte eben nur: man soll auch dem Teufel Gerechtigkeit widerfahren lassen, und Männer Ihrer Nation verkehren im allgemeinen weder mit Spitzeln, noch haben sie eine Vorliebe für Tyrannen ... stimmt es übrigens, daß Sie erst seit zwei Stunden in der Stadt sind?«

»So ist es.«

»Und doch«, setzte der nur mehr als Umriß sichtbare Mann seine Überlegungen halblaut fort, »und doch seid ihr mit allen Tyrannen verbündet.«
Der ebenfalls nur noch als Umriß sichtbare Reisende sagte ruhig in die sinkende Dunkelheit:
»Sie wissen nicht, wer meine Freunde sind.«
»Nein, das weiß ich nicht, doch werden Sie vermutlich weder mit den Sbirri von Piemont gemeinsame Sache machen noch mit irgendwelchen Geschichten zu den österreichischen Spitzeln rennen. Und was nun die Pfaffen angeht, die überall ihre langen Nasen reinstecken...«
»Ich kenne keinen Menschen in Italien«, unterbrach der andere.
»Das wird sich bald ändern. Menschen wie Sie machen überall Bekanntschaften. Doch nicht das ist es, was ich fürchte, sondern müßiges Geschwätz mit Fremden. Darf ich von Ihnen, dem Engländer, erwarten, daß er nichts von dem erzählt, was er vielleicht zu sehen bekommen wird?«
»Sie dürfen. Ich kann mir nicht vorstellen, welche gesetzwidrige Handlung Sie hier vornehmen können. Ich sterbe förmlich vor Neugier. Sind Sie vielleicht wirklich eine Art Zauberer? Na, fangen Sie schon an! Ziehen Sie Ihren Zauberkreis, oder was Sie da schon machen, und beschwören Sie die Geister der Toten.«
Die Antwort auf diese in einem Ton zwischen Scherz und Ernst gehaltene Anrede war ein gedämpftes Knurren. Cosmo beobachtete vom Verschlußstück der Kanone aufmerksam die Bewegungen jenes Mannes, der so heftig gegen seine Anwesenheit protestiert und der ihm nun nicht mehr die geringste Beachtung zu schenken schien. Es waren nicht die Bewegungen eines Zauberers, wenigstens wurden keine magischen Ringe beschrieben. Die Gestalt war nach der dem Meer zugewandten Seite des Turmes hinübergetreten und zog dort

unaufhörlich etwas aus der Innentasche ihrer Jacke. Der junge Engländer glitt von seiner Kanone herab, ohne den gespannten Blick abzuwenden, trat Schritt für Schritt näher und blieb endlich stehen, wobei er erstaunt ausrief: »Beim Himmel, der Bursche will angeln!« Die Überraschung verschlug Cosmo sekundenlang die Sprache, doch dann platzte er heraus: »Und darum diese Geheimniskrämerei? Das ist doch wirklich der dümmste Schwindel...«

»Kommen Sie näher, Signore, doch vermeiden Sie es, mit den Füßen in die Angelschnur zu geraten ... sehen Sie diese Dose?«

Die Köpfe der beiden Männer waren einander vertraulich nahe gerückt, und der junge Reisende erblickte einen zylindrisch geformten Gegenstand, eine runde Blechdose wie sich herausstellte. Sein Gefährte drückte Cosmo die Dose in die Hand mit der Aufforderung: »Halten Sie das, bitte, Signore«, was Cosmo Gelegenheit gab festzustellen, daß der Deckel der Dose luftdicht verschlossen war. Der Mann mit der seltsamen Mütze grub in seiner Hosentasche nach Feuerstein und Stahl. Der Engländer sah überrascht, wie sein kürzlich noch so abweisender Genosse sich zwischen das dicke Rohr der Kanone und die steinerne Mauer zwängte, und sich dann so weit in die tiefe Schießscharte schob, daß außer seinen schwarzen Strümpfen und den Sohlen seiner schweren Schuhe nichts mehr von ihm zu sehen war. Nach einem Weilchen wurde seine durch die dicke Mauer gedämpfte Stimme vernehmlich:

»Wollen Sie mir jetzt die Dose geben, Signore?«

Cosmo, der nun eine Rolle bei diesem geheimnisvollen Vorgang hatte, dessen wahre Natur ihm allmählich verständlich wurde, gehorchte sogleich; er trat an die Schießscharte und schob die Dose soweit vor, bis sie die erwartungsvoll ausgestreckte Hand des Mannes berührte, der da auf dem Bauch lag und dessen Kopf über die Mauer des Turmes hinausragte.

Die tastende Hand spürte die Dose und riß sie an sich. Sogleich wurde die Angelschnur daran befestigt, deren auf der Plattform ausgelegte Schlingen abliefen, bis auch das Ende verschwunden war. Darauf drückte sich der Mann eng in die Schießscharte und verhielt sich reglos wie der Tod, während der junge Reisende bei nunmehr eingetretener Stille die Ohren nach Kräften spitzte, um auch das geringste Geräusch am Fuß des Turmes zu vernehmen. Er hörte aber nur das Schlagen einer fernen Turmuhr, irgendwo in der Stadt. Er wartete noch ein Weilchen, fragte dann aber im flüsternden Ton des willigen Spießgesellen:

»Hat schon was angebissen?«

Die kaum vernehmbare Antwort lautete:

»Nein. Aber jetzt muß der Fisch beißen.«

Cosmo fühlte seine Anteilnahme wachsen. Der Vorgang als solcher war gewiß nicht besonders aufregend, doch besaß er Reiz und Charakter eines unerwarteten Abenteuers, welches durch das geheimnisvolle Drum und Dran noch spannender wurde und überdies vor der Kulisse der alten Stadt ablief, die wie ein aus Stein gehauener Berg aufragte, geschmückt mit Lichtern, die in rascher Folge überall an der düsteren, gewaltigen Masse des Gestades aufblitzten. Im Westen war der letzte Sonnenstrahl verloschen. Der Hafen lag lichtlos, ausgenommen die Laterne am Heck des englischen Linienschiffes. Der Mann in der Schießscharte machte eine geringfügige Bewegung. Cosmos Aufmerksamkeit nahm noch zu, doch augenscheinlich geschah gar nichts. Weder hörte man Flüstern, noch war die allergeringste Bewegung am Fuße des Turmes wahrzunehmen. Plötzlich begann der Mann rückwärts aus der Schießscharte herauszukriechen und stand bald in voller Größe vor seinem ungebetenen Helfer.

»Es war da und ist wieder fort«, sagte er. »Haben Sie was gehört, Signore?«

»Keinen Laut. Es war wohl das Gespenst eines Bootes – denn Sie reden doch wohl von einem Boot, wie?«

»*Si.* Und ich hoffe, man hat es auch an Land für ein Gespenst gehalten, falls man es gesehen hat. Das englische Schiff schickt des nachts selbstverständlich ein Wachboot aus, doch das soll ja nicht nach Gespenstern Ausschau halten.«

»Das will ich meinen. Gespenster sind ohne Belang. Und kann man sich was überflüssigeres denken, als das Gespenst eines Bootes?«

»Sie gehören zu den nüchternen Denkern, Signore. Geister sind was für die Dummen – und doch, wer weiß? Immerhin klingt es merkwürdig, von dem Gespenst eines Bootes zu reden, das doch eine seelenlose Sache ist. Ein Gespenst müßte doch was Spirituelles sein, die Seele eines Menschen etwa, die keine Ruhe findet vor Liebe oder Kummer, vor Reue oder Wut. Jedenfalls heißt es immer so. Der alte Einsiedler aus der großen Ebene, von dem ich Ihnen sprach, hat mir versichert, die Toten seien viel zu glücklich, endlich das Leben hinter sich zu haben, um etwa noch auf Erden zu spuken.«

»Sie und Ihr Einsiedler!« rief Cosmo mit knabenhaft verwunderter Stimme. »Es hat wohl keinen Zweck Sie zu fragen, in welcher Angelegenheit ich Ihnen eben behilflich war?«

»Bei einer kleinen Schmuggelei, Signore. In England gibt es doch gewiß ebenfalls Zollhäuser, Signore, und also auch Schmuggler.«

»Selbstverständlich habe ich davon gehört, doch würde ich jede Wette halten, daß es darunter keinen gibt, der Ihnen ähnelt. Ich nehme auch nicht an, daß es dabei um Paketchen geht, die so klein sind wie jenes, das Sie da in Ihr Gespensterboot hinuntergelassen haben. Es war doch wirklich eines da? Sie haben tatsächlich eines gesehen?«

»Wie Sie sich überzeugen können, war jemand da, der die Schnur abgeschnitten hat. Hier, schauen Sie, die Angelschnur.

Alles bis auf ein ganz kurzes Ende. Vielleicht war es ein Mensch, der im dunklen Wasser schwamm. Ein Mensch mit einer Seele, die sich dazu eignet, zum Gespenst zu werden ... nennen wir ihn also ein Gespenst, Signore.«

»Ja, das wollen wir«, sagte der andere leichthin. »Ganz gewiß wird mir dies morgen früh, wenn ich aufwache, vorkommen wie ein Traum. Selbst jetzt verspüre ich Lust, mich in den Arm zu kneifen.«

»Warum denn das um des Himmels willen?«

»Das ist eine heimatliche Redensart. Jawohl: Sie, Ihr Eremit, Ihr Gerede und auch dieser Turm hier, all das wird mir vorkommen wie ein Traum.«

»Ich würde sagen: Besser kann es gar nicht sein, wären nicht die meisten Leute nur allzugern bereit, über ihre Träume zu schwatzen. Nein, Signore, beachten Sie dies alles so wenig, als wäre es eine Gespenstergeschichte, eine Geschichte von bloßen Gespenstern, an die Sie ja nicht glauben. Sie haben sich mir aufgedrängt, als wären Sie der Besitzer dieses Turmes, und doch bin ich Ihnen freundschaftlich gesonnen.«

»Ich habe nicht um Ihre Freundschaft ersucht«, erwiderte der junge Reisende mit klarer Stimme, der aber alles Kränkende mangelte, so daß der andere nichts als die Feststellung eines Sachverhaltes heraushörte.

»Gewiß nicht. Ich sprach von meinen eigenen Gefühlen. Wenn ich auch in meiner Heimatstadt zur Zeit so etwas wie ein Neuling und ein Fremder bin, dürfen Sie mir doch glauben, daß es besser ist, mich zum Freunde als zum Feind zu haben. Am zuträglichsten wäre es, mich zu vergessen. Das wäre übrigens auch das liebenswürdigste.«

»So?« fragte Cosmo teilnahmsvoll. »Wie können Sie von mir erwarten, daß ich das aufregendste Ereignis meines Lebens einfach vergesse?«

»Ihres Lebens! Sie haben noch viele Jahre vor sich, Signorino.«

»Mag sein, doch ist dies immerhin ein Abenteuer.«

»Das meine ich ja. Es stehen Ihnen so viele herrliche Abenteuer bevor, daß Sie dieses hier sehr bald vergessen werden, Signorino. Warum es also nicht gleich vergessen?«

»Nein, mein Freund. Sie sind irgendwie nicht der Mann, den man leicht vergißt.«

»Ich ... Gott behüte ... Gute Nacht, Signore.«

Kaum waren diese Worte über seine Lippen gekommen, rannte der Mann mit der Mütze auch schon über die Plattform, warf sich in die rechteckige, schwarze Öffnung an der Landseite des Turmes und flitzte so leichtfüßig die Treppen hinunter, daß auch nicht das leiseste Geräusch an Cosmos Ohren drang. Dieser tastete sich in der Dunkelheit behutsam die Wendeltreppe hinab. Die Tür stand offen, und er trat hinaus auf die menschenleere Mole. Er gewahrte dort nicht einmal die Spur eines flüchtenden Schattens.

Unmittelbar am Wasser stand ein niederes Gebäude mit drei Bogengängen, durch dessen geöffnete Tür matter Lichtschein drang. Es mochte sich da um eine Art Wachlokal handeln, denn davor stand ein Posten in weißem Mantel, offensichtlich ein österreichischer Soldat. Seine Wachsamkeit schien sich indessen auf die Wassertreppe vor dem Wachlokal zu beschränken, denn er ließ den jungen Reisenden so ungehindert passieren, als habe er ihn gar nicht gesehen. Tiefe Nacht hatte sich auf die langen Kais gesenkt. Vereinzelte trübe Laternen warfen mattes Licht auf das Pflaster aus grob zugehauenen Steinen, das die Füße des federnd ausschreitenden Reisenden kaum zu berühren schienen. Das erhebende Gefühl, etwas Ungewöhnliches erlebt zu haben, beschleunigte seine Schritte. Auch verspürte er Hunger und eilte seiner Herberge zu, um vorerst zu speisen und danach in Ruhe das Abenteuer zu überdenken; denn er war ganz davon überzeugt, ein Abenteuer erlebt zu haben, das erregend und zugleich unverständlich war.

II

Cosmo Latham besaß die angeborene Fähigkeit, sich auch in fremder Umgebung mühelos zurechtzufinden, eine Fähigkeit, die für einen Kavallerieoffizier höchst schätzenswert ist, die er jedoch kaum je erprobt hatte, nicht einmal während jener Monate, da er als Fähnrich in der Armee des Herzogs von Wellington im letzten Jahr des iberischen Feldzuges diente. Einem frischgebackenen Fähnrich hatte sich dazu kaum einmal Gelegenheit geboten. Sie kam ihm, diese Fähigkeit, jedoch in jener Nacht sehr zustatten, als er die ihm völlig unbekannte Stadt auf dem Weg zu seiner Herberge durcheilte, denn sie erlaubte ihm, an seine Heimat zu denken, ohne viel auf den Weg zu achten – an diese Heimat, die ihm so teuer war, darin er jeden Stein liebte und jeden Baum, und auch an die Menschen, die er dort zurückgelassen, und die er ebenfalls, jeden auf andere Weise, liebte: seinen Vater, Sir Charles, und seine Schwester Henrietta.

Latham Hall, eine große, weitläufige Anlage, die Spuren unterschiedlicher Baustile aufwies, von einem romantischen Park eingefaßt wurde und einen beherrschenden Ausblick auf die Berge von Yorkshire bot, war bereits seit den Zeiten vor der Großen Revolution Stammsitz der Lathams. Daß er dazumal der Konfiskation entging, mag seinen Grund in der Weltklugheit des damaligen Latham gehabt haben. Vermutlich vermied er es, einflußreiche und hochgestellte Persönlichkeiten vor den Kopf zu stoßen. Solche Behutsamkeit war für die späteren Lathams, Sir Charles, Cosmos Vater eingeschlossen, nicht bezeichnend.

Seine ländlichen Nachbarn hatten Sir Charles' eigenwilliger Wesensart keinerlei Verständnis entgegengebracht. Er, dem große Intelligenz, lebhafte Phantasie und gesellschaftliche Gewandtheit gleichsam in die Wiege gelegt worden waren, sah sich der Schrullenhaftigkeit seines Vaters wegen dazu verurteilt, seine frühe Jugend tief in Yorkshire, in einer Umgebung zu verbringen, die seinem Geschmack ganz und gar nicht entsprach. Später diente er dann in der Garde, quittierte indessen bald den Dienst und unternahm ausgedehnte Reisen in Frankreich und Italien. In den Tagen vor der Revolution erwarb sich *le chevalier* Latham großes gesellschaftliches Ansehen in den vornehmsten Kreisen von Paris und Versailles, und zwar weniger seiner Brillanz als seiner Charakterstärke und seiner großzügigen Denkungsart wegen. Allein, er entsagte hier überraschend den Annehmlichkeiten der Freundschaft und dem Glanz des Erfolges, und reiste nach Italien weiter. In der englischen Kolonie von Florenz lernte er die beiden Fräulein Aston kennen und wurde von deren verwitweter Mutter auffallend bevorzugt. Nach etlichen Monaten beschloß er, heimzufahren. Im Verlaufe einer langen, schlaflosen Nacht, die er, in schwerem inneren Konflikt von einem der prächtigen Räume seiner florentinischen Wohnung in den nächsten wandernd hinbrachte, entschied er sich für den Seeweg. Auf diese Weise ließ es sich am leichtesten vermeiden, Paris zu berühren. Er hatte unlängst erfahren, daß der Marquise und dem Marquis d'Armand, seinen liebsten Freunden aus der glänzenden französischen Gesellschaft, in der er sich bewegt hatte, eine Tochter geboren worden war. Noch am Abend vor der Einschiffung in Leghorn galt es, neuerlich einen schweren inneren Kampf zu bestehen – doch es blieb bei der Schiffsreise. Als er nach langewährender Überfahrt den Fuß auf heimatlichen Boden setzte, hatte er bereits den Plan verworfen, sogleich nach dem Norden zu eilen und sich in seinem

Landhaus zu vergraben. Stattdessen verweilte er müßig und teilnahmslos in London und begann nur widerstrebend, die Gewohnheiten eines Lebemannes anzunehmen. Ein Bekannter, der gerade aus Italien kam, ließ ihn wissen, die ältere Miß Aston beabsichtige, einen bejahrten toskanischen Edelmann zu heiraten; im übrigen gehe in Florenz das seltsame Gerücht, Miß Molly Aston, die jüngere der Schwestern, habe kurz nacheinander zwei Freier zurückgewiesen, da sie sich als mit ihm, Charles Latham, verlobt betrachte.

Ob ihn nun der Stachel des Gewissens oder aber die Empörung trieb, Sir Charles jedenfalls machte sich stehenden Fußes nach Italien auf; seine Route kreuzte Südfrankreich. Das war ein weiter Weg. Anfangs war er verblüfft gewesen, bestürzt, ja wütend, doch ehe er an das Ende seiner Reise gelangte, hatte er Zeit gehabt, sich mit einer Lage vertraut zu machen, die leicht lächerlich oder widerwärtig hätte werden können. Er sagte sich, daß er durch eine Heirat mit Molly Aston allen erdenklichen Scherereien ausweichen könne. So geschah es denn auch, zum Wohlgefallen der ehrbaren Gesellschaft, und nach zwei weiteren im Auslande verbrachten Jahren kehrte er mit seiner Frau zurück, in der Absicht, sich endgültig im Schlosse seiner Ahnen niederzulassen, welches den beherrschenden Ausblick auf eine weitläufige, romantische Szenerie gewährte, die er für eine der prächtigsten dieser Erde hielt.

Molly Aston war zu ihrer Zeit schön genug gewesen, um fahrende Sänger und mindestens *einen* italienischen Bildhauer zu inspirieren; doch als Cosmo älter wurde, begriff er allmählich, daß seine Mutter innerhalb des Familienkreises ein Nichts gewesen war. Das bedeutendste Ergebnis ihrer Initiative war sein Name. Sie hatte darauf bestanden, ihn Cosmo zu nennen, weil die Astons in grauer Vorzeit über einen florentinischen Ahnherrn angeblich mit den Medici verwandt gewesen waren. Cosmo war blond, und der Name alles, was seine Mutter ihm vermacht hatte. Seine Schwester Henrietta hingegen war eher der Typ der dunklen Schönheit. Lady Latham starb, als beide Kinder noch klein waren. Zu Lebzeiten hatte sie Latham Hall in gleicher Weise zur Zierde gereicht wie ein Standbild das getan hätte. Die Ausübung ihrer Schlüsselgewalt beschränkte sie auf die Anordnung der Mahlzeiten. In ihr verbanden sich ausgeprägte Pedanterie und eine schon ans Wunderbare grenzende intellektuelle Bedeutungslosigkeit mit einem Temperament, das sie gewiß veranlaßt hätte, sich der Geselligkeit, den Zerstreuungen, ja der Ausschweifung zu ergeben, hätte sie sich nicht mit achtzehn Jahren heftig in jenen Mann verliebt, der sie dann auch heiratete. Nunmehr bestanden Zerstreuung und Ausschweifung einzig darin, daß sie lange Briefe an unzählige Freunde und Verwandte in der ganzen Welt schrieb, von denen sie nach ihrer Heirat kaum noch einen zu Gesicht bekam. Sie beklagte sich nie. Ihre geheime Furcht vor allem selbständigen Handeln und die verborgene Glut ihres Temperaments bestimmten sie, sich bedingungslos dem Willen von Sir Charles zu unterwerfen. Es wäre ihr nicht im Traume eingefallen, Pferd und Wagen für einen Besuch in der Nachbarschaft zu verlangen, doch wenn ihr Gatte bemerkte: »Ich halte es für ratsam, *my Lady*, da und da Visite zu machen«, strahlte sie, erwiderte eifrig: »Gewiß, Sir Charles«, und eilte, sich ungemein prächtig (vielleicht wegen des Tropfens Medici-Blutes in ihren Adern), aber auch sehr geschmackvoll herauszuputzen.

Wie nun die Jahre dahingingen, alterte Sir Charles schneller, als in der Ordnung gewesen wäre, ja er wurde gar ein wenig feist, doch konnte sich niemand darüber täuschen, daß er zu seiner Zeit ein schöner Mann und die Vernarrtheit seiner jungen Braut irgendwie gerechtfertigt gewesen war. Was Politik anlangte, so war er weniger ein waschechter Tory, als vielmehr ein Anhänger von Pitt. Er liebte sein Vaterland und glaubte an seine Größe, seinen überlegenen Wert, seine unbezwingliche

Macht. Nichts vermochte ihn in seinem Festhalten an allen möglichen nationalen Vorurteilen zu erschüttern. Für Edelleute und den Landadel hatte er nichts übrig, die elegante Welt verachtete er, und mit »Emporkömmlingen« jeder Spielart wollte er nichts zu tun haben. Ohne geradezu ein edles Herz zu besitzen, war er doch liebenswürdig und gastfrei. Er war für seine angeborene Großzügigkeit so bekannt, daß sich niemand wunderte, als er einer französischen Flüchtlingsfamilie, dem Marquis und der Marquise d'Armand samt ihrer kleinen Tochter Adèle, Zuflucht in seinem Haus in Yorkshire bot. Die d'Armands waren praktisch mittellos in England eingetroffen, wenn auch begleitet von zwei Dienstboten, welche Gefahr und Elend der Flucht vor den Ausschreitungen der Revolution mit ihnen geteilt hatten. Die Anwesenheit all dieser Personen in Latham Hall – ein Zustand der anfänglich als Improvisation galt, sich aber durch etliche Jahre fortsetzte – beeinträchtigte das seelische Gleichgewicht der elegant gekleideten, müßigen Lady Latham nicht im geringsten. Denn waren die d'Armands nicht vor Jahren in Frankreich aufs engste mit Sir Charles befreundet gewesen? Weiterreichende Neugier verspürte sie nicht. Der Umstand, daß die Marquise die Königin von Neapel zur Taufpatin hatte, machte ihr einigen Eindruck. Im übrigen waren das für sie nur etliche Personen mehr in den Dienstbotenquartieren, am Eßtisch und im Salon, wo man die Abende verbrachte.

An einer der Wände dieses Salons befand sich unweit der Decke ein abgeschirmtes Licht, das den gelbseidenen Leibrock eines porträtierten Latham beschien, dessen rötliches Gesicht über dem feinen Weißzeug auch das seines eigenen Kutschers hätte sein können, wäre nicht der sensible Mund gewesen. Abgesehen von diesem schönen Farbfleck war der große Raum mit den auf die Terrasse blickenden Fenstern düster (es waren eben diese Fenster, durch welche Sir Charles gewohnheitsmäßig den Sonnenuntergang betrachtete) und wirkte so ungemein weitläufig, daß seine Benutzer einschließlich Sir Charles zu substanzlosen Schatten wurden, deren Reden große, fast unerleuchtete Entfernungen zu überwinden hatten.

Auf der einen Seite des Kamins aus italienischem Marmor (einer Neuerung, von Sir Charles eigenhändig entworfen) glitzerten in verschwenderischer Fülle die Juwelen der prächtig gekleideten und lässig auf ein Sofa hingestreckten Lady Latham, und gegenüber ruhte die Marquise auf einer niedrigen Couch, die Füße von einem Schal der Lady Latham bedeckt. Auf ihrer Flucht vor dem Schrecken hatten die d'Armands nicht viel mehr als das nackte Leben retten können, und das Leben der Marquise war mittlerweile ein recht ungewisser Besitz geworden.

Sir Charles spürte das vielleicht deutlicher als ihr Gatte, der Marquis. Sir Charles wußte noch sehr wohl, wie liebenswert selbst bei wechselnder Stimmung, beim Übergang von Scherz zu Ernst, wie reizvoll und bezaubernd, wie voller Charme und Unternehmungslust die Marquise gewesen, entschieden die klügste wie auch die schönste Frau am französischen Hofe. Ihre Stimme, wie sie ihn klar, aber matt über die Entfernungen im Salon hinweg erreichte, ergriff ihn tief, und die Erinnerung an eine bedeutende Neigung und die Ehrfurcht angesichts eines bitteren Mißgeschickes färbte den Ton seiner Antwort. Gelegentlich ließ sich Lady Latham mit einer in alltäglichem Tonfall gemachten Bemerkung vernehmen; das veranlaßte Sir Charles, seinen ausgesucht höflichen Antworten eine Prise Barschheit beizumengen und bei sich zu vermerken, daß aus dem Munde dieser Frau selbst das Vaterunser banal klinge. Und in den langen Gesprächspausen hing jeder den eigenen Gedanken nach, so ratlos und rastlos wie die Welt mit ihren Meeren und Kontinenten, die da, verschönt von dem prachtvollen Sonnenuntergang, am Ende der Terrasse begann: die weite Welt, die, erfüllt vom Streit der Ideen und dem Kampf

der Nationen, durch die vielleicht stürmischste Epoche ihrer Geschichte ging.
Die im italienischen Kamin flammenden englischen Scheite beschienen Adèle d'Armand, die still auf einem niedrigen Schemel nahe dem Lager der Mutter saß. Ihr blondes Haar, die weiße Haut und die dunkelblauen Augen unterschieden sich stark von den dunkleren Farben der Henrietta Latham, deren Locken von sattem Kastanienbraun waren und deren Augen weniger die Sanftmut, als vielmehr die Klugheit schwärzliche Glut verlieh. Ab und an wandte die kleine Französin den Kopf zu Sir Charles hin, zu dem sie in diesem ereignislosen Dasein eine töchterliche Neigung entwickelt hatte.
In jenen Tagen bekam Adèle d'Armand ihren eigenen Vater nur selten zu Gesicht. Der Marquis war meistens abwesend. Jede solche Abwesenheit stellte einen Akt der Ergebenheit gegenüber seinen im Exil lebenden Fürsten dar, die das zweifellos zu schätzen wußten, Ergebenheit bei einem Sproß dieser Familie jedoch für selbstverständlich hielten. Ihre Wertschätzung für den Marquis äußerte sich hauptsächlich darin, daß sie ihn auf weite, gefährliche Reisen an norddeutsche und oberitalienische Höfe entsandten. Bei der allgemeinen Zerrüttung überkommener Ordnungen erwiesen sich alle diese Unternehmungen als nutzlos, wie denn niemand je eine herabstürzende Lawine durch Intrigen und Verhandlungen aufgehalten hat. In der Person des Marquis verband sich indessen die ungetrübte Erkenntnis dieser tiefen Wahrheit mit jenem Enthusiasmus, der gerade die Hoffnungen hervorbringt, von denen er sich nährt. Der Marquis nahm die Weisungen für seine verzweifelten Missionen mit größter Gemessenheit entgegen und machte sich auf den Weg, sobald er seine kränkliche Frau und sein stilles Kind in Latham Hall umarmt und eine ernste Unterredung mit seinem würdevollen englischen Freund geführt hatte, vor dem er nicht einen seiner Gedanken und keine seiner Hoffnungen

verborgen hielt. Und Sir Charles billigte beides: denn die Gedanken waren nüchtern und bar der lächerlichen Illusionen, die alle Verbannten hegen, was Sir Charles' Vernunft und seiner geheimen Verachtung aller großen Aristokraten zusagte, und die Hoffnungen teilte Sir Charles unbedenklich, gründeten sie doch auf des Marquis Glauben an Englands ungebrochene Macht und Beharrlichkeit.

So spazierten sie etwa eine Stunde lang auf einem von Lorbeerbüschen gesäumten Weg: Sir Charles schwerfällig und würdevoll wie ein kränkliches Kind Jupiters, der Marquis mit verhaltenem Schritt, vorgebeugt, mit zerfurchter Stirn, gemessen und leidenschaftslos sprechend. Sir Charles' Weisheit äußerte sich in knappen Sätzen, welche Verachtung für die täppische Tätigkeit und die kurzsichtigen Meinungen der Menschen mit gefestigter Zuversicht verbanden.

Nach dem Friedensschluß von Amiens vertauschten die Marquise und Adèle den Aufenthalt in Latham Hall mit dem entbehrungsreichen, ungewissen Dasein fast mittelloser Emigranten in London, weil der Graf von Artois, das Haupt der Dynastie im Exil, den Wunsch geäußert hatte, den Marquis stets um sich zu haben. Einen stärkeren Beweis seiner Anhänglichkeit an die Sache des Königs konnte dieser kaum geben. Man bewohnte nun vier Zimmer in einem schmutzigen Haus aus gelben Ziegelsteinen, wohin man über eine enge, steile Stiege gelangte. An Personal verfügte man über eine dunkelhäutige Mulattin, die schon vor der Revolution, noch im Kindesalter, von einer Tante der Marquise von den Westindischen Inseln mitgebracht worden war; ferner über einen Menschen von unbestimmbarer Nationalität namens Bernard, der sich irgendwann einmal im Landhaus der d'Armands eingefunden und später, während der Irrfahrten, welche die Familie unternommen, ehe sie in England Zuflucht gefunden, große Fähigkeiten als Faktotum bewiesen hatte. Ihm war das Leben in Latham

Hall unsagbar langweilig geworden, denn die dort herrschende Atmosphäre der Sicherheit war seinem Temperament ganz unzuträglich. Die Regelmäßigkeit des Tagesablaufes und die Gewißheit, stets reichliche Mahlzeiten vorgesetzt zu bekommen, wirkten geradezu niederdrückend auf ihn. Die Übersiedlung nach London belebte ihn außerordentlich, fand er hier doch täglich Gelegenheit, seine reichen Gaben zu bewähren. Am frühen Morgen ging er einkaufen, dann wischte er Staub in dem Zimmer, das er den Salon nannte, danach bereitete er die Mahlzeiten, und bei alledem befeuerte und beglückte ihn das strahlende, weiße Lächeln der Negerin Miß Aglae, in die er sehr verliebt war. Gegen zwölf Uhr machte er sich ein wenig zurecht und trat dann, behutsam auf den Spitzen seiner viereckigen Schuhe gehend, bei der Marquise ein, um sie mit umständlicher Kraftentfaltung und gehöriger Respektbezeigung aus ihrem Zimmer in den Salon zu tragen, gefolgt von Aglae, die, Kissen, Schal und Riechfläschchen in der Hand, nur mühsam eine ernste Miene wahren konnte. Bernard empfand ihre Gegenwart immer sehr stark und durfte darauf rechnen – sobald die Marquise auf ihr Sofa gebettet war –, ein blitzend weißes Lächeln ganz für sich allein zu bekommen. Später im Laufe des Tages pflegte dann die weißhäutige, blonde Mlle. Adèle auszugehen, um Besuche zu machen, von Aglae so dicht gefolgt wie die Nacht dem Tage folgt; und Bernard sah ihnen die Treppe hinunter nach, denn er hoffte, noch einen Blick auf ein rasch zurückgewandtes braunes Gesicht mit schönen rollenden Augen darin tun zu können. Das stimmte ihn dann für den Rest des Nachmittages glücklich. Des Abends oblag es ihm, die Besucher zu melden, welche sich die Stiege hinaufgemüht hatten, darunter einige der ersten Namen Frankreichs, welche zu Fuß durch den Schlamm oder den Staub der schmutzigen Straßen geschloffen waren, um jenes trüb erhellte Zimmer zu füllen, welches den Salon der Marquise d'Armand vorstellte.

In Ausübung dieses Amtes legte Bernard ein Paar weißer Strümpfe an, die ihm Miß Aglae einen um den anderen Abend wusch, und zwängte seine breiten Schultern in einen stramm sitzenden, schäbigen grünen Rock mit großen Metallknöpfen. Miß Aglae fand stets Zeit, ihn prüfend zu mustern oder noch rasch abzubürsten. Das waren köstliche Momente. Er hielt den Atem an, geriet in einen Zustand regloser Verzückung und drehte sich nach den schelmisch geflüsterten Anweisungen seiner exotischen Angebeteten einmal nach links, einmal nach rechts. Später dann pflegte er auf einem Schemel vor der geschlossenen Tür des Salons zu sitzen und dem wohlerzogenen, gedämpften Stimmengewirr drinnen zu lauschen. Brachen die Gäste auf, so leuchtete er ihnen auf der Treppe, indem er einen mit Kerzenresten bestückten Leuchter über das Geländer hielt. Waren seine Tagespflichten solcherart erfüllt, machte er sich auf dem Boden eines engen Korridors, der die Wohnzimmer von einer Art geräumiger Besenkammer trennte, in welcher Miß Aglae nach des Tages Arbeit ruhte, ein Lager zurecht. War Bernard unter seine beiden zerschlissenen Wolldecken gekrochen, ließ er die Kerze noch brennen und hielt den Schlaf solange fern, bis Miß Aglae ihren mit einem alten, rotseidenen Tuch umwundenen Kopf durch den Türspalt steckte – es war stets nur ihr Kopf, der im Türspalt erschien –, um im Flüsterton noch eine Unterhaltung zu führen. Das war der Augenblick, da die Bediensteten ihre Ansichten austauschen und einander Beobachtungen und Einfälle mitteilen konnten. Diejenigen der schwarzen Magd waren gescheiter als die des weißen Faktotums. Da sie den beiden Damen persönliche Dienste leistete, hatte sie Gelegenheit, mehr zu hören als ihr Anbeter. Man erwähnte den sichtlichen Verfall der Gesundheit der Marquise, und das nicht etwa klagend, sondern sachlich registrierend. Ferner war die Rede von der veränderten Lebensweise des Marquis, der häuslich und geradezu untätig geworden war.

Er ging zwar täglich aus, blieb aber nie mehr für Wochen oder Monate abwesend, wie er das ehedem getan. Jene jäh aus heiterem Himmel erforderlich werdenden Reisen und geheimen Missionen, für deren Kosten ein misanthropischer Landedelmann aus Yorkshire aufgekommen war, fanden nicht mehr statt. Einen Marquis d'Armand konnte man nicht als gewöhnlichen Spion in die Welt schicken, und in der ganzen Christenheit gab es keinen Hof mehr, wo ein geheimer oder offizieller Abgesandter der königlichen Verbannten empfangen worden wäre. Bernard, der lesen konnte, erläuterte Miß Aglae in kurzen Zügen die Sachlage. Alle Hochgeborenen fürchteten sich vor diesem Bonaparte. Alle Generale zitterten vor ihm. Diese Schilderung überzeugte Miß Aglae davon, daß Bonaparte ein Hexenmeister sein müsse. Bernard war, was Napoleons Größe anging, anderer Ansicht. Diese bestehe in nichts anderem als einer gewaltigen Lüge. Und einmal platzte er bei solcher Gelegenheit nach kurzem Zögern heraus: »Soll ich Ihnen die Wahrheit über Napoleon sagen, Miß Aglae?« Der durch den Türspalt hereinsehende, straff umwickelte schwarze Kopf nickte beim schwachen Kerzenschein mehrmals bejahend. »Nun denn«, fuhr Bernard heftig fort, »er ist ein Mensch ohne Belang.«
Miß Aglae unterdrückte nur mit Mühe jenes laute Gelächter, in dem sich ihre naiven Gefühle für gewöhnlich Ausdruck verschafften. Sie hatte im Salon aus dem Munde der Damen und Herren ähnliche Ansichten über Napoleon vernommen, doch plötzlich fiel ihr Miß Adèle ein, und sie seufzte.
»Er scheint seine Pfoten auf die ganze Welt zu legen. Was ist das für ein Kerl? Sie haben ihn doch gesehen, Bernard.«
Bernard hatte den Kerl wirklich gesehen. Er versicherte Miß Aglae, es handele sich um ein kümmerliches Männchen in großen Stiefeln, dem strähniges Haar ins gelbe Gesicht hänge. »Ich könnte ihn wie einen Strohhalm zerbrechen, wenn ich ihn bloß zwischen die Finger bekäme!«

Die schwarze Maid, die Bernard vorbehaltlos glaubte, schlug ihm vor, diese Absicht auszuführen.

»Ich täte es auf der Stelle«, sagte ihr getreuer Anbeter, »doch wenn ich mich auf die Suche nach ihm machte, würde ich Sie nie wiedersehen. Er ist immer von hunderttausend Soldaten umgeben.« Bei diesem Bescheid stieß Miß Aglae, die bereits zu lächeln begonnen, einen so tieftraurigen Seufzer aus, daß Bernard sich bewogen fühlte, ihr zu versichern, der Tag werde kommen, werde ganz gewiß kommen, da jedermann sein Recht werden solle. Aglae glaubte dieser Prophezeiung bereitwillig. Immerhin war da noch Miß Adèle. Das süße Kind war inzwischen heiratsfähig geworden, aber alle Welt war so furchtbar arm! Bernard nahm eine sentimentale Miene an, und das trübe Talglicht, dessen Flamme neben seinem Strohsack flackerte, warf den tanzenden Schatten seines von der Nachtmütze geschützten Hauptes an die Decke des zugigen Korridors. Er murmelte schüchtern etwas von Liebe. Liebe überwinde jedes Hindernis.

»Mr. Bernard, Sie sind sehr dummer Mensch. Liebe! Was reden Sie da für einen Quark? Für Liebe kauft man sich keinen Fisch zum Abendbrot.« Darauf erkundigte sie sich, plötzlich besorgt: »Haben Sie Geld, morgen einzukaufen?« Bernard hatte Geld. Nicht viel, doch reichte es wohl. »Dann gehen Sie früh los und kaufen Fisch zum Nachtmahl. Das ist Anordnung von Madame la Marquise. Auch einfacher als Kaiser töten«, fuhr sie spöttisch fort. »Und aufpassen, daß fettes Weib in Billingsgate nicht zu sehr betrügt«, fügte sie würdevoll hinzu, ehe sie den Kopf einzog und die Tür ihrer dunklen Besenkammer schloß.

Vier Wochen darauf saß Bernard wiederum auf seinem Strohsack und hielt die Augen auf die Tür von Miß Aglaes Besenschrank gerichtet. Er fürchtete bereits, irgendwie Mißfallen erregt zu haben und um sein mitternächtliches Schwätzchen zu kommen, als die Tür sich öffnete und der Kopf der Maid an der gewohnten Stelle sichtbar wurde. Das Gesicht war kummervoll verzogen. Die weißen Augäpfel schwammen in Tränen. Sie schwieg lange Zeit. Bernard war außerordentlich beunruhigt. Er verlangte in ängstlichem Flüsterton zu wissen, was geschehen sei. Die Magd ließ ihn sich den Kopf ein Weilchen zerbrechen, bevor sie sagte, sie könne, oh, sie könne nun einmal einen gewissen Besucher in einem »affig aufgeputzten Rock« nicht leiden.

Bernard, der zwar erleichtert war, doch nichts verstand, ergriff den Leuchter und hob ihn gegen das Gesicht der Magd.

»Und was gibt es da zu flennen?« fragte er. Die Tränen, die auf der dunklen Wange erglänzten, erstaunten ihn maßlos; und da ein afrikanisches Gesicht geeigneter ist, Kummer zu spiegeln, als irgendein anderes Menschenantlitz, war er tief gerührt und schon aus Mitgefühl bereit, ebenfalls Tränen zu vergießen, auch ohne den Anlaß dafür zu kennen.

»Sie sehen nichts! Sie begreifen nichts! Stehen da an der Tür wie ein Stock. Ich möchte wissen, wozu Sie taugen, Bernard.«

Hätte Bernard nicht ein starkes Selbstwertgefühl besessen, er hätte diesen ungerechten Anwurf unerträglich gefunden. Überdies war zu merken, daß Aglae ganz außer sich war. Was nun den Mann in dem »affig aufgeputzten Rock« anging, so erinnerte Bernard sich daran, daß jener wirklich ungemein prunkvoll gekleidet war. Er war erstmals in Begleitung eines sehr vornehmen Hern erschienen, eines Freundes der Familie, und hatte auch seither stets in Begleitung dieses Freundes Besuch gemacht. Tatsächlich war er noch nie allein gekommen. Die Familie hatte erst am Abend zuvor mit ihm gespeist, wie Bernard wohl wußte, denn nicht nur hatte er eine Kutsche herbeigerufen und dem Kutscher die Adresse angegeben, sondern man hatte ihn auch damit betraut, die Marquise die Treppe hinunter, und, nach Beendigung dieses Ausganges, wieder hinaufzutragen. Was sollte an einem Mann auszusetzen sein, mit dem die Familie speiste, sogar die Marquise, die doch eigentlich niemals ausging?

»Was hat er denn gemacht?« fragte Bernard ohne große Erregung. »Ich habe Sie ja noch nie so bekümmert gesehen, Miß Aglae.«

»Bekümmert? Ich? Ich nicht bekümmert sein? Ich fürchte, er will Mlle. Adèle entführen – das arme Kind.«

Das erschütterte den getreuen Bernard. »Er soll es nur versuchen«, versetzte er streitlustig. »Ich habe da draußen im Flur einen Knüppel!« Ein verächtliches Schnaufen der Magd ließ ihn innehalten. »Ach«, sagte er in verändertem Ton. »Sie meinen, als seine Frau hinwegführen? Na und? Warum nicht?«

»Ah, Sie Trottel!« wimmerte Aglae. »Sehen Sie denn nicht, er ist zweimal, zweieinhalbmal so alt wie Mlle. Adèle?«

Bernard schwieg ein Weilchen. »Gut aussehender Bursche«, sagte er schließlich. »Wissen Sie sonst noch was über ihn?«

»Geld hat er, haufenweise«, schluchzte Aglae.

»Ich nehme an, die Eltern haben auch ein Wort mitzureden«, sagte Bernard nach einigem Grübeln. »Und falls Mlle. Adèle selber...«

Doch Aglae jammerte leise vor sich hin: »Ist ja alles schon abgemacht, Bernard, alles schon abgemacht.«

Bernard stierte die Magd hingerissen an. Der Gedanke schoß ihm durch den Kopf, daß man nun genug Geld für Einkäufe haben werde.

»Warum sollte Mlle. Adèle einen solchen Mann nicht lieben können?«

»Hübsch genug angezogen ist er jedenfalls«, zischte Aglae wütend. Dann brach sie nieder und überließ sich ihrem Kummer. »Oh, Bernard, die armen Menschen! Sie hätten die Gesichter sehen sollen heute früh, als ich das Frühstück servierte. Hab laut heulen wollen, als ich den Teller dem Marquis reichte.

Hab mich gar nicht getraut, einem von ihnen ins Gesicht zu sehen.«

»Und Mademoiselle?« fragte Bernard besorgt.

»Die mag ich auch nicht ansehen«, fuhr Aglae wehklagend fort. »Hat ganz rotes Gesicht. Findet sich großartig und edel – macht ihre Eltern reich. Ich könnte vor Kummer sterben, Bernard. Sie weiß ja nichts. Ist zu jung. Warum weinen Sie nicht mit mir, Sie großer, dummer Mensch?«

III

Das Heiratsprojekt, das so gar nicht die Billigung der farbigen Magd fand, wurde zu gegebener Zeit verwirklicht. Den Heiratskontrakt, der die geschäftliche Seite dieser Verbindung regelte, zierten die Signaturen eines Prinzen von Geblüt und zweier Persönlichkeiten von höchst aristokratischem Herkommen. Die französische Kolonie in London unterließ jeden vernehmlichen Kommentar. Das huldvolle Betragen Seiner Königlichen Hoheit des Duc de Berry gegenüber dem Bräutigam erstickte jedwede Kritik selbst in den allerhöchsten Kreisen der Emigranten. In den niederen Kreisen erlaubte man sich ein leichtes Achselzucken und vielsagende Blicke, sonst aber kaum etwas, außer dann und wann eine verschleierte Anspielung, die ebenso vom Neid wie von anderen Gefühlen eingegeben sein mochte. Unter den Töchtern der Emigranten muß es mehr als eine gegeben haben, die insgeheim Adèle d'Armand für ein sehr vom Glück begünstigtes Mädchen hielt. Die Pracht der Empfänge, welche die Neuvermählten nach ihrer Rückkehr von der Hochzeitsreise der Londoner Gesellschaft gaben, beseitigte auch den letzten Zweifel daran, daß der Mann mit dem affig aufgeputzten Rock, wie Aglae ihn genannt hatte, sehr reich war. Es hieß auch, er habe die tollsten Einfälle und recht sonderbare Neigungen von einer Art, wie sie in der guten Gesellschaft nicht geschätzt wurden, schon gar nicht an einem Mann, dessen Stellung zweifelhaft und dessen Reichtum erst allerneuesten Datums war. Die verbitterten, unversöhnlichen, stark zusammengeschmolzenen Adligen brachten indessen Adèle d'Armand wenig Mitgefühl entgegen. Sie hätte bis zur Wiederherstellung des Königtums warten und dann entweder eine passende Heirat machen oder in ein Kloster für Damen von Stande gehen sollen. Denn auch diese Klöster würde es bald genug wieder geben.

Der Marquis hatte vor der öffentlichen Ankündigung der Verlobung seiner Tochter seinen Freund Sir Charles von der bevorstehenden Heirat unterrichtet, und zwar in so ausgesucht neutralen Formulierungen, daß die Erwiderung in nichts als einer formellen Gratulation zu bestehen brauchte. Von seinem Schwiegersohn teilte er wenig mehr mit als den Namen, welcher der eines seit langem verarmten piemonter Geschlechtes sei, das vor den Tagen seines Niederganges Verbindungen mit guten französischen Familien angeknüpft habe und nach wie vor von allen Beteiligten als ebenbürtig betrachtet werde. Der Name lautete de Montevesso, und die Welt hatte ihn seit hundert Jahren nicht mehr nennen hören, wie der Marquis in einem Nebensatz gestand. Der zukünftige Gatte seiner Tochter heiße Helion – Helion Graf Montevesso. Zum Grafen sei er vom König von Sardinien erhoben worden, knapp ehe dieser Monarch von den Armeen des republikanischen Frankreich aus seinem Reich verjagt wurde. Die Erhebung in den Grafenstand sei als Belohnung für Dienste in schwerer Zeit erfolgt, die nicht darum mit Verachtung betrachtet werden dürften, weil sie finanzieller Natur gewesen seien, wie der Marquis schrieb. Er fuhr dann fort: Graf Helion, der in früher Jugend die Heimat verlassen, habe manches Land durchstreift und ein riesiges Vermögen erworben, das glücklicherweise so angelegt sei, daß die politischen Unruhen und gesellschaftlichen Umwälzungen in Frankreich und Italien es nicht vermindern könnten. Das Vermögen sei übrigens nicht in Europa erworben, sondern irgendwo in Übersee. Dieser Brief des Marquis traf an einem Herbstabend in Latham Hall ein.

Die noch sehr junge Miß Latham, die vor ihrem Stickrahmen

saß, beobachtete über die Länge des Salons hinweg ihren Vater, der im Lichte der Wandlampe und gleichsam zu Füßen des in gelbem Leibrock porträtierten Latham den Brief las. Sir Charles hob ein wenig die Brauen, die im Laufe der Jahre buschig geworden waren und die Schönheit seines Gesichtes ein wenig beeinträchtigten. Miß Latham wurde beim Anblick dieses Mienenspiels von Sorge befallen. Sie hatte bereits nach dem ersten Rascheln zu hören bekommen, daß ihre erwachsene Freundin Adèle d'Armand (Miß Latham war vier Jahre jünger) heiraten sollte, was sie in einen Zustand jäher innerer Erregung versetzte. Sie wartete darauf, daß der Vater weitere Einzelheiten mitteilte, und starb förmlich vor Ungeduld. Doch war außer dem Rascheln von Papier nichts zu hören – und nun auch noch das Heben der Brauen! Sir Charles ließ die Hand langsam sinken. Seine Tochter konnte nicht länger an sich halten und fragte lebhaft:

»Mit wem denn, Papa?«

Damals war Henrietta Latham fünfzehn Jahre alt. Die dunklen Augen waren so groß wie je. Die Reinheit ihrer Haut, welche nicht von milchiger Weiße war, erforderte Bewunderung, und mit ihr harmonierte das reiche Braun der Locken, welche die sanft glühenden Wangen umrahmten. Sir Charles' Augen ruhten abwesend und verstört auf dem liebreizenden Bild, das seine Tochter bot. Doch auch er vermochte nicht an sich zu halten. Er vergaß seine Würde so weit, daß er höhnisch knurrte:

»Emporkömmling!«

Ungeachtet ihres lebhaften Wesens neigte Miß Latham doch nicht zu Gefühlsausbrüchen. Diese Nachricht war zu niederschmetternd, als daß ein Ausruf oder ein erschrecktes Luftholen ihr hätten gerecht werden können. Sie errötete nur ganz allmählich bis an die Wurzeln ihrer hübschen Haare. Emporkömmling bedeutete für sie den Sammelbegriff für schlechte

Menschen; doch der Hohn, der in des Vaters Ausbruch mitgeklungen hatte, verschlimmerte noch den Aufruhr ihrer Gefühle, schien er doch Adèle einzubegreifen. Ihre zärtliche, durch die dreijährige Trennung nicht verminderte Anhänglichkeit an das französische Mädchen war hier betroffen, und sie sagte ruhig:

»Adèle ... unmöglich.«

Die Röte wich aus ihren Wangen, sie waren nun blaß und die Augen dunkler, als Sir Charles sie je gesehen. Diese Zeichen der Erregung seiner Tochter ließen Sir Charles zu sich kommen. Nachdem er sie einen Moment starr angesehen, murmelte er ohne besondere Betonung »unmöglich« und hob neuerlich den Brief an die Augen.

Er fand nichts darin, das ihn zu einer Änderung seines Eindruckes von dem Mann hätte bewegen können, den Adèle d'Armand heiraten sollte. Noch einmal kam der Marquis in diesem vage erklärenden Schreiben auf den Reichtum seines künftigen Schwiegersohns zu sprechen. Er verschaffe diesem eine Stellung in der besten Gesellschaft, auf die er vermöge persönlicher Verdienste allein vielleicht keinen Anspruch hätte erheben dürfen. Dann berichtete der Marquis vom Befinden seiner Gattin. Die Marquise bedürfe vielen Komforts, beständiger Pflege und einer heiteren Umgebung. Er sei nun in die Lage versetzt, die unpassende Wohnung in der schmutzigen Gasse mit einem Häuschen in Chiswick nahe London zu vertauschen. Er beklagte sich bei seinem alten Freund darüber, daß die starrköpfigen Royalisten ihn heftig schalten, weil er einen auf drei Jahre bemessenen Mietsvertrag geschlossen habe. Darin hätten sie einen unverzeihlichen Abfall vom Glauben an die triumphale Rückkehr der alten Ordnung in einem bis zwei Monaten gesehen. »Ich habe durch diese meine von der Vernunft diktierte Verhaltensweise einen rechten Skandal hervorgerufen«, schrieb er. »Man beschimpft mich, doch zweifle

ich nicht daran, daß selbst meine strengsten Richter nur zu gerne auf Adèles Hochzeit kommen werden.«
Dann, ganz als könne er dem Drang, sein Herz auszuschütten, nicht widerstehen, begann er die folgende Zeile mit den Worten:
»Ich brauche Ihnen nicht zu versichern, daß dies alles dem Willen meiner Tochter entspricht. Man hat in aller Form durch Lord G. um ihre Hand angehalten, mit dem ich befreundet bin, wenn er auch zur Partei von Mr. Fox gehört, bei der sich die meisten der englischen Bekannten des Grafen Montevesso befinden. Doch kaum hatten wir Adèle von dieser Bewerbung Kenntnis gegeben, als sie auch schon einen Schritt tat, der Ihnen unfaßbar scheinen mag, den man von einem gewissen Standpunkt aus sogar als pflichtvergessen bezeichnen könnte, wäre es möglich, ein solches Wort auf das liebe und opferwillige Kind anzuwenden, das Adèle stets gewesen. Auf ihr Ersuchen, dem weder eine Beratung mit ihrer Mutter noch mit mir vorhergegangen war, ließ Lord G. sich bereden, eine Zusammenkunft zwischen ihr und dem Grafen in dessen Hause herbeizuführen. Was zwischen den beiden gesprochen worden ist, kann ich mir nicht vorstellen. Als wir davon erfuhren, waren die Dinge bereits soweit gediehen, daß uns nur übrig blieb, das Unvermeidliche hinzunehmen ...«
Wieder ließ Sir Charles die große, weiße, aristokratische Hand aufs Knie sinken. Der dunkle Kopf seiner Tochter senkte sich auf den Stickrahmen, und er sah im Geiste noch ein Haupt, ein ganz anderes, ein sehr blondes Haupt daneben, das recht eigentlich zu seinem in Zurückgezogenheit verbrachten Leben gehörte, und dem ein großer Teil seiner Zuneigung galt. Wie groß dieser Teil war, gewahrte er erst jetzt, in diesem Augenblick, da er einen dauernden Verlust zu erleiden glaubte. »Unvermeidlich«, murmelte er halb verachtungsvoll und halb von Schmerz gepeinigt vor sich hin. Sir Charles begriff sehr wohl,

welche Leiden, welche Plage, welche Erniedrigung die Armut mit sich bringt. Der Marquis hätte aber wissen müssen, daß er, ob nun hier oder in London, auf die Hilfe seines Freundes rechnen durfte. Seit Jahren schon hatte er ohne Zögern immer wieder in die Tasche gegriffen. Doch war es da um jene geheimnisvollen Aufträge und wichtigen Reisen gegangen, mit denen seine Fürsten ihn bedenkenlos betrauten, ohne sich je den Kopf über die Bestreitung der Kosten zu zerbrechen. Das ist nun einmal die Art der Fürsten, dachte Sir Charles mit tiefer Erbitterung. Und nun dies... Ein junges Leben weggeworfen, in all seiner Arglosigkeit und Unschuld...

Wie alt mochte Adèle jetzt sein? Achtzehn oder neunzehn, nicht sehr viel jünger als ihre Mutter zu jener Zeit gewesen, da er ihr so oft in Paris und Versailles begegnet war und es ihr gelang, ihn so tief zu beeindrucken, daß es ihm später ganz einerlei war, wen er heiratete und wo er sich aufhielt ... unvermeidlich! ... Sir Charles vermochte der Marquise nicht zu zürnen, die ja nur noch ein dahinsiechender Schatten jener unvergleichlichen Zauberin war, der sein Herz nicht hatte widerstehen können. Sie und ihr Gatte mußten zweifellos alle ihre Hoffnungen begraben haben, alle die loyalen, königstreuen Hoffnungen, ehe sie sich solcherart in das Unvermeidliche schickten. Es war ihm nicht schwer gefallen, dieses reizende französische Kind so lieb zu gewinnen, als sei es seine eigene Tochter. Für einen Augenblick packte der Schmerz ihn so heftig, daß er sich auf seinem Sessel wand. Mit halber Stimme sprach er den Gedanken aus, der ihm dabei durch den Kopf ging:

»Austerlitz ist Schuld daran.«

Miß Latham hob die dunkel glänzenden Augen und murmelte mit fragender Miene: »Papa?«

Sir Charles erhob sich und umklammerte seinen Stock. »Nichts, mein Kind, es ist nichts.« Er wünschte, allein zu sein. Doch auf dem Wege aus dem Salon blieb er am Stickrahmen stehen, neigte sich und küßte die Stirn seiner Tochter – seiner englischen Tochter. Deren Zukunft hing nicht vom Ausgang einer Schlacht ab. Was das andere Mädchen betraf, so war sie für ihn verloren, und daran war nichts zu ändern. Eine Schlacht hatte ihr Leben zerstört. Das war der Nachteil, wenn man als Franzose geboren wurde oder überhaupt als Angehöriger einer kontinentalen Nation. Es gab da Kräfte, welche die Menschen zu übereilten oder unziemlichen Handlungen bewogen; Handlungen, die offensichtlich von Verzweiflung eingegeben und daher mit einem Beigeschmack von Unmoral behaftet waren. Sir Charles verstand Adèle d'Armand besser als seine eigene Tochter, vielmehr: seinem Verständnis für Adèle war mehr Anteilnahme beigemischt. Sie war von Natur großzügig. Sie war zu jung und zu unerfahren, um zu begreifen, was sie tat, als sie sich unterfing, über die eigene Person zugunsten jenes angeblich piemonter Emporkömmlings mit dem weithin unbekannten Namen und dem auf rätselhafte Weise erworbenen Vermögen zu verfügen. »Ich hoffe bloß, daß auch wirklich Vermögen da ist«, überlegte Sir Charles mit grimmiger Skepsis. Doch konnte es daran wohl keinen Zweifel geben, wenn man den späteren Briefen seines alten Freundes glauben durfte. Nach einem kurzen, brillanten Gastspiel in der Londoner Gesellschaft hatte der Emporkömmling Adèle nach Frankreich entführt. Er besaß in seiner Heimat Piemont Liegenschaften und unweit von Paris ein prachtvolles Haus. Es überraschte Sir Charles nicht, als er kurz darauf erfuhr, der Marquis und die Marquise seien ebenfalls nach Frankreich abgereist. Die Zeit der Verfolgungen war vorüber, die meisten der bedeutenden royalistischen Familien waren heimgekehrt, unverändert in ihrer Gesinnung, wenn auch noch unsicher in betreff ihrer Absichten. Daß sein alter Freund sich vom kaiserlichen Glanze sollte blenden lassen, vermochte Sir Charles nicht zu glauben. Zwar hatte er seine Tochter an einen Emporkömmling verheiratet, doch war er viel zu sehr Royalist, um seine Grundsätze aufzugeben, für die er ohne Zweifel mit dem Leben eingestanden wäre, hätte man sich davon einen Nutzen versprechen können. Nun war er nach Frankreich zurückgekehrt. Die Mehrzahl derer, die das Exil mit ihm geteilt hatten, war ebenfalls heimgefahren, und Sir Charles verstand sehr gut, daß das Paar in der Nähe der Tochter zu leben wünschte. Diese Abreise schloß auch ein langes Kapitel seines Lebens ab, und Sir Charles erwähnte seine französischen Freunde seitdem kaum noch. Henrietta wußte nichts weiter, als daß Adèle d'Armand einen Emporkömmling geheiratet habe und nach Frankreich zurückgekehrt sei. Dieses Wissen teilte sie ihrem Bruder mit, der sie überrascht anschaute, doch weiter nichts dazu bemerkte. Für diesen Bruder, der anfänglich im Internat und später in Cambridge lebte, waren die französischen Freunde seines Vaters nicht mehr als schattenhafte Gestalten vor der beweglichen Kulisse eines sehr schmerzlichen, sehr wirklichen und sehr spannungsreichen Dramas der Zeitgeschichte, welche von einer ungeheuer vitalen und in ihrer Größe außerordentlich rätselvollen Persönlichkeit beherrscht wurde – dem einzigen Mann seiner Zeit.

Der an der Schwelle des Lebens stehende Cosmo Latham hatte sich keine der widerstreitenden Ansichten zu eigen gemacht, die seine Zeitgenossen von dem Kaiser Napoleon hatten. Als er eines Abends in eine Unterhaltung mit Altersgenossen geriet, kam es ihm bei, zu sagen, Bonaparte erscheine ihm als der einzige Mann in einer Versammlung von Popanzen. »Seht doch, wie er sie reihenweise umstößt«, erläuterte er. Darauf folgte ein Schweigen, und dann warf jemand ein:

»Vielleicht ist er aber auch wieder nicht so groß, wie ihn einige von Euch gern machen möchten.«

»So meine ich es gar nicht«, sagte Cosmo ernüchtert. »Niemand kann diesen Mann mehr bewundern als ich. Vielleicht bekommt es der Welt ganz gut, wenn hier und da ein Popanz stehen bleibt, um die Grenze dessen, was richtig und gerecht ist, zu bezeichnen. Ich wollte nur ausdrücken, was ich vor der unwiderstehlichen Macht seines Genies empfinde.«

»Was beabsichtigt er eigentlich?« fragte dieselbe Stimme.

Cosmo schüttelte den Kopf. »Vieles, und etliches davon liegt so deutlich zutage, daß man es nicht zu erwähnen braucht. Ich kann mich aber des Gefühls nicht erwehren, als sei da noch so manches, was uns bislang verborgen ist.«

»Und manches, das schon gestorben ist«, versetzte sein Gesprächspartner. »Ihm sozusagen unter den Händen gestorben ist. Eines seiner Motive jedoch hast du nicht erwähnt, ein Motiv, das niemals seine Kraft verlieren wird. Du scheinst das vergessen zu haben: den Haß nämlich gegen unsere Nation, gegen alles, wofür wir hier in diesem Zimmer, ungeachtet unserer abweichenden Ansichten und unterschiedlichen Meinungen, letzten Endes doch einstehen.«

»Oh, das!« sagte Cosmo zuversichtlich, »das kann man keinen Popanz nennen. Er mag so groß sein, wie er will, das wird er nicht vernichten können. Dazu ist sein Arm nicht lang genug, mögen seine Gedanken auch so weit reichen. Er muß sich schließlich gewöhnlicher Sterblicher bedienen.«

»Was soll denn das heißen? Sind wir etwa keine? Ich glaube gar, du bewunderst ihn!«

»Das tue ich auch«, gestand Cosmo kühn.

Dies hinderte ihn nicht, noch vor Ablauf des Jahres zu der in Spanien kämpfenden Armee zu stoßen, noch dazu ohne seinen Vater um Erlaubnis gebeten zu haben. Sir Charles mißbilligte die Verwendung königlicher Truppen auf der iberischen Halbinsel. Das Kabinett paßte ihm nicht, und noch weniger schätzte er die Wellesleys, zu deren höherem Ruhm allein diese Politik betrieben zu werden schien. Als sein Sohn dann anderthalb Jahre später, nach dem endgültigen Sieg bei Toulouse, wieder in Yorkshire auftauchte, machten Vater und Sohn die in der Vergangenheit zwischen ihnen merkbar gewesene Kühle durch einen kräftigen Händedruck wett, der fast eine ganze Minute dauerte. Cosmo hatte von den Kämpfen kaum etwas zu sehen bekommen und eröffnete seinem Vater den Wunsch, den Dienst zu quittieren. Es werde, so sagte er, auf Jahre hinaus keine Gelegenheit mehr geben zu kämpfen, und wenn er auch jederzeit wieder für eine gute Sache zu Felde ziehen wolle, habe er doch keinen Geschmack am bloßen Soldatenspielen. Er wünsche nun etwas von der Welt zu sehen, »die uns so lange verschlossen gewesen«. Der gealterte Sir Charles stand auf der Terrasse, würdevoll auf seinen Stock gelehnt.

»Die ganze Welt war uns nie ganz verschlossen«, sprach er.

»Ich dachte nicht an den Fernen Osten, Sir«, erklärte Cosmo. »Ich habe zwar vom Geheimnis des Orients sprechen hören, doch finde ich Europa gerade jetzt rätselhaft genug und vielleicht sogar noch interessanter.«

Sir Charles senkte bejahend das ergraute Haupt, über das der kühle Abendwind strich.

»Frankreich, Deutschland«, murmelte er.

Cosmo meinte, er wolle vorerst lieber etwas von Italien sehen. Nach Norden wolle er später reisen.

»Vermutlich über Wien«, schlug Sir Charles unbewegten Gesichtes vor.

»Das wollte ich eigentlich nicht, Sir«, sagte Cosmo aufrichtig. »Für das, was dort getrieben wird, habe ich nichts übrig, und für die Herren, die es treiben, noch weniger.«

Diesmal drückte Sir Charles' gewichtiges Nicken uneingeschränkte Zustimmung aus. Auch er hatte nichts für jene Tätigkeit übrig, die dort gerade beginnen sollte. Gegen Italien ließ sich schlechterdings nichts einwenden. Er hatte Italien vor dreißig Jahren gekannt, und es mußte sich seither gewiß sehr verändert haben. Er blickte stumm in die weite Landschaft mit den blau bewaldeten Höhen und den tief dunklen Tälern, über welche der Sonnenuntergang seine herrlichen Farben ausgoß. Jetzt begannen sie zu verdämmern.

»Du wirst weit reisen müssen, ehe du etwas ähnlich Schönes antriffst«, bemerkte er zu seinem Sohn. »Und eil dich nicht mit der Abreise, du bis ja eben erst gekommen. Vergiß nicht: ich bin weit über sechzig.«

Cosmo überließ sich bereitwillig dem Frieden seines Vaterhauses in Yorkshire, der ihm so recht den Unterschied zu der spannungsgeladenen Atmosphäre vor Augen stellte, die für den letzten Feldzug im Süden Frankreichs bezeichnend gewesen. Am Tage vor seiner Abreise sprach Sir Charles mit völligem Gleichmut folgendermaßen zu ihm:

»Wenn du nach Italien kommst, darfst du nicht verfehlen, meinen alten Freund, den Marquis d'Armand, aufzusuchen. Der französische König hat ihn zum Gesandten in Turin ernannt. Das ist wohl ein besonderer Gunstbeweis. Der Marquis wird sich entweder in Turin oder in Genua aufhalten.« Sir Charles verstummte und fuhr dann nach einem hörbaren Seufzer mühsam fort: »Die Marquise ist verstorben. Ich habe sie gekannt. Sie war eine wunderbare Frau ...« Sir Charles gebot sich Einhalt und nahm einen neuen Anlauf. »Die Tochter meiner alten Freunde lebt, soweit ich weiß, bei ihrem Vater; eine verheiratete Tochter, die Gräfin Montevesso.«

»Sie sprechen von der kleinen Adèle, Sir«, sagte Cosmo teilnehmend, und über Sir Charles' Gesicht huschte der Schatten unverkennbaren Schmerzes.

»Du erinnerst dich also des Kindes«, sagte er, und seine Stimme klang weich, gewann im weiteren jedoch einen Unterton von Verachtung. »Ich weiß nicht, ob der Kerl, will sagen der Mann, den sie geheiratet hat, bei ihnen lebt, ob sie bei ihm leben, oder ob ... nichts weiß ich.«

Cosmo ging das Wort »Emporkömmling« durch den Sinn, das

er viele Jahre zuvor aus dem Munde seiner Schwester Henrietta gehört. ›Da stimmt doch etwas nicht‹, dachte er bei sich, und zu seinem Vater sagte er: »Ich werde Ihnen dann ausführlich berichten können, Sir.«

»Ich will davon nichts hören«, erwiderte Sir Charles mit einem überraschend gemessenen Gehaben, unter dem sich ein tieferes Gefühl verbarg. »Bestelle aber dem Marquis von mir, er möge daran denken, daß in diesem Hause, solange ich lebe, stets ein Platz für ihn bereit ist, falls er seiner Pracht und Herrlichkeit je müde werden sollte.«

Spät am Abend verabschiedete sich Cosmo von seiner Schwester. Er nahm sie in die Arme, küßte sie auf die Stirn und hielt sie dann von sich weg, um sie anzuschauen.

»Du bist ein reizendes Mädchen geworden, Henrietta.«

»Es freut mich, daß du das findest«, sagte sie. »Leider bin ich zu dunkel. Ich werde nie so reizvoll sein wie es Adèle in meinem Alter gewesen sein muß. Du hast sie wohl vergessen?«

»Aber nicht doch«, versetzte Cosmo nachlässig. »Sie war doch so eine blonde Schönheit, was? Ich erinnere mich, daß du mir vor Jahren erzählt hast, sie habe einen Emporkömmling geheiratet.«

»Die Bezeichnung stammte von Vater. Du weißt doch, was er damit meint.«

»Ich weiß schon, was das Wort bedeutet«, erwiderte Cosmo lachend. »Doch aus dem, was Vater heute Nachmittag sagte, entnehme ich, daß es sich bei diesem Mann um ein recht übles Exemplar handelt. Wie ist Adèle nur darauf verfallen?«

»Ich weiß nicht, was ihr beigekommen ist«, gestand Henrietta. »Man hat es mir nie erzählt. Seit damals hat Vater kaum je von den d'Armands gesprochen. Ich war an dem Abend, als der Brief des Marquis kam, bei ihm im gelben Salon. Nachdem er den Brief gelesen hatte, sagte er etwas ganz Unverständliches. Das ist nun neun Jahre her, und ich war damals noch ein Kind. Und doch weiß ich, daß ich das nicht geträumt habe. Ich habe es genau gehört. Er ließ die Hände sinken und sagte ›Austerlitz ist schuld daran‹. Was kann er damit gemeint haben?«

»Es ist wohl nicht so leicht, den Zusammenhang zu erraten«, meinte Cosmo und lächelte die verblüffte Schwester an. »Vater muß etwas anderes durch den Kopf gegangen sein.«

»Vater ist tagelang nichts anderes durch den Kopf gegangen«, behauptete Henrietta fest.

»Du mußt ja ein sehr gut beobachtendes Kind gewesen sein«, bemerkte ihr Bruder. »Aber du warst, glaube ich, seit je ein gescheites Mädchen, Henrietta. Nun, ich werde Adèle ja sehen.«

»Richtig, du gehst morgen schon auf deine lange, weite Reise«, sagte Miß Latham sehnsüchtig. »Du wirst mir doch schreiben, Cosmo? Viele, viele Briefe?«

Er sah sie bewundernd an und drückte sie noch einmal brüderlich an sich.

»Bestimmt schreibe ich, ganze Bände voll«, versicherte er.

IV

Auf dem Weg vom Hafen in die Oberstadt, wo sich seine Herberge befand, begegnete Cosmo Latham kaum einem Menschen. Er mußte eine Art Passage durchschreiten, deren gewölbter Eingang sehr schwarz vor ihm gähnte und in dessen Tiefe nur eine recht matte Funzel blakte. Es kam ihm nicht in den Sinn, daß man an diesem Orte sehr leicht von übelwollenden Individuen aufs Haupt geklopft werden könnte, falls solche sich bereits in den frühen Abendstunden dort umherschleichen sollten, – denn es war noch zeitig, wenn auch die letzten Sonnenstrahlen von der Erde und aus dem Himmel gewichen waren. Aus der dunklen Passage hervortretend, sah er sich einem Gewirr enger Gassen gegenüber, doch wußte er instinktiv, daß er unfehlbar die Stadtmitte erreichen würde, wenn er bergan ginge.

In langen Abständen ragten aus der ungebrochenen Masse der Hausmauern schmiedeeiserne Arme, an denen Laternen befestigt waren, welche ein recht ärmliches Licht verbreiteten. Die gewaltigen Tore, an denen er vorüberging, waren geschlossen, und außer dem Klange der eigenen festen Schritte vermochte er nichts zu hören. An einer Stelle, wo mehrere Gassen zusammenliefen und es folglich weniger eng war, blieb er stehen, blickte umher und fragte sich, ob all die riesigen, palastähnlichen Häuser, an denen er vorbeigekommen, unbewohnt seien oder ob nur die Dicke der Mauern alle Geräusche des Lebens da drinnen erstickten? Denn er vermochte einfach nicht zu glauben, daß die gesamte Bevölkerung bereits schlafen gegangen sei. Ganz plötzlich erblickte er eine vermummte Gestalt

Es schien, als sei sie aus einer Mauer hervorgetreten, gleite die Straße entlang und verschwinde in einer anderen Mauer. Es war ohne Zweifel eine Frau. Cosmo war von der Lautlosigkeit der Erscheinung verblüfft und glaubte sich momentan in eine verzauberte Stadt versetzt. Indessen, schon wurde die zauberhafte Stille unterbrochen von dem lauter werdenden Tappen eines eisenbeschlagenen Stockes auf dem Steinpflaster, und endlich erschien aus einer der dunklen, gewundenen Gassen ein Mann, den Cosmo dem wiegenden Gang, dem Umriß und der typischen Mütze nach für einen Matrosen des im Hafen liegenden englischen Kriegsschiffes halten mußte. Der Mann blieb stehen, Cosmo rief ihn auf Englisch an und fragte nach dem Weg. Die untersetzte Gestalt mit der Segeltuchmütze nahm den Stock unter den Arm und antwortete mit angenehmer, tiefer Stimme. Ja, er kenne die Herberge. Er komme gerade daher. Falls der Herr hier geradeaus gehen wolle, werde er auf einen großen Platz stoßen, an dessen jenseitigem Rande die Herberge des Herrn stehe. Es war so dunkel, daß Cosmo von dem Gesicht des Seemanns nichts wahrnehmen konnte als den struppigen Bart und ein Funkeln in den Augen. Es freute ihn, gleich bei seiner Ankunft am Mittelmeer (er war von Turin nach Genua gekommen) einem so vortrefflichen Kriegsschiffmatrosen zu begegnen. Er bedankte sich für die Auskunft, und der Seemann, nachdem er grüßend die Mütze berührt hatte, entfernte sich mit seinem wiegenden Gang. Cosmo sah, daß er ganz nahe der Stelle, an der zuvor die vermummte Frau verschwunden war, um die Ecke bog. Es handelte sich da um einen sehr dunklen, sehr engen Durchgang zwischen zwei gewaltig hohen Häusern. Cosmo setzte seinen Weg fort und stieß auf eine breite Straße, die schlecht beleuchtet, doch voller Menschen war. Nun wußte er, wo er sich befand, und stand gleich darauf am Tor seiner Herberge auf dem großen Platz, der, verglichen mit dem Rest der Stadt, geradezu strahlend beleuchtet war.

Unter der eisernen Laterne, die den breiten, dreistufigen Aufgang erhellte, bemerkte Cosmo seinen Diener, der besorgt über den Platz spähte, dessen Miene sich beim Anblick seines Herrn indessen sogleich aufheiterte. Er legte grüßend die Hand an die Mütze und folgte Cosmo in die geräumige Diele, die mit zahlreichen Tischen und Bänken ausgestattet war und von der mehrere Türen wegführten. An einem der Tische, auf dem vier Leuchter standen, saßen etliche britische Marineoffiziere, die gedämpft sprachen und lachten. Mitten im Raum stand ein untersetzter, glattrasierter Mann mit etwas eingefallenen Wangen, in schwarzen Kniehosen, Weste mit Ärmeln und ungemein zierlich gefältelter weißer Halskrause. Er blickte wachsam umher und beeilte sich, seinem jüngst eingetroffenen Gast eine Verbeugung zu machen. Cosmo erwiderte die Begrüßung des Signor Cantelucci, der seinerseits nun den zunächst stehenden Leuchter ergriff und mit der Miene eines Mannes, der eine feierliche Handlung vollzieht, die breite Treppe zu ersteigen begann. Cosmo folgte, und Cosmos Diener folgte seinem Herrn. Man stieg und stieg. Von jedem Treppenabsatz ging der Blick durch breite Rundbögen in Dunkelheiten, wo außer den Lichtpünktchen schwach glimmender Kaminfeuer nichts zu sehen war. Endlich stieß Signor Cantelucci eine Tür auf, verbeugte sich mehrmals und verkündete:
»Sehen Sie, mein Herr, welches Feuer! Die Bräuche und Gewohnheiten der Engländer sind mir wohlbekannt.«
Cosmo betrat ein großes Zimmer mit hoher Decke und störte bei seinem Eintritt die Schatten auf, welche im Spiel der im hohen, wuchtigen Kamin grell lodernden Flammen entstanden. Er stellte sich befriedigt nahe ans Feuer.
»Es war gar nicht einfach, jemanden dazu zu bringen, hier Feuer zu machen«, klagte der Diener verärgert. »Hätte ich nicht zufällig im Saal einen vollbärtigen Matrosen erwischt, hätten wir immer noch kein Feuer. Er hat einen der Seeoffiziere

da unten vom Schiff herbegleitet und die Kerle mit dem Holz heraufgejagt. Er ist hier bekannt und hat jeden einzelnen namentlich verflucht. Dann haben wir miteinander in der Küche ein Glas Wein getrunken.«

Unterdessen hatte Signor Cantelucci, der sich das Aussehen eines tauben Menschen gab, auf beiden Tischen Kerzen in Brand gesetzt, deren Licht die zuckenden Schatten halbwegs zur Decke hinauf scheuchte, und zog sich mit unhörbaren Schritten zurück. Unter der Tür drehte er sich noch einmal um und bedachte Herrn und Diener mit einem scharf prüfenden Blick. Diese beiden wandten den Kopf erst, als sie die Tür ins Schloß fallen hörten.

»Ich wußte gar nicht, was aus Ihnen geworden war, Sir, ich fing schon an, mir Sorgen zu machen. Sie sind einfach verschwunden, ohne mir ein Wort zu sagen.«

»Ich habe einen Spaziergang zum Hafen hinunter gemacht«, sagte Cosmo, während sein Bedienter zur Wand trat, wo mehrere Lederkoffer aufgereiht standen. »Wenn ich an einen fremden Ort komme, sehe ich mich gerne um.«

»Schon recht, Sir, doch bekam ich es mit der Angst zu tun, als es dunkel wurde.«

»Ich habe mich auf einem Turm verspätet, von wo ich dem Sonnenuntergang zusah«, murmelte Cosmo.

»Ich habe mit dem Auspacken angefangen, doch weiß ich nicht, wielange Sie zu bleiben beabsichtigen ...«

»Wir bleiben vielleicht lange.«

»Dann werde ich weitermachen, Sir, vorausgesetzt, Sie wollen dies Zimmer behalten.«

»O ja, das Zimmer ist befriedigend, Spire. Es ist groß genug.«

Spire ergriff einen der Leuchter und begab sich damit in einen anderen Teil des Zimmers, in die Nähe eines mächtigen Bettes, dessen schwerer Stoffhimmel nun erst sichtbar wurde. Dort öffnete er Koffer und Schranktüren und machte sich geräuschlos und systematisch zu schaffen, bis er wieder die Stimme seines jungen Herrn vernahm.

»Spire.«

»Ja, Sir?« erwiderte er und blieb, einen Stoß Hemden auf dem Arm, stehen.

»Ist diese Herberge sehr besetzt?«

»Ja, sehr«, sagte Spire. »In der Stadt wimmelt es von Reisenden und von Provinzlern. Übrigens steigen auch viele Engländer hier ab.« Er wandte sich um und legte die Hemden auf ein Regal in der Tiefe des Wandschrankes.

»Hast du schon Namen nennen hören, Spire?«

Spire beugte sich über den geöffneten Koffer und ergriff einen Stapel weißer Halstücher, die säuberlich ineinander gefaltet waren.

»Ich habe noch keine Zeit dafür gehabt, Sir. Ein paar hab ich nennen hören.« Er legte die Halstücher neben die Hemden, während Cosmo, einen Ellenbogen auf den Kaminsims gestützt, über die ganze Länge des Zimmers hinweg fragte:

»Jemand dabei, den ich kenne?«

»Nicht in dieser Herberge, Sir. Hier wohnen für gewöhnlich Offiziere vom Kriegsschiff. Die kommen und gehen. Weiter habe ich etliche italienische Herren gesehen in Schoßröcken und mit gepudertem Haar, sehr altmodisch, Sir. Dann sind wohl auch noch einige Österreicher hier. Damen habe ich keine gesehen ... ich fürchte, Sir, wir sind hier nicht in der richtigen Herberge. Ungefähr hundert Meter weiter, auf der anderen Seite des Platzes, gibt es noch eine.«

»Ich möchte vorläufig keine Bekannten treffen«, sagte Cosmo Latham leise.

Spire fürchtete, daß der Aufenthalt in Genua demzufolge sehr langweilig werden würde. Zugleich war er aber davon überzeugt, daß sein junger Herr sich über kurz oder lang eines besseren besinnen und in die andere Herberge umziehen werde, die von eleganterem Publikum frequentiert wurde. Er hatte übrigens nichts gegen eine kleine Ruhepause einzuwenden. Spire war nicht mehr der Jüngste. Vor dreißig Jahren, vor dem Krieg und vor der Revolution, war er mit Sir Charles in Frankreich und in Italien gereist. Damals war er zwar erst achtzehn gewesen, doch man hatte ihn für die Pferde mitgenommen, denn er war beständig und zuverlässig. Sir Charles hielt in Florenz vier Pferde, und Spire ritt oft auf toskanischen Landstraßen hinter Sir Charles und den beiden Fräulein Aston her, von denen die eine dann später Lady Latham wurde. Nachdem man sich in Yorkshire niedergelassen, wurde er vom Stall ins Haus versetzt, erwarb sich eine Vertrauensstellung, und wann immer Lady Latham eine Reise tat, saß er auf dem Bedientensitz, in jeder Tasche seines Überrockes ein doppelläufiges Pistol, und gab alle erforderlichen Anweisungen. Später wurde er der Mittelsmann zwischen Sir Charles und den Ställen, den Gärten, und überhaupt allem, was außerhalb des Hauses war. Er kümmerte sich auch um die allerletzte Reise der Lady Latham, denn die Festlegung aller Einzelheiten für das Begräbnis war ihm völlig überlassen worden. Er war auch ein vorzüglicher Leibdiener. Eines Abends wurde er in die Bibliothek gerufen, wo Sir Charles, den gerade die Gicht plagte, sich mit einer Hand auf seinen Stock und mit der anderen auf den Kamin stützte und ihm verkündete: »Ich leihe dich Mr. Cosmo für seine Reise nach Italien und Frankreich. Du weißt da Bescheid. Und vergiß nicht, jeden Morgen in der Kutsche die Ladung der Pistolen zu erneuern.«

Spire mußte dann Sir Charles die Treppe hinaufhelfen, und als Sir Charles an seiner Schlafzimmertür stand, richtete er noch einige Worte an Spire:

»Mr. Cosmo ist ein vernünftiger Mensch. Bevormunde ihn nicht.«

»Nein, Sir Charles«, sagte der unerschütterliche Spire. »Ich werde es schon recht machen.«
Und hätte man ihn gefragt, so hätte Spire sagen können, daß Mr. Cosmo ihm weder während des Aufenthaltes in Paris noch auf der Reise durch Frankreich, die Schweiz und nach Genua irgendwelche Schwierigkeiten verursacht hatte.
Spire, der noch mit dem Auspacken beschäftigt war, blickte zu seinem jungen Herrn hin. Wie er da auf den Ellenbogen gestützt im Scheine des Feuers stand, das von unten sein versonnenes, junges, glattes und blasses Gesicht beleuchtete, wirkte er sehr still. ›Er sieht wirklich gut aus‹, dachte Spire. Wenn er so nachdenklich gestimmt war, erinnerte er stark an den Sir Charles von vor dreißig oder fünfunddreißig Jahren. Würde auch er seine Gattin im Ausland finden? In Paris hatte es Frauen genug und von jeder Spielart gegeben, englische, französische und auch andere. Tatsache war jedoch, daß Mr.Cosmo die Gesellschaft von Männern bevorzugt hatte, an denen ebenfalls kein Mangel gewesen war. Auch darin glich der junge Mann recht sehr seinem Vater. Männergesellschaft. Doch wenn er sich einmal verliebt, dachte Spire, trifft es auch ihn schwer, mindestens für eine Weile, denn er entsann sich Sir Charles' überstürzter Rückfahrt nach Italien, deren eigentliches Motiv ihm ebenso verborgen geblieben war wie der übrigen Welt.
Spire trat näher zum Leuchter, entfaltete einen sehr schönen Rock, legte ihn dann aber gleich wieder zusammen und auf ein bequem erreichbares Regal. Bedauern kam ihn an über die Art, wie er seine Jugend verbracht hatte. Er hatte nicht geheiratet und zwar nicht, weil es an Mädchen gemangelt hätte, die etwas für ihn übrig hatten, sondern weil ein ihm nur halb bewußtes Mißtrauen ihn davon zurückhielt und auch das Gefühl, es möchte Sir Charles am Ende nicht recht sein. Es war gewiß das Beste. So war er doch ungebunden, konnte sich

Mr. Cosmo widmen und brauchte sich nicht um Daheimgebliebene zu sorgen.
Während er die Toilettesachen auf dem Tisch ordnete, warf Spire wiederum einen verstohlenen Blick auf die Gestalt am Feuer. Sehr hübsch. Irgendwie Sir Charles ähnlich, aber auch wieder nicht. Es lag etwas Ungewöhnliches, vielleicht etwas Ausländisches in seiner Erscheinung, doch hätte selbst ein Blinder Mr. Cosmo nicht für was anderes als einen englischen Gentleman halten können.
Spires Erinnerung an seine Reise mit Sir Charles war stark verblaßt, doch war ihm die Atmosphäre früherer Tage noch so gegenwärtig, daß ihm eine allgemeine Gespanntheit, eine Ruhelosigkeit auffiel, die er ehedem nicht bemerkt hatte.
Die Stille dauerte nun schon recht lange. Cosmo stand immer noch reglos beim Feuer. Spire erlaubte sich eine Bemerkung.
»Es fällt mir auf, daß die Leute hier recht aufgeregt wirken, Sir.«
»Aufgeregt? Das wundert mich nicht. Wie äußert sich das übrigens?«
»In einer Art Unzufriedenheit, Sir. Man schätzt die Österreicher nicht, Sir. Vielleicht ist Ihnen bei unserer Herfahrt aufgefallen...«
»Hat man denn uns geschätzt, als wir die Stadt besetzt hielten?«
»Darüber kann ich nichts sagen, Sir. Ich habe etwa eine Stunde oder länger in der Botenstube gesessen, wo alle möglichen Leute ein und aus gingen, und habe die wildesten Sachen gehört.«
»Wie willst du das beurteilen können?«
»Die Gesichter sagten alles. Das ist übrigens eine merkwürdige Stube da unten«, fuhr Spire fort und rieb mit einem seidenen Tuch über einen Reisespiegel, der so geschickt auf seinem silbernen Behälter befestigt war, daß dieser, geöffnet, als Stän-

der dienen konnte. Er stellte den Spiegel genau in die Mitte des Tisches und drehte sich zu seinem Herrn um. Als er sah, daß Cosmo in der Stimmung war, zuzuhören, fuhr er fort: »Die Decke der Stube ist gewölbt wie die eines Kellers, und man gelangt durch eine kleine Tür in die Seitengasse. Jeder kommt und geht nach Belieben. Und zwar alle möglichen Leute, Sir, *facchini*, Träger, Schiffer und ähnliches Volk. Unter anderen kam ein alter Kerl herein, ein Graukopf, ein Schuster, wie mir schien, denn er brachte einen ganzen Korb voll geflickter Schuhe für das Dienstpersonal vom Hause. Er schüttete die Schuhe einfach auf den Steinfußboden, und statt nun von den Leuten, die sich ihre Schuhe da herausklaubten, Bezahlung zu fordern, hielt er ihnen eine Rede. Er redete wie ein Wasserfall. Der Diener eines hier abgestiegenen englischen Arztes, ich glaube er ist Schweizer, sagte zu mir in seinem gebrochenen Englisch: ›Am liebsten würde er jedem Österreicher in der Stadt die Gurgel abschneiden.‹ Wir tranken ein Glas Wein miteinander. Ich fragte: ›Und was meinen Sie dazu?‹ Nachdem er einen Moment überlegt hatte, meinte er: ›Ich stimme ihm zu ...‹ Sehr übel, Sir«, schloß Spire mit ungerührter Miene.

Cosmo betrachtete ihn ein Weilchen schweigend. »Falls der Mann das wirklich gesagt hat, war das sehr gewagt«, bemerkte er. »Besonders, wenn er das an einem Ort tut, der so allgemein zugänglich ist, wie du es beschreibst.«

»Da kann jeder von der Straße herein. Derselbe Schweizer hatte mir übrigens gerade erst erzählt, daß es in der Stadt von Spionen wimmelt, und von sogenannten Sbirri, die mit dem König von Turin hergekommen sind. Der König hält sich im Palast auf, Sir. Man erwartet täglich die Ankunft der Königin von Sardinien. Das wußten Sie nicht, Sir? Es heißt, sie soll an Bord eines englischen Kriegsschiffes eintreffen. Der alte Schuster hat übrigens auch mächtig auf den König von Piemont ge-

schimpft. Solches Gerede kann doch einfach nicht zuträglich sein.«
Spire verstummte plötzlich, und Cosmo stellte sich mit dem Rücken zum Feuer.
»Na, und was geschah dann?« fragte er lächelnd.
»Oh, man hätte eine Stecknadel fallen hören können«, sagte Spire, »und dann kam dieser Signor Cantelucci – das ist der *padrone* unserer Herberge, Sir ...«
»Der Mann, der mir hinaufgeleuchtet hat?«
»Ganz recht, Sir ... ich hatte gar nicht bemerkt, daß er im Zimmer war, als plötzlich hinter mir jemand einem Aufwärter zurief, dem Alten ein Glas Wein zu bringen. Und was tut der Alte? Er hebt das Glas über den Kopf und bringt lautschallend einen Trinkspruch auf den Bezwinger Österreichs aus, ehe er das Glas leert. Das hat mich baß erstaunt, doch Signore Cantelucci zuckte mit keiner Wimper. Er hielt dem Schweizer und mir seine Tabakdose hin und hob die Schultern. ›Das war bloß Pietro‹, sagte er. ›Der ist nicht ganz richtig‹, und dabei tippte er sich an die Stirne. Der Diener des Arztes grinste, mir aber wurde Ihretwegen plötzlich ängstlich zumute, Sir, und ich ging hinaus, um zu sehen, ob Sie nicht kämen. Alles ist ganz anders als vor dreißig Jahren. Als ich mit Sir Charles hier war, redete keiner davon, Ausländern die Gurgel abzuschneiden. Das hat mich doch sehr betroffen gemacht, Sir.«
Cosmo nickte. »So siehst du auch aus, Spire. Ich hatte übrigens ebenfalls ein Erlebnis, gerade bei Sonnenuntergang.«
»Das bedauere ich, Sir.«
»Was soll das heißen? Was gibt es denn daran zu bedauern?«
»Ich bitte um Entschuldigung, Sir. Ich nahm an, es habe sich um was Unangenehmes gehandelt, Sir.«
Cosmo lachte. »Unangenehm? Durchaus nicht, wenn es auch wohl gefährlicher dabei zuging als bei deinem Erlebnis ... Falls auch da Wahnsinn im Spiel gewesen sein sollte, so hatte er

jedenfalls eine sehr sichtbare Methode. Es wurde auch nicht bloß geredet. Oh ja, Spire, es war schon sehr aufregend.«
»Ich weiß nicht, was über die Leute gekommen ist. Sie sind ganz außer sich. Als ich vor dreißig Jahren mit Sir Charles hier war, und mit nur einem Reitburschen vier Pferde von hier nach Florenz brachte, gab es solche Aufregungen nicht, Sir.«
Cosmo starrte vor sich hin und schien Spires Jeremiaden nicht zu hören. Stattdessen sagte er heftig: »Wirklich, höchst sonderbar!« und zwar so unvermittelt, daß Spire zusammenschrak. Der nahm sich zusammen und fragte sachlich:
»Werden Sie in Ihrem Zimmer speisen, Sir? Es wird allmählich spät.«
Auch Cosmos Stimmung schien völlig verändert.
»Ich weiß nicht ... ich bin nicht hungrig. Stell diesen Wandschirm hier ans Feuer und Tisch und Stuhl da hin. Ich werde heute Abend Briefe schreiben. Ja, ich werde wohl hier auf dem Zimmer essen.«
»Ich will hinuntergehen und Ihr Essen bestellen, Sir«, verkündete Spire. »Der Koch ist ein Franzose, der eine Einheimische geheiratet hat und ...«
»Wer, zum Kuckuck, schimpft da draußen so laut?« rief Cosmo, und auch auf Spires Gesicht zeichnete sich Erstaunen ab über den Lärm zweier Stimmen auf dem Korridor; die eine schalt, die andere suchte zu erklären; der stetig ansteigende, aus Zornesausrufen und ernsten Vorhaltungen gemischte Lärm erreichte seinen Höhepunkt vor der Tür zu Cosmos Zimmer und erstarb dann in der Tiefe des langen Korridors zu verworrenem Gemurmel.
»Das war eine englische Stimme«, sagte Cosmo, »die wütende, meine ich.«
»Das könnte der englische Arzt aus der Toskana sein, der schon seit drei oder vier Tagen hier wohnt. Er ist auf diesem Stockwerk untergebracht.«

»Soweit ich verstanden habe, war er wütend darüber, daß er einen Zimmernachbarn hat. Das muß ich sein. Hast du seinen Namen erfahren?«

»Er heißt Marvel oder so ähnlich. Er scheint hier bekannt zu sein, jedenfalls kommandiert er die Leute herum, als sei er bei sich zu Hause. Der andere war Cantelucci, Sir.«

»Sehr wahrscheinlich. Übrigens werde ich doch unten im Saal essen. Ich möchte den wütenden Herrn kennenlernen. Hast du ihn schon gesehen, Spire?«

»Nur seinen Rücken, Sir. Sehr breit, Sir. Ein großer Mann in Stiefeln und Reitanzug. Wollen Sie jetzt gehen, Sir? Das Abendbrot wird gewiß schon serviert.«

»Ja«, sagte Cosmo und machte sich zum Essen bereit. »Übrigens, Spire: falls du je auf der Straße oder in jener Botenstube da unten, wo die Leute aus und ein gehen, wie du sagst, einen großen Kerl mit einer auffälligen Troddelmütze zu Gesicht bekommst, versuche doch, etwas über ihn in Erfahrung zu bringen. Sage mir auf alle Fälle Bescheid, wenn du ihm begegnest ... du könntest ihm vielleicht sogar folgen und sehen, wohin er geht.«

Nachdem er das gesagt, ging Cosmo hinaus, ehe Spire antworten konnte. Spires Verblüffung drückte sich in einem gedämpften »Nein sowas!« aus.

TEIL II

I

Cosmo ging in die Diele hinunter, die jetzt verlassen da lag, ihre Lichter fast sämtlich verlöscht. Lautes Stimmengewirr leitete ihn zur Tür des Speisesaales. Dieser erwies sich als ein langgestreckter Raum, dessen weiß getünchte Wände von nur geringfügig vorstehenden Pfeilern unterteilt wurden; er erinnerte an das Refektorium eines Klosters. Diese Ähnlichkeit wurde noch betont durch zwei schmale Tische, die in der Mitte standen. Den einen hatten die britischen Marineoffiziere inne; auf ihm standen Lichter und glänzten die Hälse zahlloser Weinflaschen. Hier war die Unterhaltung lebhaft und lärmend. Die andere, nicht so lange Tafel, bot zwei Reihen von Gästen in dunkler Kleidung Platz, die Cosmo auf den ersten Blick für einheimische Bürger von geringerem gesellschaftlichem Range hielt. An ihrer Tafel gab es weniger Licht, weniger Wein, und es ging auch längst nicht so lebhaft zu. Mehrere kleine Tische standen in gleichmäßigem Abstand voneinander an den Wänden, und auf einen von diesen fiel Cosmos Blick, weil die Kerzen in dem darüber angebrachten Wandarm angezündet waren. Das Tischtuch war von blendender Weiße, und Signor Cantelucci stand respektvoll mit der Serviette in der Hand neben dem einzigen Gast, der mit dem Rücken zur Tür saß.

Cosmo glaubte unbemerkt eingetreten zu sein. Doch ehe er noch den Raum zur Hälfte durchquert hatte, trat ihm ernst und aufmerksam Signor Cantelucci entgegen, dessen Blicke unablässig umhergewandert waren, während er in tief ergebener Haltung unbeweglich am Tisch des vornehmen Gastes gestanden hatte. Cantelucci verbeugte sich. Der Signore habe vielleicht nichts dagegen, bei seinem berühmten Landsmann Platz zu nehmen?

»Falls mein Landsmann nichts dagegen hat, gern«, stimmte Cosmo bereitwillig zu. Er war ganz überzeugt, daß dies der Arzt sein müsse, von dem Spire gesprochen.

Cantelucci bezweifelte nicht, daß die Gesellschaft Seiner Exzellenz seinem berühmten Landsmanne hochwillkommen sei. Er trat beiseite und flüsterte: »Er ist eine sehr vornehme Persönlichkeit. Einer meiner geschätztesten Gäste...« Die solchermaßen empfohlene Persönlichkeit drehte den von einem hohen Rockkragen umschlossenen Hals und wandte Cosmo ein rundes Gesicht mit glattrasiertem Kinn, buschigen Brauen, runden Augen und schmalen Lippen zu, die etwas griesgrämig herunterhingen, sich aber sogleich zur Andeutung eines korrekten Lächelns verzogen. Auch Cosmo brachte ein solches Lächeln hervor. Die Herren musterten einander schweigend, während Cantelucci ebenfalls schweigend eine tiefe Verbeugung ausführte.

»Setzen Sie sich doch, Sir, setzen Sie sich«, sagte der Ältere (den Cosmo auf weit über vierzig schätzte), übertönte mit seiner Stimme den Lärm der Gäste am Marinetisch und deutete zugleich auf den leeren Stuhl gegenüber dem seinen. Dieser wies eine hohe, geschnitzte Lehne mit Spuren von Vergoldung auf, und die Seide des Bezuges war fadenscheinig. Cosmo setzte sich und Cantelucci verschwand. Cosmos Gegenüber brüllte förmlich: »Es ist mir ein Vergnügen!« und ließ dieser Verlautbarung sogleich ein kräftiges »Oh, verflucht« folgen. Dann beugte er sich vor: »Man kann bei diesem Krach das eigene Wort nicht verstehen. Das sind gewiß lauter Helden da drüben, doch ist kein einziger Gentleman darunter.«

Er lehnte sich zurück und wartete ab, bis der Sturm des Gelächtes am Tisch der Offiziere sich gelegt hatte. Wieder senkten sich seine Mundwinkel, und Cosmo kam zu dem Schluß, daß dieses Gesicht für gewöhnlich gewiß einen verdrossenen Ausduck zeige.

»Ich weiß gar nicht, was diese Herren noch zu lachen haben«, begann der Andere mit einem flüchtigen Blick nach dem Marinetisch und lehnte sich vor. »Zu tun haben sie nichts mehr. Helden sind eben doch ein gedankenloses Völkchen. Sehen Sie sich bloß den ältlichen Leutnant da am Kopfe der Tafel an. Schäbiger Rock. Alte Epauletten. Der lacht nicht. Der wird als Leutnant sterben – bei halben Bezügen. So enden die Helden, wenn die heldischen Zeiten vorbei sind.«

»Es freut mich«, sagte Cosmo fest, »daß Sie wenigstens den Heroismus dieser Männer anerkennen.«

Der Andere machte den Mund auf, doch verging noch ein Weilchen, ehe er lachte, was seinem Gesicht den Ausdruck einer etwas brutalen Heiterkeit verlieh.

»Glauben Sie nur nicht, daß ich unsere Marine schlecht machen will. Ich hatte die Ehre, mit dem wahrlich größten ihrer Helden bekannt zu werden. Jawohl, ich habe zweimal mit Lord Nelson gesprochen ... Nun, der war gewiß kein ...«

Er unterbrach sich, schaute auf und sah den völlig unbeweglichen Blick Cosmos auf sich ruhen. Er versetzte mißmutig:

»Ich wollte sagen, er jedenfalls war unzweifelhaft ein Held. Ich weiß noch, daß ich meine Worte sehr in acht nahm. Ich mußte mich damals im Gespräch mit jedermann sehr in acht nehmen. Es hätte leicht jemandem in den Kopf kommen können, mich an einer Rah aufzuknüpfen.«

»Gleichwohl beneide ich Sie um dieses Erlebnis«, sagte Cosmo liebenswürdig. »Ich nehme an, Sie hatten ein reines Gewissen.«

»Ich habe mich zeitlebens bemüht, meinem Gewissen nicht zu erlauben, mich zu beunruhigen«, versetzte der Andere in einem Ton, der schroff war, ohne beleidigend zu sein, »und ich lebe nun schon eine ganze Weile. Ich bin in Wirklichkeit viel älter

als ich aussehe«, schloß er und sah Cosmo so scharf an, daß der junge Mann ein Lächeln nicht unterdrücken konnte.
Der andere ließ die Augen ein Weilchen auf Cosmo ruhen und richtete sie alsdann auf eine Tür in dem entfernten Teil des langen Speisesaales, so als erwarte er ungeduldig das Essen. Dann gab er es auf und sagte:
»Ein Mensch, der in den letzten zwanzig Jahren ein tätiges, ich wiederhole, ein tätiges Leben geführt hat, darf sich mit Recht so alt fühlen wie Methusalem. Lord Nelson bezeichnet nur eine Episode in meinem Leben. Ich frage mich übrigens, was er, lebte er noch, von den augenblicklichen Zuständen hielte.«
Eine leichte Bewegung seiner Hand schien diese Bemerkung auch auf die Welt außerhalb des lärmerfüllten Raumes mit seiner gewölbten Decke auszudehnen. Cosmo bemerkte, daß diese Hand kräftig, wohlgeformt und außerordentlich gepflegt war.
»Man kann sich leicht denken, was er davon hielte, wäre er noch am Leben.« Cosmos Stimme war bei diesen Worten ganz ausdruckslos. Sein Gesprächspartner knurrte leise.
»Hm. Er hätte endlos über alles und jedes gestöhnt und gejammert. Nein, lachend hätte er sich nicht darüber hinweggesetzt. Sehr unbefriedigender Allgemeinzustand. Entsetzlicher Hypochonder ... ich bin nämlich Arzt, müssen Sie wissen.«
Cantelucci hatte die Bedienung dieser beiden Gäste selber übernommen. Er reichte dem Arzt eine mit der Serviette umwickelte, dampfende Suppenterrine. Dieser nahm sogleich eine geschäftsmäßige Miene an, und Cosmo reichte ihm auf sein Verlangen den Teller hinüber. Der Arzt schöpfte behutsam die Teller voll.
»Vergessen Sie nicht meinen Wein, Anselmo«, sagte er zu Cantelucci, der dies mit tiefer Verbeugung quittierte. »Ich habe ihm mal das Leben gerettet«, setzte er erklärend hinzu, als der Gastwirt sich zurückgezogen hatte.
Er sagte das mit ganz besonderer Betonung. Cosmo, den die-

ser Mann einesteils abstieß, anderenteils belustigte, fragte, ob der brave Wirt sehr krank gewesen sei. Der Arzt schluckte den letzten Löffel Suppe.
»Krank«? fragte er. »Er hatte eine klaffende Wunde in der Seite und an den Beinen vierzig Pfund schwere Ketten. Beide Beschwerden habe ich geheilt, nicht ohne mich einiger Gefahr auszusetzen, wie Sie sich leicht denken können. Damals grassierte in Süditalien die Seuche des Hängens und Erschießens.«
Er nahm Cosmos prüfenden Blick wahr und mühte sich, durch Heben der Mundwinkel seinem breiten, rosigen Gesicht einen liebenswürdigen Ausdruck zu verleihen. »Das war 1799. Ein Wunder, daß ich nicht auch daran gestorben bin. Ich war damals noch recht jung, und meine menschlichen Impulse, meine Begeisterungsfähigkeit und Ähnliches hatten mich in ziemlich schlechte Gesellschaft gebracht. Allerdings besaß ich auch wieder gute Freunde. Kurz und gut, ich bin in Italien ein recht bekannter Mann. Ich heiße Martel, Doktor Martel. Sie haben vermutlich schon von mir gehört...«
Er warf Cosmo, der sich stumm verbeugt hatte, einen forschenden Blick zu und fuhr gleich fort: »Ich habe die Pockenschutzimpfung in Italien eingeführt. Cantelucci hat mir vorhin Ihren Namen gesagt, doch habe ich ihn nicht verstanden.«
»Mein Name ist Latham«, sagte Cosmo, »und vor zwei Tagen habe ich zum ersten Mal den Fuß auf italienischen Boden gesetzt.«
Der Arzt sah jäh auf. »Latham? Wohl aus Yorkshire, was?«
»Ja«, lächelte Cosmo.
»Aha. Sir Charles...«
»Ist mein Vater.«
»Richtig, richtig. Diente bei der Garde. Ich war mit seinem Regimentsarzt bekannt. Er hat in Italien geheiratet. Der Name der Dame ist mir entfallen. Na, das ist längst vorbei. Hundert Jahre könnte das her sein.«

»Sie meinen: Seither ist soviel Geschichte gemacht worden.«
»Ja, unendlich viel Geschichte«, stimmte der Arzt zu, unterbrach sich dann aber, um sich zu erkundigen: »Können Sie mir sagen, was dabei herauskommen soll?«
Cosmo erwiderte nichts. Cantelucci hatte während dieses Gespräches den Wein gebracht, der Arzt füllte zwei Gläser, wartete einen Moment auf Cosmos Antwort, und als der junge Mann stumm blieb, sagte er:
»Dann wollen wir auf den Frieden anstoßen.«
Er stürzte den Wein hinunter, während Cosmo gemächlich trank. Als sie die geleerten Gläser niedersetzten, wurden sie durch ein fürchterliches Gebrüll erschreckt, das den Saal von einem Ende zum anderen füllte und den Zweck hatte, die Herren Offiziere wissen zu lassen, das Boot liege an der Brücke. Der Arzt verzog sein Gesicht.
»Hören Sie die Stimme des britischen Löwen, Mr. Latham?« fragte er mißmutig. »Na, jetzt wird es hier wenigstens etwas ruhiger werden.«
Jene Marineoffiziere, die an Bord zurückkehren mußten, standen allesamt auf und verließen rasch den Saal. Drei oder vier, die längeren Urlaub hatten, rückten aneinander, steckten die Köpfe zusammen und begannen ein gedämpftes Gespräch. Cosmo, der zum Ausgang schaute, glaubte am Ende des Saales den Matrosen zu erkennen, dem er am frühen Abend begegnet war. Der folgte jetzt den abgehenden Offizieren. Die anderen Gäste, jene nüchternen, dunkelgekleideten Gestalten, von denen viele noch gepuderte Frisuren trugen, verließen den Saal ebenfalls. Cantelucci brachte das nächste Gericht, trat zurück, verneigte sich und blieb stehen. Auf den Lärm des Aufbruchs war nun tiefe Stille gefolgt.
»Erstklassig«, sagte Doktor Martel zu Cosmo, nachdem er gekostet hatte, und nickte Cantelucci zu, der nach einer neuerlichen Verbeugung unverändert würdevoll rückwärts abging.

»Natürlich italienische Küche, aber ich bin inzwischen selber Italiener geworden. Ich liebe die Italiener nicht, doch habe ich mir in vielen Dingen ihren Geschmack angeeignet. Ehe diese Mahlzeit herum ist, werden Sie die perfekteste Küche in ganz Italien kennengelernt haben, doch dürfen Sie nicht vergessen: Sie teilen hier meine Mahlzeit. Sie müssen nicht glauben, daß den anderen Gästen die gleichen Gerichte serviert worden sind wie uns.«

Cosmo deutete eine Verbeugung an. »Ich weiß die Ehre wohl zu schätzen«, sagte er.

»Die Ehre und das Vergnügen sind ganz auf meiner Seite, das versichere ich Ihnen«, sagte der Arzt lässig und blickte derweil angewidert auf das Grüppchen der Offiziere mit Nachturlaub, die ihre Beratung beendet und sich alle zugleich erhoben hatten wie Männer, die sich für eine anregende Unternehmung entschieden haben. Nur der ältliche Leutnant blieb ein wenig zurück, warf den Landsleuten an dem kleinen Tisch einen Blick zu und folgte seinen Kameraden weniger eifrig.

»Diese Herren bevorzugen ein zähes Ochsenviertel oder einen halb gebratenen Hammel, und das weiß Cantelucci genau. Was die Gesellschaft angeht, die dort an dem anderen Tisch saß, so haben Sie wohl selbst gesehen, um was für Leute es sich handelte. Kleine Beamte, irgendwelche Händler. Ich bin überzeugt, daß Sie aus deren Taschen – und es waren doch gewiß gegen zwanzig Personen – insgesamt nicht den Gegenwert von einem Pfund Sterling zusammenkratzen könnten. Und auch das weiß Cantelucci. Nun ja. Immerhin geht sein Geschäft recht gut, wenn mit dem Haus auch nicht viel Staat zu machen ist. Was tun Sie eigentlich hier, Mr. Latham?«

»Nun«, erwiderte Cosmo gutartig lächelnd, »ich bin hier abgestiegen, geradeso wie Sie selber.«

»Aber Sie haben Cantelucci nie das Leben gerettet wie ich, und das ist der Grund, warum ich hier absteige: aus reiner Freundlichkeit und um ihm Gelegenheit zu geben, mir seine Dankbarkeit zu erweisen ... lassen Sie mich nachschenken. Kein übler Wein, was?«

»Vortrefflicher Wein. Was ist es für welcher?«

»Das weiß der Himmel. Nennen wir ihn Canteluccis Dankgebet. Er eignet sich jedenfalls gut dazu, diese Gerichte herunterzuspülen. Völlerei ist ein böses Laster, doch der Ehrgeiz, gut zu essen, ist so ungefähr der einzige Ehrgeiz, dem man nachgeben kann, ohne seine Mitmenschen zu schädigen.«

»So habe ich es noch nie betrachtet«, murmelte Cosmo abwesend, denn er hatte sich gerade gefragt, warum er diesen freundlichen Tischgenossen nicht leiden könne, und war zu dem Ergebnis gelangt, Schuld sei dessen zwischen Mißmut und Heiterkeit schwankende, ungewisse Miene, dazu noch etwas anderes, ein unbestimmtes Etwas, das von diesem ansehnlichen, properen, behaglich scheinenden Menschen ausging. Dieses Etwas war nicht eigentlich herausfordernd und auch nicht unverschämt. Cosmo wunderte sich darüber, daß er einem Menschen mißtraute, der offensichtlich mitteilsam und gar nicht neugierig war. In diesem Augenblick vernahm er eine an ihn gerichtete direkte Frage:

»Sie sind über Paris gekommen, wie?«

»Ja, und durch die Schweiz.«

»Ah, Paris. Wie es da heutzutage wohl aussieht? Sicher voll von Engländern. Wie lange ist es doch nur her, daß ich zuletzt dort war? Ha, seither sind viele edle Häupter von ihren Rümpfen getrennt worden. Ich will sehen, daß ich wieder einmal hinkomme. Seltsame Zeiten. Ich habe hier etliche Briefe vorgefunden. Der Herzog von Wellington muß ja sehr unbeliebt sein, wie? Unausstehlich herablassend, was?«

»Ich habe den Herzog nur zwei- oder dreimal gesehen«, versetzte Cosmo. »Ich kann Ihnen versichern, daß jedermann ihn mit ausgezeichneter Hochachtung behandelt.«

»Selbstverständlich, selbstverständlich. Ich möchte aber wetten, daß die Ausländer sich ins Fäustchen lachen, weil sie die Sache ohne ihn zu Ende gebracht haben.«

»Sie haben keinen Grund, stolz zu sein«, sagte Cosmo verächtlich. »Ihre zahlenmäßige Überlegenheit...«

»Richtig. Es war mehr eine Völkerwanderung bewaffneter Stämme als eine Armee. Trotzdem werden sie sich ihres Erfolges rühmen. Man weiß auch nicht, was der Herzog selber darüber denkt ... ich frage mich, ob er den Anderen bei gleichen Voraussetzungen hätte besiegen können. Nun, das wird man nicht mehr erfahren.«

Cosmo hatte das Gefühl, einer Geschichte mit zweifelhafter Moral gelauscht zu haben. Er antwortete nicht. Cantelucci war gekommen und wieder gegangen, schweigsam und mit den üblichen zwei feierlichen Verbeugungen. Auf seinem Rückzug löschte er alle Kerzen auf den Mitteltischen und war nicht mehr zu sehen. Von seinem beleuchteten Platz aus sah Cosmo nur die Schatten in dem langen, refektoriumähnlichen Raum mit den hohen, durch Läden gesicherten Fenstern, die wie für Statuen bestimmte Nischen wirkten. Doch das Murmeln auf der Piazza drang gedämpft an sein Ohr. Vor Cosmos inneres Auge trat der weitläufige, mit Steinplatten ausgelegte Platz, den schattenhafte, palastartige Steinmassen einfaßten, in denen hier und dort Lichter blinkten und über denen der dicht mit Sternen besetzte, vollkommen wolkenlose Nachthimmel hing.

»Diese Herberge ist sehr ruhig«, bemerkte er.

»Den Vorzug hat sie jedenfalls. Die Mauern sind dick, sehen Sie selbst. Es ist ein unvollendeter Palast, unvollendet, was die Inneneinrichtung betrifft, die sehr prächtig werden sollte und nicht nur prächtig, sondern auch kostspielig. Der Eigentümer, oder besser der Erbauer, ist dort draußen in der Diele Hungers gestorben.«

»Hungers gestorben?« wiederholte Cosmo.

»Kein Zweifel. Es geschah während der Belagerung von Genua. Sie wissen doch von jener Belagerung?«
Cosmo besann sich. »Ich war damals noch ein Kind.«
Der von Cantelucci so geschätzte Gast knackte eine Walnuß und sah dann Cosmo an.
»Sie waren damals gewiß noch keine sieben Jahre alt«, sagte er dann abschätzend. »Als ich erstmals mit dem Pockenserum nach Italien kam, redete man in Florenz noch viel über die Heirat Ihres Vaters. Ich erinnere mich genau, wenn es mir auch vorkommt, als sei das alles in einer anderen Welt geschehen. Ja, zweifellos starb er den Hungertod, wie zehntausend andere Genuesen auch. Er konnte sich nicht an der allgemeinen Jagd auf Abfälle beteiligen, er konnte auch nicht des Nachts in den Festungsgräben nach Brennesseln suchen. Niemand hätte bemerkt, daß er schon einen Monat tot war, hätte nicht das von einem der Blockadeschiffe des Admirals Keith abgefeuerte Geschoß die Tür aufgesprengt. Man fand ihn am Fuße der Treppe, und angeblich hatte er die Taschen voller Goldstücke. Doch daraus machte sich damals niemand etwas. Hätte er ein paar halb abgenagte Knochen in der Tasche gehabt, wäre es gewiß zu Blutvergießen gekommen. Ich halte es für möglich, daß damals in diesen Wänden Gold versteckt war und vielleicht auch heute noch ist. Nun, man warf den Leichnam auf einen Karren, und die Behörden ließen den Eingang vernageln. Und in diesem Zustand verblieb das Haus jahrelang, weil die Erben mit dem unfertigen Palast nichts zu schaffen haben wollten. Der letzte dieser Erben ist vermutlich im russischen Schnee umgekommen. Dann tauchte Cantelucci auf, und da er einen Schreiber in der Verwaltung kannte, gab man ihm die Erlaubnis, das Bauwerk als Herberge zu benutzen. Er hat mir erzählt, daß er bei der Übernahme des Hauses mehrere Dukatenstücke gefunden hat. Vermutlich ließ er davon die Wände tünchen, denn ich kann mir nicht denken, daß er damals Geld hatte.«

»Vielleicht hat er eines jener Verstecke entdeckt, von denen Sie vorhin sprachen«, meinte Cosmo.

»Was – Cantelucci? Der hat gewiß nicht nach Gold gesucht, der schwebt immer in den Wolken. Aber er hat uns im Hause des Verhungerten eine gute Mahlzeit serviert, nicht wahr? Vor sechzehn Jahren war er in Neapel, ein Jakobiner, ein Franzosenfreund, ein Rebell, ein Verräter an seinem König, wenn man so will – doch hat er ein gutes Gedächtnis, das läßt sich nicht bestreiten.«

»So stammt er aus Neapel?« fragte Cosmo. »Ich hatte mir die Neapolitaner ganz anders vorgestellt.«

»Das weiß nur Gott. Er war jedenfalls dort, und ich habe ihn nicht weiter gefragt. Die Royalisten hielten ihn gefangen, die Reaktionäre. Damals war ich noch viel jünger und vielleicht auch menschlicher. Wer ein Herz im Leibe hatte, konnte nicht mit ansehen, wie man diese Menschen behandelte, Leute von Bildung, von Intelligenz, von geistigem Rang. Die neapolitanischen Jakobiner waren kein Pöbel. Sie waren Männer von Geist und Ideen, die Crème aller Klassen. Es waren echte Liberale. Man nannte sie gleichwohl Jakobiner, und es wundert Sie vielleicht, daß ich als Engländer...«

Cosmo blickte auf, als der Arzt so plötzlich verstummte und sah, daß er den trüben Blick und den stumpfen Ausdruck eines Menschen angenommen hatte, der mit sich nicht zufrieden ist. Cosmo beeilte sich, zu versichern, er selber sei kein Freund der Reaktion und ganz gewiß nicht anmaßend genug, über die Handlungen Älterer zu urteilen. Ohne zu erkennen zu geben, ob er diese Worte gehört, zeigte der Arzt ein schwaches und mißmutiges Lächeln. Er rührte sich erst, als Cosmo nach längerer Pause fragte: »Erwarten Sie für heute Abend Besuch?«

Der Arzt zuckte zusammen.

»Ich? Besuch? Warum fragen Sie?«

»Weil in den letzten fünf Minuten zweimal jemand den Kopf

zur Tür hereingesteckt hat. Und da ich weder Besucher noch Boten erwarte, nahm ich an, es gelte Ihnen. Ich kenne niemanden in der Stadt.« Der Arzt blieb völlig reglos. Cosmo, der die entfernte Tür im Auge behalten hatte, erblickte den Kopf von neuem und rief ihm zu. Daraufhin trat der Besitzer des Kopfes herein und hatte den Saal noch nicht zur Hälfte durchschritten, als Cosmo in ihm auch schon den beleibten Spire erkannte. Zu seiner großen Überraschung trat Spire aber nicht an den Tisch heran, sondern blieb stehen und machte eine unverständliche Gebärde.

Das war nun eine sonderbare Aufführung. Der Arzt saß unbeweglich da. Cosmo entschuldigte sich und folgte Spire, der, kaum daß er seinen Herrn sich hatte erheben sehen, rasch zur Tür gegangen war. Der Arzt gab keine Antwort und Cosmo verließ ihn, der einen Ellenbogen auf den Tisch gestützt hatte und nachdenklich dreinsah. In der nur schwach erleuchteten Diele fand Cosmo seinen Diener, der ihn zwischen dem Fuße der Treppe und einer Tür erwartete, die, wie Cosmo mutmaßte, zum Comptoir der Herberge führte. Wieder machte Spire jene unbestimmte Gebärde, die eine Warnung auszudrücken schien, und trat auf Zehenspitzen zu seinem Herren.

»Nun, was soll das? Was soll das heißen, daß du mir mit dem Arm vor dem Gesicht herumfuchtelst?« fragte Cosmo scharf. Spire antwortete mit einem warnenden »Pst«.

»Es ist doch niemand hier«, sagte Cosmo, senkte aber gleichwohl die Stimme.

»Ich wollte Ihnen nur sagen, Sir, ich habe den Burschen gesehen.«

»Welchen Burschen? Ach, richtig. Den Burschen mit der Mütze. Wo hast du ihn gesehen?«

»Er ist hier«, sagte Spire und deutete auf die geschlossene Tür.

»Dort? Was soll ein solcher Mensch da drinnen? Hast du mit ihm gesprochen?«

»Nein, Sir. Er ist gerade erst gekommen und kann inzwischen schon wieder weg sein. Ich glaube es aber nicht.«

»Ah – du glaubst es nicht. Weißt du, was er hier will?«

Spire beantwortete diese Frage nicht, sagte aber nach kurzem Zögern: »Ich werde nachsehen gehen. Wenn Sie dort stehen bleiben, Sir, können Sie in das Zimmer blicken. Vielleicht ist es nicht der, den Sie meinen.«

Ohne eine Antwort abzuwarten, ging er auf die geschlossene Tür zu und riß sie weit auf. Der Raum, kleiner als der Speisesaal, diesem im übrigen aber sehr ähnlich, wurde nur matt von zwei qualmenden Öllampen erhellt, die über einer auf Böcken liegenden Tischplatte hingen, an deren Längsseiten Holzbänke standen. Das Licht war zwar schlecht, doch erkannte Cosmo sogleich die sonderbare Mütze. Ihr Träger saß auf einer der Bänke, hatte die Ellenbogen auf die Tischplatte gestützt und beugte sich gegen einen blonden Mädchenkopf vor, der von einem Spitzenschal halb verdeckt wurde. Beide waren so sehr in ein ernstes Gespräch vertieft, daß sie Spires Eintreten gar nicht beachteten. Cosmo hatte gerade noch Gelegenheit, die schöne Schulterlinie des Mädchens zu bemerken, das ihm halb den Rücken zuwandte, da schloß Spire die Tür.

II

Als Cosmo sein Schlafzimmer betrat, sah er, daß die Scheite im Kamin noch brannten; das Licht der flackernden Flammen zuckte über die geschlossenen Vorhänge und die nur undeutlich sichtbare Masse des Himmelbettes. Er sah auch, daß Spire nach seiner Weisung den Schreibtisch hergerichtet und den Wandschirm um den einladend dastehenden Sessel aufgestellt hatte. Er setzte sich nicht zum Schreibtisch nieder. Stärker als je zuvor auf dieser Reise empfand er, daß er seiner Schwester in einem Augenblick erheiterter Bereitwilligkeit ein leichtsinniges Versprechen gegeben hatte. In Paris wurde ihm zum ersten Mal klar, wie schwierig es war, dies Versprechen zu halten. Henrietta hätte gewiß gerne erfahren, wen er kennengelernt, hätte gewiß gerne eine Beschreibung der großen Welt gehabt, dieser Engländer, Franzosen, Deutschen und Polen, die neuerdings den Luxus freizügigen Reisens genossen. Nun war er gewiß einer erklecklichen Zahl von Menschen begegnet, doch bestand das Problem darin zu wissen, was davon man einem jungen Mädchen mitteilen durfte, das die Welt nicht kannte, auf dem Lande herangewachsen war und eigentlich keine rechte Vorstellung von der wahren Natur der Menschen besaß. Er gestand sich selbstkritisch und aufrichtig ein, daß er selber nicht genau wußte, wie die wahre Natur des Menschen beschaffen sei. Er war noch ein Neuling, und sie war gewiß zu unschuldig, als daß er ihr hätte erklären dürfen, wessen er die Menschheit verdächtigte. Es war nicht einmal leicht, eine Beschreibung der Äußerlichkeiten dieser Welt zu geben – jedenfalls nicht eine für Henrietta geeignete Beschreibung. Sicherlich war die Welt amüsant. O ja, amüsant war sie; doch schon während er dies dachte, verspürte er Widerwillen. Kurz vor seiner Abreise aus Paris hatte er eine Abendgesellschaft bei einer großen Dame besucht. Unter den Gästen war ein Mensch, den man aus irgendeinem Grunde plötzlich verdächtigte, ein Taschendieb zu sein. Er war ungemein häßlich und fiel darum auf.

Die große Dame, befragt ob sie ihn eingeladen habe, bestritt, ihm je zuvor begegnet zu sein, doch er behauptete, im Verlaufe des Abends bereits mit ihr geplaudert zu haben. Die Dame erklärte nun, falls er wirklich derjenige sei, für den er sich ausgebe, so könne er ihres Wissens gar nicht in Paris sein, sondern müsse sich gerade jetzt in Irland aufhalten. Alles in allem eine sonderbare Begebenheit. Cosmo hatte nicht erfahren, wie es ausgegangen war, denn sein Freund Hollis führte ihn weg, um ihn einer Mrs. R. vorzustellen, die sehr liebenswürdig war und ihn mit der Aufzählung sämtlicher Fertigkeiten ihrer Tochter unterhielt, während die Tochter selber im Raume anwesend war, augenscheinlich sehr hübsch und gescheit, aber auch ein wenig seltsam; denn als man ihn ihr kurz darauf vorstellte, plauderte sie zwar sehr charmant, doch absolut kühl und distanziert eine halbe Stunde mit ihm über Herzensangelegenheiten. Des weiteren war da Lady Jane, sehr im Vordergrund, sehr umworben, die mit der lieblichsten Stimme höchst freie, wenn nicht gar liederliche Dinge sagte. Wie sollte er Henrietta in diesem Fall von seinem Eindruck berichten? Um die Wahrheit zu gestehen, hatte ihm Lady Jane für ein Weilchen geradezu den Kopf verdreht; sie hatte ihn, wie man so sagt, seit der Abreise von Paris bis zur Ankunft in Canteluccis Herberge nicht in Frieden gelassen. Jetzt allerdings war sie ihm untreu geworden. Oder hatte er sie vielleicht zugunsten fesselnder Tagesereignisse vernachlässigt und in jene Rumpelkammer verwiesen, wo unsere Erfahrungen lagern? War es denn wirklich denkbar, daß sich zur Zeit des Sonnenunterganges zwischen ihn und Lady Jane die Gestalt eines schäbig gekleideten Menschen in engen Kniehosen und schlechten Stiefeln geschoben haben sollte? Cosmo kam unvermittelt der Gedanke, daß das Eigenleben des Menschen doch etwas recht Absonderliches ist. Er konnte seiner Schwester schreiben, daß er noch keine drei Stunden nach seiner Ankunft in Genua in die Beförderung geheimer Schriftstücke von Italien nach der Insel Elba verwickelt worden war. Henrietta hatte ihm feierlich auf die Seele gebunden, alles über Napoleon zu berichten, was er entdecken, hören oder auch nur vermuten würde. Er hatte eine Menge ganz ausgefallener Geschichten gehört; zwar hatte er selber keine Vermutungen angestellt, war dafür jedoch in Gesellschaft von Personen gewesen, die überhaupt nichts anderes taten: verängstigte Menschen, frohlockende Menschen, niedergeschlagene Menschen, frivole Menschen, Menschen, die sich eine geheimnisvolle oder eine verächtliche Miene gaben. Doch jetzt hatte er persönlichen Kontakt gewonnen, er war einem Manne aus dem Volke behilflich gewesen, der eine geheimnisvolle Korrespondenz mit Elba unterhielt. Darüber also konnte er berichten, aber lohnte sich das? Er kam endlich zu dem Entschluß, diesen Abend überhaupt nicht nach Hause zu schreiben, schob den Tisch weg, ließ sich in den Sessel fallen und streckte die Füße dem Feuer entgegen. Sein Gesicht verdüsterte sich. Reglos schien er mit offenen Augen zu schlafen. Der rote Schein des Feuers spielte in den starr geöffneten Augen, und er wirkte allen äußeren Eindrücken unzugänglich. Doch hörte er, wie Spire diskret an der Tür klopfte. Cosmo wollte ihm impulsiv zurufen, er werde nicht benötigt, doch überlegte er sich's anders und sagte: »Herein.«

Spire machte behutsam die Tür zu, ging durchs Zimmer und legte ein Scheit ins Feuer. Dann sagte er:

»Ich kann heute Abend kein heißes Wasser bekommen, Sir. Es tut mir sehr leid, Sir, und soll nicht wieder passieren.« Dabei dachte er: Es geschieht ihm recht, warum sucht er sich auch eine solche Herberge aus! Cosmo blickte schweigend ins Feuer, und als er sich endlich losriß, sah er, daß Spire gerade ein Paar Hausschuhe aus glänzendem Leder mit roten Absätzen vor ihn hinstellte.

»Wollen Sie die Stiefel ausziehen, Sir?« fragte er gedämpft. Cosmo ließ sich die Stiefel ausziehen. »Wollen Sie jetzt zu Bett gehen?« fragte Spire im gleichen gedämpften Ton.

»Nein, aber du brauchst nicht aufzubleiben. Ich benötige dich heute abend nicht mehr.«

»Sehr wohl, Sir.« Spire verharrte noch, die Stiefel in der Hand. »Die kleinen Pistolen liegen auf dem Nachttisch, Sir. Ich habe die Ladungen geprüft. Gerade jetzt treibt sich alles mögliche Pack in der Stadt umher, wie ich höre. Der Riegel an dieser Tür ist nichts wert. Ich schlafe vor Ihrem Zimmer im Korridor, Sir. Man wird mir dort einen Strohsack hinlegen.«

»Das ist doch zu kalt!« protestierte Cosmo.

»Es wird schon gehen, Sir. Ich habe mir die Pelzdecke aus der Kutsche geholt. Ich habe die Kutsche übrigens ganz ausräumen lassen, Sir, denn im Hof ist es nicht sicher. Soweit ich sehe, ist in diesem Haus überhaupt nichts sicher, Sir.«

Cosmo nickte zerstreut. »Einen Augenblick, Spire – der Mann mit der Mütze – ist er immer noch unten?«

Spire beschloß, keinesfalls dabei behilflich zu sein, einen von diesen Strolchen heraufkommen zu lassen. »Der ist schon lange weg, Sir«, versetzte er ungerührt.

Cosmo sah lebhaft den Mann vor sich, der den Eindruck gemacht hatte, als sei er in ein ernstes, fesselndes Gespräch vertieft, das gewiß die halbe Nacht hindurch währen sollte.

»Er gehört wohl nicht zum Haus?« fragte er.

»Nein, Sir, er kam einzig, um mit einer jungen Frau zu sprechen. Ehe ich heraufging, sah ich ihn sich von ihr verabschieden. Er ist wohl der, den Sie meinen?«

»Ja«, sagte Cosmo, »das ist er gewiß. Vermutlich wird er wieder mal herkommen.«

Spire gab unwillig zu, daß dies wahrscheinlich sei. Der Mann habe der jungen Frau eine endlose Geschichte erzählt. »Sie ist sehr hübsch, Sir.«

»Ist sie als Bediente hier im Haus?«

»O nein, Sir. Sie kam mit dem alten Halsabschneider, mit dem Schuhmacher. Die beiden scheinen sich zu kennen. Die Gesichter der Leute in diesem Hause gefallen mir nicht.«

»Kannst du es einrichten, daß ich mit jenem Mann unter vier Augen spreche, wenn er das nächste Mal herkommt?« fragte Cosmo.

Spire begegnete diesem Vorschlag mit tiefem Schweigen.

»Kannst du das einrichten?« beharrte Cosmo.

Der nun folgenden, anscheinend nicht zur Sache gehörenden Bemerkung ging ein abschätziges Hochziehen der Brauen voran. »Es ist höchst bedauerlich, Sir, daß dies Haus allem möglichen Pack offensteht.«

»Hm. Nun, denk dir was aus, Spire. Und jetzt kannst du gehen.«

Spire, die Stiefel in der Hand, ging bis zur Tür, drehte sich aber noch einmal um. »Ich sehe keinen anderen Weg, Sir, als sich mit der jungen Frau anzufreunden.« Ehe Cosmo sich noch von seiner Verblüffung über diese positive Auskunft erholen konnte, war Spire hinausgegangen und hatte die Tür zugemacht.

Cosmo schlief tief, aber unruhig. Von Zeit zu Zeit schreckte er empor, lag mit geöffneten Augen auf dem Rücken, wußte nicht, wo er eigentlich sei und war wieder eingeschlafen, ehe er Zeit gefunden, sich auch nur umzudrehen. Das erste, was er nach dem Erwachen tat, war, ein Billet an die Gräfin de Montevesso zu kritzeln, in dem er bat, ihr noch diesen Vormittag aufwarten zu dürfen. Während er die Adresse schrieb, lächelte er bei dem

Gedanken, daß es ja schließlich doch die kleine Adèle sei, an die er sich nur vage erinnerte, vorzüglich als ein blondes Köpfchen nahe dem Sessel des Vaters im großen Salon, dessen Fenster auf die westliche Terrasse blickten. War er als Schüler in den Ferien zu Hause gewesen, hatte er die beiden Mädchen eigentlich nur abends zu Gesicht bekommen. Er hatte sich draußen getummelt, während sie mit ihrer Erzieherin im Hause geblieben waren. Als ihm nun einfiel, wie er gelegentlich den dunklen und den blonden Kopf von ferne hatte im Park wandeln sehen, wurde er neugieriger auf die Gräfin de Montevesso, als wenn sie ihm ganz unbekannt gewesen wäre. Er konnte sie sich einfach nicht als eine erwachsene, seit Jahren verheiratete Frau und als die Tochter eines Gesandten vorstellen.

Als die Familie d'Armand von Latham Hall fortgegangen war, war es für Cosmo gewesen als verblasse ein Bild, ein Bild von Gesichtern, Haltungen und Farben, und lasse den Hintergrund des heimischen Yorkshire unberührt, vor dem er sich die d'Armands nicht mehr deutlich vorstellen konnte. Er sollte nun einer im Grunde doch ganz Fremden begegnen und fragte sich, ob diese Dame, die, wenngleich noch so jung, doch schon schwere Zeiten durchlebt und zahllosen Menschen begegnet war, sich überhaupt an ihn erinnern würde. An ihn ganz persönlich – denn daß sie sein Vaterhaus nicht vergessen hatte, nahm er für gewiß, auch nicht die Steine, die Wälder oder die Bäche. Und was die Bewohner anging, so wollte es Cosmo vorkommen, als sei sie mit seinem Vater vertrauter gewesen, als er oder Henrietta es je waren. Sein Vater war kein Mann, den man vergessen konnte. Und jene Gräfin de Montevesso, die er sich weniger leicht vorstellen konnte als eine ganz Fremde, würde sich seiner Mutter besser erinnern als er selbst. Sie hatte seine Mutter drei Jahre täglich viele Stunden lang gesehen, während er doch nur in langen Abständen nach Hause gekommen war und bei seinen Aufenthalten Lady Latham als etwas

Selbstverständliches hingenommen hatte, als eine freundliche, heitere, wunderschön gekleidete Gegenwart.
Er reichte Spire das Billet und befahl ihm, es durch einen der zerlumpten Eckensteher vor dem Hotel spedieren zu lassen. Der Bote solle auf Antwort warten. Dann trat er ans Fenster und mußte bemerken, daß er von dort keine gute Aussicht hatte. Es befand sich zu hoch über dem Platz; der Blick hinunter wurde durch vorspringende Balkons behindert. Doch war der Himmel von einer ganz besonders intensiven Bläue, und Sonnenstrahlen fielen schräg auf die Dächer der Häuser am jenseitigen Rande der Piazza. Als er das Fenster öffnete, fühlte er sich von der herben, reinen Luft belebt. Hier oben drang ihm das gedämpfte Murmeln von menschlichen Stimmen ebenso ans Ohr, wie abends zuvor durch die geschlossenen Fensterläden des Speisesaales, und es war, als sei die Bevölkerung gar nicht schlafen gegangen.
Während ihm Spire das Frühstück im Zimmer servierte, versuchte er sich vorzustellen, wie die Gräfin de Montevesso aussehen mochte: Dasselbe hellhaarige Haupt, nur würden jetzt die Locken nicht mehr auf die Schultern fallen, sondern ohne Zweifel sehr kleidsam hochgesteckt und vielleicht mit den Jahren gedunkelt sein. Eben das Haar einer Gesandtentochter, die imstande war, Menschen und Dinge zu beurteilen. Eine Frau in bedeutender Stellung, eine sehr vornehme Dame. Vielleicht nichts weiter, als eine vornehme Dame. Doch da kam ihm mit neuer Kraft die Erinnerung an das Kind, an das anmutige, stille Mädchen, mit dem etwas schüchternen, aber zutraulichen Gehaben, an die Hand des Vaters, die über das Blondhaar strich... Nein. Nicht bloß eine vornehme Dame.
Cosmo war kein geborener Gesellschaftsmensch. Zwar war er nicht eigentlich scheu, doch mangelte ihm jene Sicherheit des Auftretens, die ihm sein gutes Aussehen und seine gesellschaftliche Stellung ermöglicht hätten. Er sah überall eitle Spiegel-

fechterei, und die unbezweifelbare Liebenswürdigkeit, der er begegnete, besonders bei den Frauen, war ihm stets verdächtig, denn er nahm sie nicht als Belohnung für seine Verdienste, von denen er nichts ahnte, sondern für den Ausdruck seichter, gutmütiger Anteilnahme. Er glaubte, er benehme sich in Gesellschaft linkisch. Gerade der Glanz jener gesellschaftlichen Veranstaltungen, an welchen er nun schon häufiger teilgenommen, stimmte ihn niedergeschlagen. Wenn er mit einer schönen Frau plauderte, konnte es geschehen, daß ihn die Gewißheit überkam, er sei für dieses Leben nicht gemacht, und dann zog er sich unvermittelt in sein Schneckenhaus zurück. Auf diese Weise war er in den Ruf gelangt, ein wenig sonderbar zu sein. Er wußte das sogar bis zu einem gewissen Grade, er wußte aber nicht, daß eben dies ihn interessant machte.

Während er nun versuchte, etwas von seinem Frühstück zu sich zu nehmen, überkam ihn Schüchternheit. Eigentlich habe ich keine Lust, die Gräfin zu besuchen, dachte er. Dann erinnerte er sich aber des Tones, in dem sein Vater von Adèle gesprochen hatte, und hielt es nicht für ausgeschlossen, daß er eine ungewöhnliche Persönlichkeit treffen werde. Cosmo hatte das allergrößte Vertrauen in seinen Vater, wenn er auch wußte, daß er ihn nie wirklich verstanden hatte... Doch wenn sie eine so ungewöhnliche Frau ist, überlegte er weiter, kann sie unmöglich Interesse für einen ungeschliffenen Schulknaben aufbringen, aus dem ein recht bedeutungsloser junger Mann geworden ist. Sie würde sich zweifellos liebenswürdig genug zeigen...

»Räum das Zeug hier weg und geh hinunter. Sieh nach, ob der Bote schon zurück ist, Spire«, sagte er.

Der Bote war noch nicht zurück, und mit Hilfe Spires begann Cosmo, sorgsam Toilette zu machen. Das Knüpfen des Halstuches erwies sich als ärgerliche Affäre, und ärgerlich berührte ihn auch Spires Gesicht, der wähend dieses Geschäftes ohne eine Miene zu verziehen den Spiegel vor ihn hielt. Cosmo verdarb zwei Halstücher und zeigte sich sehr unzufrieden mit Schnitt und Farbe etlicher Kleidungsstücke, die Spire ihm eines nach dem anderen reichte. Die Herrenmode war einfach lächerlich. Cosmo zwang sich, seine grillenhafte Unzufriedenheit mit den gewohnten Dingen zu unterdrücken, und beendete seine Garderobe. Dann schickte er Spire wiederum hinunter, damit er sich nach dem Verbleib des Boten erkundige. Spire verschwand gehorsam, doch kaum war er weg, kam es Cosmo vor, als werde er nie zurückkehren. Kein Spire mehr da, und auch kein Klingelzug im Zimmer.

Cosmo steckte den Kopf zur Tür hinaus. Im Treppenhaus herrschte Grabesstille. Eine schwarzgekleidete Frau, die neben einem Wassereimer auf den Knien lag und die Korridordielen scheuerte, sah zu ihm empor. Cosmo zog den Kopf zurück. Was für eine bejammernswerte alte Hexe... Sicher würde man ihn gut aufnehmen, man würde ihn auch mit allen möglichen Leuten bekanntmachen. Mit was für Menschen mochte sie sich umgeben? Zweifellos stand ihr Haus allen offen: Österreichern, Italienern, Franzosen, der gesamten triumphierenden Reaktion, all den unsichtbar gewesenen Häuptern, die nun giftgeladen, rachsüchtig, tyrannisch und verabscheuenswert wieder auftauchten, nachdem der Sturm sich gelegt. Wo, zum Teufel, blieb nur Spire?

Das bis zum Fußboden reichende hohe Fenster war offen geblieben, und jetzt drang der Ton einer Trommel an Cosmos Ohr. Er trat auf den Balkon hinaus und sah eine Kompanie von Infanteristen in weißen Röcken um eine Ecke des Platzes marschieren. Österreicher! Ganz recht, die Stunde gehörte ihnen. Hinter ihm sagte eine Stimme: »Der Bote ist zurück, Sir.« Cosmo trat ins Zimmer und sah, daß Spire nichts in der Hand hielt. »Ich bringe eine mündliche Antwort, Sir.«

»Wie lautet sie? Du hast doch wohl nicht mit dem Boten gesprochen, was?«

»Ich habe den Boten gesehen, Sir, doch die Antwort hat mir der Wirt übersetzt, der ein wenig Englisch spricht. Die Dame wird Sie mit Vergnügen empfangen, und zwar so bald wie möglich nach der vierten Stunde. Man hat hier eine ganz eigene Zeitrechnung, Sir, und soweit ich verstehe, handelt es sich um die Zeit zwischen zehn und elf Uhr. Jedenfalls sagt Cantelucci das, und der kann die Zeit richtig von einer englischen Uhr ablesen.«

»Mach das Fenster zu, Spire. Ich mag die Trommel nicht hören. Richtig, das heißt gleich nach zehn Uhr. Was hat den Kerl aber so lange aufgehalten? Ist das Haus denn so weit entfernt?«

»Nein, Sir, es scheint im Gegenteil ganz in der Nähe zu sein. Er hat solange gebraucht, weil er versucht hat, Ihr Billet der Dame vom Hause selbst zu geben, und das hat Schwierigkeiten gemacht. Der Wirt sagt, der Mann habe das Billet nicht dem Pförtner ausgehändigt, sondern sei durch den Kücheneingang in den Flur gegangen und habe sich eine Weile da herumgedrückt.«

Cosmo sah Spire scharf an, dessen Miene nicht den geringsten Kommentar zu diesem sonderbaren Vorgehen abgab.

»Sich im Flur herumgedrückt!« wiederholte Cosmo. »Und hat er die Dame angetroffen?«

»Offenbar nicht. Cantelucci beschimpfte ihn, weil er solange ausgeblieben ist, doch der Bursche sagte, er hätte es recht machen wollen. Er wäre auch jetzt noch da, wenn nicht eine Schwarze aufgetaucht wäre und ihm das Billet aus der Hand gerissen hätte. Sie war es auch, die die Antwort der Dame überbrachte.

»Ah, ja«, sagte Cosmo. »Erinnerst du dich nicht der schwarzen Dienerin?«

»Doch, Sir. Ich erinnere mich genau. Sie wohnte bei der Haushälterin. Sie hat sehr schnell Englisch gelernt, war aber ein rechter Brausekopf.«

»So?«
Spire machte sich mit der Bürste an Cosmos Hut zu schaffen und erläuterte: »Sie verstand keinen Spaß, Sir.«
Er begleitete Cosmo bis in die Diele, wo Cantelucci mit der ihm eigenen Gemessenheit und einer tiefen Verbeugung fragte, ob der Signore einer Kutsche bedürfe. Cosmo zog es vor, zu gehen. Der Junge, der Cosmos Billet überbracht hatte, erhielt deshalb Auftrag, den englischen Lord zum Palazzo Brignoli zu führen. Er hatte dichte, ungebärdige Locken und trug eine Jacke, die irgendwann einmal einem Husaren gehört haben mochte; Knöpfe und Tressen waren abgerissen, und in jedem Ellenbogen klaffte ein Loch. Seine Wangen waren eingesunken, seine Augen rollten ausdrucksvoll, und wenn er lächelte, sah man ein sehr gesundes Gebiß.
»Si, si, Palazzo Rosso«, sagte er.
Cantelucci erläuterte in seiner unerschütterlich gemessenen Art, daß der Palast im Volksmund so heiße wegen des roten Granitgesteins, aus dem er erbaut sei. Dann sprang der schmalgesichtige Junge vor Cosmo über den Platz und blickte sich gelegentlich um. Angesichts des unvergleichlichen Zaubers und der Schönheit dieser Stadt schwanden Cosmos Zweifel und Befürchtungen. Wo eine enge Gasse auf einen ebenfalls kleinen Platz mündete, in dessen Mitte etliche Bäume standen, blieb der zerlumpte Junge stehen, zeigte auf ein dunkles, prächtiges Haus und ließ ihn allein. Schwer und drohend, geschmückt und wuchtig, mit düsterer Fassade und gewaltigen plastischen Verzierungen, wirkte der Palast, in dem die kleine Adèle wohnte, auf Cosmo wie ein luxuriöses Gefängnis. An das Portal mit den schweren, eisenbeschlagenen Türen gelangte man über die flachen Stufen einer halbkreisförmig angeordneten Treppe, deren Aufgänge von je einem riesigen Vogel Greif behütet wurden, der wachsam samt Flügeln und Klauen auf einer schmalen, hohen Säule saß. Als er die Stufen erstieg, sah

Cosmo, daß die schwere Tür angelehnt stand, weit genug geöffnet jedenfalls, um ihn hindurchschlüpfen zu lassen, und schon gewahrte er auch, noch in dem düsteren Bogen des Portals stehend, Sonnenlicht auf den Oleandern im Innenhof, der mit Marmorplatten ausgelegt war und von wo eine breite Treppe zu der mit Rundbögen versehenen Galerie des Obergeschosses führte.

Cosmo hatte weder einen Pförtner noch sonst ein lebendes Wesen gesehen, und nirgends war ein Geräusch vernehmlich oder eine Bewegung sichtbar. Selbst die Blätter des Oleander raschelten nicht. Das schräg einfallende Morgenlicht erzeugte Schatten und ließ auf einer Wand zwei Dreiecke entstehen, ein dunkles und ein feuerrot erglühendes. Und Cosmo stand für Augenblicke wie verzaubert unter dem Eindruck entleerter Pracht, Größe und Verlassenheit.

Hinter ihm ließ sich aus dem düsteren Portal, das er soeben durchschritten, eine Stimme vernehmen: »Gehen Sie hinauf, Signore!« Cosmo begann die offene Treppe zu ersteigen und fühlte sich so verlegen, als sei er von tausend Augen beobachtet worden. Auf der Galerie angelangt, zögerte er, denn alle ihm sichtbaren Türen blieben geschlossen, und er vernahm nichts weiter als das Plätschern des Springbrunnens im Innenhof.

Ehe er einen Entschluß fassen konnte, öffnete sich die Tür ihm gegenüber ziemlich weit, doch konnte er die öffnende Person erst erkennen, als er in ein Vorzimmer eingetreten war, wo vor weißen Wänden schmale, in Rot und Gold gehaltene Polsterbänke standen. Die Tür schloß sich hinter ihm, er drehte sich um und stand vor einer dunklen, dicken Mulattin, die ihn mit dem Ausdruck höchster Bewunderung anstarrte. Sie klatschte verzückt in die Hände, riß den Mund auf und zeigte weiße Zähne, während sie gedämpft lachte.

»*Bonjour*, Aglae«, sagte Cosmo prompt.

Wieder lachte die Frau entzückt. »Sie erinnern meinen Namen, Mr. Cosmo! Sie machen mir richtig Angst, so groß geworden. Ich weiß noch, wie Sie auf die Bäume geklettert und schwarzem Mädchen schöne, reife Äpfel zugeworfen...« Ihre Augen funkelten und rollten ganz unglaublich.

Cosmo fühlte sich so angerührt bei dieser Erinnerung an seine Knabenzeit, daß er bereitwillig zustimmte, als sie nun sagte: »Das war eine schöne Zeit«, was wiederum neues, jubelndes Lachen hervorrief. Doch beherrschte Aglae sich offensichtlich, ihr Lachen klang gedämpft. Es war nicht mehr das unbeschwerte, lärmende Lachen, das so exotisch in den düsteren Dienstbotenquartieren von Latham Hall zu gellen pflegte, obschon Aglae auch dort versucht hatte, sich Gewalt anzutun, um Tadeln oder höhnischen Bemerkungen am Dienstbotentisch zu entgehen. Ihr Lachen brach nun ab, und Aglae erkundigte sich nüchtern und respektvoll, wie es dem Seignior gehe. Cosmo erwiderte, sein Vater sei wohlauf.

»Er ist ein großer Herr«, bemerkte Aglae. »Ich immer zittern, wenn ihn sehen. Auch Sie sind vornehmer Herr, Mr. Cosmo.«

Sie ging auf eine der ins Innere des Hauses führenden Türen zu, doch als Cosmo ihr folgte, wehrte sie ihm mit einer Handbewegung, öffnete die Tür ein wenig, kam zurück und flüsterte: »Nur damit ich Klingel besser höre... Wollen Sie einen Augenblick hier warten?« fragte sie dann ängstlich.

»Gut«, sagte Cosmo. »Aber vor mir werden Sie doch wohl nicht zittern, Aglae. Was ist denn eigentlich los?«

»Nichts ist los.« Aglae warf mit einem Anflug ihres früheren Temperamentes den Kopf zurück, der mit einem Tuch umwunden war. Cosmo belustigte das. »Ich zittere nicht vor Ihnen«, fuhr sie fort. »Habe Sie immer gerne. Ich freue mich mit meinem Herzen, daß Sie hier sind.«

Und dabei wandte sie nicht eine Sekunde das Ohr von der Tür, die sie einen Spalt breit geöffnet hatte. Sie trug ein hochgeschnürtes Kleid aus weißer Baumwolle, weiße Strümpfe und genuesische Pantoffeln. Die dunkelbraunen Hände bewegten sich nervös.

»Und wie geht es Madame la Comtesse?« fragte Cosmo.

»Miß Adèle sehr gut. Jedenfalls sagt sie das immer. Jetzt sehr große Dame. Die ganze Stadt hier zu Besuch, aber Miß Adèle möchten Sie allein sehen nach all diesen Jahren.«

»Das ist sehr gütig von ihr«, sagte Cosmo. »Ich fragte mich, ob sie sich überhaupt an mich erinnern würde.«

Die freudige Erregung des Wiedersehens hatte sich unterdessen von Aglaes Gesicht verloren, und Cosmo merkte überrascht, wie versorgt es aussah. Im Augenblick mutete es ihn an wie eine tragische Maske, doch dann blitzten die weißen Zähne, was aber gar nicht nach einem Lächeln aussah.

»Sie erinnert alles«, sagte Aglae. »Sie ... sie ... Mr. Cosmo, Sie kein Kind mehr. Ich sage Ihnen, Miß Adèle hat keinen ruhigen Augenblick gehabt, seit sie weggefahren ist von Ihrem großen Landhaus an einem sehr kalten Abend. Ich erinnere sehr gut. Kleine Vögel tot von den Bäumen gefallen. Fast selber tot umgefallen.«

»Ich war damals im Internat«, sagte Cosmo. Er wußte noch, daß das Verschwinden dieser Menschen ihm bei seiner Rückkehr keinen großen Eindruck gemacht hatte. Gefehlt hatte ihm der Blondkopf der fremden Adèle neben dem dunklen Kopf seiner Schwester Henrietta. Aber schon am Abend darauf hatte er auch den nicht mehr vermißt!

Während ihm solche Gedanken durch den Sinn gingen, wartete er und sah Aglae mit einem kleinen Lächeln an, ohne sich dessen bewußt zu sein. Die Mulattin schien sich ganz auf das erwartete Klingelzeichen zu konzentrieren. Endlich ertönte die Klingel. Auch Cosmo vernahm sie, von ganz ferne, kaum hörbar und anhaltend. Eine Handklingel.

»Jetzt«, flüsterte Aglae, und Cosmo folgte ihr durch eine Reihe von prachtvoll proportionierten, aber kärglich möblierten Räumen, die durch halbgeschlossene Jalousien vor dem vollen Einfall des Lichtes geschützt wurden. Der Durchblick durch diese Räume endete an einer in Weiß und Gold gehaltenen Tür, vor der Aglae stehenblieb und ihn über die Schulter anblickte. Ihre Miene drückte Neugier, Besorgnis, vielleicht auch Zögern aus, gewiß aber lächelte sie nicht. Sein eigenes Lächeln war förmlich auf seinen Lippen erstarrt. Ehe sie die Klinke niederdrückte, lauschte die Mulattin ein Weilchen. Dann öffnete sie die Tür und gab den Blick auf einen ganz von Licht durchfluteten Raum frei, den Cosmo jedoch nicht völlig übersehen konnte, da ein Wandschirm im Wege war. Ehe er die Schwelle überschritt, dachte er noch: ›Das kann ja interessant werden‹, dann hörte er, wie sich die Tür hinter ihm schloß und sah sich sozusagen alleingelassen mit dem schweren Wandschirm aus gemustertem Samt und drei Fenstern, durch welche der Sonnenschein so ungehemmt einfiel, daß Cosmo nach seinem langen Aufenthalt im Halbdunkel geblendet wurde.

Er trat um den Wandschirm herum und sah erstaunt, wie groß der Raum war. Hier und dort bemerkte er ähnliche Wandschirme, dazu überraschend viele elegante Möbel, zwischen denen er sich recht verloren vorkam. Dies alles blitzte, blinkte und glühte farbenprächtig im frischen Glanz des sonnigen Morgens.

›Es ist ja niemand da‹, dachte er halb enttäuscht, halb erleichtert. Zu seiner Linken erhob sich über einem rechteckigen Teppich, der einem Blumenbeet glich, ein weißer Kamin, der nach Ausmaß und Pracht einem niedrigen, reichverzierten Portal ähnelte, und darüber erstreckte sich bis zur Kranzleiste der Decke ein gewaltiger Spiegel. Er trat auf die Blumen, nun schon ein wenig verstimmt, und entdeckte erst jetzt am anderen Ende des Raumes, in der Ecke hinter einem vierten Fenster, eine Dame, die mit dem Rücken zu ihm am Schreibtisch saß. Durch das Schnitzwerk der Stuhllehne schimmerte ihr Gewand, das einzige Blau im Zimmer. Um die Schultern sah er ein weißes Spitzengebilde. Sie hielt den blonden Kopf gebeugt und schrieb rasch. Wer das nun auch sein mochte, sie schien sich seiner Anwesenheit nicht bewußt. Cosmo überlegte: sollte er schweigend verharren, sollte er etwas sagen, oder sollte er sie nur durch ein diskretes Hüsteln auf sich aufmerksam machen? Was für eine blöde Situation! dachte er. In diesem Augenblick legte die Dame die Feder weg und erhob sich jäh von ihrem Stuhl; doch war da ein merkbares Zögern, ehe sie sich umwandte und auf ihn zukam. Sie war hochgewachsen. Auf andere Art ins Haus eingeführt, wäre er der Überzeugung, dies könne unmöglich die Dame sein, die er zu sehen gekommen, ohne weiteres erlegen. So aber fühlte Cosmo sich nur etwas schuldbewußt, ganz als sei er versehentlich in das falsche Haus geraten. Ihm wurde klar, daß die Dame sich vom Augenblick seines Eintretens an seiner Gegenwart bewußt gewesen war. Der ernste Ausdruck ihrer Augen, die auf ihm ruhten, machte ihm tiefen Eindruck. Die Schleppe des blauen Gewandes glitt hinter ihr her über den Fußboden. Den wohlgeformten Kopf umgab eine prächtige Fülle blonder Locken, und als sie nähertrat, bemerkte Cosmo, wie ihre Wangen an Farbe verloren; ganz augenscheinlich war sie zuvor errötet. Sie blieb stehen und fragte ohne Betonung:

»Erkennen Sie mich nicht?«

Er gewann zwar die Sprache wieder, nicht aber die Macht über seine Gedanken, die von einem Gewirr starker und flüchtiger Impulse bedrängt wurden.

»Ich habe Sie nie gekannt«, sagte er im Ton tiefster Überzeugung.

Sie lächelte – (Cosmo wußte genau, daß er nie zuvor ein solches Lächeln, ja nicht einmal die Verheißung etwas annähernd so Bezaubernden gesehen hatte) – und ließ sich auf ein Sofa sinken, dessen aschgrauer Seidenbrokat und geschnitzte, goldgeränderte und mit Blumen bemalte Lehne dank der Farbe ihres Gewandes und der Anmut ihrer Haltung einen außerordentlichen Wert bekamen. Sie deutete auf einen Sessel in der Nähe, und Cosmo setzte sich. Zwischen ihnen stand ein sehr kleines Tischchen aus mit Silber eingelegtem Elfenbein und darauf ruhte ihre Hand. Cosmo betrachtete diese andächtig wie einen Kunstgegenstand, ehe er den Blick zu ihrem erwartungsvollen Gesicht hob.

»Sagen Sie offen: Glaubten Sie nicht, man habe einen ganz Fremden zu Ihnen geführt?«

Er sagte das sehr ernst, doch sie antwortete heiter: »Ich hatte geradezu Angst, mich umzudrehen. Ich saß mit dem Rücken zu Ihnen. Natürlich war das absurd, nachdem ich unklug genug gewesen war, Sie auf den Vormittag herzubitten. Sie waren so still, daß ich glaubte, Sie seien am Ende wieder gegangen. Das erschreckte mich, ich sprang auf, aber ich hätte nicht zu zögern brauchen. Sie sind immer noch der gleiche Junge.«

Cosmo achtete kaum auf das, was sie sagte. Ohne Zurückhaltung und ohne Verstellung verschlang er sie förmlich mit bewundernden Augen und sprach bei sich: ›Ist es denn möglich, – dies – Adèle?‹ Er faßte sich aber genug, um zu bemerken: »Männer verändern sich wohl langsamer und überhaupt nicht so radikal wie Frauen.« Die Gräfin de Montevesso teilte diese Ansicht nicht, oder wenigstens doch nicht in diesem Falle.

»Daran liegt es nicht. Ich weiß das, weil ich Sie mit jener Aufmerksamkeit zu betrachten pflegte, auf die Sie als künftiger Erbe des Namens Latham Anspruch hatten, während Sie das französische Mädchen niemals mit mehr als einem flüchtigen Blick beehrten. Und warum hätten Sie sich anders verhalten sollen? Sie hatten Hunde, Pferde und Ihre erste Büchse. Sie zeigten diese Büchse Ihrer Schwester und mir, als wir im Park spazieren gingen. Sie riefen uns etwas zu, Sie kamen über das

Gras herangelaufen und schwenkten diese Flinte, während die Erzieherin, – ihren Namen weiß ich nicht mehr – Ihnen zuschrie: ›*Oh, mon Dieu, n'approchez pas!*‹ Sie achteten aber nicht im geringsten darauf. Sie hatten ein ganz rotes Gesicht. Selbstverständlich ängstigte das Geschrei uns anfänglich, und gerade als wir begannen, an Ihrer Flinte Interesse zu nehmen, da gingen Sie mit verächtlicher Miene davon.«

»So schlecht habe ich mich aufgeführt?« fragte Cosmo und fühlte sich plötzlich in der Gesellschaft dieser Dame, mit der er nicht einmal eine formelle Begrüßung getauscht hatte, sehr wohl. Sie wurde lebhafter. Da er seine Schwester recht lieb hatte, beantwortete er unzählige Fragen über Henrietta ausführlich und mit Vergnügen. Von diesem Thema ging dann die Dame auf dem Sofa, die ehemals Adèle d'Armand gewesen sein mochte oder auch nicht, zu einer Reihe von Fragen über, die das Haus und dessen Bewohner betrafen und aus denen eine liebevoll wachgehaltene Erinnerung an jene Tage sprach. Auch der Landschaft schien sie ein warmherziges Andenken zu bewahren, und Cosmo fühlte sich hier sogleich angesprochen. Sie erinnerte sich gewisser Stellen im Park und gewisser Aussichtspunkte in der Nachbarschaft, als sei sie erst im vergangenen Jahr dort gewesen. Sie schien sich auch an jeden einzelnen Dienstboten im Hause zu erinnern. So fragte sie nach Spire.

»Den hab ich mit«, sagte Cosmo. »Er ist natürlich schon etwas ältlich.«

Er vergaß fast, zu wem er da sprach. Ohne sie besonders deutlich mit dem Kind Adèle zu identifizieren, nahm er die Gräfin de Montevesso doch als etwas Selbstverständliches hin. Es entzückte ihn, sie so gelassen und natürlich zu sehen. Der erste Eindruck ihrer Erscheinung befestigte sich in ihm, wozu noch die Wirkung der tiefblauen Augen trat, die einen Ernst ausstrahlten, welcher ihn nachdenklich stimmte. Und er war ihr ungemein dankbar dafür, daß sie ihm auch nicht einen einzigen Augenblick jener Verlegenheit bereitet hatte, unter der er in Gesellschaft so leicht litt. Allerdings konnte nicht bezweifelt werden, daß die kleine Adèle (wenn es je eine kleine Adèle gegeben hatte) nun fürwahr eine ganz, ganz vornehme Dame war. Und doch liebte sie das alte Haus in Yorkshire und alles, was dazu gehörte. Das unterlag ebenfalls keinem Zweifel. Was sie über seine Mutter sagte, rührte und überraschte Cosmo. Ihre Worte schienen auf Tiefen in der Mutter hinzudeuten, von denen er, der Sohn, und Henrietta, die Tochter, nichts geahnt hatten. Dagegen fiel es Cosmo auf, daß sein Vater, dessen Wohlbefinden eine ihrer ersten Fragen gegolten hatte, nicht wieder erwähnt wurde.

»Wollen Sie längere Zeit in Genua bleiben?« fragte sie nach einer Gesprächspause.

»Nun, ein paar Tage wohl«, sagte Cosmo unbestimmt, denn er wußte nicht, welche Antwort sie auf diese Frage erwartete, die erste, die sich nicht mit Yorkshire befaßte. Er merkte jetzt, daß sein Interesse am übrigen Italien gering war. Eine einfache Gedankenverbindung ließ ihn an den Ablauf der Zeit denken. Er hob den Blick zu einer Messingscheibe mit schwarzen Zeigern, die ihm gegenüber am Ende des Zimmers über einer der beiden Türen hing. Die schwarzen Zeiger rückten auf die Elf vor, doch was seine Augen hinderte, sogleich wieder die verzückte Betrachtung der Gräfin de Montevesso aufzunehmen, war der Umstand, daß die Tür unter der Uhr sich ein wenig bewegt zu haben schien.

»Ich will dies und das von Italien sehen«, sagte er. »Ich verfüge im Grunde nach Belieben über meine Zeit und habe nichts zu tun. Es scheint mir, daß der Hauptzweck meiner Reise bereits erreicht ist. Ich glaube, es würde meinen Vater nicht überraschen, wenn ich von Genua gleich nach Hause zurückkehrte.«

Die Gräfin blickte bei diesen Worten auf, zwei Augenpaare ruhten ein Weilchen ineinander, und Cosmo dachte: ›Was rede ich da bloß zusammen?‹ Er sah, wie ihre Lippen die Worte bildeten, die er fürchtete:
»Hat Sir Charles Ihnen eine Bestellung an mich aufgetragen?«
Er begriff, daß er diese Frage herausgefordert hatte. Es war ein peinlicher Moment, der immerhin lange genug währte, um der Gräfin Gelegenheit zu geben, einen gleichmütigen Ausdruck anzunehmen, der verblüffend von dem gedämpften Ton ihrer Frage abwich.
»Nein«, sagte Cosmo der Wahrheit gemäß. »Ich habe einzig eine Botschaft für Ihren Vater.« Er verstummte. »Doch will ich Ihnen etwas erzählen, das Henrietta mir ganz kurz vor meiner Abreise mitteilte. Sie sagte mir, daß mein Vater, nachdem er von Ihrer Heirat erfahren hatte, tagelang einzig an Sie gedacht hat.« Er wagte nicht, sie anzuschauen, fügte aber impulsiv hinzu: »Mein Vater hat Sie sehr geliebt, das ist uns Kindern nicht entgangen, Ad...«
»Warum sprechen Sie meinen Namen nicht zu Ende?« fragte ihre verführerische Stimme.
Cosmo errötete. »Nun ja, ich habe Sie nie bei einem anderen Namen nennen hören, und so kam er mir unwillkürlich auf die Lippen, denn Sie müssen doch Adèle sein.«
Madame de Montevesso, die förmlich an Cosmos Lippen gehangen hatte, sah mit Befremden, daß er angespannt in den Teil des Zimmers starrte, dem sie den Rücken zuwandte. Eben, als er seine gleichsam entschuldigende Antwort gab, hatte er gesehen, wie sich die Tür unter der Uhr geräuschlos öffnete und wie, ebenfalls geräuschlos und mit etwas Unbestimmbarem in jeder Bewegung, ein junges Mädchen (nichts hätte überraschender sein können) hereinkam, gekleidet in eine Art Négligé bestehend aus weißem Rock und langer rosa Jacke von einem Stoff, der wie Seide glänzte. Sie blieb nach wenigen

Schritten stehen. Sie war recht klein, ihr Haar sehr schwarz und straff aus der Stirn zurückgekämmt. Cosmo war überzeugt (obgleich er das nicht sehen konnte), daß sie einen einzigen dicken Zopf trug. Ihr Gesicht war ein kurzes Oval, das Kinn stumpf, die Nase etwas zu groß, und die schwarzen Augen waren kreisrund. Cosmo hatte Zeit, alles zu betrachten, denn die Verblüffung hinderte ihn, wegzusehen. Das Mädchen kam zwar langsam, doch nicht im geringsten zögernd näher, und starrte ohne zu blinzeln Cosmo an, der in seiner übergroßen Verlegenheit schließlich aufstand. Nun blieb das Mädchen stehen, und für Sekunden erstarrten alle drei in diesem Zimmer Anwesenden zu vollkommener Reglosigkeit. Dann blickte die Gräfin lässig über die Schulter und sagte zu Cosmo:

»Clelia, die Nichte meines Mannes.« Cosmo verneigte sich tief vor der Besitzerin der runden schwarzen Augen. »Ich wußte bis vor zirka vierzehn Tagen nichts von ihrem Vorhandensein«, fügte Madame de Montevesso wegwerfend hinzu. Das glotzende, rundäugige Mädchen machte vor Cosmo einen Knicks.

»Mein Mann«, fuhr Adèle fort, »hält sich auch zwei alte Tanten hier im Hause. Ich habe sie noch nie zu sehen bekommen. Das Haus ist sehr groß.«

Cosmo nahm wieder Platz, und es entstand neuerlich ein Schweigen. Das Mädchen setzte sich seitlich auf den Stuhl vor dem Schreibtisch, stützte die Arme auf die Rückenlehne und das Kinn in die Hände. Die runden Augen musterten Cosmo mit einer Art animalischer Unbefangenheit. Er fand nun, daß es Zeit sei, seinen Besuch zu beenden. Er wäre auch gleich aufgestanden, hätte die Gräfin ihn nicht gerade jetzt, immer noch auf Englisch, angesprochen. Sie schien zu ahnen, was in seinem Kopfe vorging.

»Gehen Sie noch nicht«, sagte sie mit völlig gleichmütiger Stimme, »wir sprachen soeben von Ihrem Vater.«

»Von ihm ist nichts weiter zu berichten«, versetzte Cosmo. »Ich habe Ihnen, so gut ich es vermag, alles erzählt.«

Sie neigte das Haupt ein wenig und fuhr im gleichen, unbewegten Ton fort: »Zur Zeit ist der Hof hier und mit ihm auch die Mehrzahl der fremden Gesandten. Wir erwarten die Ankunft der Königin von Sardinien, die vielleicht im Laufe des Monats eintreffen wird, vielleicht aber auch nicht. Man hält Genua für einen sehr guten Beobachtungsposten, doch gibt es momentan diplomatisch nichts zu beobachten. Wir haben fast alle unsere Energien verbraucht. Wir klatschen ein wenig übereinander, wir warten darauf, daß der Wiener Kongreß zu Ende geht, und erörtern die neuesten Gerüchte. Ja. Das Spiel ist zu Ende, die Bühne leer. Ich an Ihrer Stelle würde hier ein wenig verweilen.«

»Ich habe auch die Absicht, eine Weile zu bleiben«, erklärte Cosmo, plötzlich sehr entschlossen.

»So ist es recht«, sagte sie in demselben, gleichgültig klingenden Ton. »Warten Sie aber noch damit, Briefe nach Hause zu schreiben. Sie haben alte Erinnerungen in mir aufgestört, an unvorstellbar ferne Dinge«, fuhr sie mit einer Stimme fort, die, wenn möglich, noch gleichgültiger klang, »und schlafende Empfindungen geweckt, die einem anderen Zeitalter anzugehören scheinen.« Dazu lächelte Cosmo. Das rundäugige Mädchen verhielt sich vollkommen ruhig und blickte wachsam herüber. Madame de Montevesso schien Cosmos Gedanken zu lesen.

»Ja«, bekräftigte sie, »ich komme mir alt vor, und alles liegt sehr weit fort. Ich bin jetzt sechsundzwanzig und bald zehn Jahre verheiratet.«

Cosmo schaute sie an und dachte bei sich, daß jene zehn Jahre die erregendsten Jahre in der Geschichte Europas gewesen waren. Er sagte: »Ich verstehe gut, daß Yorkshire Ihnen sehr weit weg scheint.«

»Sie schreiben doch gewiß oft nach Hause?«

Cosmo wehrte sich dagegen, als einer jener Menschen betrachtet zu werden, die in Briefen ihre Reisen beschreiben. Er habe dafür kein Talent. Und was solle man auch einem Mädchen wie Henrietta schreiben, und einem Mann, der so schlicht lebe und so lange schon der Welt den Rücken gekehrt habe, wie sein Vater? Cosmo fand das schwierig. Selbstverständlich achte er darauf, sie möglichst oft wissen zu lassen, daß er heil und gesund sei.

Adèle verstand dies Verhalten. Die harmlosen Schwierigkeiten, denen ein junger Mann sich gegenübersah, der an niemanden zu schreiben hatte als an einen Vater und eine Schwester, schienen sie zu belustigen. Sie ließ sich noch einmal bestätigen, daß er keine ihm nahestehende Person zurückgelassen, der er seine Eindrücke anvertrauen könne. Cosmo versicherte, keine jener Bande geknüpft zu haben, die den Menschen veranlassen, die persönlichsten Gedanken und Empfindungen mit jemandem zu teilen.

»Ihr Vater war vermutlich ähnlich veranlagt«, sagte die Gräfin de Montevesso. »Ich stelle mir vor, es war schwer, ihm etwas recht zu machen, und noch schwerer, ihn zu erobern.«

»Was das betrifft«, sagte Cosmo, »so darf ich mit gutem Gewissen sagen, daß mich noch niemand erobert hat.« Und dazu lachte er knabenhaft. Er gestand auch, die Angewohnheit zu haben, über die meisten Dinge anders zu denken als seine Mitmenschen. »Und diese Angewohnheit hat mein Vater nie besessen«, schloß er.

Daß sie ihm so ernst zuhörte, machte ihn insgeheim beklommen. Endlich nickte sie und gab der Vermutung Ausdruck, seine Schwierigkeiten hätten ihren Grund in der Lebhaftigkeit seiner Anteilnahme. Er erwiderte, er leide am meisten darunter, daß es ihm zeitweise unmöglich sei, sich gleichaltrigen Männern verständlich zu machen.

»Und wie steht es mit den Frauen?« fragte sie ruhig.

»Ach, mit den Frauen!« antwortete er ganz ohne jede Leichtfertigkeit, »bei den Frauen versucht man es erst gar nicht.« Er hob die Augen und gehorchte einem Impuls, indem er sagte: »Sie könnten mich vielleicht verstehen, glaube ich.«

»Vielleicht darum, weil ich so viel älter bin«, erwiderte sie. Cosmo entdeckte in ihrem feingezeichneten Gesicht bei aller Anmut und Jugendfrische einen ernst fragenden Ausdruck, eine Spur, die vermutlich die Probleme des Daseins und innere Kämpfe darin zurückgelassen hatten. Das helle Tageslicht schmeichelte ihr. Ganz in den Sonnenschein getaucht, der durch alle vier Fenster hereinströmte, erschien sie ihm mit ihren blühenden Farben, der harmonischen Gestalt und der edel zusammengenommenen Haltung geradezu als ein Wunder. Er verspürte diese Wunderbarkeit ihrer ganzen Person auf gewisse Weise körperlich und glaubte, er habe sie zu lange angeschaut. Sein Blick irrte ab und traf voll in die schwarzen runden Augen des dunklen Mädchens, die wie die Augen einer sprungbereiten Katze nicht ein einziges Mal zwinkerten. Sie hatte sich nicht um Haaresbreite bewegt, und Cosmo mochte den Blick nicht von ihr wenden, ganz als sei sie wirklich eine tollgewordene Katze. Er vernahm die Stimme der Gräfin de Montevesso und mußte sich ihr zuwenden.

»Warten Sie also noch einige Tage, ehe Sie brieflich nach Hause von . . ., nun von Genua berichten.«

»Eigentlich hatte ich schon gestern schreiben wollen.«

»Was? Schon! Sie waren kaum einige Stunden hier.«

»Ja. Henrietta brennt darauf, alles zu hören, was mit dem Kaiser Napoleon zu tun hat.«

Madame de Montevesso war ehrlich überrascht. Ihre Stimme verlor den stets gleichbleibenden Charme, als sie fragte, was, um des Himmelswillen, er von hier über Napoleon schreiben könne, das er nicht in Paris schon gewußt habe.

»Er ist hier in aller Gedanken und in aller Munde«, sagte er. »Wann immer drei Menschen zusammenkommen, ist er im Geiste bei ihnen. Doch gestern Abend...«
Er war im Begriff, ihr von seinem Abenteuer auf dem Turm zu berichten, als sie unterbrach:
»Der Wiener Kongreß wird dem allen sehr bald ein Ende machen.« Das gebot Cosmos Redseligkeit Einhalt, und er sagte stattdessen: »Sehr wohl möglich. Doch gestern Abend nach meiner Ankunft fühlte ich mich ihm merkwürdig nahe. Ich bin nämlich abends noch zum Hafen hinuntergegangen.«
»Er ist ja auch ganz in der Nähe. Und was empfinden Sie hinsichtlich seiner Person?«
»Ach«, sagte Cosmo leichthin, »wie immer, das Gegenteil dessen, was andere Leute empfinden.«
Madame de Montevesso erhob sich ganz überraschend und sagte dabei:
»Ich will Sie nicht fragen, was Sie hinsichtlich meiner Person empfinden.« Cosmo stand rasch auf. Er war ein wenig größer als sie, doch waren ihrer beider Gesichter etwa in gleicher Höhe. »Ich möchte, daß Sie sich einen Eindruck von mir verschaffen, ehe Sie Ihren Reisebericht fortsetzen«, sagte Adèle. »Kommen Sie also heute Abend her. Wir erwarten etliche Leute, und, wie Sie ganz richtig gesagt haben: Wo Menschen zusammenkommen, ist Napoleon unsichtbar gegenwärtig. Sie werden meinem Vater begegnen. Erinnern Sie sich seiner überhaupt noch?«
Cosmo versicherte, sich genau an den Marquis d'Armand zu erinnern. Er war im Begriff, mit einer Verbeugung Abschied zu nehmen, als Madame de Montevesso mit den Worten »à l'Anglaise« die Hand ausstreckte. Er ergriff sie und vergaß alles in der starken Empfindung, die ihn bei dieser Berührung überkam. Er hielt die Hand noch immer, als Madame de Montevesso zu seiner großen Überraschung mit den Augen nach dem Mädchen am Schreibtisch deutete und sagte:

»Haben Sie so etwas schon einmal gesehen?«
Cosmo war perplex. Er ließ die Hand los. Er wußte nicht, was sagen, wußte nicht einmal, ob es sich für ihn schickte, zu lächeln. Madame de Montevesso fuhr mit einer Stimme, in der nicht die Spur von Gefühl mitschwang, fort: »Ich bin jetzt nie mehr unbeobachtet. Haben Sie begriffen, daß ich die Tante dieses Mädchen bin? Sie wandert in diesem Palast umher wie ein Haustier, nur eben viel aufmerksamer, und blöde ist sie schon gar nicht. Zum Glück spricht und versteht sie nur Italienisch.«
Man hatte sich langsam zum Ende des Raumes hin bewegt; nun blieb Madame de Montevesso stehen und erwiderte Cosmos abschiednehmende Verbeugung mit einem leichten Kopfnicken. Als er um den Wandschirm herum zur Tür ging, blickte Cosmo zurück und sah, daß das Mädchen sich auf dem Stuhl nicht gerührt hatte.
Er hatte halb und halb gehofft, die Mulattin werde ihn erwarten, doch gewahrte er niemanden. Als er durch den Innenhof schritt, kam er sich vor, als verlasse er ein unbewohntes Haus. In den Gassen, durch die er seinen Weg zur Herberge nahm, wimmelte es von Menschen. Der Tag war sehr warm. Schon wurden hie und da auf den Straßen Blumen feilgeboten. Bei jeder Wegbiegung erblickte er Menschen, die sorglos dreinschauten, und er fand die Frauen mit ihren seidenen Schuhen und den Spitzenschals auf dem Haar sehr reizvoll. Die Piazza war der Schauplatz unablässiger Bewegung. Hier und dort verhielt eine Gruppe, man sprach mit gedämpften Stimmen, doch mit ausdrucksvollen Gesten. Als er sich dem Hotel näherte, erblickte er flüchtig die Gestalt des Mannes, den er auf dem Turm getroffen hatte. Die Mütze war unverwechselbar. Cosmo beschleunigte den Schritt, doch war der Mann schon verschwunden. Nachdem er sich noch einmal umgesehen, erstieg Cosmo die Treppe der Herberge. In seinem Zimmer stieß er auf Spire, der methodisch Cosmos Kleidungsstücke zusammenlegte.

»Ich habe den Mann gesehen«, sagte Cosmo und reichte Spire seinen Hut.

»Ist er Ihnen gefolgt, Sir?«

»Nein, ich habe ihn von hinten gesehen, hier, dicht am Haus.«

»Es würde mich nicht wundern, wenn er im Haus wäre«, meinte Spire.

»Ich hätte ihn ohnehin auf der Piazza nicht angesprochen.«

»Nein, das wäre gewiß nicht gut«, sagte der Diener.

»Schließlich ... was soll ich ihm schon sagen«, meinte Cosmo.

Diesen Worten entnahm Spire, daß sein Herr seine Gedanken mit interessanteren Dingen zu beschäftigen hatte. Während er in seiner Arbeit fortfuhr, redete er weiter auf Cosmo ein, der sich in den Sessel geworfen hatte. Er berichtete, daß die Kutsche einer Reparatur bedürfe und daß der englische Arzt Mr. Latham fragen lasse, ob er ihm die Ehre erweisen wolle, am selben Tisch wie abends zuvor das Mittagessen mit ihm zu nehmen. Cosmo stimmte nach kurzem Zögern zu, und Spire ging hinunter, um Bescheid zu sagen.

Die der Konzentration so zuträgliche Einsamkeit vermittelte Cosmo die Erkenntnis, daß er weder zusammenhängend an die blonden Locken der Gräfin de Montevesso noch an die unklare Geschichte ihrer Heirat denken konnte. Genau genommen wußte er gar nichts darüber, und diese Unkenntnis hinderte ihn am folgerichtigen Denken; doch machte er sich die eine oder andere Vorstellung, ja, er verfiel endlich in jenen Zustand, in dem man Visionen hat. Eben daß er von ihrer Vergangenheit nichts wußte, befeuerte seine Phantasie. Intuitiv spürte er, daß er sie auf dem Höhepunkt ihrer Schönheit, in der Blüte ihrer zauberhaften Reize gesehen hatte. Eine solche Frau ist eine Macht, dachte er, und da erst fiel ihm ein, daß die Gräfin bei all ihren wunderbaren Gaben doch nicht ihr eigener Herr war.

Eine Kirchenglocke schlug dröhnend die Stunde und schreckte

ihn auf. Ehe er hinunterging, wanderte er noch einige Male in seinem Zimmer hin und her, und als er sich endlich zwang, es zu verlassen, brachte er allem, was er sehen und hören sollte, schon großen Widerwillen entgegen, empfand er die Anspüche, die die Welt an ihn stellte, als Zumutung, ganz wie ein Mann, der sich von der Seite der Geliebten losreißen muß.

III

Als Cosmo am Abend wieder vor dem Palazzo Brignoli stand, brannte die Laterne über dem gewölbten Portal. Es war auch ein Pförtner in goldbestickter Livrée und Dreispitz vorhanden, der ihn grüßte, und in dem bekannten weißen Vorzimmer mit den roten Polsterbänken wollten zwei Lakaien ihm aus dem Mantel helfen. Ein Mann in dunkler Kleidung, der sich als Leibdiener des Gesandten vorstellte, nahm Cosmo jedoch mit und führte ihn einen nur unzulänglich erhellten Korridor entlang. Er erklärte, Seine Exzellenz der Herr Gesandte wünsche Monsieur Latham einige Minuten unter vier Augen zu sprechen, bevor Monsieur Latham sich unter die Gäste mische. Das Kabinett des Gesandten, in welches der Diener Cosmo eintreten ließ, wurde von zwei Leuchtern erhellt. Cosmo hörte, Seine Exzellenz beende noch ihre Garderobe, und der Mann verschwand. Cosmo bemerkte, daß noch mehrere Türen vorhanden waren außer der, durch welche er eingetreten und die von allen die unauffälligste war, ja, sie war so unauffällig, daß man sie, da sie genau einer Partie der bemalten Täfelung entsprach, als Geheimtür hätte bezeichnen können. Die anderen Türen hatten Rahmen von kostbarem Holz in Stärke der dicken Mauern.

Eine dieser Türen öffnete sich geräuschlos, und Cosmo sah einen Mann eintreten, der größer war, als er erwartet hatte, einen Mann mit weißem Haar, in einem glänzend bestickten Rock, ein breites Ordensband über der Brust. Er trat heran, breitete die Arme aus, und Cosmo, dem es nicht entgangen war, daß eine Hand die Tabatière hielt, erduldete mit Haltung die Umarmung des Marquis d'Armand, der ihn auf die Wangen küßte und ihm dann für einen Moment die ausgestreckten Arme auf die Schultern legte.

»Setzen Sie sich, *mon enfant*«, waren seine ersten Worte, und Cosmo gehorchte, indem er gegenüber dem Sessel Platz nahm, in den der Marquis gesunken war. Eine magere weiße Hand rückte einen der Leuchter näher, und Cosmo ließ gutartig die schweigende Musterung über sich ergehen. Dieser Mann in dem prächtigen Rock, mit den weißen Haaren und dem breiten Ordensband auf der Brust, schien nichts mit dem Gast des Vaters gemein zu haben, den er als Knabe in Gesellschaft von Sir Charles im Staudengarten hatte spazieren oder am langen Tisch in der Bibliothek von Latham Hall geschäftig hatte schreiben sehen, stets mit der etwas verschüchterten Miene des Flüchtlings und beklommen wegen des Besitzes unaussprechlicher Geheimnisse, welche Beklommenheit er auch nicht ablegte, wenn er mit Sir Charles im großen Salon Backgammon spielte. Cosmo erwiderte den Blick der müden Augen und stellte dabei fest, daß der Marquis zwar alt, doch keineswegs senil aussah.

Endlich erklärte der Marquis, er gewahre die Züge des alten Freundes im Gesicht des Sohnes, und stellte mit leiser, gütiger Stimme eine Reihe von Fragen nach Sir Charles, nach London und seinen alten Freunden dort, Fragen, die Cosmo nicht immer ausführlich zu beantworten vermochte, schon gar nicht die letztgenannten.

»Ach, ich vergesse immer, daß Sie noch so jung sind!« rief sich besinnend der Gesandte. Der junge Mann, der hier freundlich lächelnd vor ihm saß, hatte seine Freunde unter seinen Altersgenossen, teilte Ansichten und Gedanken der eigenen, erst nach der Revolution herangewachsenen Generation, für welche die Revolution nur ein historisches Faktum war und deren Enthusiasmus die befremdlichsten Formen annahm. Denn die ungezügelten Hoffnungen der Jugend lassen diese unbedacht reden und zuweilen sogar unbedacht handeln. Die Generation des Marquis war da anders gewesen. Für sie hatte keine Verlockung bestanden, unbedacht zu handeln. Sie war in eine feste Ordnung hineingeboren worden. Gewiß hatten etliche Philosophen schon seit Jahren insgeheim eine Saat sentimentaler Subversion gesät, doch die Fundamente Europas hatten unerschütterlich geschienen. Er bemerkte Cosmos erwartungsvollen Gesichtsausdruck und sagte:

»Ich frage mich, was mein lieber alter Freund von den Ereignissen hält.«

»Es ist nicht leicht zu erfahren, was mein Vater denkt«, gestand Cosmo. »Und schließlich müssen Sie, Monsieur le Marquis, meinen Vater viel besser kennen als ich.«

»In der Strenge seiner Grundsätze glich Ihr Vater einem Republikaner des Altertums«, sagte der Marquis ernst. »Überrascht Sie das, mein junger Freund ...?« Cosmo schüttelte leicht den Kopf... »Doch waren wir uns immer einig. Ihr Vater wußte, was Treue ist. Die Welt hat ihn nie gekannt und wird ihn auch nie kennen. Ich aber, der ich ihm nahegekommen bin, habe für seinen Charakter und seine weitsichtige Klugheit nichts als die größte Hochachtung.«

»Ich bin glücklich, Sie das sagen zu hören«, warf Cosmo ein.

»Er war ein Verächter«, sagte der Marquis, verstummte und wiederholte dann: »Ja, *un grand dédaigneux*. Das war er. Doch von ihm nahm man das hin, wie man es sonst von keinem hingenommen hätte, denn man spürte, daß seine Verachtung nicht das Resultat niedrigen Neides oder enttäuschter Hoffnungen war. Nun kehrt die angestammte Ordnung zurück, und mein alter Freund mag sagen, was er will, er hat jedenfalls sein Teil dazu beigetragen.«

Cosmo hob den Kopf. »Das habe ich nicht geahnt«, murmelte er.

»Doch«, sagte der Marquis. »Man könnte sagen: indirekt. Ich

hatte meinen Fürsten nichts zu bieten als mein Leben, meine Tatkraft, das Opfer meiner tiefsten Gefühle als Gatte und Vater. Ich sage das nicht, um zu prahlen. Ich hätte mich gar nicht anders verhalten können. Daß ich aber überhaupt meine Arbeit tun konnte, die gewagt, manchmal geradezu verzweifelt und mehr und mehr hoffnungslos schien, dafür habe ich Ihrem Vater zu danken, *mon jeune ami*. Die Mittel dazu entstammten jenem Vermögen, das eines Tages das Ihre sein wird. Das einzige, was Ihr Vater an all dieser Tätigkeit, die er sehr wohl durchschaute, nicht verachtete, war meine Treue. Er begriff, daß diese Treue über die Intrigen, die Lügen, die selbstsüchtigen Torheiten jenes Lebens im Exil, das wir mit unseren Fürsten teilten, erhaben war. Die Fürsten selber werden nie erfahren, wie sehr sie diesem englischen Gentleman zu Dank verpflichtet sind. Wenn ich Frau und Kind verlassen mußte, tröstete mich die Gewißheit, daß seine Freundschaft und seine Obsorge unfehlbar über ihnen wachten.«

»Das alles höre ich zum ersten Mal«, sagte Cosmo. »Selbstverständlich war es mir nicht unbekannt, daß Sie beide durch eine tiefe Freundschaft verbunden waren. Dies gehört zu den wenigen Dingen, die man allgemein von meinem Vater weiß.«

»Haben Sie mir einen Brief mitgebracht?« fragte der Marquis. »Ich habe seit langer Zeit keine Nachricht mehr von ihm. Seit wir mit Hilfe meines Schwiegersohnes nach Frankreich zurückgekehrt sind, ist es fast unmöglich, eine Korrespondenz zu unterhalten. Zehn Kriegsjahre, mein lieber Freund, zehn Jahre Krieg!«

»Vater nimmt nur noch selten eine Feder in die Hand«, sagte Cosmo, »aber ...«

Der Marquis unterbrach ihn. »Wenn Sie nach Hause schreiben, lieber Freund, so schreiben Sie, daß ich niederem Ehrgeiz und unwürdiger Eitelkeit nie erlegen bin. Sagen Sie ihm, daß ich zweimal ablehnte, Gesandter in Madrid zu werden, obgleich man mich nötigte, und daß ich das Amt in der Kommission zur Festlegung der Grenzen im Benehmen mit den Verbündeten Mächten nur unter Ignorierung meiner tiefsten Gefühle und einzig zum Wohle meines besiegten Landes übernommen habe. Ich war durch meine geheimen Missionen mit vielen europäischen Staatsmännern bekanntgeworden. Ich wußte, daß man mich schätzte. Ich muß sagen, daß die Russen ganz reizend waren, und Sie dürfen Ihrem Vater mitteilen, Sir Charles Stewart habe die englischen Ansprüche in allerhöflichster Weise vorgetragen; alle diese Transaktionen wurden jedoch, genau betrachtet, auf das Recht des Stärkeren gegründet. Ich erlebte düstere Momente und litt als Franzose. Ich litt...«

Der Marquis stand auf, ging ans andere Ende des Kabinettes, kam zurück und ließ sich wieder in seinen Sessel fallen. Cosmo war von dieser Gefühlsäußerung zu überrascht, um sich zu erheben. Die Gestalt im bestickten Rock seufzte tief. »Ihr Vater weiß, daß ich, anders als viele andere Flüchtlinge, stets Franzose geblieben bin. Man hätte wohl beinahe jeden Preis bezahlt, um diese Demütigung abzuwenden.«

Cosmo sah dankerfüllt diesen Versuch des Freundes eines Königs, sich in den Augen seines Vaters gleichsam zu rechtfertigen. Er begriff, daß selbst dieser alte Royalist gezwungen gewesen war, wenigstens vorübergehend mit Bedauern an die Tage der Siege des Kaisers zu denken. Der Marquis klopfte auf die Tabatière, nahm eine Prise und erlangte die Fassung zurück. »Als man mir diesen Turiner Posten aufnötigen wollte, ging ich zum König selber und stellte ihm vor, daß ich, der ich die Gesandtschaft in Madrid ausgeschlagen, nicht wohl dieses viel geringere Amt übernehmen könne. Der König bedeutete mir jedoch, daß es sich hier um eine ganz andere Sache handele. Der König von Sardinien ist sein Schwager. Gegen solch ein Argument ließ sich nichts vorbringen. Seine Majestät hatte auch die Güte zu sagen, es liege ihm daran, mir jeden möglichen

Wunsch zu erfüllen. Mir fiel nichts ein, worum ich hätte bitten mögen, doch mußte ich auf der Stelle einen Wunsch äußern, und so bat ich denn um das Recht des Zutritts auch an Tagen, an denen der König niemanden vorläßt. Solcher Liebenswürdigkeit konnte ich einfach nicht widerstehen«, fuhr der Marquis fort. »Es ist mir gelungen, mich von den Vorurteilen freizuhalten, welche diese Restauration und ihre Aussichten vergiften und gefährden, doch bin ich als Mann meiner Zeit Royalist. Vergessen Sie nicht, dies alles Ihrem Vater zu erzählen, junger Freund.«

»Ich werde nicht verfehlen, es zu tun«, sagte Cosmo und staunte innerlich über die Kraft solch befremdlicher Argumente. Zugleich empfand er aber auch Zuneigung und Achtung für diesen alten Mann, der gegen Ende seines Lebens so furchtbar zwischen Jubel und Kummer hin und hergerissen wurde.

»Ich möchte ihn auch wissen lassen, daß Monsieur de Talleyrand mir kurz vor seiner Abreise nach Wien den Posten des Gesandten in England in Aussicht gestellt hat. Das würde ich natürlich nicht ablehnen, und sei es nur, um dem Manne näher zu sein, gegen den ich Verpflichtungen fühle, die nur zu vergleichen sind mit der Zuneigung, die ich ihm während all jener unseligen Jahre entgegengebracht habe.«

»Mein Vater«, begann Cosmo, »... ich hätte Ihnen seine Botschaft eher ausrichten sollen. Er trug mir auf, Ihnen die allerherzlichsten Wünsche zu übermitteln und Ihnen zu sagen, es sei stets ein Platz für Sie in seinem Hause, falls Sie die Pracht und die Herrlichkeit je satt bekommen sollten.«

Cosmo sah überrascht, daß der Marquis sich über die Lehne beugte und die Hand vor die Augen legte. Eine Weile herrschte völlige Stille im Raum. Dann sagte Cosmo:

»Ich glaube, da kratzt jemand an der Tür.«

Der Marquis setzte sich aufrecht, lauschte und sagte dann: »Treten Sie ein.«

Der Mann in schwarzer Kleidung, der durch die Geheimtür eintrat, blieb achtungsvoll in einiger Entfernung stehen. Der Marquis winkte ihn heran, der Mann neigte sich zum Marquis hinunter und flüsterte ihm, für Cosmo hörbar, ins Ohr: »Er ist da.« Der Marquis antwortete gedämpft: »Er ist vorzeitig gekommen. Er muß warten.« Darauf murmelte der Mann eine für Cosmo unverständliche Erwiderung. Cosmo bemerkte, wie der Marquis ihn unentschlossen anblickte, bevor er sagte:

»Mein lieber Junge, Sie werden zusammen mit mir in den Salon meiner Tochter gehen müssen. Ich wollte Sie eigentlich den Weg zurückschicken, den Sie gekommen sind, aber dieser Durchgang ist leider versperrt ... Bringen Sie ihn herein und lassen Sie ihn hier warten, sobald wir fort sind«, wies er den Mann in Schwarz an, in welchem Cosmo erst jetzt jenen Bernard erkannte, den in allen Mißgeschicken erprobten, treuen Diener der Familie d'Armand. Bernard zog sich zurück, ohne irgendwie auf Cosmos Lächeln des Wiedererkennens zu reagieren. »In meiner Stellung muß ich mich aller möglicher zweifelhafter Agenten bedienen«, sagte der Marquis. »Manche wollen nicht gesehen werden. Ihre Arbeit ist riskant. Und eben ein solcher Mann wartet auf dem Korridor.«

Cosmo sagte, er halte sich ganz zur Verfügung des Marquis, doch der Gesandte blieb sitzen und klopfte auf den Deckel der Tabatière. »Wie ich höre, waren Sie heute früh bei meiner Tochter.« Cosmo verneigte sich bejahend. Madame de Montevesso habe ihm die Ehre erwiesen, ihn diesen Vormittag zu empfangen.

»Sie sprechen sehr gut Französisch. Ich verstehe nicht, warum die Engländer als schlechte Linguisten verschrieen sind. Wir Franzosen sind da viel übler. Habt ihr Französisch miteinander gesprochen?«

»Nein«, sagte Cosmo. »Wir sprachen Englisch. Es war Madame de Montevessos Wunsch.«

»Sie hat es also nicht vergessen, wie?«
»Es hat mir großen Eindruck gemacht, daß Ihre Tochter weder die Sprache noch die Menschen noch die Umwelt ihrer Kindertage vergessen hat. Die Treue ihrer Erinnerung und die Wärme ihrer Gefühle haben mich tief gerührt.«
Sein eigener Ton wurde bei diesen Worten schwärmerisch genug, um den Marquis aufmerksam zu machen. Es entstand ein Schweigen. »Keiner von uns wird je die Tage vergessen, in denen uns eine edle und unerschöpfliche Güte zuteil wurde. Wir waren heimatlos in einer feindseligen Welt. Meine Tochter kann das einfach nicht vergessen haben! Solange auch nur einer unseres Namens übrig ist...«
Der Marquis unterbrach sich, sprach aber fast ohne Pause in etwas verändertem Ton weiter: »Ich bin nun aber der letzte meines Namens. Ich wünschte, ich hätte einen Sohn, damit die Dankbarkeit von einer Generation auf die nächste übergehen und zwischen unseren beiden Familien zur Tradition werden könnte. Doch das soll nicht sein. Vielleicht ist Ihnen nicht bekannt, daß ich einen Bruder hatte. Er war viel jünger als ich, und ich liebte ihn wie meinen Sohn. Kaum hatte ich Weib und Tochter in Sicherheit gebracht, da bestand Ihr Vater darauf, mir die Mittel zu geben, damit ich heimlich nach Frankreich reisen könnte, um das junge Leben zu retten. Aber alle meine Versuche schlugen fehl. Er endete auf dem Schaffott. Er war eines der letzten Opfer jenes blutdürstigen Wahnsinns ... doch reden wir von anderem. Was haben Sie für Pläne, mein junger Freund?«
Cosmo gestand, keine Pläne zu haben. Er beabsichtige, eine Weile in Genua zu bleiben. Madame de Montevesso habe die Freundlichkeit besessen, ihn in diesem Vorhaben zu bestärken; er spüre übrigens eine solche Müßigkeit in der Atmosphäre des Kontinents, daß er sich eigentlich nicht gedrängt fühle, Pläne zu machen. Die Welt genieße ihre erste Atempause. Cosmo ver-

besserte sich: man könne das vielleicht nicht als genießen bezeichnen. Um die Wahrheit zu sagen, so habe er eigentlich keine Zeichen von Freude bemerkt ... er zögerte, doch die Haltung des Marquis war so wohlwollend und ermunternd, daß er daranging, seine eigenen Eindrücke zu rekapitulieren und in dieser Art zu reden fortfuhr. Er habe Tätigkeit gesehen, Rührigkeit, vielleicht auch Erregung, doch keine wirkliche Freude oder jedenfalls keinen wahren Genuß. Auch jetzt nicht, nachdem alle fremden Truppen Frankreich verlassen und die regierenden Häupter der Welt sich auf den Weg nach Wien begeben hatten.
Der Marquis lauschte mit größter Aufmerksamkeit. »Sind das Ihre eigenen Eindrücke, *mon enfant*? Die scheinen mir nicht gerade günstig zu sein. Doch ihr Engländer neigt dazu, uns streng zu beurteilen. Ich höre kaum etwas von den Ereignissen in Frankreich.«
Cosmo war ganz an seinen eigenen Gedankengang hingegeben und fuhr fort: »Was mir am meisten auffiel, war ein Gefühl von Unangreifbarkeit...«, er zögerte, der Marquis beugte sich im Sessel vor und warf, mit der Miene eines Menschen, der ein Experiment anstellt, sanft ein:
»Ein solches Gefühl ist gar nicht übel.«
Im Eifer seiner Aufrichtigkeit nahm Cosmo weder den Ton noch die Haltung zur Kenntnis, wenn er auch den Sinn der Worte verstand.
»Ist das aber wirklich Unangreifbarkeit?«, fuhr er wie im Selbstgespräch fort, »oder ist es nicht ein Mangel an gesunden Gedanken, das Fehlen allen Empfindens? Monsieur le Marquis, ich bin zu jung, um mir da ein Urteil zu erlauben, doch dem überall anzutreffenden Geschwätz nach zu schließen, hätte man denken können, daß es nie einen Bonaparte gegeben hat.«
»Sie sind in der Gesellschaft heimgekehrter Flüchtlinge gewesen«, sagte der Marquis nach kurzem Sinnen. »Sie müssen

diese Leute nachsichtig beurteilen. Eine Klasse, die jahrelang in Acht und Bann gelebt hat, nährt sich von ihren Leidenschaften und Vorurteilen, was sowohl ihre Klugheit beeinträchtigt, als auch die Fähigkeit, die Dinge zu sehen, wie sie sind.« Er änderte den Ton. »Unser gegenwärtiger Außenminister korrespondiert niemals persönlich mit mir. Der einzige persönliche Brief, den ich innerhalb der letzten vier Monate von ihm empfangen habe, betrifft Trüffeln, die in diesem Lande wachsen, und von denen er welche für den König zu beschaffen wünschte. Auf vier Seiten war haargenau dargelegt, wo solche Trüffeln gefunden werden, wie sie zu verpacken und auf welche Weise sie nach Paris zu befördern seien. Für meine Berichte bekomme ich nur die formelle Eingangsbestätigung. Ich weiß also gar nicht, was vorgeht, und höre nur von Reisenden darüber, die ihre Berichte selbstverständlich ihren Wunschvorstellungen gemäß färben. Monsieur de Talleyrand schreibt mir manchmal eine Zeile, doch ist er nun schon seit Monaten in Wien und kann daher nicht wissen, was sich in Frankreich abspielt. Er ist sehr klug und verfügt über die außerordentlichen Gaben, die zur Bewältigung der internationalen Verwicklungen erforderlich sind, doch glaube ich, daß auch er beunruhigt ist. Soweit ich urteilen kann, mein junger Freund, herrschen Beklommenheit und Spannung an der ganzen Küste des Mittelmeeres vor. Das Geschick der Nationen ist noch in der Schwebe.«

Cosmo wartete einen Augenblick, bevor er flüsterte: »Und vielleicht auch das Geschick manches Einzelnen.«

Der Gesandte antwortete eine volle Minute lang nicht und sagte dann nur:

»Ich nehme an, daß Sie, ebenso wie viele Ihrer jungen und auch älteren Landsleute den Plan gefaßt haben, Elba zu besuchen.«

Cosmo paßte sich sogleich diesem normalen Unterhaltungston an. »Nicht eigentlich«, sagte er. »Ich gehöre nicht zu denen, die

Gefängnisse besichtigen und Mitmenschen in Haft anstaunen. Wahrhaftig ein seltsamer Geschmack! Ich muß Ihnen gestehen, Monsieur le Marquis«, fuhr er knabenhaft fort, »daß mir der Gedanke an Gefangenhaltung zuwider ist, betreffe er nun Menschen oder Tiere. Lieber möchte ich einen toten Löwen sehen als einen eingesperrten Löwen. Da fällt mir ein, daß ein junger französischer Bekannter kürzlich meinte, wir Engländer seien ein sonderbares Völkchen. Doch wie Sie schon sagten: alle Welt besichtigt Elba. Vermutlich kann das mühelos geschehen?«

»Zu mühelos«, versetzte der Gesandte milde, »und wenn ich das sage, habe ich das Wohl aller Beteiligten im Auge.«

»Ah!« sagte Cosmo und wiederholte gedankenvoll: »Aller Beteiligten. Neulich traf ich in Paris Mr. Wycherley, der auf der Heimreise war. Er schien keinerlei Schwierigkeiten begegnet zu sein, auch nicht auf Elba. Wir unterhielten uns eine ganze Weile. Mr. Wycherley kam mir nicht eben feinfühlig vor. Es scheint, daß der Kaiser – den Titel hat man ihm schließlich noch nicht genommen ...«

Der Marquis ließ den Kopf sinken. »Nein, noch nicht.«

»Daß also der Kaiser zu Mr. Wycherley sagte: ›Sie sind gekommen, ein wildes Tier zu besichtigen‹, und daß Mr. Wycherley, der recht schlagfertig ist, entgegnete: ›Ich bin gekommen, einen großen Mann zu sehen.‹ Was für eine plumpe Schmeichelei! Und diese Geschichte erzählt er aller Welt. Er sagte mir, er wolle eine Broschüre über seinen Besuch veröffentlichen.«

»Mr. Wycherley ist ein Mann der guten Gesellschaft. Seine Antwort war höflich. Was hätten Sie geantwortet, mein junger Freund?«

»Ich glaube nicht, daß ich je Gelegenheit haben werde, dem großen Mann eine Antwort gleich welcher Art zu geben.«

Der Marquis erhob sich. »Ganz allgemein gesprochen halte ich es für klug, wenn Sie Ihre Zeit nicht mit diesen Dingen verschwenden. Ich habe hier einen Brief des französischen Konsuls in Leghorn mit den letzten Berichten von Elba. Es heißt da, Bonaparte halte sich ganze Tage in seinen Privaträumen eingeschlossen. Als Grund wird angegeben, er fürchte einen Anschlag durch Beauftragte Frankreichs oder Italiens. Man sieht ihn nicht. Ein anderer Bericht besagt, er habe sich in letzter Zeit besorgt über die Bewegungen englischer und französischer Kriegsschiffe geäußert.«

Der Marquis legte freundlich seine Hand auf Cosmos Schulter. »Sie können sich nicht über mich beklagen. Ich habe Ihnen die allerneuesten Nachrichten mitgeteilt. Und nun wollen wir uns unter die Gäste meiner Tochter mischen, wer immer diese heute auch sein mögen. Ich glaube, es sind nur wenige.« Er ging, von Cosmo gefolgt, durch das Kabinett, und Cosmo sah, daß der Gesandte sich mit Mühe bewegte. Als er die Tür öffnete, sagte der Marquis d'Armand: »Ihren Arm, *jeune ami*. Das Rheuma macht mir abends schwer zu schaffen.«

Cosmo beeilte sich, ihm den Arm zu bieten, und der Marquis bemerkte, die Hand auf der Klinke:

»Ich vermag kaum zu gehen. Ich hoffe nur, ich werde imstande sein, morgen vor dem König von Sardinien zu erscheinen. Er ist ein vorzüglicher Mann, doch seine Gedanken und Gefühle sind im Jahre 1798 stehengeblieben. Selbst mir fällt es schwer, mit ihm zu konversieren. Seine Minister sind schon vernünftiger, aber nur, weil sie Angst haben.«

Dem Gesandten entfuhr ein leises Stöhnen. Er verharrte, eine Hand auf Cosmos Schulter, mit der anderen umklammerte er die Türklinke.

»Angst vor dem Volk?« fragte Cosmo.

»Das Volk wird von Geheimgesellschaften korrumpiert«, sagte der Marquis in seinem sanften Ton. »Ganz Italien brodelt von Verschwörungen. Am meisten allerdings fürchten sie den Mann auf Elba.« Cosmo staunte flüchtig über diese Vertraulichkeit, dann sagte er sich, daß diese Dinge vermutlich jedem bekannt seien, der in Europa etwas vorstellte, und die Vertraulichkeit des Gespräches nur darauf zurückzuführen sei, daß der Marquis dem Sohn eines alten Freundes mit der denkbar größten Liebenswürdigkeit begegnen wolle. »Jetzt kann ich wohl weiter«, sagte der Marquis und stieß die Tür auf. Cosmo erkannte eines der Zimmer, die er am Vormittag durchschritten hatte. Es war das einzige in einer Flucht von Zimmern, das ein von der Decke hängender Kronleuchter ganz hätte erleuchten können, doch auch in diesem brannten nur zwei Reihen Kerzen. Es wurde nur ein kleiner Empfang gegeben. Die Flucht der Räume bot eine dämmerige Perspektive. Weniger als ein Dutzend Damen saßen in halbkreisfömig angeordneten Sesseln. Es war auch nur ein einziger Spieltisch in Gebrauch. Alle Gesichter waren auf die sich öffnende Tür gerichtet, und der Ausdruck höchster Überraschung, der sich auf allen Zügen spiegelte, verblüffte Cosmo. Zwei oder drei Gesichter wirkten vor Überraschung geradezu blitzdumm. Es kam ihm nicht in den Sinn, daß das Auftreten des persönlichen Vertreters des französischen Königs, gestützt auf den Arm eines völlig unbekannten jungen Mannes, sehr wohl eine Sensation war. Eine Gruppe ältlicher Persönlichkeiten, die abseits in einem Gespräch begriffen gewesen waren, verstummte. Der Marquis grüßte alle Anwesenden zugleich durch Neigen des Kopfes, und Cosmo fühlte sich zu einem Spiegeltisch zwischen zwei Fenstern gedrängt, auf den der Marquis sich stützte, wobei er ihm zuflüsterte: »Wenn ich mich hinsetze, kann ich nur schwer wieder aufstehen.« Die Gräfin de Montevesso kam eilig herbei. Cosmo bemerkte die lange Schleppe an ihrem Kleid. Sie lächelte ihm zu und fragte den Marquis besorgt:

»Haben Sie Schmerzen, Papa?«

»Ein wenig ... Nimm ihn jetzt mit, meine Liebe. Er hat mir erlaubt, mich bis hierher auf ihn zu stützen.«

»*Venez, Monsieur Latham*«, sagte Adèle. »Ich muß Sie sofort

Lady Bentick vorstellen, anderenfalls werden die wildesten Vermutungen über das Erscheinen eines geheimnisvollen Fremden angestellt. Es wird in der Stadt ohnehin genug geklatscht werden. Sie dürften heute Abend bereits den Gesprächsstoff dieser Leute abgeben.«

Cosmo folgte Adèle durch den Salon. Sie ging langsam und plauderte dabei mit einer Miene schmeichelhafter Vertraulichkeit. Sie blieb sogar einen Augenblick unter dem großen Deckenleuchter stehen. »Lady William spricht gerade mit dem Grafen Bubna«, erklärte sie Cosmo. Er blickte rasch zu einem großen, beleibten Mann in österreichischer Generalsuniform hin, der Zopf und Schnauzbart trug und dessen Miene etwas zynisch, aber keineswegs bösartig wirkte. Diese Persönlichkeit unterbrach plötzlich das Gespräch mit einer nicht mehr jungen Dame, die sehr schlicht gekleidet war, und näherte sich dem Gesandten. Im Vorbeigehen schenkte er Cosmo ein etwas spöttisches Lächeln und einen scharfen Blick.

»Darf ich Ihnen Mr. Cosmo Latham vorstellen«, sagte Adèle, »den Sohn eines sehr guten Freundes meines Vaters. Er und ich sehen uns heute zum ersten Mal seit unseren gemeinsamen Kindertagen in Yorkshire. Er ist gerade erst angekommen.«

Cosmo verbeugte sich und nahm, einer leichten Geste folgend, in der Nähe der Dame Platz, deren nachdenkliche Miene ihn verwunderte. Sie schien in Gedanken mit irgendwas beschäftigt. Cosmo konnte natürlich nichts von den hartnäckigen Gerüchten ahnen, die besagten, Lord William werde einzig durch die schwarzen Augen der Louise Durazzo in Italien zurückgehalten. Auf eine nachlässig gestellte Frage nach den letzten Neuigkeiten aus Paris sagte er, er sei sehr gemächlich gereist und könne deshalb leider keine Neuigkeiten mitteilen. Lady William sah ihn daraufhin an, als sehe sie ihn zum ersten Mal.

»Oh, ich bin eigentlich an den letzten Nachrichten nicht inter-

essiert, es sei denn, sie machten einen weiteren Aufenthalt hier unnötig.«
»Ich nehme an, ein jeder wünscht endlich Ruhe in der zivilisierten Welt einkehren zu sehen«, bemerkte Cosmo artig.
»Ich will nichts weiter als nach Hause«, versetzte Lady William. Sie sah ihn nicht mehr an und wirkte wie ein Mensch, der kein Bedürfnis hat, andere Leute reden zu hören. Cosmo sah sich im Salon um. Das Kartenspiel war wieder aufgenommen worden. Der österreichische General redete mit dem Marquis, die Gräfin de Montevesso stand in der Nähe, andere Personen hielten sich in achtungsvoller Entfernung. Lady William schien reglos und zerstreut ihren Gedanken nachzuhängen. Cosmo fühlte sich berechtigt, seine Beobachtungen fortzusetzen, und als er sich umblickte, entdeckte er halb verborgen von der Lehne des Sessels, aus dem Adèle sich erhoben hatte, das dunkle Mädchen mit den runden schwarzen Augen, das er bereits am Vormittag gesehen hatte.
Zu seiner maßlosen Überraschung lächelte sie ihm zu und, damit nicht zufrieden, gab sie auch noch andere Zeichen des Wiedererkennens. Er glaubte, mindestens aufstehen und ihr eine Verbeugung machen zu müssen. Als er wieder Platz nahm, merkte er, daß er die Aufmerksamkeit aller vor dem Kamin sitzenden Damen erregt hatte. Eine hob ihr Lorgnon gegen ihn, zwei begannen unter verstohlenen Seitenblicken auf ihn eine Unterhaltung, und alle zeigten sich sehr interessiert. Dies störte ihn weniger als der starre Blick des jungen Wesens, das ihn, ohne zu blinzeln, unaufhörlich betrachtete. Selbst Lady William warf ihm einen raschen neugierigen Blick zu.
»Wie ich höre, sind Sie gerade erst in Genua eingetroffen?«
»Ja. Gestern am späten Nachmittag. Ich gehe heute zum ersten Male aus.« Er meinte damit, er sei zum ersten Male in Gesellschaft, und fuhr fort: »Und ich kenne kaum einen der hier Anwesenden bei Namen. Selbstverständlich weiß ich, daß es

Graf Bubna ist, der dort mit dem Marquis plaudert, doch das ist ungefähr alles.«

»Ah«, bemerkte Lady William mit einer so sonderbaren Betonung, daß Cosmo sich fragte, womit er diese Skepsis herausgefordert habe. Lady William hingegen überlegte, wie es komme, daß dieser junge Engländer mit dem wunderlichen Ding so vertraut sein könne, das in Genua ein Gegenstand der Neugier war und von dem es allgemein hieß, Graf Helion de Montevesso habe es seiner Frau als Gesellschafterin aufgezwungen. Unterdessen begann Cosmo, sich unbehaglich zu fühlen, da die Augen aller anwesenden Damen ganz unverhohlen auf ihn gerichtet waren. Lady William bemerkte das und redete ihn aus schierer Freundlichkeit noch einmal an:

»Wenn ich Sie recht verstanden habe, sind Sie aus Ihrer Kinderzeit mit Madame de Montevesso bekannt?«

»Ich kann mich eigentlich nicht mit Recht ihren Jugendfreund nennen, denn ich war zu viel von Hause abwesend«, erklärte Cosmo. »Aber sie lebte einige Jahre bei meinen Eltern, und alle hatten sie sehr lieb, meine Mutter, mein Vater, meine Schwester. Wenn ich jetzt zurückschaue, kommt es mir vor, als müsse auch ich sie damals geliebt haben, obschon wir im Laufe des Tages kaum mehr als einige Worte miteinander wechselten.«

Er sprach mit Wärme und sah zu jener Gruppe nahe dem Tischchen hinüber, wo Adèles Haupt unter dem glitzernden Kristall des Leuchters erstrahlte. Lady William neigte sich ein wenig zu ihm und legte wie lauschend die Hand an die Wange. Cosmo nahm an, daß er weitersprechen müsse, doch kam ihm vor, er habe nichts mehr zu sagen. Er machte also eine Bemerkung allgemeiner Natur.

»Knaben sind wohl recht blöde Geschöpfe. Immerhin war ich gescheit genug zu bemerken, daß Adèle d'Armand sehr intelligent und anders war als wir. Allein schon ihre Sanftheit unter-

schied sie von uns. Überdies waren Henrietta und ich auch jünger. In jenem Alter machen schon zwei Jahre einen bedeutenden Unterschied. Bald, nachdem sie uns verlassen hatte, hörten wir Kinder, sie habe geheiratet. Damit schien sie für uns verloren. Und als sie wenig später nach Frankreich reiste, war sie wirklich für uns verloren. Schaute man damals nach Frankreich, sah man, wie mir scheint, nichts als Napoleon. Und dann ihre Heirat. Ein Graf de Montevesso bedeutete für uns gar nichts. Ich kam her und erwartete, eine Fremde zu sehen.«
Cosmo gebot sich Einhalt. Man konnte unmöglich wissen, ob Lady William ihn verstand, ja ob sie überhaupt zugehört hatte, doch fragte sie jetzt:
»Sie haben den Grafen Helion noch gar nicht kennengelernt?«
»Ich habe keine Vorstellung von ihm. Er ist doch wohl nicht in diesem Zimmer? Was ist er für ein Mensch?«
Lady William lächelte amüsiert über die arglose Neugier des jungen Freundes der Gräfin de Montevesso, doch ihre Stimme klang sehr gleichgültig, als sie sagte:
»Graf Helion ist ein Mann von ungeheurem Reichtum, den er irgendwo in Indien erworben hat. Er ist viel älter als seine Frau. Mehr als doppelt so alt.« Cosmo zeigte seine Überraschung, und Lady William fuhr geläufig fort: »Selbstverständlich weiß alle Welt, daß Adèle stets eine vorbildliche Gattin gewesen ist.«
Cosmo glaubte, den Schatten einer ganz besonderen Betonung bei den Worten »vorbildliche Gattin« herausgehört zu haben, und sagte bei sich: ›Das soll heißen, sie ist nicht glücklich, und alle Welt weiß das.‹ Nun näherten sich einige Herren dem Kreise, und das Gespräch wurde allgemein. Cosmo räumte seinen Platz neben Lady William und ließ sich von Adèle mehreren Personen vorstellen, darunter einer prächtig gekleideten, zarten jungen Dame von leicht jüdischem Aussehen, die, obwohl die Gattin des Grafen Bubna, Oberkommandierenden der

österreichischen Truppen und Vertreter Österreichs am Hofe von Turin, sich ungemein scheu betrug und beinahe zu schüchtern war, an der Unterhaltung teilzunehmen. Eine schlichte Madame Ferrati, jedenfalls hatte Cosmo den Namen so verstanden, eine Dame mit wirrem, weißen Haar, legte dafür ein um so aggressiveres Verhalten an den Tag. Cosmo beobachtete im Laufe des Abends, daß diese Dame es offenbar auf Lady William abgesehen hatte, die jedoch von liebenswürdiger Zerstreutheit blieb und an nichts Anstoß zu nehmen schien. Der Marquis hatte sich von jenem Tischchen gelöst und neben der zierlichen Madame Bubna Platz genommen. Dies, so dachte Cosmo, kann er gewiß nicht vermeiden. Ein junger Mann mit würdevollem Gehaben und einem irgendwie boshaften Blick, ganz offensichtlich der Erste Sekretär der Gesandtschaft, ließ Cosmo, kaum daß sie miteinander bekannt gemacht worden, wissen, die Frau des Generals werde »in der Wiener Gesellschaft selbstverständlich nicht empfangen«, und deshalb eben verweile der General so lange auf dem italienischen Kommando, obschon hier eigentlich nichts mehr zu holen sei. Selbstverständlich liebe er seine Frau sehr. Früher habe er zweimal wöchentlich für sie einen Ball veranstaltet, und zwar auf Kosten der Stadtkasse von Turin; der alte Bubna verstehe sich wie kein zweiter aufs Plündern, sei im übrigen jedoch ein *parfait galant homme* und ein fähiger Soldat. Bonaparte habe ihn sehr geschätzt. Bubna sei überhaupt der einzige Freund, den Bonaparte hier im Salon habe. Er verstehe darunter übrigens Sympathie von Mensch zu Mensch. Als Bubna vor Jahren in Paris weilte, habe er sich mit dem Kaiser sehr gut vertragen. Bonaparte verstehe zu schmeicheln. Man sitze gerne die halbe Nacht auf, wenn man dafür Bubna von Napoleon sprechen hören dürfe. »Ich setze Sie ins Bild«, schloß der Sekretär, »weil ich sehe, daß Sie ein naher Freund des Marquis und der Madame de Montevesso sind.«

Er entfernte sich, um mit anderen Gästen zu plaudern; als gleich darauf Madame de Montevesso nahe an Cosmo vorüberkam, flüsterte sie ihm zu: »Bleiben Sie bis zuletzt«, und ging, ohne eine Antwort abzuwarten, weiter. Cosmo fühlte sich zwischen den angeregt konversierenden Gruppen recht einsam, denn alles, worüber diese Menschen miteinander sprachen, lag ihm fern. Er vermochte beim besten Willen keinen Anteil zu nehmen an den ganz persönlichen Ängsten und Hoffnungen und an dem royalistisch-legitimistischen Eifer dieser Befürworter einer Ordnung, die, seit einem Vierteljahrhundert begraben, nun wie ein geschminkter Leichnam umhergeschleppt wurde, den man zum Leben und zur Rache erweckt hat. Dann machte er sich klar, daß es in diesem Salon vermutlich um nichts weiter ging, als um skandallüsternen Klatsch und banales Geschwätz über unwirksame Intrigen. Er hatte keinen Grund, empört zu sein. Er konnte sogar über sich lächeln, und als er sich nun in freundlicherer Gemütsverfassung umblickte, sah er, daß die ihm zunächst sitzende Person das Mädchen mit den runden Augen war. Sie hatte sich wie eine eingefangene Wilde ganz still auf ihrem unbequemen Stuhl verhalten. Der grüne Rock mit Faltenbesatz hing zu beiden Seiten über den Stuhl herab, das schwarze Mieder war tief ausgeschnitten, die bloßen Arme wirkten gerötet und kindlich. Ihr Haar lag glatt und straff aus der Stirn zurück und ließ an Porträts aus dem fünfzehnten Jahrhundert denken.

›Warum zieht man sie so bizarr an?‹ überlegte Cosmo. Das konnte sich unmöglich Adèle ausgedacht haben. War dieser Aufzug ein Einfall des Grafen? Doch auch das war nicht wahrscheinlich. Vielleicht entsprach dieses Kostüm ihrem eigenen grauenhaften Geschmack. Falls es so war, hätte man sie daran hindern müssen. Er überlegte, daß es nicht unschicklich wirken könne, wenn er sich mit der Nichte des Hausherrn unterhielte. Er wollte einmal ausprobieren, wieweit er es in italienischer

Konversation gebracht hatte. Mit dem Gefühl, sich auf ein zweifelhaftes Experiment einzulassen, näherte er sich ihr von hinten, setzte sich neben sie und wartete. Sie konnte seine Anwesenheit unmöglich übersehen.

Sehr bald schon drehte sie sich zu ihm hin, um ihn ganz aus der Nähe anzuglotzen, und nachdem sie ihn einmal in den Blick bekommen, machte sie keine Anstalten, wegzusehen. Cosmo gab ein sorgsam gedrechseltes Kompliment über ihre Kleidung zum besten, das mit Schweigen aufgenommen wurde. Lange Zeit blieben ihre karminroten Lippen ebenso unbeweglich wie die runden schwarzen Augen. Mit einem für Cosmo überraschenden Akzent, den er für piemontesisch hielt, und mit einem gleichsam höhnisch triumphierenden Lachen sagte sie endlich unvermittelt:

»Ich wußte ja, daß es mir stehen würde. Das finden Sie also auch!«

Die ganze Person wirkte so aggressiv, daß der erschreckte und belustigte Cosmo hastig zustimmte: »Ohne Zweifel«, schon um zu verhindern, daß sie ihm die Augen auskratze.

Sie bleckte die Zähne in einem Grinsen barbarischer Genugtuung und damit schien das Thema erschöpft. Cosmo nahm sich vor, sie mit strengen Blicken einzuschüchtern. Nach kaum zwei Sekunden bereute er dieses Unternehmen schon. Er war ganz überzeugt, daß nicht sie als erste den Blick abwenden würde. Daran war kein Zweifel. Um seinen Rückzug zu verschleiern, ließ er die Augen durch den Salon wandern, lächelte freundlich und sagte:

»Ihr Onkel ist nicht hier. Werde ich heute abend noch das Vergnügen haben, ihn kennenzulernen?«

»Nein«, sagte sie. »Sie werden ihn heute Abend nicht kennenlernen. Er weiß aber, daß Sie heute Vormittag hier waren.«

Das war nun, genau betrachtet, eine Neuigkeit für Cosmo, doch sagte er sogleich mit größter Gleichgültigkeit: »Und warum nicht? Madame de Montevesso wird es ihm erzählt haben. Ich kannte Ihre Tante schon, als sie noch jünger war, als Sie es jetzt sind, Signorina.«

»Woher wissen Sie, wie alt ich bin?«

Cosmo fragte sich, ob sie wohl jemals mit diesen schwarzen Augen blinzelte?

»Ich weiß, daß Sie weniger als hundert Jahre alt sind.« Dies faßte sie als Witz auf, denn man hörte so etwas wie ein Kichern, ein Geräusch, das im allgemeinen töricht klingt, in diesem Fall aber etwas Unheimliches hatte. Darauf folgte in heiserem Ton die Bemerkung: »Tante hat nichts erzählt. Ich habe es Onkel gesagt. Ich habe Sie heute Vormittag immerzu angesehen. Warum haben Sie mich nicht auch angesehen?«

»Ich fürchtete, eine Indiskretion zu begehen«, erwiderte Cosmo schlagfertig und verbarg sein Staunen.

»Was für ein Unsinn!« erwiderte sie verächtlich. »Und heute Abend wieder! Ich habe Sie immerzu angesehen, aber Sie haben nur alle die Hexen hier angeschaut, eine nach der anderen.«

»Ich finde alle hier anwesenden Damen zauberhaft«, versetzte Cosmo.

»Sie lügen. Vermutlich tun Sie von morgens bis abends nichts als lügen.«

»Ich bedauere, daß Sie eine so schlechte Meinung von mir haben; da dies nun aber der Fall ist, will ich lieber gehen.«

»Ich wußte schon auf den ersten Blick, daß Sie so einer sind.«

»Und haben Sie diese Ansicht auch Ihrem Onkel mitgeteilt?« fragte Cosmo, der sich von dem Benehmen des Mädchens so wenig gekränkt zu fühlen vermochte, wie von dem eines unabgerichteten Haustiers. Ihr sonderbarer Blick blieb unverändert, doch wurde ihre Miene vorübergehend sanfter.

»Nein. Ich habe ihm aber mit Fleiß gesagt, daß Sie ein sehr hübscher Herr sind... Sie sind nämlich ein sehr hübscher Herr.«

Cosmo war weniger über diese unverbrämte Aussage verwundert, als über einen Einfall, der ihm dabei kam: er war so peinlich berührt, als hätte man ihn einen schmackhaften Braten genannt. Ein Weilchen stierte er sie an, diesmal ohne daran zu denken, wer von beiden nun als erster blinzeln würde. Er war nicht amüsiert. Ganz und gar nicht. Er fragte:

»Wo sind Sie geboren?«

»Woher soll ich das wissen? Vermutlich in den Bergen. Irgendwo, wo Sie niemals hinkommen werden. Wie kann Sie das überhaupt interessieren?«

Cosmo entschuldigte sich für seine Zudringlichkeit, und sie nahm diese Entschuldigung mit verständnisvoller Verachtung hin. Nach einem Weilchen sagte sie: »Von diesen Hexen da spricht keine je mit mir, keine von den jungen und keine von den alten. Und Sie wollten sich auch nicht mit mir unterhalten. Sie haben mich bloß angesprochen ... oh, nein! Ich weiß, warum Sie mich angesprochen haben.«

»Nun, warum?« fragte Cosmo gedankenvoll. »Wollen Sie es mir nicht sagen?«

Mit dem festen, gerundeten, hochroten Gesicht ging eine feine Veränderung vor, die ihren Zügen etwas Listiges verlieh, und die rauhe, ein wenig verschleierte Stimme kam zwischen roten Lippen hervor, die ebensowenig berückend oder lebendig wirkten, wie die angemalten Lippen eines geschnitzten Mundes.

»Wenn ich Ihnen das sagte, wären Sie ebenso schlau wie ich.«

»Und wäre das denn wirklich so schlimm?« fragte Cosmo und versuchte, sich neckisch zu geben, ein Versuch, der so kläglich mißlang, daß es sogar ihm selber auffiel.

»Wären Sie so schlau wie ich, würden Sie nie wieder dies Haus hier betreten, und ich will nicht, daß Sie wegbleiben«, war die in feindseligem Ton gegebene Antwort.

Cosmo erwiderte: »Das wollen Sie nicht? Nun, Liebenswürdigkeit kann der Grund dafür nicht sein, ich wüßte also nicht, wofür ich Ihnen zu danken hätte.« Er sagte das mit ausgesuchter Höflichkeit. Er sah jetzt, daß die Gäste aufbrachen und bemerkte aus dem Augenwinkel, daß niemand hinausging, ohne ihn und das Mädchen mit einem Blick zu bedenken. Der Aufbruch von Lady William verursachte allgemeine Bewegung und gab ihm den Vorwand, aufzustehen und woandershin zu gehen. Lady William nickte ihm huldvoll zu, und der Marquis stellte ihn noch im allerletzten Augenblick dem General Bubna vor, gerade als dieser hervorragende Würdenträger im Begriffe war, seine Gemahlin wegzuführen. Alle Anwesenden standen, und zum ersten Mal fühlte Cosmo sich unbeobachtet. Gehorsam einem diskreten Wink der Gräfin, begab er sich unauffällig in die Nähe einer Tür, jener in Weiß und Gold gehaltenen Tür, die er noch von seinem Besuch am Vormittag im Gedächtnis hatte. Als er so nahe war, daß er die Klinke berühren konnte, drehte er sich um. Er sah die Rücken der Gäste, die sich langsam aus dem Salon entfernten. Adèle schaute über die Schulter und nickte bekräftigend. Er begriff, zögerte nicht länger, öffnete die Tür und schlüpfte hindurch, ohne daß, soweit er es beurteilen konnte, jemand es merkte.

Es war, wie er erwartet hatte. Er befand sich im Boudoir der Gräfin de Montevesso, wo er diesen Vormittag empfangen worden war.

IV

Er schloß leise die Tür und verharrte zwischen ihr und dem Wandschirm. Er hatte angenommen, daß Adèle sogleich folgen werde. Was konnte sie aufgehalten haben? Doch dann fiel ihm ein, wie ungewöhnlich lang diese Suite von Gesellschaftsräumen war. Er hatte zwar auch in Paris geräumige Wohnungen gesehen, doch nichts annähernd so Weitläufiges. Der alte Marquis würde ohne Zweifel die kleine Madame Bubna bis an die Schwelle des vordersten Zimmers geleiten. Der Gesandte des Allerchristlichsten Königs war das dem Vertreter seiner Apostolischen Majestät, dem Oberkommandierenden der österreichischen Truppen, schuldig. Genau diese Worte dachte Cosmo. Der Christliche König, die Apostolische Majestät – untergetauchte Köpfe, die bei ablaufender Flut zum Vorschein kamen.

Er stellte sie sich in all ihrer geistigen Beschränktheit und mit ihrem großen Hirn vor; der Marquis stolz und alternd, ihm zur Seite die pflichtbewußte Tochter mit dem strahlenden Haupt und den himmlischen Formen. Unmöglich zu glauben, daß auch diese beiden einmal untergetaucht waren.

Alle diese Menschen sind Spielzeug, überlegte Cosmo kühl. Aber wer oder was spielt mit ihnen? dachte er weiter und war im Augenblick amüsiert angesichts des Erstaunlichen wie ein Mensch, der den Veränderungen auf einer Bühne zusieht. Doch was sollte aus ihnen werden?

Sie würde gleich hereinkommen. Konnte es sein, daß sie ihn zurückgehalten hatte, weil sie allein mit ihm sprechen wollte? Oh ja, ganz augenscheinlich. Cosmo fragte sich nicht, was sie denn mit ihm könnte zu besprechen haben. Was er empfand, war nicht Verwunderung, sondern die Ungeduld, mit der man das Eintreffen einer verheißenen, noch unbestimmten Seligkeit erwartet. Das alles war durchaus nicht peinlich, sondern vielmehr geradezu köstlich aufregend.

›Ich soll ein tête-à-tête haben, so viel ist klar‹, sagte er sich und ging weiter ins Zimmer hinein. Die Luft, die ihn hier empfing, war wundervoll warm. Was immer sie zu sagen haben mochte, würde angenehm sein, schon ihrer Stimme wegen. Er würde ihr Gesicht sehen. Sie schüchterte ihn nicht ein, und er konnte sich nicht satt an ihr sehen. Schließlich, so dachte er ungemein erheitert, ist es nur Adèle, Ad... Sein Selbstgespräch fand ein jähes Ende durch den Schock, den ihm der Anblick eines auf dem bemalten Sofa sitzenden Mannes verursachte, der ihn schweigend und reglos ansah. Es verhielt sich so, daß Graf Helion, der das Boudoir früher, als von seiner Frau erwartet, betreten hatte, seinen Blick auf den Wandschirm gerichtet hielt, seit er die Tür hatte öffnen und schließen hören. Eine Hand stützte er auf den Schenkel, die andere hing lässig herab, zwischen den Fingern das Exemplar einer Zeitung, von der einige Blätter am Boden verstreut lagen. Die Zeitung war nicht groß, zog jedoch Cosmos Aufmerksamkeit auf sich, und so gewahrte er die mit Ringen geschmückten braunen Finger, die in seidenen Strümpfen steckenden hageren Beine, die gekreuzten Füße in Galapumps mit goldenen Schnallen, bevor er einen Eindruck von dem breiten, knochigen Gesicht bekam, das aussah, als sei es von Walnußsaft gefärbt und die natürliche Blässe habe Zeit gefunden, allmählich wieder zum Vorschein zu kommen. Die gleiche Farbe wies auch seine Glatze auf. Wirklich sonderbar wirkte das Haar, das in zwei schwarzen, augenscheinlich gefärbten Büscheln an jeder Schläfe wuchs. Der Mann, über dessen Identität Cosmo sich keinem Zweifel hingeben konnte, stand auf und stellte dabei die ganze Länge des knochigen Körpers zur Schau, dessen verkrampfte, soldatische

Steifheit an ein Wehrgehenk und einen mit Kalbfell bezogenen Tornister denken ließ. ›Ein Grenadier‹, dachte Cosmo, baß erstaunt über die unerwartete Begegnung, die ihn übrigens recht verstimmte, denn ihm war, als habe man ihn in eine Falle gelockt. Was er gar nicht begriff, war, warum der Mann dort ihm eine Grimasse schnitt. Er verzerrte alle seine Züge, Lippen, Wangen, ja selbst die Augen waren daran, wie von einem Krampf befallen, beteiligt. Und das schlimmste war, es blieb so ... ›Ach so, das ist ein Lächeln‹, kam Cosmo endlich die Erleuchtung, und zwar so jäh, daß auch er, ohne es eigentlich zu wollen, lächelte. Daraufhin gewann Graf Helion sein gewöhnliches Aussehen zurück, und Cosmo hörte zum ersten Mal seine Stimme. Sie kam aus den Tiefen der Brust, klang dröhnend, rauh, und dank einer Beimischung von Schroffheit, die recht gut zu dem ganzen Gehaben des Mannes paßte, unheilverkündend. Die Stimme ließ Cosmo wissen, daß der Graf Helion im Boudoir der Gräfin in der Absicht gewartet habe, seine Bekanntschaft zu machen, und die Augen des Mannes sahen dabei so wachsam drein, als teile er eine ungeheuerliche Entdeckung mit und wolle sehen, wie sie aufgenommen werde. Ein vollkommen waagerechter, pechschwarzer Schnurrbart stand unter der Nase des Grafen Helion, die an der Wurzel breit war und an der Spitze schmal und auf drollige Anlagen in jenem Kopfe deutete, der überhaupt von zuviel Individualität sprach, als daß Cosmo ihn einfach als den Kopf von Adèles Gatten hätte betrachten können; Cosmo tat das auch nicht. Allerdings fiel es ihm schwer, diesen Umstand im Gedächtnis zu behalten. In diesem Augenblick bewahrte er wunderbar die Fassung und sagte, er habe sich schon selber gefragt, ob er denn nicht das Vergnügen haben solle, noch diesen Abend die Bekanntschaft des Grafen zu machen. Beide Herren nahmen Platz.

»Meine Arbeit hat mich lange aufgehalten«, sagte der Graf. »Der Kurier ist eingetroffen.«

Er deutete auf die Zeitung, die am Boden lag, und Cosmo fragte, ob sie Neuigkeiten enthalte.

»In der Zeitung stehen keine, wenigstens keine von Interesse. Die Welt ist voll von Eitelkeit und Skandalen und von Gerüchten über Verschwörungen. Jämmerliches Geschwätz. Ich kenne nicht eine der Personen, die täglich in der Zeitung genannt werden. Das schlägt mehr in das Fach meiner Frau. Schon seit Jahren verbringt sie zehn von zwölf Monaten in Paris oder der Nähe. Ich bin ja ein Provinzler. Mein Interesse gehört dem Waisenhaus, das ich in meiner Heimat eingerichtet habe. Ich bin auch dabei, ein Heim für ...« Er stand plötzlich auf, ging mit drei großen Schritten zum Kamin und machte kehrt, genau wie ein Soldat beim Exerzieren. Er trug einen blauen Rock mit langen Schößen, der vorne weit ausgeschnitten war und an einen Uniformrock erinnerte, wenn er auch aus ganz teuerem Material angefertigt und, ebenso wie die weiße Seidenweste, mit goldgewirkter Spitze reich verziert war. Cosmo fiel ein, irgendwo sagen gehört zu haben, daß der Graf in mehr als einer Armee gedient habe, ehe er vom König von Piemont zum General gemacht worden sei. Der Mann war gedrillt worden. Cosmo fragte sich, ob er je mit dem Stock des Korporals Bekanntschaft gemacht habe? Er war ein militärischer Abenteurer der ordinärsten Sorte. Man kennt Fälle, wo solche Leute mit einem Vermögen zurückgekehrt sind, das sie Plünderung und Intrigen verdankten, möglicherweise aber auch gewissen Talenten, die sie im Dienst orientalischer Höfe bewährten, inmitten von Prunk und Verbrechen, Tyrannei und Verrat, dunklen Dramen des Ehrgeizes und der Leidenschaft.

›Genau der Typ ist er‹, sagte Cosmo bei sich und betrachtete die steife Gestalt, die da gegen den Kaminsims lehnte. Selbstverständlich hatte der Mann sein Vermögen in Indien gemacht. Staunenswert war, daß er es fertiggebracht, mit seiner Beute zu entwischen oder doch mit einem Teil davon, der groß genug war, es ihm zu ermöglichen, eine Rolle in der Welt zu spielen und Adèle d'Armand in England zu heiraten. Das war natürlich nur durch die Revolution möglich gewesen. Im königlichen Frankreich hätte er nicht die geringste Chance gehabt, und auch unter den veränderten Umständen war ihm nur darum die Gelegenheit geboten worden, weil die Londoner Gesellschaft in ihrer üblen Laxheit reiche Fremde unbesehen akzeptierte. Cosmo zwang sich dazu, sich diese zweifelhafte Person als Gatten Adèles vorzustellen, und empfand dabei heftigen Zorn gegen die leichtherzige Toleranz, die ein gewisser Teil der Londoner Gesellschaft gewohnheitsmäßig reichen Ausländern entgegenbringt. Das war wirklich ungeheuerlich.

»Wo, zum Teufel, steckt denn meine Frau?«

Obgleich diese Worte nicht sehr laut gesprochen wurden, erschreckten sie Cosmo. Fast mechanisch erwiderte er: »Ich weiß nicht«, und merkte, daß der Graf ihn mit einem merkwürdig dummen Blick ansah.

»Ich hatte nur laut gedacht«, murmelte dieser jetzt und bewegte sich unruhig, ohne jedoch den Ellenbogen vom Kaminsims zu nehmen. »Es ist ein naheliegender Gedanke, denn sie läßt uns doch hier, weiß Gott aus welchem Grunde, warten. Ich wußte gar nicht, daß ich gesprochen hatte. Es mag Ihnen seltsam vorkommen, doch in den Jahren, die ich unter Menschen verbrachte, die keine europäische Sprache kennen – und in meinem Palast in Sindh lebten hunderte – habe ich es mir angewöhnt, laut mit mir selber zu reden.«

»Ja«, sagte Cosmo arglos, »man nimmt in jenen fernen Ländern wohl alle möglichen exotischen Gewohnheiten an. Wir in England zum Beispiel kennen eine Klasse von Menschen, die reich geworden aus Indien zurückkehren. Man nennt sie Nabobs. Einige dieser Leute haben die widerwärtigsten Angewohnheiten. Unglücklicherweise macht allein ihr Reichtum...«

»Nichts geht über den Reichtum«, unterbrach der andere mit militärischer Stimme, verstummte und sagte dann, ganz als erstatte er eine Meldung: »Bei meinem Aufenthalt in England ist mir die Ehre des Umganges mit Standespersonen zuteil geworden. Sie behandelten mich sehr liebenswürdig. Sie schienen Reichtum nicht gering zu schätzen.«

Jeder Satz kam knapp und distanziert heraus, doch lag es auf der Hand, daß der Mann nicht die Absicht hatte, ihn zu beleidigen. Seine Behauptungen entstammten offenbar einer ehrlichen Überzeugung, und nachdem der Graf sie vorgebracht hatte, erschienen auf seiner Stirne die waagerechten Falten unintelligenter Besorgtheit. Cosmo fragte sich, ob der Mann da vor ihm nicht in Wirklichkeit sehr dumm sei. Unter den gerunzelten Brauen blickten die Augen abgenutzt und gedankenleer drein.

»Haufenweise Geld, meine ich«, fing Monsieur de Montevesso wieder an. »Nicht eure Sparpfennige und Witwenscherflein. Geld, das man kühn und in genügender Menge gewinnt, um damit herumzuschmeißen.«

›Will er den ordinären Protz vor mir spielen?‹ fragte Cosmo sich. Er wünschte, Adèle möge hereinkommen und dieses tête-à-tête unterbrechen, das so ganz anders war als das, welches er sich ausgemalt hatte.

»Gewiß ist Geld sehr nützlich«, sagte er mit hochmütiger Verachtung, von der er hoffte, sie werde einen Themawechsel bewirken. Doch sein Gesprächspartner blieb beharrlich.

»Sie können davon nichts verstehen«, behauptete er und setzte dann überraschend hinzu: »Geld beschert einem sogar Einfälle, eine Menge Einfälle. Schlimm ist nur, daß man vorher nie weiß, ob sie sich nicht als Reinfälle erweisen werden. Nun ja. Selbstverständlich ist Geld auch gefährlich, doch warum schließlich nicht?«

»Das kann es kaum sein, wenn man es guten Zwecken zuführt,

wie Sie es offenbar tun«, sagte Cosmo mit höflicher Gleichgültigkeit. Das sollte nun wirklich das letzte Wort sein, doch der Graf ließ nicht locker.

»Es schafft einem eben doch Sorgen. Zum Beispiel mein Waisenhaus. Das ist nun wirklich eine große Sache. Ich will meiner Heimatprovinz eine Wohltat erweisen, will es aber auf meine eigene Manier tun. Seit der Restauration versuchen nun die Priester, die Sache in die Hand zu bekommen. Sie wollen die Anstalt dem höheren Ruhme Gottes und dem Dienste an der Religion weihen. Ich habe genügend Religionen am Werk gesehen und weiß, was das bedeutet. Kaum war der König in Paris eingezogen, da wies mich der Bischof darauf hin, daß es an einer Kapelle und an einem Kaplan fehle. Dieser Bischof ist...«

Er hob jäh den Kopf, und Cosmo wurde die Anwesenheit Adèles gewahr. Er hatte nicht einmal ein Rascheln ihrer Robe vernommen. Er stand hastig auf, und einen Moment herrschte Schweigen.

»Wie ich sehe, kennen die Herren einander bereits«, sagte Adèle schließlich und blickte von einem zum anderen. Ihre Augen verweilten etwas auf Cosmo, ehe sie zu ihrem Manne wanderten.

»Ich ahnte nicht, daß Sie schon hier sind, Monsieur. Ich mußte Vater in sein Zimmer geleiten. Ich wäre gleich hergekommen, aber er hat mich zurückgehalten.« Nun wieder zu Cosmo: »Ich hoffe, Sie verzeihen mir.«

»Ich traf Graf Helion hier und bin keine Minute allein gewesen«, sagte Cosmo. »Sie brauchen sich nicht zu entschuldigen. Ich habe mit dem größten Vergnügen die Bekanntschaft Ihres Gatten gemacht, obschon Sie nicht da waren, um mich ihm vorzustellen.« Dies sagte er auf Englisch, und Graf Helion verhielt sich am Kamin ganz still, bis Cosmo zu Ende gesprochen hatte. Dann fragte er: »Wo ist Clelia?«

»Ich habe sie zu Bett geschickt«, sagte die Gräfin de Montevesso. »Monsieur, mein Vater möchte Sie heute abend noch sprechen.«

»Ich stehe dem Herrn Marquis zur Verfügung.«

Die grenadierähnliche Gestalt am Kamin regte sich nicht, vielmehr folgte auf diese Worte einzig ein Zucken der Gesichtsmuskeln, das sardonisch gemeint sein mochte. »Noch heute Abend, sogleich«, wiederholte er. »Doch was tun wir mit Mr. Latham?«

»Bitte nehmen Sie auf mich keine Rücksicht«, sagte Cosmo, »ich gehe jetzt. Es ist spät.«

»In Italien ist es nie spät. Ich hoffe, Sie bei meiner Rückkehr noch hier vorzufinden. Als Gatte einer Tochter des Hauses d'Armand weiß ich, was dem Namen Latham gebührt. Werde ich wirklich so bald erwartet?«

Adèle näherte sich ihm einige Schritte und sagte dabei sehr schnell: »Es sind Neuigkeiten von Elba oder in Bezug auf Elba eingetroffen, die meinen Vater beunruhigen. Da nun jedermann weiß, daß Sie mit Leuten von Elba unmittelbaren Kontakt unterhalten, möchte mein Vater Ihre Meinung dazu hören.«

Graf Helion änderte seine Haltung, lehnte sich mit den Schultern an den Kamin und wandte sich an Cosmo.

»Eine denkbar harmlose Sache. Es handelt sich um einen Plan für die Nutzbarmachung der Insel Pianosa. Napoleon schickte seinen Schatzmeister, der sich mit einem Bankier in Verbindung setzen sollte. Ich bin ein Mann, der im Geschäftsleben steht, der Bankier fragte mich um Rat als jemanden, der die Insel kennt. Es stimmt, daß ich die Insel kenne, doch falls Sie je hören sollten, ich verdankte diese Kenntnis meinen Beziehungen zum Dey von Algier, so glauben Sie das nicht. Ich unterhalte keine Beziehungen zu den nordafrikanischen Staaten.«

Er tat einen Schritt ins Zimmer und dann noch einen. »Ihr zwei beiden solltet euch nun ein bißchen unterhalten. Ja, setzt euch, macht ein Schwätzchen. Erneuert eure Jugendfreundschaft... Jugendfreundschaft«, wiederholte er mit matter Stimme. »Gerade solche Jugendfreundschaften...« er zog die krampfige Grimasse, die Cosmo als Lächeln zu erkennen gelernt hatte, »solche Jugendfreundschaften haben etwas besonders Zauberhaftes. Was mich betrifft, so erinnere ich mich nicht, je jung gewesen zu sein.« Er ging auf die Tür zu, durch welche Cosmo am Vormittag Clelia hatte eintreten sehen. »Wenn ich zurückkehre, möchte ich euch in eine höchst sentimentale, ganz köstliche Unterhaltung vertieft antreffen.«
Sein steifer langer Rücken schwankte im Türrahmen, dann flog krachend die Tür zu.
Cosmo und Adèle sahen einander lächelnd an. Cosmo, der den Hut in der Hand hielt, fragte leise: »Ich soll dann wohl lieber hierbleiben?« Sie machte ein bejahendes Zeichen, trat von ihm weg und stellte den Fuß auf das marmorne Gitter des Kamins, in dem die heiße Asche ein nur noch mattes, rötliches Glühen verbarg.

V

Cosmo war beklommen zumute, und er fuhr fort, sie anzuschauen. Er wußte nicht, was sie mit ihrem Zeichen gemeint hatte, einer nervösen, gebieterischen Gebärde, die den Befehl dazubleiben oder zu gehen bedeutet haben mochte. Er starrte sie unentschlossen an und dachte dabei, daß sie unglaublich lieblich sei und daß das Wort »strahlend« ganz vorzüglich auf sie passe. Es war was Leuchtendes an ihr, und nicht etwa der kalte Glanz des Marmors. ›Sie leuchtet förmlich‹, sagte er verwundert bei sich, ›wie eine reife Frucht im Laub, wie eine große Blüte im Schatten.‹

»Sehen Sie doch weg, wenn ich rot werde«, sagte Madame de Montevesso in einem gleichmütigen Ton, der ein wenig Spott und zugleich ein wenig Bitterkeit enthielt. »Denken Sie: als Mädchen war ich so schüchtern, daß ich errötete, sobald mich jemand anredete oder anschaute. Das ist eine Schwäche, die wenig Verständnis begegnet. Und doch litt ich darunter. Ich litt manchmal so sehr, daß ich den Tränen nahe war.«

»Soll ich gehen?« fragte Cosmo dumpf. Er wartete, während sie nach einer Antwort auf diese Frage zu suchen schien. Seine Angst, fortgeschickt zu werden, ließ ihn weitersprechen: »Gott weiß, daß ich Sie nicht verlassen möchte. Und schließlich kommt ja auch der Graf zurück und ...«

»Oh, richtig, der kommt ja wieder. Setzen Sie sich. Ja. Es ist besser so. Setzen Sie sich ...« Cosmo setzte sich so, daß er die bewundernswerten Schultern, das Rund des weggewandten Kopfes, *coifé en boucles* und mit einem goldenen Stirnreif gehalten, das schattenhaft verschwimmende Profil sehen konnte.

Die lange Schleppe floß leuchtend dunkelblau hinter ihr zu Boden... »Er ist unvermeidlich. Immer ist er unvermeidlich gewesen«, kam es von ihren Lippen, die er nicht sehen konnte, denn der Spiegel über dem Kamin warf nur das Bild ihrer Stirne mit dem goldenen Gespinst der Haare darüber zurück.
Cosmo blieb stumm. Um nichts in der Welt hätte er jetzt ein Geräusch machen mögen. Er hielt erwartungsvoll den Atem an; und er war so außerordentlich gespannt, daß ihm schien, die Kerzen um ihn her brannten matter und das Licht im Salon gehe einzig noch von ihren weißen Schultern, den hochgetürmten Locken, dem Arm, auf den sie sich stützte, und dem anderen bloßen Arm aus, der schlaff herunterhing.
»Sie kennen mich überhaupt nicht«, begann die Gräfin de Montevesso. »Ich mache Ihnen nicht Vergeßlichkeit zum Vorwurf; das wenige, dessen Sie sich vielleicht erinnern, kann Ihnen nicht von Nutzen sein. Es ist ganz natürlich, daß ich für Sie eine Fremde bin. Erstens einmal waren Sie ein Knabe, und zweitens nicht das Kind von Verstoßenen, von Heimatlosen, von Flüchtlingen mit wertloser Vergangenheit und ohne Zukunft. Sie waren der junge Latham, so fest in Ihrer heimatlichen Erde verwurzelt wie die alten Bäume in Ihrem Park. Und schon darum schienen Sie mir beneidenswert.«
Sie wandte den Kopf ein wenig, um ihn anzusehen. »Sie können sich nicht vorstellen, wie es uns in London ergangen ist. Meine Unkenntnis der Welt war so groß, daß ich mich unbehaglich darin fühlte. Ich hatte zwar gehofft, ich hätte ein passables Gesicht, doch daß ich hübsch sei, erfuhr ich erst aus Bemerkungen, die die Leute auf der Straße machten. Ich verbrachte mein Leben am Lager meiner Mutter. Ich ging niemals aus, es sei denn in Begleitung meines Vaters oder Aglaes. Meine einzige Zerstreuung bestand darin, hin und wieder mit einem alten Arzt, ebenfalls einem Flüchtling, der meine Mutter behandelte, eine Partie Schach zu spielen oder den Gesprä-

chen der Leute zuzuhören, die zu uns kamen. Unter denen waren alle bedeutenden Männer und Frauen des alten Regimes. Flüchtlinge. Sie sprachen kaum je die Wahrheit und waren doch nicht dümmer als die übrige Menschheit. Gutmütigere und angenehmere Gesellschafter kann man sich nicht denken, aber auch keine rücksichtsloseren oder frivoleren. Ich habe Frauen aus den allerhöchsten Kreisen zehn Stunden täglich arbeiten sehen, um ihren Kindern Brot zu schaffen, und habe doch hören müssen, wie sie einander verleumdeten, Lügen verbreiteten über ihre Lebensführung und ihre Arbeit und wie Waschweiber miteinander zankten. Auf Sittsamkeit wurde noch weniger gegeben als in den Tagen vor der Revolution. Die guten Manieren waren vergessen. Wen man für einen guten Royalisten hielt, dem wurde jedes Vergehen nachgesehen. Ich will nicht sagen, daß dies auf die große Masse aller Flüchtlinge zutraf. Einige von ihnen führten ein exemplarisches Leben. Um unsere Fürsten wurden die abenteuerlichsten Intrigen gesponnen. Ich wußte damals wenig von diesen Dingen, doch erinnere ich mich der hilflosen Empörung meines Vaters und meines eigenen Ekels vor Dingen, die ich wohl oder übel ansehen und anhören mußte.«

Sie sah Cosmo an. »Ich erzähle Ihnen das, um Ihnen einen Eindruck von der Luft zu geben, die ich atmen mußte«, sagte sie in verändertem Ton. »Ich glaube nicht, daß sie mich verunreinigt hat. Ich spürte, wie widerwärtig sie war, doch schien sich kein Hilfsmittel zu zeigen. Ich litt auch gar nicht so sehr darunter. Leiden tat ich eigentlich nur unter unseren privaten Sorgen, unter der Angst meiner Mutter, unser letzter geringer Besitz möchte uns unter den Fingern zergehen. Daß wir das tägliche Brot hatten, hing von politischen Entwicklungen auf dem Festland ab, und die waren uns nicht günstig. Schlachten, Verhandlungen – nichts. Auf die Sache des Königtums schien der Mehltau gefallen. Meine Mutter verbarg ihre Angst nicht.

Noch mehr bekümmerte mich die versorgte, stille Furcht meines armen Vaters.«

Sie verstummte und blickte Cosmo in die Augen, die auf ihr Gesicht geheftet waren. »Ich ging auf die sechzehn zu«, fuhr sie fort. »Niemand hatte mir je die geringste Aufmerksamkeit gezollt. Die einzige Leidenschaft in meinem Herzen war töchterliche Liebe ... doch warum fortfahren? Und ich weiß auch nicht, was Sie vielleicht schon gehört haben.«

»Ich habe nur gehört«, sagte Cosmo im Ton allergrößter Hochachtung, »daß Adèle de Montevessos Leben makellos gewesen ist.«

»Ich erinnere mich noch einer Zeit, da alle Welt sich bemühte, mir das Leben unmöglich zu machen. Entsetzt es Sie sehr, wenn ich Ihnen sage, daß mich die Meinung der Welt nun nicht im geringsten mehr kümmert? Es hat eine Zeit gegeben, da wurde meinem Kummer und meiner Verwirrtheit, ja, sogar meiner Unschuld die bösartigste Auslegung gegeben.«

»Warum sollte die Welt Sie so behandeln?«

»Warum? Ich sehe schon, Sie wissen nichts. Ich lernte meinen Mann bei einem Konzert kennen, das vom Musikmeister der verstorbenen Königin für ausgewählte Gäste gegeben wurde. Meiner Mutter ging es damals etwas besser, und sie bestand darauf, daß ich ein wenig ausgehe. Das waren damals elegante Veranstaltungen im kleinsten Kreise. Ich hatte selbst eine gute Stimme und sang an jenem Abend mit Madame Seppio. Ein englischer Gentleman – sein Name tut nichts zur Sache – stellte mir Monsieur de Montevesso als einen Freund vor, der gerade aus Indien zurückgekehrt und dem daran gelegen sei, in der besten Gesellschaft zu verkehren. In Anbetracht meiner üblichen Schüchternheit und seines wenig ansprechenden Äußeren habe ich seine Aufmerksamkeiten wohl nicht sehr anmutig entgegengenommen. Tatsächlich war kein Anlaß, ihn besonders auszuzeichnen. Man sah mühelos, daß er nicht über die Manieren eines Mannes von Welt verfügte. Wo hätte er sie auch hernehmen sollen? Er hat mit siebzehn Jahren sein Dorf verlassen, ist bei dem in Frankreich stehenden irischen Regiment eingetreten und dann vermutlich desertiert. Ich weiß nur, daß er etliche Jahre später Hauptmann in russischen Diensten war. Von da gelangte er nach Indien. Ich glaube, der Generalgouverneur benutzte ihn als eine Art inoffiziellen Verbindungsmann zu den einheimischen Fürsten, doch überwarf er sich mit der Ostindischen Kompanie. Wie es ihm gelang, sich auf den Rükken eines Elefanten zu schwingen und von da aus die Armee eines indischen Fürsten zu kommandieren, weiß ich nicht. Und selbst wenn ich es damals gewußt hätte, hätte es ihn in meinen Augen nicht interessanter gemacht. Ich war sehr zufrieden, als er sich tief verbeugte, die Hand aufs Herz legte und abging. Er hinterließ bestenfalls einen flüchtigen Eindruck bei mir, doch schon am Morgen darauf ließ er durch seinen englischen Freund bei meinen Eltern um meine Hand anhalten. Jener Freund war ein Edelmann, ein Ehrenmann, und das Angebot, das er zu machen befugt war, schien so großzügig, daß meine Eltern fanden, sie sollten es mir nicht verschweigen. Ich war so erstaunt, daß es mir anfangs die Sprache verschlug. Ich ging einfach in mein Zimmer und schloß mich ein. Meine Eltern sind keine Menschen, die in solcher Lage auf Antwort drängen. Die besorgten armen alten Leute glaubten, ich wolle den Antrag nicht einmal erwägen, während ich hinter meiner verschlossenen Zimmertür einzig fürchtete, sie würden ihn rundheraus zurückweisen, ohne mich noch einmal zu fragen, denn ich hatte ja gehört, in welchem Ton sie davon sprachen. Ich ließ also durch Aglae sagen, ich wolle mich am folgenden Tag entscheiden und bitte, bis dahin mir selbst überlassen zu bleiben. Dann schlich ich mich aus dem Haus, begleitet von Aglae, die im Leben nicht solche Angst ausgestanden hat, und suchte die Frau jenes Freundes meines jetzigen Mannes auf. Ich bat sie, sofort nach General de Montevesso zu schicken – damals nannte er sich General. Der König von Sardinien hatte ihm diesen Rang als Belohnung für Dienste verliehen, die er vermöge seines Reichtums dem Hof von Turin hatte erweisen können. Die Dame hatte natürlich die größten Bedenken, mich in einem so unkonventionellen Vorhaben zu unterstützen, ließ sich aber endlich erweichen, nachdem ich sie lange und inbrünstig bestürmt hatte.«

»Das hat sie getan?« murmelte Cosmo. »Wie ganz außerordentlich bemerkenswert!«

»Ja, das hat sie getan, statt mich nach Hause zu schicken. Einem märchenhaft reichen Menschen zu Gefallen tun viele Leute die tollsten Sachen. Sie sandte mehrere Boten aus, die die Stadt nach ihm absuchen sollten. Es dauerte eine Weile, bis sie ihn fanden, und ich wartete. Ich war völlig ruhig. Ich war gefaßter, als ich es jetzt bin, da ich Ihnen meine Geschichte erzähle. Ich war vom Wahn des Michaufopfernwollens besessen. Ich hatte keine bösen Ahnungen. Ich weiß sogar noch, wie ich in dem kleinen Salon mit dem glühenden Kohlenfeuer im Kamin gefroren habe. Er erschien ganz atemlos. Er war prächtig gekleidet und benahm sich sehr zeremoniös. Ich spürte seine Erregung, ohne sie zu teilen. Ich, die ich doch beim geringsten Anlaß rot wurde, fand es durchaus nicht peinlich, den großen, steifen Mann anzureden, der soviel älter war als ich selber. Ich wußte nicht, welch fatalen Fehler ich beging, als ich ihm sagte, ich empfinde nichts für ihn und werde das vermutlich auch nie tun, sei aber aus Dankbarkeit ohne Widerstreben bereit, ihn zu heiraten und ihm stets eine loyale Freundin und Ehefrau zu sein, falls er meinen Eltern bis an ihr Lebensende eine angenehme Existenz sichern wolle. Er stand da, bolzengerade und drohend, und sagte, er wolle sich nicht damit schmeicheln, auch nur für möglich zu halten, daß er irgendwann ein tieferes Gefühl in mir zu erwecken vermöge.

»So standen wir einander ein Weilchen gegenüber. Ich empfand einzig glühende Befriedigung darüber, daß ich, wie ich glaubte, ehrenhaft gehandelt hatte. Was ihn betrifft, so war er, glaube ich, sprachlos vor Wut. Endlich verneigte er sich, die Hand auf dem Herzen, und sagte, er wolle mich jetzt nicht um die Erlaubnis bitten, meine Hand küssen zu dürfen. In jenem Augenblick schätzte ich sein Zartgefühl. Ein Handkuß hätte meine Schüchternheit auf eine schwere Probe gestellt. Heute glaube ich, daß er sich scheute, meine Hand an die Lippen zu führen, weil er fürchtete, die Beherrschung zu verlieren und hineinzubeißen. Später einmal, in einem jener Momente, da es den Menschen einerlei ist, was sie sagen, hat er mir anvertraut, er habe mich damals geradezu gehaßt, das heißt, nicht so sehr mich selber wie meine aristokratische Herablassung.«

Sie verstummte, und Cosmo, ganz jugendlich in seiner aufrichtigen Anteilnahme, tat einen Ausruf des Jammers. Madame de Montevesso sah ihn an, wandte dann aber das Gesicht ab.

»Später habe ich Klatschgeschichten gehört, die behaupteten, seine Verlobte, die Tochter eines auf halbe Bezüge gesetzten Hauptmannes, habe ihm den Laufpaß gegeben, und er habe um mich angehalten, weil er ihr zeigen wollte, daß er ein hübscheres, vornehmeres und in jeder Weise distinguierteres Mädchen finden könne, das gewillt sei, ihn zu heiraten. Ich glaube auch, daß er deshalb nicht vor meinen offenen Worten den Rückzug antrat. Ich ging nach Hause, ohne etwas zu hören, etwas zu sehen oder auf etwas zu achten, ganz als hätte ich mit der Welt abgeschlossen und den Schleier genommen. Ich kann für den Frieden, den ich in mir spürte, keinen anderen Vergleich finden. Ich stellte mich gefaßt den Vorwürfen meiner Mutter. Selbstverständlich war sie tief gekränkt, weil ich mich ihr in dieser Krise meines Lebens nicht anvertraut hatte. Auch mein Vater war gekränkt. Wie aber hätte ich mich in dieser Sache gerade denen anvertrauen dürfen, deren künftige Sicherstellung und

Versorgung von meiner Entscheidung abhing? Wie hätte ich mich irgendeinem der Männer oder Frauen anvertrauen können, die ich kannte, die ich doch aber für toll, deren Aufführung und Maximen ich in meiner jugendlichen Unnachsichtigkeit für närrisch und unmoralisch hielt? Einen Menschen gab es auf der Welt, dem ich mich vielleicht anvertraut und der mich vielleicht verstanden hätte. Das war Ihr Vater, Cosmo. Doch der war dreihundert Meilen entfernt. Es blieb keine Zeit. Hat er mich damals verstanden? Oder hat er mich ein für alle Mal vergessen?«

»Mein Vater«, sagte Cosmo, »lebt seit Jahren wie ein Eremit. Nichts kann ihn bewogen haben, Sie zu vergessen. Ja, er ist der Mann, dem Sie sich hätten anvertrauen dürfen. Er hätte Sie verstanden. Das heißt nicht, daß er Ihren Entschluß gebilligt hätte. Ich wollte, er hätte Ihnen beistehen, auf Ihre Eltern mit der Autorität des alten, erprobten Freundes einwirken können.«

»Und Wohltäters«, warf die Gräfin de Montevesso ein. »Mein Vater, so scheint mir, ahnte die Wahrheit. Er hat mich wieder und wieder gebeten, gewissenhaft zu bedenken, was ich tue. Ich sagte, ich sei völlig zufrieden mit meinem Vorgehen. Und das stimmte damals auch. Ich hatte mein Gewissen beschwichtigt, indem ich meinem Freier sagte, ich könne ihn niemals lieben. Ich hatte die sonderbare Zuversicht, ich würde die Pflichten meiner neuen Stellung erfüllen können; und die Gewißheit, meinen Eltern alle künftigen Sorgen erspart zu haben, machte mich ganz glücklich. Ich war mir gar nicht bewußt, ein Opfer gebracht zu haben. Wäre ich Zwanzig gewesen oder älter, ich hätte wohl weniger Zuversicht verspürt und vielleicht gar nicht den Mut aufgebracht. Doch in meinem damaligen Alter begriff ich nicht, daß mein ganzes Leben auf dem Spiele stand. Drei Wochen darauf war ich verheiratet.

Sie sehen also, daß keine Zeit verloren wurde. Während dieser drei Wochen verkehrten wir ganz formell miteinander, und ich machte nicht einmal den Versuch, ihn genau zu betrachten. Er gab sich sehr steif und sehr zeremoniös, doch er hatte es sehr eilig, wohl weil er aufgrund seiner Erfahrungen damit rechnete, ich könnte es mir anders überlegen. Im allgemeinen reagierte er auf alle meine Wünsche und Reden mit einer tiefen Verneigung – und das fand ich manchmal lustig. Ich war so leichtfertig, daß mir sogar der Gedanke kam, ein lebenslanger Verkehr in dieser Form habe doch auch etwas Erheiterndes. Ich sage nicht, daß er mich auf irgendeine Weise täuschte. Er hatte wirklich ein ungeheures Vermögen aus Indien mitgebracht, und die Welt behandelte ihn entsprechend. Seine Verstellung beschränkte sich darauf, daß er den Mund hielt und sich zu einem gesitteten Betragen zwang, und das reichte aus, mich über seinen Charakter, seine Familie, sein Herkommen, ja sogar seinen Namen im Unklaren zu lassen. Im Anfang unserer Ehe war er verschwenderisch und geizig zugleich. Sein Leben in Indien hatte ihn geradezu orientalisch eifersüchtig gemacht, und diese Eifersucht trat zu jener hinzu, die für einen Mann seines Alters vielleicht natürlich ist. Überdies war er von Charakter unverträglich. Er wußte die Macht seines großen Reichtums nur auf eine Weise fühlbar zu machen: indem er andere Menschen kränkte, seine Diener, seine Untergebenen, seine Freunde. Auch seine Frau bekam ihr Teil. Einer älteren, klügeren Frau, die über Verstellungskraft verfügt und zugleich Freude an den materiellen Dingen des Lebens gehabt hätte, wäre es möglich gewesen, bei diesen Gegebenheiten das Dasein für sich und ihn angenehm zu machen. Ich hingegen, fast noch ein Kind, aufrichtig und stolz und ohne Verlangen nach allem, was der Reichtum bietet, ich war vollständig ratlos. Ich wurde fortgesetzt von den Ausbrüchen seiner niedrigen Leidenschaften erschreckt und entsetzte mich vor seinen lächerlichen Eifersuchtsanfällen.

Derweile lebten wir in großem Stil – gaben Gesellschaften und Konzerte. Ich hatte eine sehr gute Stimme. Gewiß lag ihm viel daran, mit seiner neuesten Errungenschaft zu prahlen, zugleich war es ihm aber auch unerträglich, wenn man mich ansah oder etwa gar ansprach. Besonders wenn ich starken Beifall erhalten hatte, überkam ihn seine orientalische Eifersucht. Dann machte er seinen Gefühlen mir gegenüber im Kasernenhofton Luft. Endlich lieferte er mir vor etwa zweihundert Gästen die fürchterlichste Szene, lief aus dem Haus und überließ es mir, mit allen diesen Menschen fertig zu werden. Das war nun wirklich ein Skandal erster Ordnung. Die Gesellschaft war natürlich zu Ende. Ich verbrachte den Rest der Nacht sitzend im Schlafzimmer, zu matt, um mein prächtiges Kleid und all den Schmuck abzulegen, den ich seinem häufig wiederholten Befehl folgend anlegen mußte. Im Morgengrauen kam er nach Hause, betrat mein Zimmer und sah mich da sitzen. Er sagte mir, es sei für ihn zu qualvoll, mit mir zusammen zu leben, und schlug vor, ich solle für eine Weile zu meinen Eltern zurückkehren.

Damals waren wir etwas länger als ein Jahr verheiratet. Zum ersten Mal seit der Hochzeit war ich glücklich. Meine Eltern waren natürlich entzückt, die Lieben. Wir waren alle drei so arglos, daß wir glaubten, nun hätten alle unsere Sorgen ein Ende, der Mensch werde Kavalier genug sein, seinen Mißgriff im rechten Licht zu sehen und edelmütig die Konsequenzen zu ziehen. Hatte ich ihm nicht mit eben diesen Worten gesagt, ich könnte ihn niemals lieben?

Ich hätte wissen müssen, daß er nicht fähig ist zur Großmut. In Wahrheit hatte ich auch gar nicht weiter nachgedacht. Ich, die ich meine Schüchternheit soweit überwunden hatte, daß ich, trotz meiner Jugend, der Welt, die ich so wenig kannte, eine perfekte Gastgeberin wurde – denn das lag mir schließlich im Blut – ich war so dumm, so wenig weltklug, daß mir die zurückliegenden zehn Monate keine Lehre gewesen waren. Ich hatte nichts gelernt, ebensowenig wie man aus einem Alptraum oder einer schweren Krankheit lernt. Ich atmete nur wieder auf. Ich wurde wieder die alte Adèle. Ich verbannte Monsieur de Montevesso aus meinen Gedanken, und es war, als habe er nie gelebt. Können Sie das glauben, Cosmo! Es ist erstaunlich, wie erfolgreich man sich weigern kann, Tatsachen zur Kenntnis zu nehmen. Man übersieht alles: brutales Benehmen, Beschimpfungen, wüste Auftritte, Anfälle von Eifersucht, solange nur das Bild der eigenen sittlichen Persönlichkeit nicht erschüttert wird. Das alles fiel wie ein vergiftetes Gewand von mir und hinterließ kaum einen Schmerz. Ich hob den Kopf wie die Blume nach dem Gewitter. Halten Sie mich nicht für oberflächlich, Cosmo. In mir gibt es Tiefen, die sehr wohl zugänglich sind, doch bislang hatte man mich nur gequält, erschreckt, überrascht, wenn auch kaum verängstigt. Bislang hatte er gelitten, nun sollte die Reihe an mich kommen.«

»Ich glaube nicht, daß Sie je oberflächlich gefühlt haben.«

»Gefühle müssen reifen, wie alles andere auch. Und ich versichere Ihnen, meine Reife war noch nicht abgeschlossen. Die folgenden sechs Monate sollten meine Erziehung vervollständigen. Nach Ablauf dieser Zeit hatte ich keine Illusionen mehr. Während ich neben Vater und Mutter endlich erleichtert aufatmete und wir die Welt um uns her vergaßen, wanderte Montevesso in der Stadt umher, beklagte sich und säte Mißtrauen. Er bedauerte, daß er mich hatte gehen lassen und war wütend, weil ich ihn so ohne weiteres sich selbst überließ. Und Sie dürfen glauben, daß er mitfühlende Seelen fand. Schließlich war er ein reicher Mann! Wen hätte solcher Reichtum nicht gerührt? Ganz offenbar war er schlecht behandelt worden und die Schuld ganz auf meiner Seite. Es dauerte keinen Monat, da sah ich mich im Mittelpunkt tückischer Intrigen, das Opfer übelster Nachstellungen. Freunde, Verwandte, entfernte Bekannte unter den Emigranten ließen sich von Montevesso anwerben. Sie spionierten mir nach und versuchten, die Diener zu bestechen. Man versammelte sich in seinem Haus, um meinen Ruf zu zerfetzen. Einige jener guten Freunde erboten sich, gegen Bezahlung selbstverständlich, durch ihren Einfluß in Rom die Annulierung der Ehe zu bewirken. Andere entdeckten Formfehler im Heiratskontrakt. Man erfand üble Mären. Es wurden über diesen Skandal bereits gräßliche Liedchen auf der Straße geträllert, da endlich ekelte dieses Lumpenpack ihn selber so sehr, daß er ihnen Haus und Börse verschloß. Jahre danach hat er mir eine Liste mit ihren Namen gezeigt, auf der auch verzeichnet war, was er jedem einzelnen für sein Mitgefühl bezahlt hatte. Das war eine erhebliche Summe, und rückblickend muß ihm das großen Eindruck und rechten Verdruß gemacht haben. Was die Namen anging, so waren sie vornehm genug, seinem plebejischen Stolz zu schmeicheln. Er zeigte mir die Liste bloß, um mich zu kränken.

Man hat Sünderinnen gesteinigt, mich aber, ein unschuldiges Mädchen von siebzehn Jahren, hat man auf unerträgliche Weise mit Schmutz beworfen. Es war unmöglich, ihn zu einer Vereinbarung zu bewegen, die mir meinen Frieden gelassen hätte. Alle Welt, von seinen bezahlten Freunden beeinflußt, war gegen mich. Was sollte ich tun? Verleumdung ist schwerer zu ertragen als die Wahrheit. Sogar meine Eltern wurden weich. Er versprach, sich zu bessern. Selbstverständlich ging ich zu ihm zurück, denn man kriecht ja auch aus dem Schlamm zwischen saubere Dornen, die nichts weiter tun, als einen zerreißen. Er nahm mich nach dem Eingeständnis seiner Schuld zurück, das so öffentlich erfolgte, wie es bei solchen Dingen möglich ist. Es war eine Ehrenrettung für mich. Doch kaum hatte er mich wieder bei sich, da ließ er sich schon zu seinen Haßausbrüchen hinreißen, Ausbrüchen eines Hasses, wie ihn nur schwärzeste Eifersucht hervorrufen kann. Es war grauenhaft. Denn selbst die Eifersucht kennt noch Abstufungen, die bestimmt werden von Zweifel oder Hoffnung, doch seine war von der schlimmsten Sorte, der hoffnungslosen Sorte, denn er vermochte meine aufrichtige Erklärung nicht zu vergessen.«

Die Stimme der Gräfin de Montevesso erstarb, und Cosmo blickte auf. Adèle war ein wenig blaß, und dadurch erschienen ihre Augen dunkler, als er sie je gesehen. Cosmo war noch zu jung, um dieses Geständnis ganz zu begreifen, doch gerade seine Jugend stattete die Tatsachen mit einer Art romantischer Größe aus, während die Frau vor ihm gerade von der Überzeugung zu Boden gedrückt wurde, es seien nichts als schmutzige Kleinigkeiten. Ohne ihn anzusehen, sagte sie:

»Anderthalb Jahre verbrachten wir auf Reisen; wir wohnten eine Weile in Paris, wo er mir wieder Szenen machte, und gingen von da nach Italien. Das geschah unter dem Vorwand, mich mit seinen Verwandten bekanntzumachen. Ich glaube nicht, daß er sich seiner Mutter erinnert, und der Vater, ein ältlicher Hausierer mit Kaninchenfellen, war etliche Jahre zuvor gestorben. Was die übrigen Verwandten betrifft, so verließ ihn wohl der Mut, trotz all des brutalen Stolzes auf seine Familie, den er mir gegenüber gelegentlich bekundete. Er führte mir mehrere altersschwache Gestalten vor, die in zerfallenen Hütten hausten, und ich glaube ernstlich, er hat sie dafür bezahlt, daß sie sich als entfernte Verwandte ausgaben. Es war eine sonderbare Pilgerreise zu den schmutzigsten Schwindlern. Sie können sich das nicht vorstellen. Ich wehrte mich nicht gegen diese schreckliche Demütigung. Das war nun mal ein Teil des Handels. Manchmal glaubte ich, er werde mich töten an einem jener unzivilisierten Orte, in einem abseits gelegenen Tal, wo die Bewohner, die ihrer Kleidung und Sprache nach kaum besser waren als Bauern, ihm als reichen Vetter und Wohltäter schmeichelten. Ich zweifle nicht, daß er auf dieser Reise halb wahnsinnig war. Ich hingegen ließ das alles ungerührt über mich ergehen. Ich glaube allerdings nicht, daß mein Leben je in

Gefahr war. Zu jener Zeit währte keine seiner Launen so lange, daß er einen festen Plan hätte fassen können. Und er ist keineswegs eine Verbrechernatur. Vielleicht ist er wirklich ein großer Abenteurer. Er hat Armeen von hunderttausend Mann kommandiert. In gewisser Weise hat er sich der Macht Englands in Indien entgegengestellt. Allein die Tatsache, daß er das überlebt hat, ohne sein Vermögen und seinen Ruf einzubüßen, denn er hat einen Ruf, zeigt, daß etwas in ihm steckt. Ich weiß nicht, ob ihm das, nachdem er mich wieder mit nach Paris gezerrt hatte, eine so huldvolle Aufnahme bei Bonaparte verschafft hat.«

VI

Madame de Montevesso schwieg und betrachtete die weiße Asche, in der noch nicht alle Glut erloschen war. »Ja«, fuhr sie dann fort. »Ich habe die Kaiserzeit in der Nähe von Paris verbracht. Ich bewohnte da ein reizendes Landhaus. Monsieur de Montevesso hatte mich in einer Weise installiert, die er für angemessen hielt, angemessen seiner Bedeutung, wenn schon nicht der meinigen. Er konnte mir einfach nicht vergeben, daß ich bin, die ich bin. Die zurückgekehrten Emigranten duldeten ihn um meinetwillen, doch setzte ihm sein unglücklicher Gemütszustand so zu, daß er beschloß, in seiner Heimat zu leben, wo er als großer Mann gelten konnte. Vielleicht ist er kein durch und durch schlechter Mensch. So ließ er zum Beispiel meine Eltern mit der größten Bereitwilligkeit nachkommen, als sie die Erlaubnis zur Rückkehr erhalten hatten, und sie zogen zu mir in das Landhaus. Wiederum kostete ich ein wenig von dem Glück, in stiller Zurückgezogenheit und umgeben von ihrer Liebe zu leben. Unsere Welt war die der alten Gesellschaft, des zurückgekehrten Adels. Diese Adeligen haßten und verabscheuten die Macht des Kaisers, doch waren die meisten bereit, sich vor ihr zu beugen. Jawohl, auch den Besten von ihnen imponierte die reale Macht hinter der glitzernden Fassade. Unser Kreis war nur klein und bestand aus überzeugten Royalisten, aber ich vermochte deren Haß und Abscheu nicht zu teilen. Ich fühlte mich als Französin. Ich hatte liberale Vorstellungen...«
Sie merkte, daß Cosmo sie eifrig und mit freundlicher Neugier betrachtete, und verstummte matt lächelnd.

»Sie verstehen mich, Cosmo?« fragte sie. Dieser nickte, ohne die Augen von jenem Antlitz zu wenden, auf dem er den Abglanz edler Empfindungen zu sehen vermeinte; doch schon fuhr Madame de Montevesso fort:

»Mir lag nichts daran, in die Obhut all dieser zurückgewanderten Gräfinnen genommen zu werden, die mir vorschreiben wollten, was ich zu fühlen und wie ich mich zu benehmen hatte. Sie selber legten gegenüber jener Regierung, die sie fürchteten und verabscheuten, ein aus Unverschämtheit und Eigennützigkeit gemischtes Betragen an den Tag. Ich fürchtete diese Regierung nicht, ich verabscheute sie aber auch nicht. Wohl war mein Herz alle diese Jahre über schwer, aber ich war nicht niedergedrückt. Ganz Europa stand in Flammen, und die Feuersbrunst versengte und blendete uns, sie erfüllte uns mit Furcht und schlimmen Vorgefühlen; doch sagt man ja, daß das Feuer läutert, was es nicht zerstört. So würde die Welt vielleicht geläutert daraus hervorgehen.«

»Nun ist alles vorüber«, sagte Cosmo. »Doch was hat die Feuersbrunst angerichtet? Noch liegt über allem eine Rauchfahne, und ich kann nichts sehen; aber was haben Sie für ein Empfinden?«

Madame de Montevesso, die einen Ellenbogen auf den Sims des Kamins und einen Fuß auf dessen Gitter gestützt hatte, blickte in die Asche, in der hier und dort noch ein Funke glomm.

»Ich friere ein wenig«, sagte sie, »und bin wohl auch etwas benommen. Man weiß gar nicht, wo man hinsehen soll.«

Cosmo stand auf und tat einen Schritt vorwärts. Seine Stimme war jedoch gedämpft. »Früher war ein Mann da.«

»Ja, ein Mann. Und man sah ganz unwillkürlich auf ihn. In seiner Einzigartigkeit lag etwas Unnatürliches, Cosmo, doch lassen Sie sich sagen, der Mann war gar nichts. Sie lächeln, Sie denken, da spricht eine Königstreue, eine Frau, die voll ist von törichten aristokratischen Vorurteilen, eine Frau, die nur den kleinen korsischen Grundbesitzer sieht, der nicht geschickt genug war, seine Chance wahrzunehmen, als sich die Gelegenheit bot, die Bourbonen wieder einzusetzen. Das glauben Sie von mir ... von mir!«

Sie verharrte in ihrer Stellung und blickte untröstlich zu Boden wie in die Asche einer ausgebrannten Welt.

»Ich glaube nicht, daß Sie dumm sein könnten, selbst wenn Sie es versuchten«, sagte er. »Doch wenn der Mann ein Nichts war, wer hat dann dieses alles angerichtet?«

Madame de Montevesso schwieg eine Weile, ehe sie murmelte: »Die Vorsehung.« Dann erst wandte sie sich Cosmo zu. »Was starren Sie denn so in die Ecke?« fragte sie nach einem neuerlichen Schweigen.

»Habe ich gestarrt?« sagte er zusammenfahrend. »Ich hatte das nicht bemerkt. Bei Ihren Worten sah ich eine verhüllte Gestalt mit abgewendetem Gesicht.«

»Dann war es nicht die Vorsehung«, sagte sie und sah ihn freundlich an. »Sie mögen sich eingebildet haben was Sie wollen, die Vorsehung jedenfalls haben Sie nicht gesehen. Man muß schon sehr lange leben, wenn man auch nur den Saum ihres Gewandes sehen will, sehr, sehr lange«, wiederholte sie, und in ihrer Stimme lag soviel Bangigkeit und Erschöpfung, daß Cosmo sich gedrungen fühlte vorzutreten, die Hand zu ergreifen, die locker herabhing, und sie an seine Lippen zu drücken. Als er sie losließ, fiel sie schlaff in ihre alte Lage zurück. Madame de Montevesso regte sich nicht sogleich.

»Sehr nett«, sagte sie dann, »eine Gebärde des Mitgefühls. Davon habe ich in meinem Leben nicht viel bekommen. In mir ist irgendwas, das den Menschen, mit denen ich zusammenlebe, nicht zusagt. Mein Vater liebt mich selbstverständlich; doch ist das nicht das gleiche. Ihr Vater fühlte, wenn ich mich nicht irre, mit dem Kinde, und es rührt mich, daß der Sohn die Frau ein wenig zu verstehen scheint, eine fast schon alte Frau.«

Die ungespielte Überzeugung, mit der sie sich eine alte Frau nannte, hätte Cosmo belustigt, hätte er nicht den tiefen Kummer auf dem geneigten Gesicht, das Schwermütige in der Haltung der Frau bemerkt, die einst das Kind Adèle gewesen; ein fremdes, heimatloses Kind, das hinter den alten Mauern des Hauses seiner Vorfahren vorübergehend Schutz gefunden und an der dort herrschenden vornehmen Traulichkeit Teil gehabt hatte.

»Nein«, sagte er und staunte darüber, daß eine so blendende Erscheinung so bitteren Erfahrungen unterworfen worden sein sollte. »Nein. Die Vorsehung arbeitet schnell. Wir sind beide noch jung, und bedenken Sie, was wir bereits gesehen haben.«

Er glaubte, sie erschauern zu sehen. Er schämte sich, wenn er bedachte, was sie durchlebt, wie sich in ihrem täglichen Leben unausweichlich fühlbar gemacht haben mußte, was für ihn nicht mehr als ein Schauspiel gewesen, wenn auch sein Land dabei einen Part gehabt hatte, nämlich die eindrucksvolle Rolle eines Felsens, der unversehrt aus der Flut ragt. Er fuhr fort: »Der Mann der Vorsehung ist doch selber noch jung! Sie müssen ihn oft gesehen haben.«

»Nein. Nur ein oder zwei Mal im Jahr ging ich, sehr gegen meinen Willen, begleitet von kompromißbereiten royalistischen Damen nach den Tuilerien. Das wurde von Madame de Montevesso erwartet, und ich war immer glücklich, wenn ich es wieder einmal hinter mir hatte. Sie können sich kaum vorstellen, wie langweilig die Kaiserzeit war. Alle Hoffnung war dahin. Es war wie ein geschmacklos aufgeputzter Maskenball, untermalt von nie verstummendem, fernem Kanonendonner. Jedes Jahr verbrachte ich, um den Schein zu wahren, einen Monat bei meinem Mann. So lautete unsere Abmachung. Aus diesem Anlaß pflegte er dann alle vornehmen Leute aus der Provinz zu einer Folge von Diners einzuladen. Doch selbst in der Provinz war, unheimlich genug, die Sittenstrenge jener kaiserlichen Herrlichkeit zu spüren. Ich zweifle nicht, daß alle meine Schritte zur Kenntnis genommen und berichtet wurden. Selbstverständlich bin ich dem Kaiser mehrmals begegnet. Ich habe ihn auch im Theater und in seiner Kutsche gesehen, angeredet aber hat er mich nur einmal.«

»Nur einmal«, flüsterte Cosmo.

»Sie können sich denken, daß ich mich so unauffällig wie möglich machte, zur Hofgesellschaft gehörte ich ohnehin nicht. Was ich jetzt erzähle, geschah auf einem Ball, der für die Prinzessin von Baden gegeben wurde. Es waren sehr viele Menschen da. Früh am Abend geriet ich in der Galerie de Diane in die erste Reihe und zwischen zwei Frauen, die mir völlig fremd waren. Nach und nach kam der Hof herein, die Kaiserin, die Prinzessin, die Hofchargen in Gala, und sie nahmen auf einem Podium am Ende der Galerie Platz. In den Tanzpausen trat der Kaiser allein zwischen die Tanzenden, sprach jedoch nur zu den Frauen. Er trug den paspelierten Kaiserrock aus rotem Samt, dazu Kniehosen aus weißer Seide, Diamanten am Knauf des Degens, an den Schuhschnallen und am Hut mit der weißen Feder. Das Kostüm war geschickt entworfen, doch mit seiner kleinen, stämmigen Figur und seinen ungeschickten Bewegungen wirkte er angsterregend und wie ein Schmierenkönig. Er blieb vor mir stehen. Er wußte bestimmt, wie ich heiße, fragte aber nach meinem Namen. Ich nannte ihn.

›Ihr Gatte lebt in der Provinz?‹

›Ja, Sire.‹

›Wie ich höre, beschäftigt er viele Menschen. Es freut mich, daß er dem Volke Arbeit gibt. Er macht den richtigen Gebrauch von seinem Reichtum. Hat er nicht bei der englischen Armee in Indien gedient?‹

Sein Ton war liebenswürdig. Ich sagte, davon wisse ich nichts, ich wisse nur, daß er dort gegen die Engländer gekämpft habe.

Er lächelte auf faszinierende Weise und sagte: ›Sehr wohl mög-

lich. Ein Glücksritter. Er stammt doch aus Piemont, nicht wahr?‹
›Ja, Sire.‹
›Sie aber sind Französin, ganz und gar Französin. Wir haben also ein Recht auf Sie. Wie alt sind Sie?‹
Ich sagte es ihm. Er meinte: ›Sie sehen jünger aus.‹ Dann trat er näher und sagte vertraulich: ›Sie haben keine Kinder, das ist mir bekannt. Ich weiß, daß es nicht Ihre Schuld ist, doch sollten Sie da einmal eine andere Regelung treffen. Glauben Sie mir, ich rate Ihnen gut.‹
Ich war vor Staunen sprachlos. Er lächelte mir noch einmal huldvoll zu und ging weiter. Das ist die einzige Unterhlatung, die zwischen mir und dem Kaiser stattgefunden hat.«
Sie verstummte mit niedergeschlagenen Augen und fügte dann hinzu: »Das war typisch für ihn.« Cosmo war am stärksten beeindruckt von der Erkenntnis, daß er so gut wie nichts von ihr wußte und erst jetzt erfuhr, daß Montevessos keine Kinder hatten. Er hatte sich diese Frage noch gar nicht vorgelegt, doch die eindeutige, wenn auch indirekte Auskunft war ihm angenehm.
»Ich traf keine andere Regelung«, begann Madame de Montevesso mit etwas ironischer Stimme. »Ich war glücklich, daß man mich in Ruhe ließ. Etwa zu Beginn der Kampagne gegen Rußland machte ich meinen jährlichen Besuch bei Monsieur de Montevesso. Abgesehen von den üblichen Gesellschaften, die wir den Ortsansässigen gaben, war ich mit dem Grafen Helion allein, und wie immer, wenn wir ganz allein miteinander sind, benahm er sich erträglich. Es ist dann niemand und nichts da, das seine Eifersucht und jenen schlafenden Haß gegen mich weckt, den er im tiefsten Herzen empfindet. Wir hatten nur eine kleine Auseinandersetzung, an deren Ende er mit knirschenden Zähnen zugeben mußte, daß er mir nichts vorzuwerfen hatte, außer eben daß ich bin, die ich bin. Ich sagte, ich

könne nichts daran ändern, und er habe doch eigentlich allen Grund, angesichts der Umstände, sich dazu zu beglückwünschen. Er warf mir nur einen finsteren Blick zu. Wenn er will, kann er sich wunderbar beherrschen. Im ganzen genommen war es eine ruhige Zeit. Ich musizierte ein wenig, las ein bißchen, machte lange Spaziergänge, ritt fast täglich aus, immer in Begleitung von Bernard. Das war nun weniger angenehm. Erinnern Sie sich noch an Bernard?«

Cosmo nickte.

»Jahrelang war er uns ein anhänglicher und treuer Diener gewesen, doch ist wohl auch er, wie so viele Höhergestellte, dem Zauber von Monsieur de Montevessos Reichtum erlegen. Als meine Eltern mir nach Frankreich folgten, ging endlich sein Wunsch in Erfüllung, und er heiratete Aglae, meine Mulattin. Er war sehr in sie verliebt, und jetzt macht er sie sehr unglücklich. Sie ist mir wirklich ergeben, und es kann kein Zweifel daran sein, daß Bernard von meinem Manne zu Spitzeldiensten gedungen ist. Das hört sich unglaublich an, doch hat der Graf mir das unmißverständlich mitgeteilt. Er hat Bernard schon vor Jahren korrumpiert, damals, als er mich in seiner Wut zu meinen Eltern zurückschickte und dann fast darüber verrückt wurde. Ja, solange ist das schon her. Dieser Mensch nun, der uns im Unglück nach besten Kräften beigestanden hat, ließ sich ohne weiteres kaufen. Jeder, ob hoch, ob niedrig, hatte sich gegen mich armes Mädchen verschworen, dessen einzige Sünde ihre Aufrichtigkeit gewesen war. Als Bernard mit meinen Eltern nach Frankreich kam, wußte ich bereits Bescheid, doch Aglae wollte ihn heiraten, und da schwieg ich eben. Sie hätte mir wohl auch nicht geglaubt.«

»Und Sie haben es ausgehalten, diesen Schuft jahrelang in Ihrer Nähe zu wissen?« rief Cosmo entrüstet. Sie lächelte traurig. Sie hatte nicht nur diese, sondern noch üblere Gemeinheiten schweigend hingenommen. Ihre Illusionen über die Rechtschaffenheit der Menschen waren so zeitig zerstört worden, daß sie dem, was ihr von den Menschen ihrer Umgebung bekannt wurde, keine Bedeutung mehr beimaß.

»Oh Cosmo«, rief sie plötzlich. »Ich bin jetzt unempfindlich geworden, doch ich versichere Ihnen: wenn ich an das Mädchen denke, das ich mit sechzehn war, das keinen bösen Gedanken im Sinne hatte und in seiner Unwissenheit umgeben war von Verleumdern und Intriganten, dann kommen mir buchstäblich die Tränen. Und seit ich erkannt habe, welch niedrige und selbstsüchtige Instinkte der verabscheuungswürdige Ruhm jenes Mannes auf Elba aufgepeitscht hat, will mir scheinen, daß es nirgends auf Erden Rechtschaffenheit gibt – nirgends.«

Die Vehemenz dieses Ausbruches stand in so starkem Gegensatz zur Reglosigkeit ihrer Haltung, daß Cosmo ein kalter Schauer über den Rücken lief.

»Wenn ich uns beide hier in diesem Zimmer einmal beiseite lasse, Adèle«, sagte Cosmo, »kenne ich doch wenigstens noch zwei rechtschaffene Menschen. Ihren Vater und meinen. Warum haben Sie nicht an Vater geschrieben?«

»Ich sagte doch, ich war ein Kind. Was hätte ich ihm schreiben sollen? Hat er sich nicht darum seit Jahren schon von der Welt zurückgezogen, weil er nichts mehr sehen, nichts mehr hören will? Das wäre der eine aufrichtige Mensch. Was nun meinen Vater betrifft, dieses Musterbild der Ehrenhaftigkeit, so hatten sein langewährendes Unglück und die Versuchungen, die mit seinem wiederhergestellten Rang verbunden sind, eine solche Wirkung, daß ich sein Verhalten gelegentlich nur mit Angst beobachten kann. Standesvorurteile sind etwas Schreckliches. Zum Glück hat er niemals dem Gedanken an Rache Raum gegeben. Er ist kein Höfling.«

»Das habe ich vom Marquis selber vernommen«, warf Cosmo ein. »Er ist ein reizender, alter Herr.«

Die beiden am Kamin tauschten ein mattes Lächeln.

»Ich mußte ihn hierher begleiten«, sagte Adèle. »Ohne mich wird er nicht fertig. Ich war übrigens sehr erleichert, den bösen Leidenschaften und den hoffnungslosen Dummheiten all jener Leute zu entgehen, die ohne jedes patriotische Empfinden, ohne auch nur einen einzigen neuen Gedanken im Kopfe wiedergekommen waren und wie unbarmherzige, dem Grabe entstiegene Gespenster die Welt haßten, in die sie zurückkehrten. Sie hatten nichts vergessen und nichts dazugelernt.«

»Ich habe selber Proben davon gesehen«, murmelte Cosmo. »Man kann die Welt aber nicht dahin zurückdrehen, wo sie war, als wir beide geboren wurden.«

»Nein; aber auch nur dem Versuch zuzuschauen, war unerträglich. Dann tauchte mein Mann auf, mietete diesen Palast und bestand darauf, daß wir alle hier wohnten. Dagegen ließ sich kein vernünftiger Einwand vorbringen. Mein Vater weiß nicht die Hälfte von dem, was ich durchgemacht habe. Ich habe mir früh angewöhnt, jede Äußerung meiner Gefühle zu unterlassen. Im allgemeinen verstehen wir einander wortlos. Als er den Brief des Grafen bekam, in dem dieser uns das Haus hier anbot, sah er mich bloß an und sagte: ›Das müssen wir wohl annehmen.‹ Ich meinerseits gehe durchs Leben, ohne je zu widersprechen. Irgendwie muß man seine Würde wahren, und wie sonst sollte ich das tun? Ja, ich habe mich entschlossen. Ich muß Ihnen übrigens sagen, Cosmo: trotz der abenteuerlichen Reise, die wir vor zehn Jahren zu Monsieur de Montevessos dubiosen Verwandten unternommen haben, waren mir die beiden Schwestern und diese Nichte denn doch neu. Ich hoffe nur, daß ich mir meine Überraschung oder auch andere Gefühle dieser Personen halber nicht habe anmerken lassen.« Die Gräfin blickte Cosmo in die Augen. »Ich habe außer Ihnen nie mit jemandem von diesen Dingen gesprochen. Ich tat es wegen der alten Erinnerungen, die mir so viel bedeuten, und weil ich niemandem Ihres Namens mißtrauen kann. Hat diese lange Er-

zählung Sie ermüdet?«
»Nein«, sagte Cosmo, »doch wie denken Sie sich das Ende?«
»Das Ende?« sagte sie so erschrocken, daß Cosmo davon stark beeindruckt wurde. »Das Ende? Was meinen Sie damit? Alles hat schon sein Ende gefunden.«
»Ich meine, wie lange werden Sie das noch aushalten?«
»Sehe ich schon so mitgenommen aus?« fragte sie.
Cosmo sah sie fest an. Das Bild ihrer Anmut und ihrer Kraft füllte seine Brust mit einer fast unerträglichen Bewunderung. Er wußte nicht, was sagen, denn Mitleid und Bewunderung, vermischt mit einem unklaren Zorn, wollten sich ihm gleichzeitig auf die Lippen drängen.
»Nun, was sehen Sie in meinem Gesicht?«
»Ich habe noch auf keinem Gesicht so heitere Gelassenheit gesehen«, sagte Cosmo. »Wie sicher ihrer selbst muß Ihre Seele doch sein.«
Ihre Wangen röteten sich, und ihre Augen wurden dunkler, als sie dankbar erwiderte: »Sie haben recht, Cosmo, mein Gesicht ist keine Maske.«
Doch er hörte sie kaum. Er verlor sich in Staunen über die Verwirrung seiner Gedanken. Als er die Fassung wieder erlangte, kam es ihm vor, als lausche Madame de Montevesso.
»Ich frage mich, ob der Graf immer noch bei meinem Vater ist? Klingeln Sie doch bitte einmal, Cosmo. Die Glocke steht neben Ihnen auf dem Tisch.«
Cosmo tat, wie ihm geheißen, und die beiden warteten, wobei sie einander ansahen. Die Tür öffnete sich unvermittelt, und gleichzeitig schlug die darüber angebrachte Uhr die Stunde. Cosmo zählte elf Schläge, und Madame de Montevesso redete Bernard an, der schweigend wartete.
»Ist der Graf noch bei meinem Vater?«
»Ich habe ihn noch nicht wieder herauskommen sehen, Madame la Comtesse.«

»Sagen Sie Ihrer Frau, sie möge nicht auf mich warten, Bernard.«

»Jawohl, Madame la Comtesse.« Und Bernard zog sich respektvoll von der Tür zurück.

»Wie fett er ist und was für öliges Haar er hat«, verwunderte sich Cosmo. »Und was für würdige Manieren. Kein Wunder, daß ich ihn anfangs nicht erkannte. Er hat mich zu Ihrem Vater geführt. Er sieht ganz so aus wie der Geheimschreiber eines Botschafters in besonderer Mission. Und dabei ist er Ihr Hausspitzel! Ich wundere mich wirklich über Ihre Geduld.«

»Wenn ich etwas zu verbergen hätte, wäre ich vielleicht weniger geduldig mit dem Spitzel«, erwiderte sie gleichmütig. »Als wir in Paris wohnten, hat er, glaube ich, jede Woche einen Bericht an Monsieur de Montevesso geschickt, er schreibt nämlich recht gut. Ich frage mich, was er zu schreiben gehabt haben mag. Vermutlich Namenslisten. Vielleicht auch seine eigene Beurteilung der Leute, die mich besuchten, und Bruchstücke belauschter Gespräche.«

»Das ist doch unglaublich«, murmelte Cosmo. »Geradezu phantastisch. Sie müssen Ihren Mann gründlich verachten.«

»Das erstaunlichste ist«, fuhr Madame de Montevesso fort, »daß ich schwören möchte, er berichtet nichts Falsches.«

»Ja, das darf man wohl annehmen. Und Sie vermuten, daß der Graf ihn wöchentlich für diese Berichte entlohnt? Das ist wirklich eine häßliche Posse.«

»Glauben Sie nicht«, fragte die Gräfin, »daß sie tragisch enden könnte?« Cosmo machte eine ratlose Gebärde.

»Der Mann, den Sie geheiratet haben, ist verrückt«, sagte er schließlich mit Überzeugung.

»Zu Zeiten habe ich mich selber für verrückt gehalten«, murmelte Madame de Montevesso. »Nehmen Sie Ihren Hut«, fügte sie rasch hinzu.

Sie hatte Schritte auf dem Korridor gehört. Gleich darauf erschien Graf Helion und umfaßte mit finsterem Blick seine Frau und Cosmo. Er machte den Mund nicht auf, sondern blieb unheilverkündend nahe der Tür stehen. Die steife Haltung dieses Menschen, die Reglosigkeit der wie in Holz geschnitzten, braunen Züge mit dem Querbalken des pechschwarzen Schnurrbartes, der in so befremdlichem Gegensatz zu dem gefärbten Schläfenhaar stand – das alles machte die Stille schwer zu ertragen. Er hätte ein Sergeant sein können, der pünktlich eingetreten war, um diesen beiden Menschen mitzuteilen, daß sie draußen vom Hinrichtungskommando erwartet würden. Madame de Montevesso brach den Bann des Schweigens.

»Ich habe mich nach Kräften bemüht, Monsieur Latham zu unterhalten; wir hatten Sie schon abgeschrieben, Monsieur. Er war gerade im Begriff zu gehen.«

Sie blickte heiter und gelassen auf Cosmo, dem die Süße ihrer Stimme und die mühelose Geistesgegenwart angesichts jener Feldwebelfigur wie ein Stich durchs Herz ging. Worte hätten den Haß nicht zu schildern vermocht, den er in diesem Augenblick gegen den Grafen de Montevesso empfand, während er ihn mit einem höchst banalen Lächeln begrüßte. Der Graf näherte sich steif.

»Ihr Vater hofft, daß Sie auf einen Augenblick zu ihm hereinschauen, Madame«, sagte er zu seiner Frau. »Er ist noch nicht zu Bett gegangen.«

Madame de Montevesso reichte Cosmo die Hand, und dieser zog ihre Fingerspitzen zeremoniös an die Lippen.

»Ich werde Mr. Latham hinausbegleiten«, sagte der Graf und verneigte sich vor seiner Frau, die das Zimmer verließ, ohne ihn anzusehen. Cosmo folgte ihr mit den Augen und vergaß das Vorhandensein des Grafen Helion, tat das so gründlich, daß er sichtlich zusammenschrak, als er den seltsamen Blick endlich bemerkte, mit dem der Graf ihn maß. ›Der wird es nie fertigbringen, unbefangen auszusehen‹, dachte Cosmo mit Verachtung. Sein Haß war größtenteils verflogen. ›Er möchte gewiß höflich sein. Wie er wohl auf dem Elefanten ausgesehen hat?‹

»Es war sehr freundlich von Ihnen, solange auf mich zu warten«, sagte Graf Helion. »Man hat mich in eine unsinnige Erörterung verwickelt, die sich auf höchstwahrscheinlich falsche Voraussetzungen stützte.«

»Die Zeit ist mir nicht lang geworden«, sagte Cosmo aufrichtig, beeilte sich dann jedoch unter dem finsteren, müden Blick des anderen mit erheuchelter Rücksichtnahme hinzuzusetzen: »Wir sprachen von alten Zeiten.«

»Von alten Zeiten«, wiederholte Graf Helion ohne besondere Betonung. »Meine Frau ist doch noch jung, wenn vermutlich auch älter als Sie sind. Nicht wahr? Sie ist doch älter?«

Cosmo sagte schroff, er wisse es nicht genau, allerdings sei sie die Größte gewesen, als man vor Jahren zu dreien miteinander gespielt habe.

»Und jetzt«, ließ sich die ausdruckslose Stimme des Grafen de Montevesso vernehmen, »jetzt wäre sie, ohne die hochhackigen Schuhe, eine Spur kleiner als Sie. Als Sie vorhin beieinander standen, wirkten Sie gleich groß. Sie frischten also Erinnerungen an Ihre Jugend auf. Das muß bezaubernd gewesen sein.«

»Zweifellos bezaubernder für mich als für Madame la Comtesse«, sagte Cosmo und machte Anstalten zu gehen.

»Einen Augenblick. Erweisen Sie mir die Ehre, sich von mir hinausführen zu lassen.« Graf Helion wandelte durch den Salon, blies die Kerzen dreier Leuchter eine nach der anderen aus und nahm den vierten in die Hand.

»Warum die Umstände?« wehrte Cosmo ab. »Ich finde meinen Weg schon.«

»In den Empfangsräumen brennt keine Kerze mehr, oder jedenfalls sollte keine mehr brennen. Ich verabscheue jede Art von

Verschwendung. Vielleicht darum, weil ich mir mein Vermögen selbst erworben habe; und weil es, Gott sei Dank, große Möglichkeiten eröffnet, Gutes zu tun, muß es sorgsam gehütet werden. Das ist vielleicht ein etwas seltsamer Standpunkt, ich habe ihn Madame de Montevesso jedoch hinlänglich verdeutlicht.«

»Das muß sie ungemein interessiert haben«, murmelte Cosmo zwischen den Zähnen hervor und ging durchs Zimmer und um den Wandschirm herum hinter dem Besitzer dieser ungeheuer bedeutenden Schätze her, der ihm mit dem Leuchter in der Hand voranschritt und die Tür hinter dem Schirm aufriß. Cosmo durchwandelte im Kielwasser des Grafen Helion den Raum, in dem der abendliche Empfang gegeben worden war. Er sah undeutlich die Sessel um den Kamin stehen, sah den Lehnstuhl, in dem Lady William gesessen, das große Sofa, auf dem die zierliche Gräfin Bubna sich so schüchtern niedergelassen hatte und den Spieltisch, von dem die Stühle weggerückt und auf dessen Platte die Spielkarten achtlos zusammengeworfen waren. Die zuckenden Flammen der Kerzen hüpften von einem der langen Spiegel zum anderen und führten ihn in den nächsten Salon, wo alle Möbel erwartungsvoll an den Wänden standen. Die folgenden beiden Salons glichen dem ersten bis auf die Farbe der Vorhänge und die Größe der Bilder. Was diese Bilder darstellten, konnte Cosmo nicht erkennen.

Im Vorzimmer mit den weißen Wänden und den rotsamtenen Polsterbänken war kein Lakai zu sehen; Cosmo bemerkte aber überrascht eine bäuerisch aussehende Frau, die da schon eine Weile im Dunklen gesessen haben mußte. Das Licht des Leuchters fiel auf die verkrümmten Hände, die sie im Schoß hielt. Das Gesicht war bis auf das greisenhafte Kinn durch den Rand des Kopftuches verdeckt. Sie machte keine Bewegung. Graf Helion beachtete sie so wenig, als sei sie wirklich unsichtbar. Er setzte den Leuchter auf einem kleinen Tisch ab und wünschte

Cosmo mit einer förmlichen Verbeugung gute Nacht. Er fügte schroff hinzu, er hoffe, Cosmo während seines Aufenthaltes in Genua recht oft zu sehen. Dann bemühte er sich ganz überraschend, die Stimme zu sänftigen und murmelte noch: »... meine Frau – Ihre Jugendfreundin ...«

Diese Anspielungen reizten Cosmo. Je mehr er von der erwachsenen Frau gesehen, desto weniger schien sie mit der Adèle früherer Tage gemein zu haben. Die Veränderung war bedeutend. Er fühlte sich in Versuchung, Monsieur de Montevesso zu sagen, daß ihm an alten Erinnerungen gar nichts liege. Er sagte aber nichts weiter, als daß er in Paris das Vergnügen gehabt habe, von Madame de Montevesso reden zu hören. Monsieur de Montevesso, der nunmehr die dunkle, bäuerliche Gestalt betrachtete, die auf der purpurroten Bank vor der weißen Wand saß, blickte Cosmo aus schwarzen müden Augen an.

»Madame de Montevesso hat in der Kaiserzeit sehr eingezogen gelebt. Ihr Benehmen zeichnete sich durch äußerste Zurückhaltung aus. Immerhin ist sie eine Standesperson, und Gott allein weiß, was Sie für Klatsch gehört haben mögen. Die Welt liebt es, zu tadeln.«

Cosmo trat nun kurzerhand auf die Galerie hinaus. Monsieur de Montevesso zuzuhören war kein Spaß. Der Graf begleitete ihn bis an die breite Treppe und sah ihm mit einer Miene nach, die so ausdruckslos war wie die eines Soldaten bei der Parade, bis er plötzlich wild mit den Augen zu rollen und sich nach allen Seiten umzuschauen begann, als suche er einen Gegenstand, den er Cosmo an den Kopf schleudern könne. Das dauerte aber nur kurz. Er betrat wieder das Vorzimmer und machte sich damit zu schaffen, alles sorgsam abzuschließen und zu verriegeln. Dies getan, näherte er sich der Gestalt auf der Bank und blieb schweigend über ihr stehen.

VII

Die alte Frau schob das Tuch zurück, hob das verrunzelte, weiche, recht ausdruckslose Gesicht und sagte:

»Das Kind ruft schon seit länger als einer Stunde nach dir.«

Helion de Montevesso ging ans Ende des Zimmers und wieder zurück und stellte sich dann wie zuvor über die alte Frau.

»Du weißt, wie sie ist«, begann diese, kaum daß der Graf stehengeblieben war. »Sie läßt uns keine Ruhe. Als sie klein war, konnten wir sie prügeln, aber jetzt ist nichts mehr mit ihr anzufangen. Komm und sieh sie dir an.«

»Ist sie sehr widerspenstig?« fragte der Graf.

»Sie ist eben sechzehn«, sagte die alte Frau kurz, stand auf und trat an die Treppe, die nach oben führte. Ein Stock, der bislang in den Falten ihres Rockes verborgen gewesen war, lag jetzt in ihrer Hand. Sie erstieg die Treppe behender, als ihrem Äußeren nach zu vermuten gewesen wäre, und der Graf folgte ihr durch einen langen Korridor, wo endlich, vor einer geschlossenen Tür, das Schlurfen ihrer Schritte und das Tappen des Stockes verstummten. Tiefe Stille herrschte in diesem abgelegenen Teil des Palastes, den der unmäßig eitle Emporkömmling gemietet hatte, um darin vor den wiederhergestellten Monarchien Europas mit den Veranstaltungen zu protzen, die er für Frau und Schwiegervater gab. Die alte Bäuerin wandte sich der bolzengeraden Gestalt zu, die im betreßten Rock, den Leuchter in der Hand, wie ein aufgedonnerter Lakai aussah.

»Wir haben sie zu Bett gebracht, aber sie da drin festzuhalten ist was anderes«, sagte sie. »Maria ist kräftig, aber nach einer Weile wurde es ihr zuviel. Wir mußten nach Pater Paul schikken. Sie ist zwar schamlos, würde jedoch nicht wagen, im Nachthemd vor einem Priester aus dem Bett zu kriechen. Der Pater hat versprochen zu bleiben, bis wir dich holen können, und ich bin auch gleich nach unten gegangen. Aber weiter als bis zum Vorzimmer habe ich mich nicht getraut. Einer der Diener sagte, es wäre noch ein Gast bei dir. Da habe ich ihn weggeschickt und mich hergesetzt, um zu warten. Der Lump hat dann alle Lichter ausgemacht, ehe er ging, um sich an mir zu rächen.«

»Morgen fliegt er hinaus«, sagte Monsieur de Montevesso leise.

»Ich hoffe, ich habe nichts falsch gemacht, Helion.«

»Nein«, sagte Monsieur de Montevesso im gleichen gedämpften Ton. Er neigte den Kopf, um ein Geräusch hinter der Tür zu erhaschen. Doch die Stille dahinter war wie die Stille eines Krankenzimmers, die den Lauschenden mit Sorge erfüllt. Die alte Frau zupfte am Ärmel des prächtigen Rockes. »Du bist ein mächtiger Mann ...«

»Das bin ich«, stimmte Graf Helion ungerührt bei.

Die Greisin, die im Alter von siebzig Jahren dem unwiderstehlichen Willen des großen Mannes gehorchend das abgelegene heimatliche Tal verlassen hatte, mühte sich, einigen schlichten Gedanken Ausdruck zu geben. Einzig die Stumpfheit des hohen Alters hatte gehindert, daß die plötzliche Veränderung ihr die Sinne verwirrte; immerhin war sie von dem radikalen Wandel etwas benommen. Sie lebte resigniert in diesem Palast, als sei sie verzaubert. Seit ihrer Ankunft in Genua, vor fünf Wochen, hatte sie sich einzig im zweiten Stock des Hauses aufgehalten, und nur die große Dringlichkeit des Falles hatte vermocht, sie bis ins Empfangszimmer hinabsteigen zu lassen. Sie war sich bewußt, ihre Pflicht nicht vernachlässigt zu haben.

»Ich habe sie treulich verprügelt«, erklärte sie mit der Gelassenheit des Alters und im Vollgefühl ihrer Rechtschaffenheit.

Die Lippen des Grafen zuckten ein wenig. »Wirklich, das habe ich, wenn ich auch oft zu müde war, um noch den Arm zu heben. Dann nahm ich mein Kopftuch und ging durch den Regen zu Pater Paul. Der hat ihr das Lesen und das Schreiben beigebracht. Er ist sehr wohlwollend. Aber er zuckte bloß die Achseln und sagte, ich soll auf Gott vertrauen. Der hat gut reden. Es stimmt, daß ich dank deinem Ansehen weit und breit die bedeutendste Person war. Überall nahm ich den ersten Platz ein. Aber seit du uns hast herkommen lassen, weil dir die Laune kam, das Kind in eine Contessa zu verwandeln, weiß ich nicht mehr, wo mir der Kopf steht. Denn geprügelt habe nur ich sie, wie du angeordnet hast, während sonst jeder im Dorf ihr auf den Wink gehorchte. Sie war stolz und mutwillig damals, doch seit du sie unter all diese *grandissimi signori* gebracht hast, von denen sie nur wußte wie von den Engeln im Himmel, hat sie vor Stolz und Widerspenstigkeit ganz den Verstand verloren. Was soll man da machen? Neulich, als ich was zu ihr sagte, ist sie mir mit allen zehn Fingern in die Haare gegangen...« Sie riß das Kopftuch ab und hob die verrunzelten Lider... »In dieses graue Haar, das auf dem ältesten Haupt der Familie wächst, Helion. Wäre Maria nicht gewesen, ich wäre als Leiche auf dem Fußboden geblieben.« Das sanfte Gehaben der alten Frau besaß eine ganz eigene Würde, welche sie in diesem Moment jedoch im Stiche ließ. Sie wurde erregt.

»Wie oft habe ich die halbe Nacht im Bett aufgesessen und nachgedacht. Ich bin eine alte Frau. Ich kann die Zeichen lesen. Dies ist eine Sache für den Priester. Als ich jung war, mußte in unserem Dorf einem hübschen Jungen, einem Hirten, der Teufel ausgetrieben werden. Es kommt mir nicht zu, über solche Dinge zu reden. Du könntest aber mal mit Pater Paul sprechen, Helion. Der wüßte schon, was zu tun ist ... oder vielleicht der Bischof...«

»Phantastischer Aberglauben«, knurrte Graf Helion. »Die Tage der Priester und der Teufel sind vorbei«, fuhr er gereizt fort, verstummte dann aber, als sei ihm ein Zweifel oder ein ganz neuer Einfall gekommen. Die alte Frau schüttelte matt den Kopf. In der Abgeschiedenheit ihres heimatlichen Tales hatte ein Tag mit seinen Hoffnungen und Ängsten dem anderen geglichen, soweit sie zurückdenken konnte. Sie wußte nicht, auf welche Weise sie den Bruder gekränkt hatte und seufzte resigniert.

»Was ist jetzt wieder los?« fragte Graf Helion schroff.

Die alte Frau hob vielsagend die Schultern. Graf Helion blieb aber beharrlich. »Es muß doch eine Ursache vorhanden sein.«

»Die Ursache, so wahr ich eine Sünderin bin, ist der junge Signore, der mit dir herauskam, und vor dem du dich so tief verbeugt hast. Ich wußte gar nicht, daß du dich vor irgendwem verbeugen mußt, außer vielleicht vor dem König, der ja seit kurzem wieder da ist. Aber ein König ist doch wenigstens mit dem heiligen Öl gesalbt! Ich habe ja meinen Augen nicht getraut. Was war das denn für ein Fürst?« Sie wartete und blickte aus zusammengekniffenen Äuglein auf Graf Helion, der undurchdringlich auf sie herabsah und sich schließlich zu der Antwort herbeiließ: »Das war ein Engländer.«

Sie ächzte vor Verblüffung und Angst. Ein Ketzer! Ketzer konnten doch unmöglich so hübsch sein! Stand denen denn ihre Verderbtheit nicht im Gesicht geschrieben?

»Nein«, sagte Graf Helion. »Nicht den Männern und auch nicht den Frauen.«

Und wieder verstummte er nachdenklich. »Gehen wir hinein«, sagte er dann.

Das große Zimmer (alle Zimmer in diesem Palast waren groß bis auf die dunklen, luft- und lichtlosen Putzkammern), das sie nun so leise betraten, als läge darin eine todkranke Person, wies neben den vergoldeten Möbeln auch noch etliche schlichte

Holzstühle und einen Tisch aus Nußbaum auf, den man zur Bequemlichkeit der ländlichen Bewohner vom Lande mitgebracht hatte. Ein Priester, der in einem breiten Sessel saß, hielt in das Licht der einfachen Öllampe ein geöffnetes Buch, das über einen großen Teil des Raumes mit seinen hohen Wänden, den erlesenen Marmorfiguren, den schmalen Spiegeln und den schweren Vorhängen seinen Schatten warf. Einige nasse Wäschestücke hingen zum Trocknen auf der Leine, die am Fensterriegel und an einer Stuhllehne befestigt war. Im Kamin stand eine gewöhnliche Kohlenpfanne, und daneben rührte eine hagere, knochige Frau in schwarzem Kleide und mit einem weißen Tuch auf dem Kopf in einem kleinen, irdenen Topfe. Am Fuß einer Estrade, auf der sich ein prächtiges, doch in seine Einzelteile zerlegtes Himmelbett befand, standen zwei schmale, hölzerne Bettstellen, auf deren einer das Mädchen lag, das Cosmo nur als »Clelia, die Nichte meines Mannes«, kannte, eine Hand unter die Wange geschoben. Die andere Wange war stark erhitzt, und ein Gewirr schwarzer Haare bedeckte das Kopfkissen. Ob nun aus Respekt vor dem Priester oder weil sie erschöpft war, sie lag jedenfalls ganz reglos und hatte die Decke soweit heraufgezogen, daß nur der Kopf hervorschaute.

Als der Graf hereinkam, klappte der Priester das Buch zu und stand auf, doch die Frau am Kamin hörte nicht auf, im Topf zu rühren. Der Graf beantwortete die stumme Verbeugung des Priesters mit einem *»Bonsoir, Abbé«*, stellte den Leuchter auf ein Tischchen und trat geradenwegs ans Bett. Die drei anderen, die Hagere mit dem Topf in der Hand, näherten sich ebenfalls dem Bett, blieben aber in achtungsvoller Entfernung.

Das Mädchen Clelia verhielt sich unter dem sie von oben treffenden nachdenklichen Blick des Grafen Helion absolut still. In einem der Augen jenes Gesichtes, das halb im Kissen vergraben lag, glitzerten Tränen. Sie weigerte sich, in irgendeiner Form auf Graf Helions Fragen, Befehle und Vorwürfe zu reagieren, und auch die Schmeicheleien, die er im gleichen leisen, schroffen Ton an sie richtete, wurden mit verstocktem Schweigen aufgenommen. Sobald er innehielt, konnte er die alte Frau hinter seinem Rücken mit dem Priester flüstern hören. Schließlich verstummte auch das. Graf Helion widerstand dem Wunsche, den Haarschopf da auf dem Kissen zu packen und das Kind daran aus dem Bett zu zerren. Er wartete noch etwas und sagte dann barsch: »Ich dachte, du hättest mich lieb.« Zum ersten Mal regte sich was unter der Decke. Das war aber auch alles. Graf Helion kehrte dem Bett den Rücken und sah sich drei Augenpaaren gegenüber, die, jedes mit einem anderen Ausdruck, auf ihn gerichtet waren. Er vermied es, auch nur in eines hineinzusehen. »Vielleicht laßt ihr mich mit ihr allein«, sagte er.

Man gehorchte stumm, doch im letzten Augenblick hielt er den Priester zurück und führte ihn in eine entfernte Ecke des Zimmers, wo die Ölfunzel aus Messing auf dem Nußbaumtisch blakte. Das feiste Gesicht des Paters Paul Carpi mit den dünnen Brauen und dem schmollenden Mündchen war förmlich übertüncht von einer beruflichen Gelassenheit, die bereit schien, alles und jedes ohne Überraschung anzuhören. Das machte auf Graf Helion stets großen Eindruck. »Abbé«, sagte er knapp, »Sie wissen, daß meine Schwester glaubt, das Kind sei besessen. Vermutlich denkt sie dabei an einen Teufel, was?«

Er schaute ungeduldig den Priester an, der nichts erwiderte, und sagte, mühsam an sich haltend: »Ihr Kerle glaubt wohl, ihr könnt ihn jetzt wieder in die Welt zurückbringen, euren alten Freund.« Dann schwieg er. »Setzen Sie sich, Abbé«, sagte er schließlich.

Pater Carpi ließ sich mit Würde in den breiten Sessel sinken, während der Graf einen dreibeinigen Schemel ergriff und sich an der anderen Seite des Tisches darauf niederließ. »Das möchten Sie doch gerne, was?«

Als Pater Carpi den Mund aufmachte, schien um seine Lippen nicht Bitterkeit, auch nicht Spott, sondern so etwas wie Enttäuschung zu spielen.

»Nur damit er die Herrschaft Gottes bezeuge«, sagte er gelassen.

»Die selbstverständlich die Herrschaft der Kirche wäre. Nun, einerlei, ein Mensch wie ich bleibt unter jeder Herrschaft, was er ist.« Er machte eine ruckartige Kopfbewegung zum Bette hin. »Was kann das nun in dem Kind für ein Teufel sein?«

Die flehende Gebärde des Paters Carpi nahm ihm nichts von seiner Würde. »Ich selbst würde ihn einen stummen Teufel nennen«, fuhr der Graf fort. »Überlassen wir ihn ein Weilchen sich selber. Was mich oft kränkt, Abbé, ist, daß Sie Ihre Gedanken verbergen. Bin ich Ihnen nicht ein wahrer Freund gewesen?« Auch diese Frage beantwortete der Pater Carpi mit einer Gebärde der Ergebenheit und gemurmelten Beschwichtigungen. Graf Helion hatte die Dorfkirche wiederhergestellt, er hatte das Pfarrhaus aufbauen lassen und sich überhaupt sehr großmütig erwiesen. Pater Carpi, dessen Eltern in Novi ein Ladengeschäft unterhielten, hatte Zeiten durchlebt, die für die Geistlichkeit schwierig gewesen waren. Er war es zufrieden gewesen, am Leben zu sein. Jetzt war er Vierzig, und der Zusammenbruch des Kaiserreiches, der, wie es schien, auch die gottlosen Mächte der Revolution vernichten sollte, ließ in ihm die ersten Regungen des Ehrgeizes wach werden. Sein nächstes Ziel war es, Kaplan aller wohltätigen Stiftungen des Grafen de Montevesso zu werden.

Der Pater vermochte, ohne eigentliches Verständnis und ohne den Versuch einer Beurteilung seines Charakters zu machen, ohne weiteres zu sehen, daß dieser Mensch, einer der Großen dieser Welt, unglücklich war, und das war der Ansatzpunkt. Denn die Unglücklichen sind dunklen Einflüssen, seien sie nun religiöser oder sonstiger Natur, leichter zugänglich. Pater Carpi war aber zu klug, um diesem Mann mit der geheimnisvollen Vergangenheit in seinem Kummer religiöse Tröstungen oder weltlichen Rat aufzudrängen. Er hatte nun schon lange Zeit beobachtet und abgewartet und dabei seine Gedanken so geheim gehalten, daß er sie beinahe selber nicht kannte. Den Ausbrüchen jenes groben, anmaßlichen, tyrannischen Temperamentes hatte er einzig die Gemessenheit des priesterlichen Auftretens entgegenzusetzen, ganz wie Adèle sich ihrer herablassenden Heiterkeit bediente, dieser Unnahbarkeit, die geringschätzig und unüberwindlich war und sie auf eine andere Ebene hob.

Nie zuvor waren die Beschwerlichkeiten seiner Stellung dem Pater Carpi so deutlich geworden wie in diesem Augenblick und anläßlich des Benehmens dieses unerträglichen, unverbesserlichen Mädchens. Um Zeit zu gewinnen, lächelte er ein kleines, nichtssagendes Lächeln.

»Uns Priestern wird empfohlen, jede Erörterung theologischer Gegenstände mit Laien zu vermeiden, so gelehrt und beschlagen diese sonst sein mögen, ermangeln sie doch der richtigen Unterweisung in diesen Gegenständen, Monsieur le Comte. In jeder anderen Angelegenheit stehe ich Monseigneur stets zu Diensten.«

Mit dieser Anrede beehrte er Graf Helion, weil sie nicht die Grenzen jenes Respektes überstieg, den ein armer Gemeindepfarrer einem Mann von Rang und Titeln in der Provinz schuldete.

»Haben Sie sich schon mal unter der Stadtbevölkerung umgesehen?« fragte Graf Helion.

»Ich gehe jeden Morgen um sieben Uhr in die unweit dieses Hauses gelegene Kirche, die Sie vielleicht bemerkt haben, um die Messe zu lesen. Ich habe auch einen oder zwei Besuche bei einem alten Bekannten aus Seminartagen gemacht, der hier Pfarrer in einer armen Gemeinde ist. Wir frohlocken gemeinsam über die Rückkehr des Heiligen Vaters nach Rom. Im übrigen stand ich unter dem Eindruck, daß Monseigneur den Wunsch hatten, ich möge in dieser Stadt möglichst nicht auffallen.«

»Das könnte stimmen, andererseits könnte es von Nutzen sein zu wissen, welche Gerüchte in der Bevölkerung umgehen. Diese Städter haben ihre eigenen Ansichten. Ich nehme an, daß Ihr Bekannter da das eine und andere weiß.«

»Kein Zweifel. Ich kann Ihnen indessen sagen, Monseigneur, was die Leute denken. Sie denken: Wenn wir nicht wieder wie zuvor Genueser sein können, wollen wir lieber Franzosen sein als Piemonteser. Das, Monseigneur, ist die in bürgerlichen Kreisen herrschende Ansicht.«

»Was ihnen das schon nutzen kann«, murmelte Graf de Montevesso. »Es sei denn, der Andere käme zurück. Abbé«, fügte er schroff hinzu, »redet man davon, daß er zurückkehren wird?«

»Das wäre nun wirklich ein Mißgeschick.« In Pater Carpis Stimme lag eine Spur von Erregung, die, so unmerklich sie war, dem Grafen Helion doch nicht entging.

»Was auch geschehen möge, Sie können stets auf meine Freundschaft rechnen«, sagte er, und Pater Carpi dankte mit einem leichten Neigen des Rumpfes für diese Versicherung. »Gott wird es nicht erlauben«, murmelte er furchtsam. Doch der scharfe Blick seines Gesprächspartners steigerte seine Angst, und noch überraschter war er, als er den Grafen bemerken hörte, Gottes Allmacht versage augenscheinlich einzig gegenüber der Torheit der Menschen. Diese Lästerung erschütterte ihn nicht, denn er hatte ohnehin die denkbar schlechteste Meinung vom Grafen de Montevesso. Er sah darin nur die Bestätigung dafür, daß der Graf durch irgend etwas aus der Ruhe gebracht worden war, durch einen Umstand oder eine Nachricht.

»Und die Menschen benehmen sich gerade jetzt ungemein

töricht, sowohl in Paris als in Wien«, setzte der Graf de Montevesso nach längerem Schweigen hinzu.
Eine Nachricht also. Pater Carpi ließ sich seine furchtsame Neugier nicht anmerken. Die Unruhe, welche über der Küste des gesamten westlichen Mittelmeeres lag, war vielleicht am stärksten in Italien und sehr stark im Herzen des Pater Carpi, der sowohl Italiener war als auch Priester. Vielleicht würde er jetzt etwas erfahren! Er wartete fast atemlos, doch der Graf stützte bloß den Kopf in die Hände und sagte:
»Man wird unablässig von Torheiten geplagt. Abbé, versuchen Sie, das Kind zur Vernunft zu bringen.«
Pater Carpi mochte an den menschlichen Qualitäten des Grafen de Montevesso zweifeln soviel er wollte, seine gesellschaftliche Stellung zog er nie in Zweifel. Die Anordnung machte den Pater wütend, doch er gehorchte. Er näherte sich der bäuerlichen Bettstatt und musterte die darin Liegende angeekelt. An diesem Fall gab es für ihn nichts Unklares. Vielleicht hätte er den Teufel, von dem sie besessen war, nicht genau beschreiben können, doch um so genauer erinnerte er sich ihrer Mutter, eines leichtlebigen jungen Dinges, das vor vielen Jahren ertrunken in einem bemerkenswert seichten Tümpel zwischen den Felsen aufgefunden worden war, keine Meile vom Pfarrhaus entfernt. Das mochte ein Unglücksfall gewesen sein. Er hatte sie nicht aus Mitleid in geweihter Erde begraben, sondern weil der Geist der Revolution sogar in die Dickschädel seiner Schäflein Eingang gefunden hatte, und im Fall seiner Weigerung möglicherweise Unruhe und eine Erschütterung des ohnehin gefährdeten Ansehens der Kirche in diesem abgelegenen Tal die Folge gewesen wäre. Er stand hoch aufgerichtet am Kopfende des Bettes und blickte in die weit aufgeschlagenen Augen des Mädchens, deren dunkle Iris auf den glänzend weißen Augäpfeln schwamm, und hätte vor Wut und Abscheu laut herauslachen mögen. Er dämpfte seine tiefe Stimme so, daß sie dem Grafen

am anderen Ende des Raumes als feierlich mahnendes, aber unverständliches Gemurmel ans Ohr drang.

»Du widerliche kleine Kröte«, sagte er, »kannst du dich nicht benehmen? Seit Jahren schon bist du eine wahre Plage für mich.«

Das Gefühl der Machtlosigkeit überkam ihn so heftig, daß er sich versucht fühlte, alles hinzuwerfen, aus dem Zimmer zu gehen und Zuflucht zu suchen unter Sündern, die entweder an Gott glaubten oder an den Teufel.

»Du bist uns eine wahre Geißel Gottes«, fuhr er in unverändertem Ton fort. »Wenn du nicht den Mund aufmachst, du kleines Biest, und dieser Szene ein Ende setzt, dann werde ich dir den bösen Geist austreiben.«

Diese Drohung bewirkte nur, daß die rollenden Augen plötzlich stehenblieben. Pater Carpi wandte sich an den Grafen:

»Sie hat vermutlich eine Krankheit«, sagte er kalt. »Ein Arzt könnte vielleicht ein Mittel verordnen.«

Graf Helion gab seine lustlose Haltung auf. Da war doch eben noch ein Arzt zu einer Besprechung beim Marquis gewesen. Der war vielleicht noch im Haus. Graf Helion erhob sich hastig und forderte den Abbé auf, in den anderen Teil des Hauses zu gehen und nachzuschauen. »Nehmen Sie Licht mit, da drüben ist alles dunkel. Klopfen Sie beim Marquis, erkundigen Sie sich bei Bernard, und wenn der Arzt noch da sein sollte, bringen Sie ihn her.«

Pater Carpi ging eilig ab. Graf de Monevesso ließ die Weiber noch draußen warten und schritt im Zimmer auf und ab. Der Kerl nannte sich zwar Arzt, doch betrieb er wohl auch noch ein anderes Gewerbe. Ob er dem Kind da nun helfen konnte oder nicht – Graf de Montevesso blieb stehen und sah scharf zum Bett hinüber –, es war auf jeden Fall eine günstige Gelegenheit, die persönliche Bekanntschaft des Mannes zu machen. Wer wollte sagen, welchen Nutzen man nicht aus seinen anderen

Talenten ziehen würde, ganz abgesehen davon, daß er vielleicht wirklich eine Arznei verordnen konnte? Graf de Montevessos Herz besänftigte sich väterlich. Der Aufstieg von einer europäischen Kaserne in einen orientalischen Palast hatte ihm ein wenig den Sinn verwirrt. Er fand das Mädchen sogar anziehend. Da lag sie nun, das Opfer einer Krankheit. Er neigte sich über ihr Gesicht, und schon kam blitzschnell ein Paar dünner Arme unter der Decke hervor und legte sich mit einer Kraft um seinen Hals, die ihn erstaunte. ›Die liebt mich wenigstens‹, dachte er. Er wußte nicht, daß sie sich, wenn es um Erfüllung ihrer Wünsche ging, jedermann an den Hals geworfen hätte. Er fand, geleitet von einer etwas dumpfen Einsicht, daß alle Welt ihr übel wollte. Er überließ seinen Hals ein Weilchen der wilden Umarmung, machte sich dann aber sanft los.

»Warum führst du dich so auf?« fragte er. »Hast du irgendwo Schmerzen?«

Kein Gefühl vermochte die Schroffheit seiner Stimme zu mildern, doch klang sie jetzt sehr leise, und es lag ein Ton darin, den das Mädchen nicht mißverstehen konnte. Sie richtete sich plötzlich auf, und das lange, ungebärdige Haar fiel ihr über die Schultern. Mit den runden Augen, dem gierigen Ausdruck auf den Zügen und dem gleichsam zornig gespreizten Gefieder glich sie einem wütenden Vogel, und sie kreischte auch wie ein Vogel: »Schmerzen? Nein. Aber wenn ich sie nicht alle so haßte, würde ich gerne sterben. Ich würde ...«

Graf de Montevesso legte eine Hand hinter ihren Kopf und die breite Fläche der anderen Hand auf ihren Mund. Dieses Vorgehen überraschte sie so sehr, daß sie sich nicht wehrte. Als der Graf die Hand entfernte, blieb sie still und sah an ihm vorbei.

»Kreisch nicht so«, flüsterte er barsch, doch mit unüberhörbarer Nachsicht. »Draußen stehen deine Tanten; die werden dem Priester alles erzählen.«

Clelia zog die Knie hoch, umschlang sie über der Bettdecke mit den Armen und glotzte vor sich hin.

»Es ist bloß wieder deine Launenhaftigkeit!« meinte Graf Helion vorwurfsvoll.

»Alle diese aufgedonnerten Hexen verabscheuen mich. Ich habe aber keine Angst. Die schlimmste ist die gelbhaarige Hexe, deine Frau. Wäre ich heute Abend barfuß auf den Empfang gekommen, hätten sie mich nicht hochnäsiger ansehen können ... ins Gesicht werde ich ihnen springen. Ich kann ihre Gedanken lesen, wenn sie das Lorgnon ans Auge heben. ›Was ist das für eine Kreatur?‹ fragen sie sich. Für die bin ich ein wildes Tier.«

Ein flüchtiger Schatten schien das Gesicht des Grafen zu verdunkeln. Clelia ließ ihre Knie los, schüttelte die Fäuste gegen den leeren Raum und umklammerte wieder ihre Beine. Graf de Montevesso beobachtete stumm diese von düsterer Kraft erfüllten Gebärden. Er murmelte das Wort *Patienza,* das in seiner Demut das Wort der Ehrgeizigen ist, das Wort der Unversöhnlichen, die der Welt unnachsichtig die Rechnung präsentieren wollen, ein Wort nie erlahmender Hoffnung. »Warte, bis du etwas älter geworden bist. Viele werden vor dir auf den Knien liegen, und du kannst mit Füßen treten, wen du willst.«

»Du meinst, wenn ich erst verheiratet bin?« sagte Clelia ganz abwesend und starrte über ihre Knie in die leere Luft.

»Ja. Zuerst aber mußt du lernen, sanft zu sein.« Diese Ermahnung verfehlte offenbar das Ohr, für welches sie gedacht war. Eine Minute lang sah es so aus, als sei Clelia mit ihren gierigen Augen in den Anblick einer Vision versunken. Ihr Nachthemd war von der Schulter geglitten. Plötzlich warf sie das wirre Haar zurück, streckte einen Arm gegen Graf Helion aus, und streichelte ihm liebevoll die Wange.

Als sie damit zu Ende war, fragte er sie ungerührt: »Na, und was möchtest du nun?«

Sie vermied es sorgsam, ihn anzusehen, während sie flüsterte: »Ich will den jungen Signor, der heute herkam, um meiner Tante schöne Augen zu machen.«

»Unmöglich.«

»Warum unmöglich. Ich war am Vormittag bei ihnen. Sie haben sich gegenseitig schöne Augen gemacht. Ich bin aber selber scharf auf ihn.«

»Auf den Engländer! So einen Engländer kannst du nicht bekommen. Ich habe überdies besseres für dich in Aussicht, einen Marquis oder einen Grafen.«

Dies war die reine Wahrheit, nicht etwa eine Eingebung angesichts eines hoffnungslosen Falles. »Du hast ihn dir doch kaum richtig ansehen können«, setzte Graf Helion hinzu.

»Ich habe ihn mir heute mit den Augen und der Seele angeschaut. Am liebsten hätte ich ihn den ganzen Abend über angesehen. Er ist dann aber aufgestanden und hat mir den Rücken gekehrt. Er hat für niemanden Augen als für meine Tante.«

»Habt ihr miteinander gesprochen?«

»Ja«, sagte sie. »Er setzte sich zu mir, und die Hexen glotzten alle, als wolle er einem Ungeheuer schön tun. Bin ich denn ein Ungeheuer? Auch er hat mich angeschaut, als wäre ich eins.«

»War er frech zu dir?« fragte Graf de Montevesso.

»Er war genauso unverschämt wie alle Leute, die mir hier in der Stadt begegnet sind. Sein Herz war ebenso schwarz wie das aller übrigen. Er war so freundlich zu mir, wie man aus Barmherzigkeit zu einem alten Bettler freundlich ist. Ah, wie ich ihn gehaßt habe!«

»Nun, dann verachte ihn«, sagte der Graf schroff.

Clelia stürzte sich halb aus dem Bett und umklammerte den Hals des Grafen Helion, der sich abwehrend und stocksteif verhielt, wenn er ihren tollen und heftigen Liebkosungen auch nicht gerade Einhalt tat.

»Ach, liebster Onkel«, wisperte sie ihm feurig ins Ohr, »er ist so hübsch! Ich muß ihn für mich haben!« Es pochte an der Tür. Graf Helion riß die bloßen Arme von seinem Hals und stieß das Mädchen ins Bett zurück.

»Deck dich zu«, befahl er hastig. Er strich die Decke glatt. »Lieg still und erwähne kein Wort von dieser Sache. Dann brauchst du dich nicht zu fürchten. Aber wenn du nur einer Menschenseele ein Sterbenswörtchen ... herein!« beantwortete er das wiederholte Pochen und konnte gerade noch mit dem Finger drohen, da traten der Abbé und der Arzt bereits ein.

TEIL III

I

Cosmo entfernte sich aus dem Hause und sah sich, ehe er die Straßenecke erreichte, nur ein einziges Mal nach den Greifen um, welche das Portal des Palazzo hüteten. Auf dem Platz vor seiner Herberge stand eine Gruppe von Männern, die ihre gedämpft geführte Unterhaltung unterbrachen, um ihn anzusehen. Als er vorüber war, hörte er eine Stimme sagen: »Das war der englische Lord.« Er fand die matt erhellte Diele menschenleer und gelangte über die ebenfalls menschenleere Treppe in die ruhigen oberen Regionen der Herberge. Unvermutet sah er im Spiegel über dem Kamin sein Gesicht, das den Männern auf dem Platz da unten kühl und bleich wie Marmor geschienen hatte, und entsetzte sich davor, als sehe er ein Gespenst.

Cosmo hatte angeordnet, daß Spire seine Rückkehr nicht abwarten solle. Das leere Zimmer hieß ihn mit einem hellen Feuer im Kamin und brennenden Kerzen willkommen. Er wandte sich von seinem Spiegelbild ab, stellte sich mit dem Rücken ans Feuer und starrte zu Boden. Das gleichsam erwartungsvolle Schweigen ringsum bedrückte ihn. Seine Seelenstärke war durch die Macht und Neuheit der untertags erhaltenen Eindrücke, die an sein Innerstes gerührt hatten, sehr strapaziert worden. Er war todmüde und begann sich auszukleiden. Doch als er im Bett war, blieb er dort eine Weile aufrecht sitzen. Zum ersten Mal im Leben fühlte er sich einsam. Sein Vater war mindestens fünfunddreißig Jahre älter als er. Eine wahre Ewigkeit. Seine Schwester war nur ein junges Ding. Gescheit natürlich. Er mochte sie sehr gern, doch daß sie ein Mädchen war, stand wie eine Wand zwischen ihm und ihr.

Wirkliche Freunde hatte er nicht. Zu tun hatte er auch nichts, und was er von der Welt halten sollte, wußte er ebenfalls nicht. Zum Beispiel von dem besiegten kleinen Dicken im Zweispitz ... der immer noch Kaiser hieß.

Cosmo erwachte mit einem Ruck aus tiefem Schlaf, der nur Augenblicke gewährt zu haben schien. Doch wußte er gleich, wo er sich befand, wenn er sich auch die Überzeugung ausreden mußte, er habe sich erst vor fünf Minuten oben an der Treppe von Graf Helion verabschiedet. Unterdessen sah er zu, wie Spire eine Flut von Sonnenlicht ins Zimmer ließ, denn alle drei Fenster gingen nach Osten.

»Sehr schöner Morgen, Sir«, sagte Spire über die Schulter. »Ein richtiger Frühlingstag.«

Köstliche Frische strich über Cosmo hin. Aber sie brachte ihm nicht Freude, sondern Bestürzung. Schon Tageslicht! Das kam zu früh. Er hatte noch keine Zeit gehabt, einen Entschluß zu fassen. Er war eingeschlafen. Höchst befremdlich! Seine Bestürzung verschwand, als er sich klarmachte, daß es für ihn nichts Dringendes zu tun gab. Nachdem er seine Schokolade getrunken hatte, die Spire von einem weiblichen Wesen durch die Tür gereicht worden war, ließ er ihn wissen, daß er den ganzen Tag seiner Korrespondenz zu widmen gedenke. Zu diesem Zweck wurde ein Tisch nahe ans offene Fenster gestellt, und er begann sogleich zu schreiben. Als Spire sich lautlos zurückzog, sah er den Gänsekiel übers Papier fliegen. Mittag war schon vorüber, als Cosmo, der Spire unter irgendeinem Vorwand hereinkommen hörte, zum ersten Mal den Kopf hob und sagte: »Gib mir den Rock, ich will in den Speisesaal gehen.«

Um diese Zeit war das Stimmengemurmel auf der Piazza verstummt. Die braven Genueser waren zum Essen in die Häuser gegangen. Aus seinem lichtdurchfluteten Zimmer tretend, fand Cosmo den Korridor kalt und dunkel wie einen in Fels gehauenen Tunnel, und die Diele unten erschien ihm düster wie eine Gruft. Im Gegensatz dazu ging vom Speisesaal eine geradezu festliche Wirkung aus, denn hier herrschte fast brutale Helligkeit. In der Ecke, in welcher der Tisch des Mannes stand, der sich Dr. Martel nannte, war die Helligkeit durch halbgeschlossene Läden etwas gedämpft, und hierhin lenkte Cosmo den Schritt. Canteluccis Wohltäter, der seitlich auf dem Stuhl saß und einen Arm auf die Lehne stützte, nahm Cosmos Erscheinen als selbstverständlich, begrüßte ihn freundlich knurrend und erklärte sich für geradezu ausgehungert. Endlich legte er Messer und Gabel weg und fragte, wie Cosmo den Vormittag verbracht habe. Schreibend? Wirklich? Er habe geglaubt, Cosmo habe sich die Kirchen angesehen. Man könne da morgens sehr hübsche Mädchen antreffen, die darauf warteten, zur Beichte vorgelassen zu werden.

Cosmo, der überraschend von seinem Teller aufblickte, sah, daß sein Tischgenosse ihn scharf musterte. Der Arzt brach in lautes Lachen aus, bis er durch das ernste Gesicht seines Gegenübers veranlaßt wurde, sich zusammenzunehmen.

»Ich bitte recht sehr um Entschuldigung. Mir fiel da etwas Komisches ein, das mir gestern Abend widerfahren ist. Ich fürchte, Sie halten mich für unhöflich. Aber es war wirklich ungemein komisch.«

»Wollen Sie nicht davon erzählen?« fragte Cosmo kalt.

»Nein, mein lieber Herr, dazu sind Sie jetzt nicht in der Stimmung. Da will ich mich lieber entschuldigen. Der Vorfall steht übrigens im Zusammenhang mit einer vertraulichen Angelegenheit. Was aber die Mädchen angeht, so meinte ich es ganz ernst. Wenn Sie Schönheit suchen, müssen Sie sie im Volke suchen. Die Frauen der Oberschicht gleichen einander überall, das haben Sie gewiß schon bemerkt.«

»Ich habe noch kaum Zeit gehabt, mich umzusehen«, sagte Cosmo. Er war nicht mehr wütend auf den Arzt, nicht einmal, als er ihn sagen hörte:

»Na, gestern Abend müssen Sie doch Gelegenheit gefunden haben, denn Sie sind erst spät nach Hause gekommen.«
»Ich möchte doch wissen, wer sich die Mühe macht, mir so eifrig nachzuspüren?« fragte Cosmo nachlässig.
»Die Spitzel der Stadtpolizei selbstverständlich«, erwiderte der Arzt grimmig. »Vielleicht auch noch der eine oder andere unternehmungslustige Dieb. Die Auswahl bleibt Ihnen überlassen. Und schließlich kann es Ihnen ja auch ganz einerlei sein.«
»Richtig, das kann es«, sagte Cosmo gleichgültig. »Erstatten sie Ihnen Bericht?«
Der Arzt lachte wieder. »Ich sehe schon: Sie haben mir meine unzeitige Heiterkeit nicht vergeben. Ich will Ihre Frage jedoch beantworten. Ich könnte, wenn ich das wollte, ohne Zweifel sowohl aus Kreisen der Polizei als auch aus Verbrecherkreisen so manches erfahren. In diesem Fall hat mir aber mein Kurier Bericht erstattet. Er stand mit Bekannten vor der Herberge und machte ein Schwätzchen, da sah er Sie heimkommen. Sie sind nämlich eine recht auffallende Erscheinung.«
»Aha, Ihr Kurier. Der hat wohl sonst nichts zu tun.«
»Oho! Sie wollen unbedingt Streit, Mr. Latham«, sagte der andere, in dessen runden Wangen sich ganz überraschend zwei Grübchen abzeichneten. »Von mir aus können Sie gerne Ihren Streit haben, nur sollten wir dazu einen besseren Anlaß wählen. Lassen Sie Ihren Diener nicht schwatzen, während er Ihnen beim Ankleiden hilft? Ich muß gestehen, daß ich meinen Burschen, wenn er mich des Morgens rasiert, nach Herzenslust reden lasse. Doch ich bin eben ein umgänglicher Vagant. Denn ein Vagant bin ich, mich erwartet kein Latham Hall.«
Er stieß den Stuhl zurück, streckte die Beine aus und schob die Hände behaglich in die Taschen. Wie lange treibe er sich nun schon umher? Zwanzig Jahre? Oder noch mehr? Und von einem Ende Europas zum anderen. Von Madrid nach Moskau,

könne man sagen. Genau wie jener Korse. Nur habe er keine zweihunderttausend Mann hinter sich hergeschleift und nicht mehr Blut vergossen, als ihm mit seiner Lanzette möglich gewesen.

Er sah unvermittelt zu Cosmo auf.

»Denn die Lanzette ist meine Waffe, müssen Sie wissen, nicht das Bajonett und nicht der Säbel. Immerhin ebenfalls kalter Stahl. Selbstverständlich hatte ich im Laufe meiner Reisen mehr als einmal Gelegenheit, meine Pistolen abzufeuern, und ich darf sagen, daß alle Schwierigkeiten verschwanden, wenn ich mit ihnen loslegte. Ich erinnere mich, daß ich eines Abends in Siebenbürgen vor die Tür der Herberge trat, um ein wenig Luft zu schnappen und schnurstracks in eine Bande von Haiduken hineinrannte. Sie trugen teerschwarze Kniehosen und dazu Schnurrbärte von einem Viertelmeter Länge. Der Mond erleuchtete die Gegend taghell, ich erkannte auf den ersten Blick, was da los war, und ich versichere Ihnen: zwei kippten ohne einen Mucks um, und der Dritte grunzte nur ein bißchen. Ich nehme an, daß sie es auf mein armes Pferd abgesehen hatten. Es stand ebenfalls in der Herberge, das ist da so Sitte. Menschen und Tiere unter demselben Dach. Die Tiere haben mir immer leid getan. Als ich ins Haus trat, hatte der Jude gerade die Spiegeleier fertig. Zuvor war er sehr mürrisch gewesen, doch als er mich nun bediente, merkte ich, daß er zitterte wie Espenlaub. Er versuchte, mich zu versöhnen, indem er mir Wurst anbot. Ich war schier verhungert, und die Wurst machte mich zwei Tage lang krank. Deshalb habe ich diesen Vorfall auch im Gedächtnis behalten. Es wäre ihm fast gelungen, den Tod der Banditen an mir zu rächen. Zum Glück hatte ich die richtigen Medikamente in meinem Koffer, und meine eiserne Konstitution tat den Rest. Ich hätte Bonaparte gerne einmal in solcher Situation gesehen. Der wäre gewiß ratlos gewesen, und die Wurst hätte ihm auf alle Fälle den Garaus gemacht. Seine

Konstitution ist nicht so gut wie meine. Er ist nicht gesund, Sir, gar nicht gesund.«
»Hatten Sie denn Gelegenheit, ihn öfter aus der Nähe zu sehen?« fragte Cosmo, eigentlich nur, weil er noch keine Lust hatte, mit dem Briefeschreiben fortzufahren.
»Unsere Pfade kreuzten sich selten«, sagte der andere schlicht. »Doch bald nach seiner Abdankung kam ich durch Valence – ein Vagant ist nämlich verpflichtet, immer unterwegs zu sein –, und ich sah ihn mir vor der Posthalterei gründlich aus der Nähe an. Sie dürfen mir glauben, daß er nicht ins biblische Alter gelangen wird. Tja, Mr. Latham, wenn ich es so recht bedenke, dann sitzen wir hier, der Korse und ich, keine hundert Meilen voneinander entfernt, und jeder von uns hat zwanzig Jahre des Umherwanderns hinter sich. Nun sagen Sie selber: wer von uns beiden ist, alles in allem, besser gefahren?«
»So kann man es allerdings auch betrachten«, murmelte Cosmo matt. Er fügte hinzu, es gebe wohl auch noch andere Maßstäbe, an denen die Laufbahnen der Großen dieser Welt zu messen seien.
»Gewiß«, stimmte der andere zu. »So müßte man sagen, daß der Bursche nur mit der Macht ganz Europas zu vernichten war. Pozzo di Borgo glaubt allerdings, er allein habe es zustandegebracht.«
Als der Name des korsischen Feindes des Kaisers fiel, hob Cosmo den Kopf. Er hatte diesen Mann in Paris bei jenen großen Empfängen gesehen, die er, angeekelt von der Welt und unzufrieden mit sich selbst, zu verlassen pflegte. Der Arzt schien von dem Gedanken an Pozzo di Borgo belustigt. »Er hat zu mir gesagt: Wenn Bonaparte schlau genug gewesen wäre, allen Streit mit mir zu vermeiden, säße er jetzt nicht auf Elba. Was halten Sie davon, Mr. Latham? Ist das nicht auch ein Standpunkt?«
»Ich würde das wahnwitzige Selbstüberschätzung nennen.«

»Ja. Lustig ist nur, daß eine Spur von Wahrheit darin liegt. Die persönliche Feindschaft eines einzelnen kann gefährlicher werden als der Haß von Millionen, die aus allgemeinen Gründen hassen. Pozzo hat Gehör beim Zaren. Das Schicksal der Bourbonen hing an einem Faden. Alexanders Wort war Gesetz und ... wer weiß?«

Cosmo, der mit seinen Gedanken woanders war, wiederholte mechanisch: »Das Schicksal der Bourbonen hing an einem Faden ... das Schicksal der Bourbonen hing ...« Diese Worte kamen ihm sinnlos vor. Er versuchte, sich zusammenzunehmen. »Richtig, Alexander«, murmelte er unbestimmt. Der Arzt erhob plötzlich nörgelnd die Stimme.

»Ich rede nicht von Alexander dem Großen, Mr. Latham.« Cosmos Benehmen hatte ihn in seiner Eitelkeit gekränkt. Doch das matte Lächeln des jungen Mannes beschwichtigte ihn, und als er fortfuhr, traten wieder die so wenig zu ihm passenden Grübchen auf seinen Wangen hervor. »Nun denn: Pozzo hat in Napoleon nie etwas anderes gesehen als einen halbverhungerten Krautjunker. Der Fürst wiederum sah in ihm stets nur den geborenen Feind des guten Geschmackes ...«

»Der Fürst?« wiederholte Cosmo und mühte sich, nicht ganz in den schwarzen Wassern der Melancholie zu versinken, die schon bis an seine Lippen reichten. »Sie reden da von einem Fürsten ... von welchem Fürsten denn?«

»Na, vom Fürsten Talleyrand natürlich. Der hat es ihm doch einmal rundheraus gesagt. Ziemlich dreist, was? ... Nun, ich weiß nicht. Nehmen Sie einmal an, Sie wären der Herr der Welt und jemand sagte so etwas zu Ihnen, was würden Sie machen? Nichts. Runterschlucken müßten Sie's und sich dabei recht klein vorkommen. Ein Mann von Stand könnte eine solche Bemerkung von einem Gleichgestellten übelnehmen, doch der Herr der Welt kann das nicht. Ein Herr der Welt, Mr. Latham, ist ein ganz armer Kerl. Ich will Ihnen auch sagen, warum; er ist nämlich der einzige von seiner Sorte. Er steht mutterseelenallein wie ein Dieb am Pranger und muß sich mit toten Katzen und Kohlstrünken bewerfen lassen. Und das ist eine teuflische Situation, die nur ein Ungeheuer genießen kann. Doch ein vom Weibe geborener Mensch ist kein Ungeheuer. So etwas hat es nie gegeben. Ein Mensch, der wirklich ein Ungeheuer wäre, würde nichts als Haß und Abscheu erregen. Dieser Mann jedoch wurde von einer Armee, von einem Volke geliebt. Jahrelang sind seine Soldaten freudig für ihn in den Tod gegangen, oder etwa nicht?«

Cosmo merkte, daß er seinen Grübeleien entrissen war. »Das stimmt«, sagte er, »man kann es nicht bestreiten.«

»Nein«, fuhr der Arzt fort. »Und auch jetzt noch, keine zwanzig Meter von uns, außerhalb dieser Mauern, kommen wir in eine Welt, wo Millionen von Menschen leben, die ihn immer noch lieben. He! Cantelucci!« rief er durch den nun leeren, langen Saal. »Kommen Sie einmal her!«

Der Wirt, der sich geräuschlos an einem entfernt stehenden Büffett zu schaffen gemacht hatte, trat ehrerbietig heran; er war in Hemdsärmeln, trug eine lange Schürze, deren einer Zipfel hochgesteckt war und auf dem Kopf eine weiße Mütze. Befragt, ob es stimme, daß die Italiener Napoleon liebten, erwiderte er mit einer Verbeugung und dem Wort »Exzellenz«.

»Sie halten ihn doch selber auch für einen großen Mann?« stieß der Arzt nach und erhielt zur Antwort wiederum eine Verbeugung und ein »Exzellenz«.

Der Arzt wandte sich triumphierend Cosmo zu. »Und dabei hat Napoleon ihnen seit Jahren gestohlen, was er in die Finger kriegen konnte. Alle ihre Kunstwerke. Es wundert mich, daß er nicht die Mauer weggeschleppt hat, auf die das *Abendmahl* gemalt ist. Ich koche vor Wut, wenn ich daran denke. Ich liebe Italien nämlich.« Wieder wandte er sich an den reglos stehenden Cantelucci.

»Warum liebt ihr diesen Mann so?«
Diesmal verbeugte Cantelucci sich nicht. Die Antwort fiel ihm augenscheinlich nicht leicht: »Es ist die Idee, Signore.«
Der Arzt warf Cosmo stumm einen Blick zu. Der Wirt machte drei Schritte rückwärts, ehe er sich von seinen englischen Gästen entfernte. Die Grübchen waren von den feisten Wangen des Arztes verschwunden. Im Schmollen der schmalen Lippen und in der Härte des Ausdruckes der Augen lag etwas wie Verachtung. Seine Miene milderte sich, als er fortfuhr:
»Da haben Sie noch einen Standpunkt. Der Teufel mag wissen, was diese ›Idee‹ ist. Vermutlich ist sie nebelhaft genug, um jede Illusion einzuschließen, von der die Menschheit je an der Nase herumgeführt worden ist. Irgendein Zauber muß ja in dem grauen Rock und dem alten Zweispitz stecken, denn der Mann hat, weiß Gott, allen Haß und alle Hoffnungen enttäuscht, die ihm auf den Weg geholfen haben.«
»Ich frage mich«, sagte Cosmo endlich, »ob Sie je zuvor mit jemandem so gesprochen haben?«
Der Arzt schien betreten.
»Ach, über Bonaparte meinen Sie. Nun, wenn Sie in der Herberge von Pollegrini abgestiegen wären, die Ihrer Nationalität und ihrem gesellschaftlichen Range angemessener ist, so hätten Sie nichts Derartiges zu hören bekommen. Ich bin im Grunde nicht sehr mitteilsam, aber man kann unmöglich wie ein Taubstummer beim Essen sitzen. Und worüber hätten wir uns unterhalten sollen? Man muß einmal über etwas anderes sprechen als übers Wetter, und welches andere Thema hätten wir denn hier in Genua oder, was das angeht, irgendwo anders in der zivilisierten Welt finden sollen? Ich weiß, daß es in England eine Menge junger Leute gibt, die sich Revolutionäre, ja, sogar Republikaner nennen. Diese jungen Leute sind ganz reizend, hochherzig, was man will. Leute, die mit Napoleon sympathisieren. Sie könnten auch dazugehören.«

Er machte eine erwartungsvolle Pause, und Cosmo murmelte, er sei nicht darauf vorbereitet, eine Erklärung über seinen Standpunkt abzugeben. Die Herberge von Pollegrini sei bei seiner Ankunft besetzt gewesen.

»Nun, heute morgen sind drei Gäste abgereist«, ließ der Arzt ihn wissen. »Sie können Ihre Sachen zusammenpacken und über den Platz bringen lassen. Dadurch, daß Sie hier wohnen, machen Sie sich nämlich den Spitzeln verdächtig, von den Dieben gar nicht zu reden. Die fragen sich nämlich: Was ist denn das für ein minderwertiger Engländer? Bei mir ist das etwas anderes. Man kennt mich als einen Mann, der seiner Arbeit nachzugehen hat. Die Menschen sind nun einmal neugierig. Und da meine Arbeit vertraulich ist, will ich mich lieber abseits halten, als gezwungen sein, grob werden zu müssen. Für Sie wäre es aber lustiger, dort drüben zu wohnen. Da sieht man immer wieder neue Gesichter, und man kann endlos über alle möglichen Leute klatschen.«

»Ich glaube nicht, daß es sich noch lohnt, umzuziehen«, versetzte Cosmo kalt.

»Wenn Sie nicht vorhaben, länger zu bleiben, lohnt es sicher nicht. Falls Sie nach Elba fahren wollen, tun Sie das am besten von Livorno aus. Und falls Ihnen daran liegt, etwas über Napoleon zu hören, haben Sie ebenfalls dort die beste Möglichkeit dazu. Hier hören Sie nichts weiter als mein Gerede.«

»Das mich außerordentlich interessiert hat«, sagte Cosmo und erhob sich, um zu gehen. Der Arzt lächelte, aber nicht liebenswürdig. Er war entschlossen, Cosmo nicht merken zu lassen, daß ihm dessen Vertrautheit mit den Personen, die den von Greifen bewachten Palast bewohnten, bekannt war. Diese seine Kenntnis dankte er dem Grafen de Montevesso, der, kaum daß er den Arzt ins Zimmer von Clelia hatte holen lassen, den Entschluß faßte, ihn ins Vertrauen zu ziehen – unter dem Vorwand, daß man einem Arzt alles sagen müsse. Der wahre Grund war ein anderer. Der Graf wußte, daß Dr. Martel von den Staatsmännern Europas für vertrauliche politische Aufgaben verwendet wurde. Er glaubte, daß der Arzt in allen möglichen Kreisen Einfluß habe, und hoffte, seine Unterstützung gewinnen zu können. Seine letzten Worte hatten gelautet: »Sie sehen selber, in welchem Zustand das Kind ist. Ich möchte, daß dieser Grünspecht aus Genua verschwindet!«

Die Antwort des Arztes und überhaupt das letzte, was der Graf de Montevesso bei dieser Konsultation von ihm hörte, war ein kurzes, hölzernes Lachen. Dieser Mann der politischen Intrigen und geheimen Missionen (er hatte oft mehr als eine zur Zeit auf dem Halse), dieser Mann, den seine Hintertreppenwichtigkeit ungemein stolz machte, war nicht geldgierig. Er bewahrte seinen Auftraggebern gegenüber stets große Unabhängigkeit. In seinen Augen war der Graf de Montevesso nichts als ein ganz ordinärer, stupider Glücksritter ohne Belang und ohne Position, abgesehen davon, daß er den Marquis d'Armand zum Schwiegervater hatte. Er war dem Grafen zuvor nicht begegnet, doch dessen Eheverhältnisse waren ihm ebenso bekannt wie allen übrigen Leuten. Es paßte ihm gar nicht, daß er, im Begriffe das Haus zu verlassen, von einem fremden Priester überrumpelt wurde, doch konnte er die Bitte nicht gut abschlagen, da es sich doch offenbar um eine plötzliche Erkrankung handelte. Die Ursache dieser Erkrankung erfuhr er bald genug durch Clelia, die ihm und dem Grafen einen ihrer unbeschreiblichen Auftritte lieferte. Es war bezeichnend für den Arzt, daß er durch das Verhalten des Mädchens nicht im geringsten gereizt wurde. Er saß an ihrem zerwühlten Lager wie ein echter Wissenschaftler: gelassen, aufmerksam, undurchdringlich. Danach erst, als der Graf ihn zu einer vertraulichen Unterredung beiseite nahm, hatte er sich gefragt, ob er wache oder träume. Die Verachtung, die er für diesen Menschen empfand, half ihm

die Ruhe wahren, und der Graf war nicht gescheit genug zu sehen, welcher Art diese Ruhe war.
Der Arzt verließ den Palazzo etwa eine Stunde später als Cosmo (doch nicht über dieselbe Treppe) und machte auf dem Weg zur Herberge seiner Empörung Luft: »Glaubt dieses blöde Vieh wirklich, es könne Anspruch auf meine Dienste machen? Er will den Grünspecht also aus Genua verschwinden lassen! Ach, wirklich! Und was zum Teufel geht das mich an? Soll ich vielleicht einen hübschen kleinen Mordanschlag verüben lassen, diesem hölzernen Affen zu Gefallen?« Das Selbstwertgefühl des Arztes war schwer gekränkt. Selbst am Morgen, nach gut verbrachter Nacht, hatte er diesen Eindruck noch nicht abgeschüttelt. Immerhin war er vernünftig genug, nicht Cosmo für das verantwortlich zu machen, was er bei sich den beleidigendsten Vorfall seines Lebens nannte. Er betrachtete Cosmo, als dieser zum Essen kam, nur mit spöttischer Heiterkeit als jenes Wesen, das über die Macht gebot, in der Seele der seltsamen kleinen Wilden leidenschaftliche Liebe zu wecken. Im Laufe der Mahlzeit fiel es dem Arzt auf, daß sein junger Landsmann irgendwie verändert wirkte. Er beobachtete ihn verstohlen. Was war ihm seit gestern Abend begegnet? Gewiß hatte er sich nicht selber in jene kleine Wilde verliebt, die sich nicht einmal dazu eignete, als Magd in einem englischen Haushalt zu dienen.
Nachdem Cosmo ihn im Speisesaal allein gelassen, blieb der Arzt weiterhin behaglich im Stuhl sitzen, und seine Gedanken umkreisten unermüdlich dieses drollige Vorkommnis, von dem man nicht sagen konnte: war es Liebe auf den ersten Blick oder der Ausbruch erblichen Schwachsinns? Der Junge sah wirklich recht gut aus. Sogar distinguiert und ganz ungewöhnlich. Durchaus ein Exemplar von Landsmann, auf das man stolz sein konnte, überlegte der Arzt, dessen Geschmack sich im Umgang mit den unterschiedlichsten Menschen gebildet hatte.

Bezeichnenderweise empfand er auf seine grollende, abschätzige Manier sogar flüchtig Mitleid für die wüste kleine Wilde mit der krummen Nase, den brennenden Wangen und den stockdünnen Armen. Der Doktor fühlte menschlich, und diese Menschlichkeit hatte seinen Ruf begründet. Als seine Gedanken sich von Clelia abwandten, hafteten sie plötzlich an einem anderen Bild, das an Clelias Stelle gerückt war. Er hatte sich der Gräfin de Montevesso erinnert. Er kannte sie schon lange, vom Sehen und vom Hörensagen. Erst gestern Abend noch hatte sie neben dem Sessel des Marquis gestanden. Nachdem er nun den Grafen de Montevesso mit eigenen Augen gesehen, glaubte er auch die Geschichten von dessen unaufhörlicher Eifersucht. Die harten, lebhaft blickenden Augen des Arztes starrten genau auf die Wahrheit. Nicht um jener kleinen Wilden willen wollte der finstere, selbstquälerische Esel von Drillmeister eines indischen Fürsten den jungen Latham aus Genua verschwinden sehen, oh nein. Ganz und gar nicht. Es steckte etwas viel Ernsteres dahinter.

Ehe er den Speisesaal verließ, war Dr. Martel zu dem Schluß gelangt, daß der junge Latham gut daran tun würde, seinen Aufenthalt in Genua nicht zu lange auszudehnen.

II

Cosmo war in sein Zimmer zurückgekehrt und hatte sich wieder an den Schreibtisch gesetzt, denn wollte er nicht diesen Tag seiner Korrespondenz widmen? Längst lag der größere Teil der Piazza im Schatten, und noch immer schrieb er. Das dumpfe Schlurfen der Schritte und das gedämpfte Murmeln der Stimmen drang zu ihm herauf wie das Summen von aufgestörten Insekten, das man in der Tiefe des Waldes hört. Es kostete ihn große Kraft, Wörter aneinanderzureihen, die ausschließlich von Städten, von Straßen, von Flüssen, von Bergen und den Farben des Himmels handelten. Es war, als mühe er sich, die Kulissen zu beschreiben, nachdem das große Stück zu Ende war. Vergebliches Unterfangen. Und doch setzte er die Reise fort. Nachdem er endlich in die italienische Ebene hinabgestiegen war (Henrietta zu Gefallen) warf er die Feder hin und dachte: ›In diesem Tempo werde ich nie nach Genua gelangen.‹ Er ließ sich wie ein müder Reisender in seinen Sessel sinken. Plötzlich fühlte er sich von jenem Überdruß befallen, den ein offenherziger Mensch empfindet, der sich bemüht hat, ein starkes Gefühl zu verheimlichen. Aber hatte er denn was zu verheimlichen? fragte er sich. Plötzlich flog die Tür auf, und Spire marschierte herein, vier brennende Kerzen auf einem Tablett vor sich hertragend. Erst jetzt ging es Cosmo auf, wie spät es bereits war. ›Ob ich das nicht lieber zerreiße?‹ überlegte er und betrachtete die Bogen, die vor ihm lagen.

Spire stellte zwei Kerzen auf den Tisch, die beiden anderen auf den Kaminsims und ging ab.

»Warte!« rief Cosmo.

Das war wie ein Hilferuf. Spire schloß behutsam die Tür, drehte

sich herum, ließ sich aber nichts anmerken. Cosmo ergriff neuerlich die Feder und beendete eilig den Brief:
»Seit zwei Tagen bin ich in Genua. Ich habe Adèle und den Marquis besucht. Beide lassen grüßen. Im nächsten Brief berichte ich ausführlich von ihnen. Ich habe jetzt nicht mehr Zeit, dir zu beschreiben, was für eine wunderbare Person sie geworden ist. Vielleicht würde sie dir auch nicht gefallen.«
Nachdem er unterschrieben hatte, fiel ihm ein, daß nichts über Napoleon in dem Briefe stand. Er mußte was über Napoleon hineinschreiben. Er fügte ein PS an:
»Du kannst dir nicht vorstellen, mit welcher Spannung die ganze Bevölkerung hier die kommenden Ereignisse erwartet. Alle Gedanken gelten Bonaparte. Es geht das Gerücht, man wolle ihm Gewalt antun, ihn entführen, ihn ermorden. Es hält schwer, das alles zu glauben, doch traue ich dem Wiener Kongreß jede Gemeinheit zu. Ein Mann, den ich hier kennengelernt habe, schlägt mir vor, nach Livorno zu fahren. Vielleicht tue ich das. Ich habe aber keine Lust mehr am Reisen, ich weiß nicht, warum. Falls ich in Livorno ein nach England bestimmtes Schiff finden sollte, könnte es sein, daß ich mit ihm fahre und auf dem schnellsten Wege nach Hause komme.«
Cosmo nahm die Bogen auf, und während er ein Päckchen daraus machte, fragte er sich, ob er Henrietta wirklich so schreiben dürfe? Stimmte es denn, daß er die Lust am Reisen verloren hatte? Doch ließ er Spire das Päckchen zur Post bringen und ging während dessen Abwesenheit im Zimmer auf und ab. Er hatte den Tag überstanden. Jetzt galt es, auch den Abend zu überstehen. Doch als ihm einfiel, daß auf den Abend endlose Nachtstunden folgen würden, erfüllt vom Widerstreit vager Gedanken, welche die Entstehung einer Leidenschaft begleiten, erschien ihm diese gräßliche Aussicht so niederschmetternd, daß ihn ein bitteres Lachen ankam. Der zurückgekehrte Spire stand ganz verdattert in der Tür.

»Was ist los mit dir? Hast du ein Gespenst gesehen?« fragte Cosmo, der zu lachen aufgehört hatte, und starrte seinen Diener verstört an.
»Nein, Sir, gewiß nicht. Mir war nur der Gedanke gekommen, es könnte besser sein, Sie speisten heute Abend auf Ihrem Zimmer.«
»Was willst du damit sagen? Kann ich mich etwa nicht vor anderen Leuten sehen lassen?« fragte Cosmo nörgelnd und warf einen Blick in den Spiegel, als fürchte er, die Krise, die er vor drei oder vier Minuten durchlebt hatte, könne sein Gesicht entstellt haben. Spire gab keine Antwort. Der Klang jenes Lachens hatte ihn um seine unerschütterliche Gelassenheit gebracht; Cosmo seinerseits fragte sich, was dem Tölpel denn zugestoßen sein mochte, und stierte ihn mißtrauisch an.
»Gib mir meinen Rock«, sagte er schließlich. »Ich gehe nach unten.«
Damit war der Bann gebrochen, und Spire erlangte die Fassung zurück, indem er sich Bewegung machte.
»Unten ist eine lärmende Gesellschaft versammelt, Sir«, sagte er, »und ich dachte, es könnte Ihnen da vielleicht nicht gefallen.«
Cosmo empfand überraschend Sehnsucht nach Lärm, er gierte förmlich nach sinnlosem, betäubendem, ordinärem, törichtem Radau, der laut genug sein sollte, ihn am Denken zu hindern, nach jener Art von Krach, die einen abstumpft.
»Was willst du noch?« fragte er Spire wütend, der sich hinter ihm zu schaffen machte.
»Ich möchte Ihnen in den Rock helfen, Sir«, sagte Spire apathisch. Er war tief erschüttert. Nachdem sein Herr hinausgegangen war und die Tür hinter sich zugeknallt hatte, machte er sich steinernen Gesichtes daran, das Zimmer aufzuräumen, ehe er die Kerzen löschte und hinausging, um selber etwas zu essen.
»Haben Sie mir nicht heute Mittag geraten, nach Livorno zu

fahren?« fragte Cosmo und ließ sich schwer auf seinen Stuhl nieder. Dr. Martel saß bereits am Tisch, und es sah aus, als habe er sich den ganzen Nachmittag nicht fortgerührt; doch trug er nicht mehr seine Stiefel, sondern Schuhe und seidene Strümpfe.

»Nach Livorno?« fragte dieser merkwürdige Mensch nun, »so? Ja. Die Straße entlang der Riviera di Levante ist ein Genuß für jeden, der ein Organ für die Schönheit italienischer Landschaften besitzt.« Er verstummte, zog eine mißmutige Grimasse wegen des Stimmengewirrs im Speisesaal und bemerkte murrend, Cantelucci möge das ja ganz einträglich finden, doch werde die Herberge immer unmöglicher.

Cosmo fand, daß nicht annähernd genug Radau gemacht wurde. Die Marineoffiziere schienen heute Abend geradezu niedergedrückt. Am Kopf der Tafel saß wieder derselbe, ältliche Leutnant mit den eingesunkenen Wangen und der scharfen Nase, in derselben schäbigen Uniform. Man sah Cantelucci in langschößigem, kastanienbraunem Rock unauffällig und wachsam durch den Saal gleiten. Sein Wohltäter winkte ihn heran.

»Sie könnten doch wohl einen Fuhrmann und vier gute Pferde für die Kutsche des Signore auftreiben?« fragte er. Er nahm Canteluccis tiefe Verbeugung als Bejahung und sagte zu Cosmo: »Die Straße ist ganz sicher, überall sind österreichische Truppen.«

»Ich möchte lieber mit dem Schiff fahren«, widersprach Cosmo, der überhaupt noch nicht daran gedacht hatte, Vorbereitungen für die Reise zu treffen. Cantelucci entfernte sich sogleich geschmeidig, der Arzt grunzte und machte sich über sein Essen her. Cosmo dachte verzweifelt: ›Oh, ja, die See, warum soll ich nicht zu Schiff reisen, ganz für mich allein?‹ Er war Tage und Tage von Paris nach Genua unterwegs gewesen, war auf guten, schlechten und mittelmäßigen Straßen, durch Staub und durch Schlamm einhergerollt oder durcheinandergeschüttelt worden, er war in zahllosen Herbergen zahllosen Damen und Herren begegnet, und für ein Weilchen faszinierte ihn der Gedanke, in Gesellschaft von drei oder vier bronzebraunen Matrosen über ein blaues Meer zu gleiten, in Sichtweite einer malerischen Küste, an Felsen, Bergen und Pinienwäldern vorbei, vorbei an weit sich öffnenden Tälern mit weißen Dörfern, an purpurnen, lieblich geformten Vorgebirgen. Das war wie ein Traum, und er träumte, bis der Arzt plötzlich sagte: »Ich glaube, ich wüßte jemanden, der Ihnen Ihre Kutsche abnimmt«, – und das Erwachen ließ Cosmo innerlich zurückschrecken wie vor dem Anblick von etwas Nichtwiedergutzumachendem.

Der Arzt senkte die Augen. ›Er ist verwandelt‹, sagte er bei sich. ›Oh, ja, er ist verwandelt.‹ Das hinderte ihn allerdings nicht, sich darüber zu ärgern, daß Cosmo auf das Angebot, die Kutsche für ihn zu verkaufen, so gar nicht einging. »Viele Leute würden sich glücklich schätzen, wenn man ihnen ein solches Angebot machte«, bemerkte er nach kurzem Schweigen. »Man wird derzeit eine Reisekutsche nicht so leicht los. Auch bekommt man nicht ohne weiteres einen verläßlichen Mann mit vier Pferden für den Landweg. Jedenfalls nicht heutzutage, wo jederzeit alles mögliche geschehen kann.«

»Ich bin Ihnen wirklich sehr verbunden«, erwiderte Cosmo, »aber im Grunde habe ich es nicht eilig.«

Der Arzt nahm Cosmos zerstreute Haltung zur Kenntnis und auch, daß er das Essen noch nicht angerührt hatte.

»Das Malheur scheint mir darin zu liegen, daß Sie überhaupt kein Ziel haben, nicht wahr?«

»Ja, ich gebe es zu«, sagte Cosmo gleichgültig. »Ich glaube, ich brauche Ruhe.«

»Nun, dann verschaffen Sie sich welche, Mr. Latham. Genua bietet allerdings nichts dergleichen, hier ist es nicht ruhig, sondern nur langweilig. Und falls Sie dann doch etwas unternehmen wollten – zum Beispiel eine Reise nach Elba – könnte es zu spät sein, wenn Sie sich hier vertrödelt haben. Zu Ihren Lebzeiten werden Sie ein Exemplar wie das auf Elba nicht noch einmal zu Gesicht bekommen. Und wer weiß, wie lange es noch unter uns weilen wird.«

»Sie scheinen Ihrer Sache ja sehr sicher«, sagte Cosmo und sah seinen Tischgenossen prüfend an. »Ich höre Sie jetzt zum dritten oder vierten Mal eine solche Anspielung machen. Besitzen Sie spezielle Informationen?«

»Ja, man könnte so sagen. Es ist mein Schicksal, viel von dem anhören zu müssen, was in den höchsten Kreisen gesagt wird, und durch meinen Beruf habe ich Übung darin erlangt, zu bewerten, was ich höre.«

»Ganz oben also redet man so!« warf Cosmo ein.

»Und auch ganz unten«, erwiderte der Arzt etwas ungehalten, »falls Sie etwa diese Unterscheidung zu treffen beabsichtigten. Ich sagte doch, daß ich kürzlich noch in Wien war, und dort habe ich gewisse Dinge gehört.«

»Vom Fürsten Talleyrand?« fragte Cosmo töricht.

Der Arzt lächelte höhnisch. »Keine üble Vermutung. Ich habe beim Fürsten Talleyrand wirklich etwas gehört. Und zwar von Montrond. Sie wissen, von wem ich rede?«

»Nie gehört. Wer ist das?«

»Sie haben nie von Montrond gehört? Richtig, ich vergesse immer, daß Sie ja auf Ihrer Insel eingesperrt waren. Monsieur Montrond genießt den Vorzug, in der Nähe der Rose zu leben. Sie verstehen? Er ist der intime Gesellschafter des Fürsten, und das seit Jahren. Der Fürst hat einmal zu jemandem gesagt, er schätze Montrond, denn dieser sei nicht ›übermäßig‹ von Skrupeln geplagt. Da haben Sie den ganzen Mann. Ich unterhielt mich also mit Monsieur Montrond über die Zukunft Bonapartes – und zwar ohne Hintergedanken. Ich wies darauf hin, daß man doch kaum erwarten könne, er werde Ruhe geben, solange die französische Regierung ihm das vertraglich zugesagte Geld vorenthalte. Er könne ja den Augenblick kommen sehen, an dem er mittellos dastehen werde, und das genüge gewiß, jeden Menschen aufsässig zu machen. Er müsse einfach etwas unternehmen. Schließlich, so sagte ich, muß der Mensch ja leben. Darauf sieht Montrond mich so von der Seite her an und sagt mit Betonung: ›Ach, in diesem Fall sehen wir nicht ein, daß das unbedingt erforderlich ist.‹ Sie verstehen wohl, daß ich nach diesem Wink das Thema wechselte. Das ist nun auch wieder ein Gesichtspunkt, wie, Mr. Latham?«

Cosmo war beeindruckt. »Gestern abend hörte ich, daß er Vorkehrungen für seine persönliche Sicherheit trifft«, sagte er.

»Vielleicht erinnert er sich an das, was einem gewissen Herzog von Enghien zustieß, einem jungen Mann, der augenscheinlich keine Vorsichtsmaßnahmen getroffen hat. Sie haben also davon gehört? Nun, in Livorno werden Sie alle möglichen Geschichten hören. Livorno ist eine aufregende Stadt und überhaupt ein hervorragender Ausgangspunkt für eine Reise nach Elba, die wiederum für Sie später einmal eine herrliche Erinnerung wäre. Und falls Sie dort etwas Besonderes bemerken, wäre ich Ihnen zu Dank verpflichtet, wenn Sie mir hierher, an Canteluccis Adresse, eine Zeile schreiben wollten. Ich habe nämlich etwas Geld in Öl investiert, und der Henker soll mich holen, wenn nicht selbst ein so läppisches Geschäft beeinflußt wird durch die Unsicherheit, die von der Gegenwart dieses Mannes ausgeht: Hoffnungen, Pläne, Neigungen, Liebesaffären – alles wird davon betroffen. Ich an Ihrer Stelle würde ganz gewiß nach Livorno fahren, Mr. Latham.« Er verweilte noch ein wenig, ehe er aufstand, murmelte etwas von dringender Schreiberei und ging durch die Tür ab, die der rasch herantretende Cantelucci vor ihm öffnete.

Cosmo blieb untätig auf seinem Stuhl sitzen. Langsam leerte sich der Speiseraum, und als Cosmo seinerseits aufstand, war nicht einmal mehr ein Bedienter anwesend. Er ging auf sein

Zimmer, warf etliche Scheite Holz aufs Feuer und setzte sich. Er kam sich vor wie verloren in einer unbekannten Welt.

Er fragte sich, ob er nicht diesen Tag im Palast hätte seine Aufwartung machen müssen, und sei es nur, um sich zu verabschieden. Und plötzlich überschüttete seine Erinnerung ihn mit einem ganzen Schwall von Einzelheiten und sogar Worten des gestrigen Tages. Der vormittägliche Besuch, die Mulattin, das Sonnenlicht im Boudoir der Madame de Montevesso, die verführerische Stimme, der ergreifende Bericht – alles das hatte ihn in tiefster Seele aufgerührt. Wer hätte sich vorstellen können, daß in dieser stumpfen Welt der Sterblichen, die den Männern Lady Jane und Mrs. R.s Töchter als Prachtexemplare darbietet, ein so wunderbar menschliches Wesen mit solcher Stimme, solche erstaunlicher Harmonie der Erscheinung, des Ausdrucks, der Gebärden existieren konnte? Und doch fiel es Cosmo jetzt ein, daß er bei aller Verwirrung der Sinne, in die der erste Anblick der Madame de Montevesso ihn versetzt, undeutlich gespürt hatte, daß sie keine Fremde, daß ihre Schönheit ihm schon zuvor begegnet sei: die Gestalt, der Blick, die Lippen. Diese unklare Erinnerung verband sich nicht mit dem Kind Adèle. Kein Kind hätte jemals eine solche Frau ahnen lassen. Es war eher die ehrfürchtige Erinnerung an eine prophetische Vision. Sie hing mit Latham Hall zusammen, und sie war auch kein Traum. Er hielt es für unmöglich, daß dem schlafenden Menschen eine so wunderbare Ahnung kommen könne. Es war auch keine Vision, die er selber gehabt, es war eine Vision, wie sie nur Künstlern oder begnadeten Sehern zuteil wird. Sie mußte ihm auf irgendeinem Bild erschienen sein, das in Latham Hall hing, wo man an den unwahrscheinlichsten Orten auf Gemälde stieß (meist aus der italienischen Schule), auf Treppenfluren, in düsteren Korridoren, in unbenutzten Gästezimmern. Auf dunklem Hintergrund ein leuchtendes, ovales Gesicht – eine edle, lebensgroß gemalte Frau, die aus schmalem Rahmen herniederstieg, die wallenden Gewänder gehalten von Gürtel und Schnallen aus Edelsteinen, Haupt und Busen mit Perlen geschmückt und in der Hand ein Buch und eine Feder (oder war es ein Palmenzweig?) und – ja! da sah er es ganz deutlich, und voller Entsetzen: ein Dolch stak in der linken Brust. Er sah ihn da so deutlich, als sei der Stoß vor seinen Augen geführt worden. Der soeben losgelassene Griff schien noch zu zittern, während die Augen der Frau ihn ernst ansahen mit unbewußter, wunderbarer Gelassenheit.

Tödlich erschrocken sprang er auf und zitterte am ganzen Leibe, als habe er ein Verbrechen entdeckt. Es graute ihn in diesem Zimmer, es graute ihn davor, allein in den vier kahlen Wänden zu bleiben, auf denen kein Bild zu sehen war, ausgenommen das eine, entsetzliche, das vor seinen Augen in der Luft zu schweben schien. Cosmo wußte, daß er davor fliehen müsse. Er packte Hut und Mantel und flüchtete auf den Korridor. Es war schon spät und das Haus still. Er sah nicht den flüchtigsten Schatten auf den rohen, nackten Mauern des Palastes, der auf Dekorationen aus Marmor und Bronze wartete, die indessen seine Blöße nie mehr bedecken sollten. Der Palast der Graziani stand stumm und kalt in all seiner Pracht wie in der trostlosen Zeit der Belagerung, als der Eigentümer verhungert am Fuße der breiten Treppe lag. Erst unten in der Diele vernahm Cosmo das gedämpfte, fast geisterhafte Murmeln streitender Stimmen hinter einer geschlossenen Tür. Die beiden Deckenlampen vermochten diese großzügig geplante Höhle nicht bis in die hintersten Winkel zu erleuchten, doch Cosmo erkannte den verschwommenen Umriß des ältlichen Leutnants, der ganz allein und völlig reglos vor einer Flasche Wein an der Wand saß. Als er auf den Bürgersteig hinaustrat, hatte Cosmo das Zittern seiner Glieder bezwungen und den Aufruhr seiner Gedanken beschwichtigt. Er wollte dem Hause auf viele, viele Stunden fern bleiben. Unentschlossen blickte er nach rechts, nach links. Er kannte nichts von der Stadt als den Weg zum Palazzo und den Weg zum Hafen. So schlug er den Weg zum Hafen ein. Er schritt dahin beim matten Schein der Sterne, der in die engen Gassen fiel, die deckenlosen, hohen Korridoren glichen, als sei die Stadt ein einziger Palast. Unterwegs erkannte er den massigen Umriß kühn hervorspringender Balkons, die er zuvor gesehen, erkannte eine prächtige Tür, deren Bogen von gebeugten Riesen mit wallenden Bärten getragen wurde, die gefangenen Söhnen Neptuns glichen.

III

Als Cosmo sein Zimmer verließ, um der ihn verfolgenden Vision eines alten Bildes zu entgehen, das eine schöne Märtyrerin mit dem Dolch in der Brust darstellte, legte Dr. Martel letzte Hand an ein von ihm so genanntes vertrauliches Memorandum, das er dem Marquis d'Armand zu überreichen beabsichtigte. Die Maßstäbe, die der Arzt an Ehrenhaftigkeit und Treue seiner Mitmenschen legte, waren sehr streng. Er hatte tiefe Achtung vor dem alten Marquis. Es lag ihm daran, die von ihm kürzlich eingebrachte reiche Ernte überraschender Informationen in die Hände des Marquis gelangen zu lassen, Informationen, die von großem Interesse für die französischen Bourbonen sein mußten.

Da er die halbe Nacht am Schreibtisch verbracht hatte, stand er erst spät auf und war gerade mit dem Rasieren fertig, als es klopfte und Cantelucci eintrat. Der Wirt hielt sich nicht mit Entschuldigungen wegen der Störung auf, sondern sagte einfach, der junge Engländer sei über Nacht aus der Herberge verschwunden. Die Frau, die des Morgens die Schokolade nach oben trage, habe nicht wie gewöhnlich den Diener angetroffen. Die Tür des Zimmers sei nur angelehnt gewesen. Nach langem Zaudern habe sie endlich gewagt, den Kopf durch den Spalt zu stecken. Die Fensterläden seien nicht geschlossen gewesen, und sie habe deshalb gesehen, daß das Bett unberührt war ... der Arzt hörte auf, sich die Wangen mit Kölnischem Wasser zu betupfen und starrte den Wirt an. Dann zuckte er leicht die Achseln.

Cantelucci begriff, was gemeint war. Schon richtig, doch könne man die Sache in diesem Falle nicht auf die leichte Schulter nehmen. Der junge Engländer sei nicht viel länger als achtundvierzig Stunden in Genua gewesen. Er habe nicht Zeit gehabt, viele Bekanntschaften zu machen. Und damit mochte es überdies stehen, wie es wolle, um diese Stunde, fand Cantelucci, hätte er zurück sein müssen.

Der Arzt ergriff seine Perücke und stülpte sie nachdenklich über den Schädel, als sei sie eine Denkmütze. Dieses Verfahren änderte sein Aussehen so sehr, daß Cantelucci insgeheim bestürzt war. Er machte eine seiner streng respektvollen Verbeugungen, wodurch die ganze Anlegenheit auf der Stelle in die Hand des Arztes gelegt zu werden schien.

»Sie sind ja sehr aufgeregt«, bemerkte dieser. »Haben Sie den Diener nicht gesehen? Der muß doch etwas wissen.«

»Ich bezweifle das, Exzellenz. Er ist natürlich oben gewesen und hat die Läden geöffnet. Jetzt steht er an der Haustür und hält Ausschau. Ich habe schon mit ihm gesprochen. Er hat gestern abend zuviel Wein getrunken und ist am Tische sitzend eingeschlafen. Ich habe ihn da noch selber gesehen, als ich zu Bette ging.«

Da der Arzt aufmerksam schwieg, fügte Cantelucci hinzu, er selber habe sich zeitig zurückgezogen, denn er habe unter den periodisch wiederkehrenden Kopfschmerzen zu leiden gehabt, die ihn seit den Tagen seiner Jugend heimsuchten, als er monatelang in Ketten in den Kerkern von St. Elmo gelegen habe.

Dem Arzt kam es so vor, als habe der Wirt wirklich eine üble Nacht hinter sich. »Warum sind Sie nicht zu mir gekommen? Sie wissen, daß ich auch noch schlimmere Leiden heilen kann.«

Der Wirt hob bei diesem Vorschlag entsetzt abwehrend die Hand. Er würde es nicht wagen, Exzellenz wegen einer Kleinigkeit wie Kopfschmerzen zu stören. Seine Unruhe hatte jedoch andere Ursachen. Cantelucci war von Jugend auf ein Parteigänger der Französischen Revolution gewesen und hatte aktiv an einer Verschwörung zum Sturz der alten Ordnung teilgenommen. Nun, da Könige und Pfaffen von neuem die Köpfe aus dem Sand hoben, war er wiederum sehr geschäftig. Seine letzte Aufgabe war es gewesen, gewisse wichtige Dokumente an die Verschwörer im Süden des Landes gelangen zu lassen. Er hatte den geeigneten Boten gefunden, hatte alles vorbereitet, um ihn ungesehen auf den Weg zu bringen, und hatte ihm, ehe er zu Bett gegangen war, ausführliche Anweisungen gegeben. Der junge Mann war weit über das gewöhnliche Maß hinaus tapfer, klug und einfallsreich. Doch gerade die Perfektion des Ganzen hatte den alten Verschwörer nicht schlafen lassen. Er ließ jede Einzelheit immer wieder an sich vorbeiziehen. Er fand einfach nichts zu verbessern. Er schlief ein, wurde aber, wie ihm schien, sogleich wieder geweckt, und zwar von dem schmutzigen, hexenhaften alten Weib, das morgens Feuer anzündete. Sie meldete ihm aus zahnlosem Munde, Checca stehe in Tränen aufgelöst in der Küche und müsse ihn augenblicklich sprechen.

Diese Checca war ein hübsches Mädchen, eine Waise, die ihm seine verstorbene Schwester vermacht hatte. Ihr Onkel Cantelucci, den sie fürchtete, verheiratete sie, ohne sie zu fragen, an einen ältlichen Weinwirt, der in der Unterstadt nahe dem Hafen wohnte. Der Wirt war gutmütig, etwas schwer von Begriff, und gelegentlich schlug er auch einmal zu. Checca fürchtete ihn viel weniger als ihren gestrengen Onkel. Es machte ihr Spaß, die Padrona einer Osteria zu spielen, wo in den Tagen des Kaiserreiches zahlreiche Offiziere französischer Kaperschiffe verkehrten. Seit dem Friedensschluß waren diese Kunden indessen ausgeblieben; Checcas Gatte hatte ihr die Sorge für die Weinfässer überlassen und sich dem Schmuggel in kleinem Maßstab ergeben, was ihn vom Hause fernhielt.

Cantelucci glaubte, das Erscheinen seiner Nichte sei darauf zurückzuführen, daß ihrem Mann eine Unannehmlichkeit widerfahren sei. Das ärgerte ihn, denn er hatte an anderes zu denken. Er sah mit Verwunderung, wie heftig ihr Kummer war. Als sie endlich die Sprache wiederfand, war, was sie sagte, mehr eine Beichte als ein Bericht. Der alte Verschwörer traute seinen Ohren kaum, als er vernehmen mußte, daß der Bote, auf den er sich verließ, die Geheimhaltung seiner Mission aufs Spiel gesetzt hatte, indem er sich noch spät in der Nacht in jener Osteria von Checca verabschiedete. Sie versicherte, er sei nur einige Augenblicke dort gewesen.

»Was! In einer Weinkneipe! Vor allen Leuten! Wo es überall von Spitzeln wimmelt!«

»Nein«, sagte sie. »Das war viel später. Da waren schon alle weg. Er kratzte an der verriegelten Tür.«

»Und du wartetest auf der anderen Seite der Tür darauf, ihn einzulassen!« zischte Cantelucci wütend. »Elendes Mädchen!«

Sie starrte den schrecklichen Onkel aus tränenüberströmten Augen an. »Ja.« Sie hatte es nicht über sich gebracht, ihn abzuweisen. Er sei nur einen kleinen Augenblick geblieben... (Cantelucci knirschte vor Wut mit den Zähnen. Das war das erste, was er von dieser Affäre hörte. Da wurde nun sein vielversprechender Plan durch diese *bestialitá* gefährdet)... Er habe sie nur ein einziges Mal umarmt, und dann habe sie ihn hinausgestoßen. Während sie noch mit dem Abriegeln beschäftigt war, hatte es auf der Straße einen Tumult gegeben, man hatte auch geschossen. Sie wäre gerne auf die Straße gelaufen, doch hielt sich ihr Mann gerade für einige Tage daheim auf. Der war nun in den Laden gekommen und hatte ihr Ohrfeigen versetzt, warum, wußte sie nicht. Vielleicht, weil sie zu so später Stunde noch im Laden war. Das wäre nicht so schlimm gewesen, aber er trieb sie vor sich her die Treppe hinauf, und sie hatte stundenlang Schlaf heucheln müssen, bevor er regelmäßig zu schnarchen begann. Sie war so verzweifelt, daß sie es gewagt hatte, herzulaufen und alles ihrem Onkel zu beichten. Sie fand, er müsse das erfahren. Im Grunde war sie zu Canteluccis Herberge nur gekommen in der Hoffnung, Attilio habe den Mördern (denn sie glaubte fest an gedungene Mörder) entwischen und sich unverletzt hierher retten können – schlimmstenfalls verwundet. Hiervon erwähnte sie jedoch nichts. Vor Canteluccis steinerner Miene brach sie nieder. »Er ist tot – *poverino*! Mit eigenen Händen habe ich ihn in seinen Tod gestoßen«, jammerte sie ganz verstört vor ihrem Onkel. Das Küchenfeuer brannte hell, doch das Haus schlief noch.

Cantelucci war vor Wut sprachlos. Was er gehört hatte, war ihm so in die Glieder gefahren, daß der strengste Moralist damit zufrieden sein konnte. Doch er war ein Verschwörer, und er sah einzig, daß diese beiden jungen Leute, die nichts als die Befreiung Italiens hätten im Kopf haben dürfen, sich sträflichen Leichtsinnes schuldig gemacht hatten. Attilio hatte den Schwur der Carbonari abgelegt, und Checca gehörte der Frauenorganisation dieser Geheimgesellschaft an. Sie war eine *ortolana*, wie sie sich selber nannten. Er hatte sie eingeführt und war für ihr Verhalten verantwortlich. Und nun diese Gemeinheit, diese Dummheit, dieser Leichtsinn, dieser Egoismus!

Unter Aufbietung aller seiner Selbstbeherrschung gelang es ihm, sich daran zu hindern, sie in ihrem aufgelösten Zustand auf die Straße zu werfen. Er knurrte sie nur fürchterlich an: »Mir aus den Augen, junge Törin«, und gestikulierte drohend. Sie wich aber keinen Schritt, sie zuckte vor seiner erhobenen Hand nicht zurück. Und als diese nun, ohne Schaden getan zu haben, herabsank, ergriff sie die Hand, preßte sie abwechselnd gegen ihre Lippen und gegen ihren Busen und überschüttete den wütenden Cantelucci mit den zärtlichsten Koseworten. Er vernahm die Geräusche, mit denen sein Personal die Tagesarbeit aufnahm, hörte die Stimmen, die Schritte seiner Dienstleute. Die würden staunen – doch seiner Nichte war alles einerlei. Sie umklammerte seine Hand und wollte ihn erst freigeben, als er ihr versprochen hatte, sofort Bescheid zu schicken, wenn er etwas höre. Und sie hatte sogar eine Methode dafür ersonnen. Der Matrose mit dem schwarzen Bart, der Bursche eines der englischen Marineoffiziere, welche die Herberge aufzusuchen pflegten, sei ein ordentlicher Mensch; er sei hilfsbereit und kenne auch den Weg zur Osteria.

Dabei fiel ihr der Gatte ein. Was, wenn er in ihrer Abwesenheit erwachte? Immer noch verstört, rannte sie endlich davon und überließ es Cantelucci, mit der Situation fertig zu werden.

Cantelucci war bestürzt. Er wußte nicht, was geschehen war – nicht so sehr dem Boten als vielmehr den Dokumenten. Der alte Verschwörer zerbrach sich den Kopf und wandelte derweil so stumm und bedrohlich unter seinen Leuten, daß es niemand wagte, ihn während der nächsten Stunden anzusprechen. Als man ihm endlich die Neuigkeit vom Verschwinden des jungen Lord mitteilte, fluchte er nur. Doch im Laufe des Vormittags kam er zu dem Schluß, es sei das beste, seinen alten Wohltäter aufzusuchen. Bei seinem Erscheinen trug er eine so gehetzte Miene zur Schau, daß der Arzt gern an eine schlaflos verbrachte Nacht glaubte. Selbstverständlich war nur von Cosmos Abwesenheit die Rede.

Der Arzt lehnte sich gegen die Kante seiner Kommode und betrachtete den Wirt stumm. Die Neuigkeit hatte ihn sehr beunruhigt. »Haben Sie ihren Schnupftabak bei sich?« fragte er.

Der Behendigkeit, mit der Cantelucci die Dose hervorzog, entsprach der respektvolle Schwung, mit dem er sie seinem Wohltäter reichte.

»Der junge Engländer«, bemerkte er dabei, »war vorgestern Abend in dem Palazzo mit den Greifen eingeladen.«

Der Arzt nahm eine Prise. »Er ist dort aber nicht über Nacht geblieben«, bemerkte er. »Sie wissen doch wohl, wer den Palast bewohnt, wie?«

»Soweit mir bekannt ist, irgendein piemontesischer General, Exzellenz«, erwiderte Cantelucci, der seit der österreichischen Besetzung mit dem Grafen Helion in Verbindung gestanden, sogar heimlich Briefe für ihn nach Elba befördert hatte. Die Briefe waren allerdings an einen Kornhändler in Porto Ferraio gerichtet. »Ich möchte über diese Angelegenheit ganz offen mit Ihnen reden, Exzellenz«, fuhr Cantelucci fort. »Ein englischer Lord ist eine wichtige Person. Melde ich sein Verschwinden, so wird die Polizei herkommen und Untersuchungen anstellen. Ich will die Polizei aber nicht im Hause haben.«

Dr. Martel verlor seinen nachdenklichen Gesichtsausdruck. »Das kann ich Ihnen sehr nachfühlen«, versetzte er grimmig.

»Ich empfehle mich daher dem schützenden Einfluß Eurer Exzellenz«, murmelte Cantelucci einschmeichelnd.

Der Arzt legte eine Prise Tabak auf den Handrücken. »Vielleicht ist er ja zurückgekommen, während wir hier miteinander geredet haben«, sagte er hoffnungsvoll. »Gehen Sie nach unten, Cantelucci, und schicken Sie mir meinen Kurier herauf.«

Der Diener des Arztes stand jedoch schon mit den ausgebürsteten Kleidern überm Arm an der Tür. Während er sich ankleidete, grübelte Dr. Martel. Dieses Vorkommnis war ihm einfach unerklärlich. Es kann selbstverständlich geschehen, daß ein Mann, der abends ausgeht, um frische Luft zu schnappen, auf den Kopf geschlagen wird, doch wie unwahrscheinlich ist das! Er redete seinen Diener, der ihm mürrisch behilflich war, lässig an:

»Du mußt gleich zur Polizei hinüber gehen und herausfinden, ob gestern Nacht irgendwas vorgefallen ist. Aber unauffällig.«

»Ich verstehe«, sagte der Bursche verdrossen. Dem Arzt wollte es scheinen, als habe der Kerl noch kürzlich getrunken.

»Mit wem hast du gestern Abend getrunken?« fragte er scharf.

»Mit dem englischen Diener«, gestand der Leibkurier mürrisch. »Sein Herr hat ihm zeitig frei gegeben.«

»Aha. Und du hast ihn alles bezahlen lassen.« Mit diesen Worten trat der Arzt hinaus. Als er unten durch die Diele ging, sah er Spires mächtigen Rücken in der Haustür. Der Diener hatte sich offenbar seit sieben Uhr früh dort nicht weggerührt. Mr. Latham war also noch nicht zurück. Im Speisesaal sah er am Tisch der Marineoffiziere nur zwei Personen: den ältlichen Herrn, wie üblich am Kopf der Tafel, und einen rundgesichtigen, blühend aussehenden Mann mit gelockter Perücke, welcher der Schiffsarzt sein mochte. Die beiden sprachen während der ganzen Mahlzeit kein Wort miteinander. Sie gingen gemeinsam weg, und als auch die letzten einheimischen Gäste den Saal verlassen hatten, saß der Arzt ganz allein an seinem Tisch und spielte nachdenklich mit dem halbgefüllten Weinglas. Der ernste Gesichtsausdruck stand in überraschendem Gegensatz zu dem kurzen, abgerissenen Lachen, das er ausstieß, als er aufstand und den Stuhl zurückschob. Es wurde durch den Gedanken hervorgerufen, daß er noch am Abend zuvor halb im Scherz seinen Landsmann gedrängt hatte, Genua auf einem der hergebrachten Wege zu verlassen, also zu Lande oder zu Wasser, und daß er nun wirklich fort war, aber sozusagen fortgehext! Der Arzt nahm erstaunt wahr, daß seine Gefühle in dieser Sache sich völlig verändert hatten. Das giftige »Ich will den Grünspecht hier nicht sehen« des Grafen Helion klang ihm in der Erinnerung nun gar nicht mehr drollig. Tagtäglich ereigneten sich die seltsamsten Vorkommnisse. Ist es denn möglich, so fragte er sich, daß das Lösungswort des Rätsels dort zu finden wäre?

Dieser Erforscher der geheimen Unzufriedenheiten und verborgenen Bestrebungen seiner Zeitgenossen hatte dem gewöhnlichen Klatsch niemals die Ohren verschlossen. Er lebte nun schon lange und erinnerte sich an vieles. So erinnerte er sich an

Geschichten, die, lange vor Cosmos Geburt, über Sir Charles Latham im Umlauf gewesen waren. Was die Heirat der Montevessos anging, so hatte sie damals in der Gesellschaft und unter den französischen Emigranten reichlich Staub aufgewirbelt. Die Hochzeit, die folgenden Auseinandersetzungen, Versöhnungen, wechselseitigen Vorwürfe und das endlich erzielte Arrangement hatten den müßigen Zungen jahrelang Gesprächsstoff verschafft. Selbstverständlich verdankte der dubiose Montevesso seine gesellschaftliche Stellung einzig dieser Heirat, und was auf die Heirat gefolgt war, hatte diesem absurden Individuum den Ruhm eines molièreschen Titelhelden verliehen: ›*Le Jaloux*.‹ Der ältliche eifersüchtige Gatte. Das war komisch genug, doch leider von jener Komik, die sich sehr schnell in Tragik verwandeln kann. Ein Anreiz besonderer Art, eine unvermutete Gelegenheit waren dafür schon genug. Es erstaunte den Arzt jedoch, daß dieses Problem sich gerade jetzt so dringlich stellte. Allerdings konnte niemand sagen, worauf eine orientalisierte Bestie, ein Mann, der vermutlich mit Palastmorden vertraut war, verfallen würde. Er mochte in jenem riesigen Palazzo sehr wohl gedungene Mörder halten, korsische Desparados oder Halsabschneider aus den Bergen. Hielt er nicht auch zwei häßliche alte Bäuerinnen darin versteckt?

Dr. Martel war davon überzeugt, daß täglich die unwahrscheinlichsten Dinge geschehen. Diese Überzeugung verdankte er nicht etwa angeborener Leichtgläubigkeit, sondern heimlich gesammelten Erfahrungen. Ein gesetzter, verwöhnter und ganz offenbar ernster junger Mann wie Latham eignete sich ganz besonders dazu, in eine üble Lage gebracht zu werden. Es bedurfte da nur einer ganz arglosen Bekundung seines Mitgefühls, eines unbedachten Blickes, einer ihm nicht bewußten Wärme im Ton. Hol es der Teufel! Und doch konnte er nicht untätig zusehen, wie ein junger Landsmann, ein netter, liebenswerter junger Gentleman, vor seinen Augen verschwand.

Der Arzt trat in die Diele hinaus, wo es mittags der darin herrschenden dämmerigen Kühle halber besonders angenehm war. Spire war nicht mehr zu sehen, doch hatte Dr. Martel die Hoffnung aufgegeben, Cosmo könne zurückgekommen sein. In einer dunklen Ecke gewahrte er den Umriß eines Dreispitzes und erkannte den ältlichen Leutnant, der, die Arme verschränkt, das Kinn auf der Brust, gegen die Wand lehnte. Vor ihm standen eine Weinflasche und ein Glas.

›Das treibt ihn vermutlich an Land‹, dachte der Arzt. Das Produkt eines zwanzig Jahre währenden Krieges. Der auf Hochtouren laufende Mechanismus, der seinesgleichen zu Kanonenfutter verarbeitet hatte, war plötzlich zum Stehen gekommen. Auf lange, lange Zeit hinaus würde die Nachfrage nach Helden gleich null sein, und der Umstand, daß der Bursche dort noch alle Gliedmaßen besaß, ließ ihn besonders bedauernswert erscheinen. Der Arzt hatte Cosmo schon fast vergessen. Er sah Spire nicht die Treppe herunterkommen und schreckte zusammen, als er ihn unmittelbar neben sich sagen hörte: »Verzeihen Sie, Sir.« Der ältliche Diener war ganz außer sich. Er sagte gedämpft: »Ich bin fast von Sinnen, Sir. Mein Herr ...«

»Weiß ich«, unterbrach Dr. Martel und stürzte sich dann wie ein Raubvogel auf Spire. »Also los, was wissen Sie von der Sache?«

Diese Reaktion erweckte Spires Abneigung gegen den mürrischen, kurzangebundenen Menschen, der keinem Arzt glich, den Spire je gesehen, und schon gewiß keinem Gentleman. Getreu dem Sprichwort: »Wie der Herr, so der Diener«, war Spire mehr durch Manieren zu beeindrucken als durch Charaktereigenschaften. Er nahm sich zusammen und sagte mit festerer Stimme: »Ich weiß nichts weiter, Sir, als daß Sie der letzte sind, der im Gespräch mit Mr. Latham gesehen worden ist.«

»Sie glauben doch wohl nicht, daß ich ihn in der Tasche habe, was?« fragte Dr. Martel und nahm den feindseligen Blick Spires zur Kenntnis. »Helfen Sie ihrem Herrn abends nicht beim Auskleiden?«

»Ich wurde gestern abend zeitig beurlaubt. Ich muß gestehen, daß ich nach dem Essen noch lange unten sitzen blieb und allem möglichen Geschwätz zuhörte. Ich ... bin dann dort eingeschlafen«, fügte Spire verzweifelt hinzu.

»So. Allem möglichen Geschwätz haben Sie zugehört«, wiederholte der Arzt höhnisch. »Das müssen hübsche Geschichten gewesen sein. Zillers ist für einen achtbaren englischen Bediensteten auch kein Umgang. Sie sollten sich schämen. Na, und dann?«

»Ich ging nach oben, Sir...«

»Mitten in der Nacht?« half der Arzt ein.

»Es war schon recht spät. Ich...«

Er zögerte bei dieser Erinnerung: Das Erwachen in der dunklen, kalten Küche; die kalte, dunkle Treppe; das Licht, das durch das Schlüsselloch von Mr. Cosmos Zimmer drang; die erste, unklare Ahnung, es sei etwas nicht in Ordnung; das leere Zimmer. Und dann das schlimmste: das nicht benutzte Bett, die fast niedergebrannten Kerzen in den Leuchtern. Er erinnerte sich daran, daß er entsetzt und ungläubig in einen Sessel gesunken und darin bis zum Tagesanbruch in beklagenswerter Geistesverfassung verharrt war.

Ehe er sich zum Sprechen zwingen konnte, überlief den stattlichen Mann ein Zittern.

»Mr. Latham hat seine Taschen leer gemacht, als beabsichtige er, zu Bett zu gehen. Wechselgeld und Schlüssel lagen auf dem Kaminsims. Man könnte denken, er sei entführt worden. Das kann natürlich nicht sein«, fügte er leise und erregt hinzu.

»Wollen Sie damit sagen, daß er ohne Hut gegangen ist?« fragte der Arzt.

»Nein, Sir. Hut und Mantel sind nicht da.« Und auf weitere Fragen des Arztes gestand er, daß er noch mit niemandem im

Hause gesprochen habe, da er nur Lügen zu hören erwarte. Er halte nicht viel von den Dienstleuten dieser Herberge.

»Und daher war ich so frei, mich an Sie zu wenden, Sir. Mr. Latham kann jeden Augenblick zurückkommen, und ich weiß nicht, ob er sich freuen würde zu hören, daß ich mich bereits an die Polizei gewandt habe.«

»Nein, das würde er vielleicht nicht«, stimmte der Arzt nachdenklich zu.

»Ja, eben«, murmelte Spire. »Mr. Cosmo ist ein sehr eigener junger Herr. Er schätzt es nicht, wenn man sich um ihn kümmert.«

»So. Nun, dann warten Sie lieber noch etwas, ehe Sie zur Polizei gehen. Geben wir ihm bis vier Uhr Zeit.«

»Sehr wohl, Sir«, sagte Spire und unterdrückte die Überzeugung, daß nichts schlimmer sein könne als dieses Zuwarten. Der Arzt verabschiedete ihn mit einem Nicken, sagte dann aber noch:

»Wäre es übrigens nicht besser, Sie würden alle Papiere verschließen, die vielleicht herumliegen?«

Dieser Vorschlag fand Spires Beifall.

»Sehr wohl, Sir. Wir haben eine kleine Kassette mit, und ich werde mich sogleich darum kümmern.«

Während dieses Zwiegespräches, das am Fuße der breiten Treppe stattfand, war niemand in die Diele gekommen, nicht einmal der wachsame Cantelucci. Doch der ältliche Leutnant hatte den Kopf gehoben, und seine stumpfen, gleichmütig blickenden Augen folgten dem Arzt durch die Halle und durch die Tür, hinaus in den Sonnenschein auf den Platz. Auf der weitläufigen, gepflasterten Piazza bewegten sich nur sehr wenige Gestalten. Seine Neigungen und zumal seine Berufung hatten den Arzt zu einem nächtlichen Besucher in den Häusern der Großen gemacht. Um diese Tageszeit bestand allerdings ebenso gute Aussicht, ungesehen in den Palast der Greifen einzutreten, wie um die tiefste Nachtstunde. Die Bürger, die Ladner, die österreichische Garnison, die Gendarmen, die *sbirri*, die Spitzel und selbst die Verschwörer gaben sich der mittäglichen Ruhe hin. Sogar die beiden Grauschimmel, die im Schatten vor einem mächtigen, zweirädrigen Karren standen, dösten mit den Mäulern im Futtersack. Hunde schlummerten, ganz an den Schlaf hingegeben, in Toreinfahrten, und einzig die bronzenen Greifen, die auf den schmalen Granitsockeln zu Seiten des Portals vor dem Palast hockten, hatten die gespannt aufmerkende Pose ewiger Wachsamkeit bewahrt. Es waren wirklich zwei schöne Stücke, und der Arzt gönnte ihnen einen anerkennenden Blick, ehe er den leeren Vorplatz überquerte. Er hielt sich für den einzigen wachenden Menschen in einer schlafenden Welt. Er fragte sich, ob er im Palast vorgelassen werden würde. Falls nicht, so gestand er sich ein, würde er nicht wissen, welche Schritte als nächste zu unternehmen seien. Sehr unangenehm. Immerhin trug er als Vorwand für seinen Besuch das für den Marquis bestimmte Memorandum in der Tasche. Draußen und drinnen blieb alles still, doch in dem edel proportionierten Vorzimmer am Ende der marmornen Treppe bot sich ihm ein Anblick, der für die sorglose Art der Italiener bezeichnend war. Auf einer der in Rot und Gold gehaltenen Polsterbänke lag ein Lakai in Hemdsärmeln und aufgeknöpften Kniebändern mit dem Gesicht nach unten und schlief. Der wirrhaarige Kopf ruhte auf dem Unterarm. Ein unnachsichtiger Rippenstoß ließ ihn in die Höhe fahren und sich verängstigt und zugleich wütend umblicken. Dr. Martel war indessen vorbereitet.

»Was ist los mit dir, Freundchen?« sagte er sanft. »Ist vielleicht ein Preis auf deinen Kopf gesetzt?«

Der Mann blieb offenen Mundes und wie gelähmt von dieser spöttischen Frage stehen.

»Hol' den Majordomo«, befahl der Arzt und dachte dabei, daß

ihm kaum je ein Mensch begegnet war, der mehr einem Banditen glich. Während er wartete, ging es ihm durch den Kopf, daß eine Bedientenlivrée eine sehr brauchbare Verkleidung sei. Es fiel ihm auch ein, daß im Hause eines Mannes, der sich solche Leute hielt, alles mögliche vorgehen konnte. Schließlich war man in Italien. Die Grabesstille, die im ganzen Hause herrschte, war zur Stunde der Siesta zwar nichts Ungewöhnliches, machte aber einen unheimlichen Eindruck, der auch durch das Auftreten des öligen Bernard nicht gebessert wurde. Der Arzt, der ihn bei Tageslicht noch nicht gesehen hatte, nahm ihn für einen weiteren Gauner. Als er hörte, daß der Marquis vergangene Nacht sehr krank geworden sei und Bernard ihn keinesfalls anmelden könne, erkundigte er sich, ob dann wenigstens Madame de Montevesso ihn in einer äußerst dringenden Angelegenheit empfangen wolle. Zu seiner großen Erleichterung (denn er hatte sich unablässig den Kopf darüber zerbrochen, wie er ein Gespräch unter vier Augen mit der Gräfin zustande bringen solle) erhob Bernard keine Einwände. Er entfernte sich einfach. Und wieder empfand Dr. Martel die ihn umgebende Stille bedrückend. Er versank in Grübeleien. Dieser Palast, seiner Kunstschätze, seines prächtigen Marmors, seiner Gemälde und Vergoldungen wegen berühmt, war nichts als eine prunkvolle Gruft. Die Eitelkeit der Menschen errichtete diese prächtigen Wohnstätten einzig, um darin mit allen Zeremonien abergläubischer Angst den unabweisbaren Gast zu empfangen, den Tod. Der Hinweis auf menschliche Sterblichkeit, den der schweigende Palazzo darstellte, wirkte recht unangenehm. Die Rückkehr des geschmeidigen Bernard, der ganz in schwarz gekleidet war und wie der aalglatte Hausmeister dieser Gruft aussah, erleichterte ihn. Bernard stand nun vor ihm und sagte leise: »Folgen Sie mir bitte.«

Bernard führte den Arzt in ein verhältnismäßig kleines, ganz helles Boudoir. Im selben Augenblick trat Madame de Montevesso, aus ihrem Schlafzimmer kommend, durch eine andere Tür herein. Dem Arzt war, als sehe er ein Kleid mit Schleppe, besetzt mit Spitzen und Rüschen, und darüber stand das strahlend goldene Haupt. Das Gesicht war bleich. Madame de Montevesso hatte den größten Teil der Nacht wachend bei ihrem Vater verbracht. Der Marquis war zu krank, um zu empfangen.

Der Arzt gab seinem Bedauern hierüber in förmlichen Worten Ausdruck. Dabei nahm er das Memorandum aus der Tasche und bat Madame la Comtesse, es verschlossen aufzubewahren, bis sie Gelegenheit fände, es dem Vater einzuhändigen. Er sei auch im Besitze von Informationen von allergrößtem Interesse für den französischen Hof, könne diese aber einzig dem König von Frankreich selber oder Monsieur Jaucourt mitteilen. Falls der Marquis das Memorandum für wichtig genug erachte, eine Audienz beim König oder dem Minister für ihn zu erwirken, sei er bereit, nach Paris abzureisen.

Diese knappe, sachliche Erklärung rief auf dem bezaubernden Gesicht ein Lächeln – den Anflug eines Lächelns – die Spur eines Lächelns hervor. Er vermochte dem entzückenden Wesen nichts übelzunehmen, fühlte aber gleichwohl den Drang, sich zu erklären.

»Man muß in Paris verstehen, daß ich mit Personen von geringerem Range nicht verhandeln kann. Ich stelle meine Bedingungen. Ich bin kein Mietling. Ihr Vater kennt mich seit Jahren. Monsieur le Marquis und ich sind uns in manchen Teilen Europas begegnet; die Zeiten waren damals andere und gefahrvollere, und wir setzten beide unser Leben aufs Spiel.«

Der Marquis hatte oft mit seiner Tochter von der Vergangenheit gesprochen und dabei auch einen gewissen Agenten Martel erwähnt, einen ganz eigenartigen Menschen. Ihre Neugier war also geweckt, und sie sagte:

»Ich weiß. Ich glaube, er verdankte Ihnen bei einer Gelegenheit sogar sein Leben. Ich begreife die Motive meines Vaters; doch, wenn Sie mir das zu sagen erlauben: die Ihren ...«

»Oh, ich handelte nicht aus Liebe zum Absolutismus! Es ist eigentlich so, daß ich schon sehr früh einsah, wie wenig ich mich zum praktischen Arzt in der Provinz eigne. Ich begab mich ursprünglich ohne bestimmte Absichten auf Reisen, ich wollte nur hier und da ein wenig helfen. Ich kam in Italien an, als die Jakobiner alles umstürzten. Ich hatte auch für sie nicht viel übrig. Menschliches Mitgefühl, die Umstände und so weiter bewirkten das übrige.«

Er sah sie fest an. Dieses tête-à-tête war für ihn ein einzigartiges Erlebnis. Die Gräfin war eine ganz wundervolle Persönlichkeit und dazu eine große Dame. Und doch war sie gleichzeitig so schlicht wie ein Dorfmädchen, ein glorifiziertes Dorfmädchen. Die Heimsuchungen des Lebens im Exil und in der Armut hatten jede Spur von Affektiertheit oder Künstelei getilgt. Dr. Martel versank in Staunen. Welche Macht ging von der gesitteten Schönheit dieses Gesichtes aus, das ihn veranlassen konnte, beim ersten Zusammentreffen mit ihr derart zu sprechen! Und plötzlich drängte sich ihm unabweisbar der Gedanke auf »Ihr Gesicht hat ihr Glück gemacht«, und er stellte sich neben dieser unbefangenen, anmutigen Gestalt den steifen, hölzernen Grafen de Montevesso vor. Die Wirkung war einfach gräßlich, doch die harten, grauen Augen des Arztes verrieten weder sein Entsetzen noch seine Empörung. Er fragte Madame de Montevesso bloß, ob das Memorandum, das sie in der Schublade eines kleinen Schreibtisches verschloß, dort auch sicher sei, und erhielt die Antwort, niemand außer einer vertrauenswürdigen Mulattin, die seit Jahren im Dienste der Gräfin stehe, betrete je dieses Zimmer.

»Ja, jedenfalls soweit Ihnen bekannt ist«, erlaubte der Arzt sich bedeutungsvoll zu sagen. Nach dieser Eröffnung gelang es ihm mühelos, festzustellen, daß Madame de Montevesso über

die Zusammensetzung der Dienerschaft in Unkenntnis war. Sie wußte nicht, wie viele Bedienstete es gab. Sie hatte noch keine Lust verspürt, den Palazzo zu besichtigen. Ausgenommen die Wohnräume und die Suite von Empfangsräumen hatte sie, wie sie etwas überrascht zugab, noch nichts vom Hause gesehen. Es war deutlich, daß sie nichts wußte, nichts argwöhnte und in diesem riesenhaften, prächtigen Bauwerk gelebt hatte wie ein verirrtes Kind im Walde. Dem Arzt ging der Gesprächsstoff aus, doch fiel ihm ein zu fragen, ob sie sich der Gesundheit ihres Vaters wegen große Sorgen mache. Nein, Madame de Montevesso machte sich keine übermäßige Sorge. Es scheine ihm heute besser zu gehen. Dr. Martel zeigte sich sehr zufrieden. Nun kam ihm eine Eingebung, und er sagte, er werde diese gute Neuigkeit mit Vergnügen Mr. Latham mitteilen, den er des Abends zu sehen hoffe.
Madame de Montevesso war beim Klange dieses Namens überrascht zusammengefahren. »Ach ... Sie haben Mr. Latham kennengelernt...«, stammelte sie.
»Nun, das war reiner Zufall. Wir wohnen in der selben Herberge. Er sitzt an meinem Tisch. Ein sehr reizender junger Mann.«
Madame de Montevesso gab sich nun nicht mehr den Anschein, als erwarte sie, ihr Besucher werde sich sogleich verabschieden. Der Arzt hatte gerade noch Zeit, diese Veränderung zur Kenntnis zu nehmen, da wurde er bereits ohne alle Umstände befragt:
»Hat Mr. Latham Ihnen erzählt, daß er mit uns befreundet ist?«
Er erwiderte ausweichend, er wisse kaum etwas über Mr. Latham, eben nur das, was er mit eigenen Augen sehen könne – also daß Mr. Latham weit über jenen Modejünglingen stehe, die seit Kriegsende von England kommend das Festland bereisten. Diese junge Generation komme ihm krude vor, er finde sie gänzlich uninteressant. Mr. Latham allerdings sei ein ganz

anderer Fall. Es habe sich da übrigens eine Situation ergeben, die es wünschenswert erscheinen lasse, etwas mehr über seine Angelegenheiten zu erfahren.

»Wünschenswert?« wiederholte Madame de Montevesso flüsternd.

»Ja. Vorteilhaft...«

Die Betonung, die er diesem Wort gab, vergrößerte Madame de Montevessos Verwirrung noch.

»Ich verstehe nicht ganz. In welcher Weise? Vorteilhaft für Sie – oder vorteilhaft für Mr. Latham?«

»Sehen Sie«, begann der Arzt zögernd, »unsere Bekanntschaft war zwar nur von kurzer Dauer, aber er hat mein Interesse geweckt. Mich zu kennen, ist für Italienreisende sehr nützlich.«

Madame de Montevesso sank in eine Bergère und deutete gleichzeitig auf einen ihr gegenüberstehenden Sessel. Der Arzt dankte mit einer kleinen Verbeugung, zog es aber vor, sich im Stehen auf die hohe Lehne des Sessels zu stützen. Fünf Minuten später wußte Adèle alles, was Dr. Martel über das Verschwinden Cosmos bekannt war. Sie saß nun stumm mit gesenktem Kopf und niedergeschlagenen Augen da. Dem Arzt wurde schon unbehaglich zumute, doch da begann sie zu sprechen, wenn auch ohne aufzublicken. »Und das also ist der eigentliche Beweggrund für Ihren Besuch hier!«

Der resignierte Ton, in dem diese Worte gesprochen wurden, rührte ihn. Das mochte ein Versuch sein, unbeteiligt zu scheinen, doch war die Gräfin innerhalb von Augenblicken sichtlich von allen Lebensgeistern verlassen worden.

»Nun ja...«, sagte er, »im ersten Augenblick ist mir nichts anderes eingefallen ... es ist jemand nebenan, darf ich die Tür schließen?«

»Das ist nur mein Mädchen«, sagte Madame de Montevesso. »Sie kann von dort nichts verstehen.«

»Nun, so lassen wir die Tür lieber, wie sie ist. Es ist das Beste, jeden Anschein von Heimlichkeit zu vermeiden.« Der Arzt dachte dabei an den Grafen Helion, doch Madame de Montevesso ließ sich nichts anmerken. Dr. Martel dämpfte die Stimme noch mehr.

»Ich wollte Sie fragen, ob Sie ihn gestern, das heißt gestern Abend, gesehen haben. Nein? Es kann aber sein, daß er gekommen ist, und man hat es Ihnen nicht gesagt.«

Sie gab zu, daß dies möglich sei. Besucher waren wegen der Krankheit ihres Vaters an der Tür abgewiesen worden. Am Abend hatte kein Empfang stattgefunden. Mr. Latham hätte jedoch ersucht, zu ihr geführt zu werden, und das hätte man ihr denn wohl doch gesagt. Der Arzt gab zu bedenken, Mr. Latham habe sich vielleicht dem Grafen melden lassen. Madame de Montevesso hatte ihren Gatten abends zuvor flüchtig im Schlafgemach des Marquis angetroffen, heute jedoch überhaupt noch nicht zu Gesicht bekommen. Er mochte sehr wohl eine Tagesreise aufs Land angetreten haben. »Im übrigen weiß ich so gut wie nichts von seinen Angelegenheiten«, sagte sie mit etwas weniger dumpfer Stimme.

Sie konnte dem Arzt nicht gut erklären, daß sie wie eine Fremde in diesem Hause lebte, wie ein unfreiwilliger Gast bei einem böswilligen Gastgeber, dessen Beweggründen man notgedrungen mißtraut. Sie verbrachte, der Abrede gemäß, einen bestimmten Teil des Jahres in Graf de Montevessos Landhaus, im übrigen wußte sie von seiner Lebensführung nichts. Aus welchen Gründen er hier in Genua war, ahnte sie nicht, konnte es auch gar nicht ahnen. Sie spürte nur, daß sie seinem Drängen nicht hätte nachgeben und diesen gemieteten Palazzo nicht hätte beziehen dürfen. Dann aber hätte sie den Vater nicht nach Genua begleiten können. Und der wiederum vermochte ohne sie nicht zurechtzukommen. Im Grunde war es doch nur eine Kleinigkeit. Ihr kam der schreckliche Gedanke, daß sie, ganz ohne es zu ahnen, einen fatalen Schritt unternommen hatte.

Der Arzt, der sich ein recht genaues Bild vom Zustand der Dinge machen konnte, beeilte sich zu sagen: »Ich weiß übrigens nicht, ob die Sache von Bedeutung ist. Wie ich höre, hat Mr. Latham gestern den ganzen Tag Briefe geschrieben. Falls er mit einer bestimmten Absicht nach Italien gekommen sein sollte«, fuhr er fort, und es klang, als spreche er mit sich selber, »könnte man ...« Und scharf: »Sie können mir darüber wohl nichts sagen, wie?«

»Ich habe ihn vorgestern zum ersten Mal seit zehn Jahren gesehen.« Madame de Montevesso blickte den Arzt angstvoll an. »Wir verbrachten unsere Kindheit miteinander in Yorkshire. Wir sprachen von den alten Tagen. Nur von den alten Tagen«, wiederholte sie.

»Nun ja – das ist begreiflich«, murmelte der Arzt. Er vermerkte bei sich, daß man nach einem Gespräch über die alten Tage nicht einfach so verschwinde, und sagte laut: »Ich nehme doch an, Mr. Latham hat die Bekanntschaft des Grafen de Montevesso gemacht?«

»Gewiß.«

»Ich nehme weiter an, daß die Herren Gelegenheit zu einer Unterhaltung hatten?«

»Ich glaube nicht, daß Cosmo – Mr. Latham, dem Grafen vertrauliche Mitteilungen gemacht hat.« Bei diesen Worten sah Adèle den Arzt fest an.

Er fragte sich gerade, ob sie vielleicht seine Gedanken lesen könne, da stand sie auf und schritt ohne Hast und mit so anmutigen Bewegungen zum Fenster, daß Dr. Martels Bewunderung neuerlich geweckt wurde. Er konnte ihr nicht sagen, was er insgeheim befürchtete. Er betrachtete die Gestalt am Fenster unentschlossen, und sie wurde ihm dabei in ihrer Unbeweglichkeit immer rätselhafter. Und etwas wie ein ehrfürchtiger Schrecken befiel ihn, als er unerwartet die Worte vernahm: »Argwöhnen Sie ein Verbrechen?«

Dr. Martel konnte nicht ahnen, welche Anstrengung es sie kostete, diese wenigen Worte hervorzubringen. Es war die lähmende Kraft des Schreckens, die es Adèle de Montevesso ermöglichte, so gefaßt zu erscheinen, und es war die menschliche Haltung des Arztes, die ihm seine Antwort vorschrieb.
»Ich befürchte eher eine Unvorsichtigkeit«, gab er leichthin zurück. In jenem Augenblick hegte er Cosmos Verschwinden wegen die allerschlimmsten Befürchtungen, denn er war überzeugt, daß vierundzwanzig Stunden hinreichten, einen Mordanschlag zu planen und auszuführen. »Die Schwierigkeit liegt darin, den Anlaß für sein Verschwinden herauszubekommen, das Motiv dafür zu finden ...«
Madame de Montevesso fuhr fort aus dem Fenster zu blicken, als sei sie in die Betrachtung einer weitläufigen Landschaft verloren. »Und Sie sind gekommen, hier danach zu suchen«, sagte sie.
»Ich glaube nicht, daß ich mich dafür entschuldigen muß«, wehrte er sich mit der gereizten Bewegung eines Mannes, dem man eine unangenehme Wahrheit gesagt hat. »Ich hätte mich ja auch um meine eigenen Angelegenheiten kümmern können, die für eine Reihe von Menschen wichtig genug sind. Ich hatte Mr. Latham geraten, sich aus Genua zu entfernen, da er augenscheinlich keinen Anlaß hatte, zu bleiben und mit der Idee zu spielen schien, nach Elba zu fahren. Ich schlug ihm Leghorn als den besten Ausgangspunkt für diese Reise vor.«
Es war unmöglich zu sagen, ob die Frau am Fenster ihm zuhörte oder nicht. Sie regte sich nicht, sie schien seine Anwesenheit vergessen zu haben. Diese Reglosigkeit mochte aber auch von einer außerordentlichen Konzentration herrühren. Er entschloß sich, weiterzusprechen.
»Er war in Gedanken augenscheinlich sehr mit Napoleon beschäftigt. Das schien mir überhaupt am Grunde seiner Reiselust zu liegen.« Er verstummte.

»Ich glaube, daß Mr. Latham nach Genua einzig gekommen ist, um uns aufzusuchen.« Madame de Montevesso hatte sich umgewandt und schritt nun wieder zur Bergère. Sie war ungemein blaß. »Ich meine damit meinen Vater und mich«, erläuterte sie. »Er machte mir vorgestern am Vormittag einen Besuch. Ich lud ihn bei dieser Gelegenheit zu unserem abendlichen Empfang ein. Er blieb noch, als die übrigen Gäste gingen, weil ich ihn dazu aufgefordert hatte, doch mein Vater bedurfte meiner, und ich mußte Mr. Latham mit Monsieur de Montevesso allein lassen.«

Der Arzt unterbrach sie milde: »Das ist mir bekannt, Madame. Ich war im Palazzo beim Marquis, war in seinem Zimmer, als er Ihren Gatten bitten ließ.«

»Das habe ich ganz vergessen«, gestand Madame de Montevesso schlicht. »Aber Mr. Latham ist heil und sicher in seiner Herberge angelangt.«

»Jawohl. Er hat am Tage darauf, also gestern, bis in den späten Abend hinein Briefe geschrieben und scheint bei dieser Beschäftigung weggezaubert worden zu sein. Doch kann man einen Mann wie Mr. Latham nicht mit Gewalt aus seinem Zimmer verschwinden lassen. Ich riet seinem Diener, noch bis vier Uhr auf ihn zu warten und kam gleich her.«

»Bis vier Uhr«, flüsterte Madame de Montevesso.

Dr. Martel, der sich rätselhaften Vorfällen gegenüber einer besonderen Hellsichtigkeit rühmen durfte, zeigte sich in diesem Fall ebenso ratlos wie der unbeholfenste Sterbliche.

»Ich weiß nicht recht. Es scheint mir doch, daß ein Mensch, der Hut und Mantel anlegt, ehe er so einfach verschwindet, gewiß die Absicht hat, zurückzukommen. Ich finde, man sollte ihm die Möglichkeit dazu geben. Er hat auch all sein Geld zurückgelassen, sogar das Kleingeld.«

Daß sie an diesem Mann eine so tiefe Ratlosigkeit gewahren mußte, verursachte Adèle geradezu körperliche Pein. Sie erhob

sich jäh von der Bergère und trat in die Mitte des Zimmers. Der Arzt ließ die Lehne des Sessels fahren und wandte sich ihr zu.
»Ich bin entsetzt«, murmelte sie.
Dies kam so heraus, als sei es ihr auf der Folter abgerungen worden. Es bewegte den Arzt mehr als alles, was er in Jahren gehört hatte. Er dämpfte die Stimme zu einem beschwichtigenden Murmeln.
»Ich nehme allen Ernstes an, Madame, daß ich heute Morgen davon erfahren hätte, wenn über Nacht in der Stadt ein Mord begangen worden wäre. Meine Herberge ist ganz der Ort, wo solche Neuigkeiten besprochen werden. Ich werde jetzt zurückgehen und noch einmal seinen Diener befragen. Vielleicht kann der uns doch einen kleinen Anhaltspunkt geben.«
Ihr gesammelter, verzweifelter Blick war nicht zu ertragen, ließ ihn aber auch nicht von der Stelle weichen. Es war nicht leicht, eine Frau in dieser Gemütsverfassung allein zu lassen. Er hörte jetzt Stimmen vor der Tür, einen Wortwechsel. Er verbeugte sich eilig, und Madame de Montevesso, die hinter ihm her ging, flüsterte drängend: »Ja, einen kleinen Anhaltspunkt! Und lassen Sie's mich wissen. Ich werde erst wieder frei atmen können, wenn ich was gehört habe.«
Ihr erhobener Arm sank herunter, gleich darauf wurde die Türe aufgestoßen, und man hörte Bernard förmlich-kühl melden: »Signorina Clelia.«
Dr. Martel wandte die Augen von Madame de Montevesso und sah das »kleine Biest« auf der Schwelle stehen, augenscheinlich sehr bestürzt über dieses unerwartete Zusammentreffen. Er vermutete, daß sie eine günstige Gelegenheit ergriffen hatte und der alten Frau entwischt war. Sie hatte nicht einmal Zeit gefunden, Strümpfe anzuziehen, was man dank der Kürze des dunklen Unterrockes sehen konnte, der zusammen mit einer weißen Jacke ihr Kostüm darstellte. Sie hatte es fertiggebracht, ein Paar ausgetretener Pantoffeln überzustreifen, und das lok-

kere Haar, mit einem blauen Band im Nacken zusammengehalten, sah geradezu unpassend adrett aus. Ihr Auftreten war beunruhigend und unerklärlich. Dr. Martel kniff im Vorbeigehen die Lippen zusammen und starrte sie wild an, in der Hoffnung, sie so zu ängstigen, daß sie sich anständig benehme. Dieser Demonstration begegnete sie mit dem rundäugigen Ausdruck blöden Staunens. Gleich darauf sah er sich allein im Korridor mit Bernard, der die Tür lautlos geschlossen und sich mit dem Rücken gegen sie gestellt hatte. Der gereizte Arzt musterte ihn kühl von Kopf bis Fuß. »Seit wann haben Sie sich angewöhnt, an der Tür Ihrer Herrin zu horchen, guter Freund?« fragte er mit bedrohlicher Vertraulichkeit.

Das schlichte Faktotum der Londoner Tage, der liebeskranke Anbeter der Mulattenmaid gehörte der Vergangenheit an. Dr. Martel sah sich einem ruhigen, gelassenen, sehr erfahrenen Diener gegenüber, der zur Fettleibigkeit neigte, was in dem gut passenden Anzug aber durchaus ehrbar wirkte. Er zuckte vor dieser Frage nicht zurück, ließ sich mit der Antwort aber Zeit. Schließlich sagte er so recht behaglich:

»Schon seit vielen Jahren. Beinahe mein Leben lang.« Der Ton war darauf abgestellt, den Arzt zu verblüffen. Bernard nutzte das Schweigen seines Gegenübers dazu, selber eine Pause zu machen, ehe er ganz sachlich fortfuhr: »Sollte ich die Signorina denn unangemeldet zur Gräfin hineinstürzen lassen, während sie von Ihnen Besuch hatte? Ich habe versucht, sie wegzuschikken, aber sie denkt sich nichts dabei, das ganze Haus zusammenzuschreien. Ich hielt sie zurück, solange das ratsam war...« Er hob die Hand und bedeutete Dr. Martel zu schweigen, während er selber würdevoll und gewissenhaft sein großes Ohr an die Tür legte. Als er sich dann wieder aufrichtete, hatte er augenscheinlich nicht die Absicht, sich weiter um den Arzt zu kümmern, sondern starrte mit der Miene unübertrefflicher Rechtschaffenheit vor sich hin.

»Machen Sie das immer so?« fragte der erstaunte Dr. Martel, eher neugierig als entrüstet. »Angenommen, ich verriete Sie«, setzte er mit einem Blick auf die Tür hinzu. »Angenommen, jemand anders machte Ihr Verhalten bekannt...«
»Man würde Ihnen dafür keinen Dank wissen«, war die unerwartete Antwort.
»Man würde mir nicht glauben, – eh? Nun ich gebe zu, daß ich meinen eigenen Augen kaum geglaubt habe.«
»Oh, glauben würde man Ihnen schon«, war die bereitwillige, doch kühle Auskunft. Bernards Vertrauen in die Gewitztheit seines Gesprächspartners wurde nicht enttäuscht.
»Wollen Sie damit sagen, daß man Ihnen bereits auf die Schliche gekommen ist?« sagte Dr. Martel in verändertem Ton. »Donnerwetter! Nun, man hat schon seltsamere Dinge erlebt. In wessen Diensten sind Sie denn ergraut?«
»Stets in den Diensten von Madame la Comtesse«, sagte der in Ehren ergraute Diener, ohne den Arzt anzusehen, der diese Behauptung nach einigem Überlegen für bare Münze nahm.
»Ich wohne in der Herberge von Cantelucci«, sagte er dann in seinem gewöhnlichen Ton, »und werde Sie dort mit Vergnügen jederzeit vorlassen, falls Sie mir etwas zu berichten haben, insbesondere über Mr. Latham.« Da Bernard auf diese Einladung überhaupt nicht reagierte, setzte Mr. Martel hinzu: »Sie haben mich doch verstanden?«
»Oh, ja, ich habe Sie verstanden.« Die Antwort kam kalt von den Lippen des achtbaren Dieners, der kein Wort mehr sagte, während er den Arzt pflichtschuldigst bis an den Fuß der breiten Treppe geleitete. Auf halber Höhe der Treppe umklammerte eine kleine, gebeugte, schwarz gekleidete Greisin das Geländer, augenscheinlich im Abstieg begriffen, während eine zweite, hochgewachsene alte Frau sich angstvoll auf dem Treppenabsatz umherdrückte. Bernards entrüstetes »Fort mit Euch, weg mit Euch!« klang unwiderstehlich und selbstbewußt. Dr. Martel

bezweifelte nicht, daß Bernard die Greisinnen damit in ihr Schlupfloch scheuchte, doch blieb er nicht stehen, um dabei zuzusehen.
Bernard erstieg die Treppe bis zum nächst höheren Absatz und sah den gespenstischen Erscheinungen nach, die sich durch den langen, schwach erhellten Korridor zurückzogen. Sie fürchteten sich sehr vor diesem Mann mit der schwarzen Kleidung und dem priesterlichen Aussehen. Eine der beiden faßte sich indessen ein Herz und kreischte mit schriller, brüchiger Stimme: »Wo ist das Kind? Das Kind! Wir suchen es!«
»Warum nehmt ihr sie nicht mit zurück in euer Dorf und haltet sie da fest!« rief er streng. »Ich habe sie gesehen. Sie wird schon nicht verloren gehen.«
In der Ferne knallte eine Tür. Die Greisinnen waren verschwunden, als habe seine Stimme sie fortgeweht. »Ach, wenn sie nur verloren ginge«, murmelte Bernard vor sich hin, während er die Treppe weiter und weiter hinaufstieg, bis er schließlich einen wahren Dschungel von Dachkammern erreichte, wo vor Zeiten zahllose Diener und Hausleute gewohnt hatten. Das Zimmer, das er betrat, war niedrig und dunkel, die Wände unverputzt, der Fußboden nackt. Sein Weib Aglae saß auf der Bettkante, die Hände im Schoß, die Augen gesenkt, und sah bei seinem Eintreten nicht auf. Er blickte sie ernst und freundlich an, ehe er neben ihr Platz nahm. Auch jetzt rührte sie sich noch nicht. Er nahm ihre stumme Reglosigkeit als etwas Selbstverständliches hin. Sein Gesicht, das nie sehr beweglich gewesen war, hatte im Laufe der Zeit den Ausdruck leerer Würde angenommen. Das war das Werk der Jahre, jener Ehejahre, die in der lebhafteren Aglae auch die letzten Reste von Keckheit zermalmt hatten. Als sie ihm zuflüsterte: »Bernard, diese Sache tötet mich jeden Tag ein kleines bißchen mehr«, veranlaßte ihn das, seiner Frau den Arm um die Hüfte zu legen. Dabei stellte er, wie immer in solchen Augenblicken, fest, daß

sie sehr dünn geworden war. Von allen Heimsuchungen eines Lebens, das ihn um die verheißene unaufhörliche Seligkeit betrogen hatte, traf ihn am schwersten der Verlust jener Molligkeit, die er vor Jahren so geschätzt hatte. Damit schien die Klage, die er nun mehr als einmal gehört hatte, eine irgendwie gräßliche Realität zu gewinnen, eine schauerliche Angemessenheit ... jeden Tag ... ein kleines bißchen mehr ...

Er zog seinen Arm weg und stand auf.

»Ich dachte mir, daß ich dich hier finden würde«, sagte er im gleichmütigen Ton des Ehemannes. »Der Mann ist nun fortgegangen.«

Die Dienerin der Madame de Montevesso riß sich schwer aufseufzend aus ihrer Niedergeschlagenheit, nur um sogleich ihrer Angst zum Opfer zu fallen.

»Oh, Bernard, was hat der Mann von Miß Adèle gewollt?« Bernard wußte genug, um zu mutmaßen, daß der Engländer Papiere oder eine Botschaft für den Marquis bei Madame de Montevesso hinterlegt hatte.

TEIL IV

I

Es kam Cosmo so vor, als sei er bereits nach ganz kurzer Zeit unter den Kolonnaden angelangt, welche die an den Berg gebaute Stadt vom flachen Uferstreifen trennten. Über der dunkel glänzenden Oberfläche des Wassers und dem langen, landwärts gekrümmten Bogen der Kais herrschte tiefe Stille. Diese Stille, die ihn von allen Seiten einschloß, durch die er, an den Masten der dichtgedrängt liegenden Küstenschiffe vorbei den nächtlichen Horizont über der offenen See erblicken konnte, verminderte das absurde Gefühl, in den eigenen Körper mit seinem unerträglichen Beben und Schaudern und seinen sonstigen gebieterischen Forderungen förmlich eingekerkert zu sein. Das war alles bloß Schwäche. Sein Verlangen, den Turm zu ersteigen, die Überzeugung, es lasse sich allein dort oben die gänzliche Befreiung seiner eingeschlossenen Seele bewerkstelligen, blieben gleichwohl unverändert stark.

Das einzige Licht, das er an Land sehen konnte, fiel als matter Schimmer aus der Tür jenes Wachlokals, an welchem er am ersten Abend in Genua auf dem Rückweg vom Turm vorbeigekommen war. Cosmo hatte keine Lust, an dem österreichischen Posten bei der Wassertreppe vorüberzugehen und folgte daher nicht dem Kai, sondern hielt sich in der Kolonnade hinter der Wachstube. Als er das Ende der Kolonnade erreichte, bot sich ihm über Ödland hinweg, das sich bis zu den Felsblöcken am Wasser dehnte, der Anblick des gedrungenen Turmes. Er ging darauf los, wie ein Mensch, der von einer fixen Idee besessen ist. Als er an die eisenbeschlagene Tür kam, fand er sie unbeweglich. Verschlossen! Wie dumm! Als ob jemand

die schweren Schiffskanonen da oben stehlen könnte! Enttäuscht lehnte er sich in den tiefen Torbogen und verharrte da, wie man es eben tut, wenn man sich nicht damit abfinden will, daß eine Tür verschlossen, eine Lage aussichtslos ist.
Die abergläubische Stimmung hatte ihn verlassen. Ein altes Bild war ein altes Bild; und vermutlich ähnelte das Gesicht jener edlen Heiligen, die von einem alten Tryptichon abgemalt war, dem der Madame de Montevesso überhaupt nicht. Schlimmstenfalls war da eine Spur von einer Ähnlichkeit, dem Kopisten zuzuschreiben und daher ohne Bedeutung. Ein Kopist ist kein inspirierter Mensch, kein prophetischer Seher. Er betrachtete den Cosmo der Morgenstunden, den Cosmo des Tages, den Cosmo, der wie ein erschrecktes Kind vor einer vermutlich nicht einmal vorhandenen Ähnlichkeit davonlief, kritisch, ja, beinahe ironisch. Was machte er überhaupt hier? Er hätte sich lieber nach dem Weg zu den städtischen Gärten erkundigen sollen. Wie er da so im finsteren Torbogen des Turmes lungerte, den Kragen seines blauen Mantels hochgeschlagen, sah er verdächtig genug aus, glich er förmlich einem Meuchelmörder, der im Hinterhalt auf sein Opfer lauert, einem Verschwörer, der sich vor den Häschern des Tyrannen verbirgt. »Ich mache mich wirklich lächerlich«, dachte er. »Ich will lieber auf dem schnellsten Wege zurückgehen.« So lautete sein jäher Entschluß, doch er befolgte ihn nicht. Er merkte, daß er keine Lust hatte, sich in sein leeres Zimmer zu setzen. Sollte er etwa schon wieder den Kopf verlieren? fragte er sich verächtlich ... in diesem Augenblick vernahm er ganz deutlich ein Flüstern, wie durch eine Wand, wie von oben oder auch von unten. Er hielt den Atem an. Das geschwätzige Flüstern ging unablässig weiter. Als es aufhörte, sagte eine andere Stimme ebenso leise, doch tiefer und deutlicher: »Es ist schon über die Zeit.«
Ha! Flüsternde Stimmen in der Luft, Laute, die körperlos umherirrten, so geheimnisvoll als kämen sie hundert Meilen weit

her, denn er hatte weder Schritte noch Rascheln noch sonst ein Geräusch vernommen. Nichts als die beiden Stimmen. Die waren so gespenstisch körperlos und unglaubhaft, daß er sich Bezeichnungen für sie ausdenken mußte: der Reizbare und der Mürrische. Sie waren ganz nahe, er wußte aber nicht: waren sie rechts oder links von dem Torbogen, in dem er sich verbarg? Denn jetzt war kein Zweifel mehr – er verbarg sich. Ihm war eingefallen, daß er seine Pistolen zu Hause auf dem Nachttisch vergessen hatte. Er rechnete mit Bestimmtheit darauf, die Stimmen neuerlich zu vernehmen. Er schien eine Ewigkeit warten zu müssen, bis sich der redselige Reizbare wieder vernehmen ließ, worauf dann zuverlässig die tiefe Stimme folgte, die diesmal einzig einen unverständlichen Grunzlaut von sich gab. Das unerfreuliche Bewußtsein, im Notfalle keine Waffe zur Verteidigung bei der Hand zu haben, hinderte Cosmo daran, den Schutz des Torbogens zu verlassen. Zwei Männer, der Reizbare und der Mürrische, waren keinen Meter von ihm entfernt. Cosmo erinnerte sich jetzt daran, daß der Turm auch von der Seeseite her zugänglich war, und er nahm daher an, die beiden seien mit einem Boot gekommen und hätten sich barfuß, verstohlen und zweifellos bereit, das Messer zu gebrauchen, an den Turm herangeschlichen. Vermutlich Schmuggler. Daß diese ihr Gewerbe keine dreihundert Meter vom Wachlokal und seinem Posten entfernt betrieben, überraschte ihn nicht besonders. Die Posten waren österreichische Soldaten, unvertraut mit den örtlichen Verhältnissen und gewiß nicht von dem Verlangen erfüllt, den Schmuggel zu unterbinden. Aber warum machten sich die beiden Männer dann nicht ans Werk? Die Luft war rein. Vielleicht waren sie aber auch schon weg? Es kam ihm vor, als stehe er bereits eine gute Stunde wie angenagelt an dieser Tür, doch in Wahrheit waren es erst zehn Minuten. Cosmo, der nicht die Absicht hatte, ein Opfer irregeführter Messerstecher zu werden, wollte sich gerade mit einem Sprung in Richtung Wachlokal entfernen, als er die mürrische, doch behutsam gedämpfte Stimme ganz nahe dem Torbogen sagen hörte: »Wo ist der Tropf nur hingegangen? Gerade eben noch dachte ich, er kommt. Hast du nicht auch Schritte gehört, als wir an Land gingen?«

Cosmo ließ den schon angehobenen Fuß wieder sinken. Von dem endlosen Geschwätz des Reizbaren konnte er nicht ein Wort verstehen. Cosmo stellte sich ihn klein und dick vor. Der Andere, den Cosmo sich mager und groß dachte, sagte: »Warum?« Darauf zischte der Reizbare: »Um sich zu verabschieden.« »Der Teufel soll die Weiber holen«, bemerkte darauf die mürrische Stimme gleichmütig. Der Reizbare, dessen Flüstern nun zu einem halb erstickten Keuchen angeschwollen war, sagte gefühlvoll: »Er sieht sie vielleicht nie wieder.«

Es war klar, daß die beiden nicht im Traum daran dachten, es könne außer ihnen um diese Nachtstunde an diesem Teil des Strandes jemand zugegen sein. ›Die werden sich schön erschrecken, wenn ich losrenne‹, dachte Cosmo, zog den Mantel aus und legte ihn über den linken Unterarm. Kam es zu einem Handgemenge, so konnte er ihn immer noch fallen lassen. Er glaubte aber nicht im Ernst, daß er gezwungen sein könnte, sich mit den Fäusten zu wehren. Cosmo sprang aus dem Torbogen mit einem Satz hervor, der ihn weit genug vom Turm entfernte, kam auf die Füße und machte blitzschnell kehrt. Er hörte etwas wie einen Ausruf, sah aber niemanden. Sie waren ausgerissen! Er hätte gelacht, wäre er nicht selber erschrocken, denn irgendwo hinter ihm knallte in diesem Augenblick eine Muskete, und nichts zerreißt die Stille der Nacht so brutal wie ein Schuß. Gleich darauf, wie auf ein Signal hin, vernahm er Gebrüll, Warnungsrufe und anfeuernde Schreie, kurzum einen Heidenlärm, der ihn auf den Gedanken brachte, eine Menschenmenge verfolge da einen tollwütigen Hund. Er schritt auf die Kolonnade zu, denn er wünschte, sich von diesem Tumult fernzuhalten, da zeigte ihm das Mündungsfeuer einer Muskete den seitlich geneigten Kopf mit dem Tschako und die weißen Schultergurte eines österreichischen Soldaten, der aufrecht mitten in der Landschaft stand. Cosmo blieb stehen, wandte sich dann nach links, bewegte sich behutsam weiter und starrte in die Dunkelheit. Das Gebrüll hatte sich mehr und mehr landeinwärts verzogen, dorthin, wo, wie er sich erinnerte, mehrere ärmliche Häuser sich im Schutze der Klippen zusammendrängten. Er vermochte nicht zu glauben, daß der Schuß ihm gegolten haben könne, bis ein weiterer Blitz, ein Knall und eine an seiner Hand vorüberflitzende Kugel ihn eines Besseren belehrten. Einzig von dem Wunsch geleitet, aus der Schußlinie zu kommen, beugte er sich vor und rannte blindlings in die Gegend, bis er mit der Schulter gegen ein Hindernis stieß, das sehr hart und absolut unnachgiebig war.

Er streckte die Hand aus und stellte fest, daß es rauher, kalter Stein war, ein enormer, rechteckiger Steinklotz, wie man sie zur Errichtung von Wellenbrechern benutzt. Es lagen noch mehrere solche Blöcke da herum, und sie sahen aus wie ein Miniaturdorf in einer Miniaturlandschaft. Er kroch zwischen diese Blöcke, breitete den Mantel aus und setzte sich mit dem Rücken gegen einen der Steine. Er staunte über das ganz wunderbare Sehvermögen des verflixten Soldaten, denn er ahnte nicht, daß sein dunkler Umriß sich gegen den sternenhellen Nachthimmel abgehoben hatte. »Hat er mich doch beinahe erwischt«, dachte er. Bei der Vorstellung, eine Musketenkugel könne seinen Körper durchlöchern, schrak er angeekelt zurück und beschloß, zu bleiben, wo er war, bis die ihm unverständliche Aufregung sich gelegt haben und jene Bestie mit dem wunderbaren Sehvermögen heimgegangen sein würde. Dann erst würde die Luft wohl wieder rein sein. Er wollte sich ruhig Zeit lassen.

Die Stille ringsum dauerte fort, sie festigte im Laufe der Zeit immer mehr die Überzeugung, alles sei vorüber, eine Überzeugung stark genug, selbst den Ängstlichsten zu beschämen. Warum nur erfüllte ihn der Gedanke, in sein Zimmer zurückzukehren, mit solchem Widerwillen? Was war schon ein Zimmer in einer Herberge, oder überhaupt in einem Haus? Ein kleines Stück Raum, mit Ziegeln abgeteilt, wo unzählige Individuen mit ihren guten oder bösen Gedanken gewesen waren, mit ihren Versuchungen, Ängsten, mit allen möglichen Sorgen, und das sie verlassen hatten, ohne daß etwas zurückgeblieben wäre. Dieser Gedankengang führte ihn zu der Überlegung, daß der Mensch seinen Kummer nicht loswerden kann ... nie ... nie ... »Es hat gar keinen Zweck, das zu versuchen«, dachte er verzweifelt. Warum nach Livorno reisen? Warum nach Hause fahren? Die Entfernung verlängern, hieße doch nur, die Kette verlängern. Was konnte es nützen, den Anblick zu meiden? ... »Und sollte ich morgen blind werden, so würde das doch nichts ändern.« Er vergaß, wo er sich befand, bis die überzeugende Stille um ihn her unter einem schwachen, fernen Schrei zersplitterte, der ihm seine Lage wieder zum Bewußtsein brachte. Gleich darauf verstärkte sich das Gebrüll, es war noch fern, aber doch schon näher. Dieser Vorgang machte seiner Beschäftigung mit sich selber ein Ende und ließ seine Phantasie einen anderen Weg einschlagen. Die Menschenjagd war also noch nicht vorbei! Der Gejagte war aus seinem Schlupfwinkel hervorgekommen und hatte die Richtung zum Turm eingeschlagen. Cosmo stellte sich den Gejagten langbeinig, hager und behende vor, einzig weil er wünschte, jener möge entkommen. Er fragte sich, ob der Soldat mit den guten Augen ihm eines aufbrennen würde? Doch kein Schuß zerriß die Stille, die auf das ferne Gebrüll gefolgt war. Sollte er entkommen sein? Wenigstens für jetzt? Gut möglich, daß er jemanden erstochen hatte und ... beim Himmel! Hier kam er!

Cosmo hatte das schwache Geräusch laufender Füße auf dem festgetretenen Boden vernommen. Und noch ehe er ganz davon überzeugt war, daß es nicht trog, verstummte das Geräusch, ein massiger Gegenstand kam durch die Luft geflogen und fiel so dicht neben Cosmo nieder, daß dieser instinktiv die Beine anzog und überhaupt sehr zusammenschreckte; dabei verlor er seinen Hut. Er sah jetzt keine Armlänge entfernt den Rücken eines Mannes. Ohne Zweifel war dieser Mann mit einem Satz über die Blöcke gesprungen und auf den Absätzen gelandet. Cosmo erwartete, daß der Mann sich hochschnellen und verschwinden würde, doch streckte er bloß den Arm nach Cosmos Hut aus, der zu ihm hinrollte, und drehte sich gleichzeitig auf den Zehen herum, ohne seine hockende Haltung aufzugeben.

»Wenn der ein Messer bei sich hat«, dachte Cosmo, »dann sticht er mich jetzt ab.« Er blieb also reglos sitzen und flüsterte nur hastig: »Laufen Sie zum Turm, Ihre Freunde erwarten Sie dort.« Das war eine Eingebung. Der Mann erhob sich nicht, sondern warf sich der Länge nach hin, stützte die Ellenbogen auf und brachte sein Gesicht nahe an Cosmos Gesicht. Die weißen Augäpfel schienen aus dem Kopf zu quellen. So verblieben sie schweigend mehrere Sekunden hindurch.

»So. Meine Freunde. Aber wer sind Sie?« murmelte der Mann. Und dann erkannten sie einander im selben Augenblick. Cosmo sagte nichts als »Hallo!«, während der Mann sich zu Boden sinken ließ und ganz überwältigt sagte: »Mein Engländer!«

»Es waren zwei«, sagte Cosmo.

»Zwei? Haben sie Sie gesehen?«

Cosmo versicherte ihm, daß er nicht gesehen worden sei. Der Andere, den dieses überraschende Zusammentreffen nicht nur verblüffte, sondern auch etwas argwöhnisch stimmte, fragte: »Was soll ich nun davon halten? Woher wollen Sie wissen, daß das meine Freunde waren?«

Cosmo beachtete diese Frage nicht. »Man wird Sie erwischen, wenn Sie hier noch länger trödeln«, flüsterte er.

Der andere beharrte, so als habe er die Warnung nicht vernommen: »Wie können sie ihnen meinen Namen genannt haben?«
»Sie haben keinen Namen genannt... Laufen Sie doch!«
»Ich glaube nicht, daß die beiden noch dort sind«, wandte der Flüchtling ein.
»Ja, der Lärm hätte wohl jeden verscheucht«, stimmte Cosmo zu. »Was haben Sie denn gemacht?«
Der Andere antwortete nicht, und beide Männer lauschten gespannt. Die Nacht blieb finster. Cosmo dachte: »Eine Schmuggelaffäre«, und der Andere murmelte: »Ich habe sie verloren.« Er setzte sich neben Cosmo und stellte Cosmos Hut, den er augenscheinlich die Zeit über in der Hand gehalten, zwischen jenen und sich auf den Boden.
»Sie sind ein kaltblütiger Bursche«, sagte Cosmo. »Die Soldaten...«
»Wer schert sich schon um die Soldaten! Die können doch nicht laufen.«
»Dafür haben sie Musketen.«
»Richtig. Ich habe die Schüsse gehört und mich gefragt, auf wen sie wohl schießen?«
»Auf mich. Deshalb bin ich hier. Einer von den Kerlen kann auch im Dunkeln sehen«, erläuterte Cosmo, den das sehr beeindruckte. Sein Freund vom Turm ließ ein Kichern hören. »Und da haben Sie sich also hier versteckt. Na ja. Soldaten, Feuer und Wasser schaffen sich bald genug Platz, sagt man. Sie wußten aber nicht, auf wen sie eigentlich Jagd machten. Die Bestie da hat Alarm geschlagen.«
Er verstummte plötzlich, und Cosmo fragte: »Wer war hinter Ihnen her?«
»Ein Verräter, und der Himmel weiß wie viele *sbirri*. Wären sie zehn Minuten später angelangt, sie hätten mich gar nicht mehr zu Gesicht bekommen.«

»Ein Wunder, daß Sie nicht abgeschnitten wurden, wenn es so viele waren.«

»Die haben eben keine Ahnung. Sehen Sie nur, selbst jetzt noch habe ich sie an der Nase herumgeführt, indem ich hierher zurückgekommen bin. Ich war nämlich in einem Haus.«

Er schien zu zögern.

»Stimmt«, sagte Cosmo, »da haben Sie sich verabschiedet.«

Der Mann neben ihm machte eine jähe Bewegung, blieb dann aber ein Weilchen stumm.

Endlich sagte er halblaut: »Leider besitze ich keinen Dämon, der mich über die Handlungen anderer Menschen informiert, und muß Sie also fragen: was tun Sie hier?«

»Nun, ich wollte Luft schnappen, wie neulich abends auch. Doch warum machen Sie sich nicht davon, solange noch Gelegenheit ist?«

»Schön – aber wohin?«

»Sie wollten doch aus Genua fort«, sagte Cosmo. »Und zwar wollten Sie entweder eine sehr lange oder eine sehr gefährliche Reise antreten.«

Wiederum machte der Mann neben ihm eine überraschte Bewegung und blieb dann ein Weilchen stumm. Das war doch höchst sonderbar, es war ja, als habe ein Teufel, der über besondere Mittel verfügte, sich Kenntnisse zu verschaffen, die Gestalt eines jener Engländer angenommen, die auf Reisen gehen und in Herbergen wohnen. Der Mann, dessen Bekanntschaft Cosmo in jener ersten Stunde in Genua gemacht hatte, war sehr verwundert und auch ein wenig mißtrauisch, und zwar nicht, weil er Gefahr witterte, sondern vielmehr etwas Unerklärliches, für den Verstand nicht Faßbares, so etwas wie ein Instrument, dessen sich das Schicksal gelegentlich bedient, um in die Angelegenheiten der Menschen einzugreifen.

»Sie haben also vor einem Weilchen zwei Männer gesehen, die mich erwarteten?«

»Gesehen habe ich sie nicht. Die beiden schienen zu glauben, daß Sie sich verspätet haben«, war die überraschende Antwort.

»Und woher wissen Sie, daß diese Männer auf mich warteten?«

»Das wußte ich natürlich nicht«, sagte Cosmo unbefangen.

Der andere knurrte, er sei froh zu hören, daß es auch etwas gebe, das Cosmo nicht wisse. Doch Cosmo fuhr fort: »Das wußte ich selbstverständlich erst, als Sie hier hereinsprangen.«

Der andere gebot mit einer Geste Schweigen und lauschte in die ungebrochene Stille hinein.

»Signore«, sagte er dann plötzlich sehr leise, aber sehr deutlich, »es kann sein, daß ich die Absicht hatte, die Stadt zu verlassen, aber gewiß wollte ich das nicht schwimmend tun. Ohne Zweifel war der Lärm groß genug, einen jeden zu vertreiben, aber jetzt ist es so lange still gewesen, daß ich versuchen will, zum Turm zu kriechen und nachzusehen, ob sie vielleicht doch wieder mit dem Boot zurückgekehrt sind. Ich habe meine Feinde in die Irre geführt und nehme an, daß man mich sehr weit entfernt von hier sucht. Der Verrat, Signore, bestand nicht darin zu sagen, wo ich bin, denn jeder, der Augen hat, konnte mich in Genua umhergehen sehen. Der Verrat bestand darin, zu sagen, wer ich bin.« Er verstummte wieder, um zu lauschen, und zog plötzlich die Beine an.

»Nun«, sagte Cosmo, »auch ich frage mich, wer Sie sein mögen.« Er sah, daß der andere mit den Augen rollte und hörte, wie seine Lippen viel bereitwilliger und gleichsam vertraulicher die Worte bildeten:

»Attilio, zu dienen«, flüsterte es höhnisch an Cosmos Ohr. »Ich sehe schon, daß der Signore doch kein solcher Schlaukopf ist, wie ich geglaubt habe.« Und dann sehr schnell: »Sollte der Signore irgendwas finden, man kann ja nie wissen, nicht wahr, dann ist Cantelucci der Mann, dem man es übergeben muß.«

Und schon machte er eine halbe Drehung und rannte auf allen Vieren los. Er glich in diesem Augenblick so sehr einem Ungeheuer und verschwand so jäh in der Nacht, daß Cosmo ganz verblüfft zurückblieb. Er versuchte gerade, sich alle diese Vorgänge zurechtzulegen, als das Geräusch vieler Schritte an sein Ohr drang, und ehe er noch eine Bewegung machen konnte, fand er sich von einer anscheinend bedeutenden Zahl von Männern umringt. In Wirklichkeit waren es nur vier, doch sie standen über ihm, während er noch am Boden saß; ihre dunklen Gestalten benahmen ihm die Sicht, und das machte einen überwältigenden Eindruck auf ihn. Cosmo war klug genug, sitzen zu bleiben, er nahm nur den Hut auf, und dabei hatte er das Gefühl, als fasse der sich merkwürdig an. Als er ihn aufsetzte, fiel ihm ein Gegenstand, der weder schwer noch hart war, auf den Schädel. Er unterdrückte das Verlangen, sogleich nachzusehen. »Was mag das nur sein?« dachte er. Es fühlte sich an wie Papiere. Zweifellos war es ein flaches Päckchen. Eine respektvolle Stimme sagte: »Das ist ein Ausländer.« Und jemand anderes murmelte: »Was ist das für Teufelsblendwerk?« Als Cosmo versuchte, sich möglichst würdevoll zu erheben, faßte der zunächst stehende der Bande ihn eifrig am Oberarm, wie um ihm aufzuhelfen, und murmelte dabei: »*Permesso, signore.*« Kaum stand er auf den Füßen, da wurde auch der andere Arm gepackt, diesmal aber ohne alle Umstände. Ein Versuch, die Hände abzuschütteln, scheiterte und überzeugte Cosmo davon, daß man vorhatte, ihn festzuhalten.
»Kann das ein Komplize sein?« fragte eine Stimme erstaunt.
»Nein, sieh dir doch seinen Hut an. Das ist ein Engländer.«
»Wie ärgerlich. Die sind besonders lästig. Sie haben keinerlei Respekt vor den Behörden.«
Unterdessen trat einer nach dem anderen so nahe an Cosmo heran, daß er in dessen Gesicht spähen konnte, was Cosmo als beleidigend empfand. Cosmo zweifelte keinen Augenblick, sich

in den Händen der städtischen *sbirri* zu befinden. Dieser sonderbare Attilio hatte deren Näherkommen schon von ferne gespürt. »Da hätte er mich auch warnen können«, dachte Cosmo. Sein Ärger über den Flüchtigen währte nicht lange, doch begann er allmählich, Zorn gegen seine Bewacher zu empfinden, von denen jeder, wie er jetzt sah, einen festen Stock in der Hand hielt.

»Mit welchem Recht belästigen Sie mich?« fragte er sehr von oben herab. Der Wicht, der ihn am rechten Arm hielt, murmelte: »Ganz offenbar ein Engländer.« Ein dicker Mensch mit breitkrempigem Hut, der unmittelbar vor Cosmo stand, brummte: »Mit dem Recht von Vieren gegen Einen«, und wandte sich dann ganz allgemein an seine Gefährten mit der Bemerkung, wenn es nun schon Fremden erlaubt sein solle, mit Verschwörern gemeinsame Sache zu machen, so bedeute das ja wohl das Ende der Welt. Es sah so aus, als wüßten sie nicht, was sie mit ihrem Gefangenen anfangen sollten. Einer sagte versuchsweise: »Ich weiß nicht recht ... diese Ausländer sind reich und haben es nicht gern, wenn man sie festhält. Da könnte ein armer Mann einmal Glück haben.«

Cosmo nahm an, daß jeder der vier einen Dolch bei sich trage. Nichts konnte sie daran hindern, ihn zu erstechen, seine Leiche mit Steinen zu beschweren und ins Wasser zu werfen. Das hatte man nun von seinem Ruf. Ihm fiel ein, daß er kein Geld bei sich trug. Selbst die wenigen Münzen, die er sonst bei sich zu haben pflegte, lagen auf dem Kaminsims in seinem Zimmer. Das würde ihm aber nichts nützen, falls die Männer Banditen waren, denn sie konnten ja nicht wissen, daß seine Taschen leer waren. »Wenn ich ihnen Geld anböte, würden sie mich vermutlich gehen lassen«, dachte er, nachdem er den selben Mann verlegen lachend hatte hinzusetzen hören: »Ganz in Ehren natürlich. Die englischen *signori* sind reich und harmlos.«

Cosmo bedauerte mehr denn je, ihnen kein Angebot machen zu können. Vermutlich hätte er damit Erfolg gehabt, denn immer noch schienen sie nicht zu wissen, was mit ihm anfangen. Er sagte, er wohne in der Casa Graziani. »Wenn einer von Ihnen mich dorthin begleiten will, sollen Sie für Ihre Mühe entschädigt werden.« Auf diesen Vorschlag erfolgte keine Antwort. Einer der Männer hustete leise. Der Chef mit dem breitkrempigen Hut schien tief in Gedanken versunken, und daß er immer noch unbeweglich vor Cosmo stand, fand dieser nachgerade rätselhaft und unheimlich. Cosmo wurde nun von einer nervösen Ungeduld befallen, dem unsinnigen Verlangen, sich loszureißen und in die Freiheit zu entlaufen, doch gleich darauf überkam ihn eine ebenso unsinnige Verzagtheit, als sei er ein Verbrecher ohne jeden Zufluchtsort. Der Mann mit dem großen Hut warf plötzlich den Kopf hoch und gab seinem Ärger darüber Ausdruck, daß ihm der *furfante* entwischt war. »Was nun diesen Engländer angeht«, fuhr er fort, und seine krächzende Stimme paßte wenig zu seinem Leibesumfang, »so wollen wir ihn auf die Wache führen. Er muß sich ausweisen.«

Cosmo fühlte sich zu dem Einwand herausgefordert: »Glauben Sie, daß ein Herr Reisedokumente einsteckt, wenn er einen Abendspaziergang machen will?«

Bestürzt hörte er, daß man ihn schallend auslachte. Der Anführer mit Hut lachte nicht, sondern sagte nur säuerlich: »Wir erwarten, daß ein Mann, der sich versteckt, sich auch ausweisen kann.«

»Nun, ich habe jedenfalls keine Papiere bei mir«, sagte Cosmo, und da ihm eine Erleuchtung zuteil geworden war, setzte er im Stillen hinzu: ›Ausgenommen in meinem Hut.‹ Selbstverständlich waren das, was er auf seinem Schädel ruhen fühlte, Papiere, gefährliche Dokumente. Attilio war ein Verschwörer, das war ja klar! Cosmo begriff nun den seltsamen Hinweis auf etwas, das er finden werde und Cantelucci einhändigen solle.

Jetzt war er empört über seinen geheimnisvollen Bekannten. ›Allerdings konnte er wohl nicht vorhersehen, daß ich in diese Lage geraten würde‹, dachte er, und es war, als wolle er den Anderen entschuldigen.
»*Avanti!*« kommandierte der vor ihm stehende Dicke.
Seine Arme wurden fester gepackt. Er fühlte sich versucht, eine Schlägerei anzufangen, doch war es sinnlos, Widerstand zu leisten. Wenn er sich nur losmachen könnte, um ins Dunkel zu laufen und das blöde Päckchen wegzuschmeißen, ehe er neuerlich ergriffen wurde! Das wäre eine Lösung, doch stellte er fest, daß sie ihm widerstrebte, daß er eine ganz unvernünftige Loyalität empfand. »Nein! Da könnte es jemand finden und zur Polizei bringen«, dachte er. »Wenn wir an den Kai kommen, kann ich es vielleicht ins Wasser werfen.«
Er sagte milde: »Sie brauchen mich nicht festzuhalten.«
Dieser Vorschlag wurde mit tiefem Schweigen aufgenommen. Keiner der Männer, die seine Arme gepackt hielten, lockerte den Griff. Ein Dritter ging dicht hinter ihm, und der Gockel mit dem großen Hut schritt wichtigtuerisch in einigem Abstand voran.
Bald schon war man dem Wachlokal so nahe gekommen, daß Cosmo den Posten an der Wassertreppe ausmachen konnte, der sie militärisch anrief. Der *sbirro* im großen Hut trat allein vor und gab sich im Licht, das durch die offenstehende Tür fiel, zu erkennen. Nun war es zu spät, noch etwas zu unternehmen. Als seine beiden Häscher ihn ins Wachlokal schoben, das von einer qualmenden Lampe erhellt und von Tabakswolken durchzogen war, dachte Cosmo: »Jetzt bin ich dran. Was für ein Schwachsinn! Ob sie mich wohl durchsuchen?«
Bei Cosmos Eintritt blickten mehrere auf dem Fußboden liegende Soldaten neugierig auf. Das Wachlokal war ein kleines Haus, das früher zur Aufbewahrung von Segeln und Tauwerk gedient haben mochte. Das Mobiliar bestand aus einer langen

Bank, einem Gewehrständer, einem Tisch und einem Stuhl. Auf dem Stuhl saß ein Sergeant, der nun aufstand und sich eine Weile mit dem Obersbirro vertraulich und interessiert über die Vorfälle bei der Menschenjagd unterhielt, ehe er Cosmo auch nur anschaute. Cosmo verstand nicht ein einziges Wort. Der Sergeant war ein prächtig aussehender Soldat mit langem, schwarzem Schnauzbart und breiter Narbe auf einer Wange. Er nickte gelegentlich beifällig zu den Worten des Mannes im großen Hut, der sich im Licht des Wachlokals als Besitzer von Schweinsäuglein, einem kurzen, starken Bart und einem birnenförmigen, gelben Gesicht erwies, das einen bekümmerten Ausdruck trug. Auf Weisung der *sbirri* (die ihn losgelassen hatten) setzte Cosmo sich auf die Wandbank. Einen Teil dieser Bank nahm ein Soldat ein, der sich der Länge nach darauf ausgestreckt hatte. Sein Kopf ruhte auf seinem Proviantbeutel, und über ihm an der Wand hing sein Tschako. Er schlief fest. ›Vielleicht ist das der Kerl, der auf mich geschossen hat‹, dachte Cosmo. Einer der *sbirri* reichte Cosmo versöhnlich lächelnd seinen Mantel. Den hatte Cosmo ganz vergessen.

»Ich habe ihn den ganzen Weg hinter dem Signore hergetragen«, murmelte er mit vertraulicher Miene. Und Cosmo fühlte sich bewogen, in bedeutungsvollem Ton zu sagen: »Sie hätten mir den Mantel in die Herberge von Cantelucci bringen sollen.« Der Mann machte eine wegwerfende Handbewegung und sagte leise: »Der Signore wird ihn vielleicht heute Nacht brauchen können.«

Er war jung und blickte Cosmo offen an.

»Aha«, sagte Cosmo. »Was hat man mit mir vor?« Der Mann schaute gleichgültig zur Seite und sagte: »Ich bin noch ein Neuling bei dieser Arbeit. Auf der anderen Seite des Hafens befindet sich ein Posten der königlichen Gendarmerie.« Er setzte sich neben Cosmo auf die Bank, streckte die Beine aus, kreuzte die Arme vor der Brust und gähnte unbeteiligt.

»Kann ich ihm vertrauen?« fragte sich Cosmo. Niemand schien ihm Beachtung zu schenken. Der *sbirro* im großen Hut hastete geschäftig aus dem Wachlokal; die beiden anderen paßten draußen auf; der Sergeant hatte sich rittlings auf den Stuhl gesetzt, stützte die Arme auf die Lehne und starrte durch die offene Tür in die Nacht hinaus. Der *sbirro* neben Cosmo glotzte an die Decke und murmelte: »Ich glaube, Barbone sucht einen Fährmann.« Hieraus entnahm Cosmo, daß er zu Schiff auf die andere Seite des Hafens gebracht und der Gendarmerie übergeben werden sollte. »Falls man mich dort durchsuchen will, kann ich das nicht verhindern, und ein Hut ist übrigens auch kein geeignetes Versteck. Da kann ich das Päckchen gerade so gut ohne Widerstreben übergeben.« Nun kam ihm ein Einfall. »Wenn die Kerle mich mit einem Boot da hinüberfahren, bloß weil sie zu faul sind, um den Hafen herumzugehen, dann werde ich es irgendwie fertigbringen, den Hut über Bord zu werfen, auch wenn sie mich unterwegs wieder festhalten.« Er war nun davon überzeugt, daß Attilio zu einer Geheimgesellschaft gehöre. Ganz gewiß war er kein gewöhnlicher Zeitgenosse. Er fragte sich, was wohl aus Attilio geworden sein mochte. Schlich er jetzt durch die Gassen der Unterstadt auf der Suche nach einem Schlupfwinkel, oder war er auf den Reizbaren und den Mürrischen gestoßen, die ihn vielleicht doch noch am Fuße des Turmes mit dem Boot erwartet hatten? Das war nach all dem Geschrei und Geschieße nicht wahrscheinlich. Er fürchtete, daß Attilio keinen Fluchtweg mehr fände und unvermeidlich am nächsten, spätestens am übernächsten Tage festgenommen werden würde. Er schien selber nichts anderes erwartet zu haben, anderenfalls hätte er sich gewiß nicht so bereitwillig von den Papieren getrennt. Cosmo kam zu dem Schluß, daß alle Verschwörer eine schwachsinnige Vorliebe für Dokumente haben, die stets im ungünstigsten Augenblick gefunden werden und alle Beteiligten an den Galgen bringen.

Nun fiel ihm auf, daß die Augen des Sergeanten, eines Kroaten mit hängendem schwarzem Schnauz, auf seinen Hut gerichtet waren, und gleich wurde ihm so beklommen zumute, als gehöre er selber einer Geheimgesellschaft an. Sein Hut war ein ganz modernes Modell, das er in Paris erstanden hatte. Doch schon gingen die Blicke des Sergeanten wieder nach der Tür, und er starrte von neuem hinaus. Cosmo war erleichtert. Er beschloß indessen, keinen Versuch mehr zu machen, mit dem jungen Polizisten ins Gespräch zu kommen, der da schlaksig und verschlafen neben ihm auf der Bank saß und dessen nachlässige Aufführung – er berührte Cosmos Ellenbogen fast mit den seinen – zu gewollt schien, um Vertrauen einzuflößen. Und was sollte dieser Mensch schon zu seinen Gunsten unternehmen können?

Die Erregung, in die das Abenteuer ihn versetzte, war sonderbarerweise begleitet von einem Zustand innerlicher Ruhe, wie er sie seit Stunden nicht mehr empfunden hatte. Er nahm erstaunt seine Loyalität gegenüber dem gescheiten Attilio zur Kenntnis. Er wäre berechtigt gewesen, in der Übergabe der Papiere einen schmutzigen Trick zu sehen, doch mußte er bemerken, daß er einen Vertrauensbeweis darin sah. Er versuchte, sich einen Reim auf das Problem dieser Papiere zu machen (er zweifelte nicht, daß es sich um Dokumente handelte), die er Cantelucci übergeben sollte (wie überrascht der wohl sein würde!), da der Wirt ganz offenbar ebenfalls ein Verschwörer war. Es wäre aber besser, so überlegte er, die Papiere zu vernichten, als sie der Piemonteser Polizei oder den österreichischen Militärbehörden in die Hände fallen zu lassen. »Ich muß es fertigbringen, sie im Boot loszuwerden. Ich kann doch ganz unabsichtlich meinen Hut über Bord fallen lassen.« Aber die Papiere würden schwimmen, und Schiffer würden sie am Tage finden. Andererseits würde die Tinte bis Tagesanbruch zerflossen und unleserlich sein. Vielleicht aber auch nicht? Was er brauchte war Feuer, nicht Wasser. Hätte in diesem unbeschreiblich dreckigen Wachlokal ein Feuer gebrannt, so hätte er das unter den Augen dieser glotzenden Kroaten ausgenutzt. Doch wäre das nicht auch wieder übereilt gewesen?

Er war noch zu keinem Schluß gelangt, als Barbone zurückkehrte, begleitet von einem silberhaarigen, sanftmütigen alten Mann mit nußbraunem Gesicht, bloßen Füßen und nackten Armen, der ein Paar Riemen auf der Schulter trug. Barbone stieß ihn vor den Sergeanten. Dieser nahm die Pfeife aus dem Mund, spuckte neben den Tisch, stierte den Alten ein Weilchen an und nickte schließlich. Cosmo schenkte er keinen Blick, doch Barbone nickte er zu, gab ihm einen Schlüssel und sagte: »Bringen Sie ihn zurück.« Die *sbirri* umringten Cosmo, Barbone grunzte und wies auf die Tür. Warum Barbone einen Schlüssel benötigte, um ihn abzuführen, begriff Cosmo nicht. Es sei denn, er habe den Schlüssel zur Freiheit erhalten. Es sprach aber nichts dafür, daß der wildblickende Kroate und der düstere Barbone eine symbolische Handlung vollführt hatten. Der Fährmann mit den Riemen auf der Schulter folgte der Gruppe geduldig bis an die Stelle, wo, unmittelbar am Rande des Kais, der österreichische Posten im rötlichen Licht, das aus dem Wachlokal fiel, auf und ab ging. Er machte kehrt und stellte sich der Gruppe kriegerisch entgegen, gab den Weg aber frei, als Barbone ihm den Schlüssel zeigte. Es war windstill, doch kühl. Unten am Wasser wurde das Klirren von Metall und das Rasseln kleiner Ketten vernehmlich, und nun erkannte Cosmo, daß der Schlüssel zu einem Vorhängeschloß gehörte, mit dem die Kette gesichert war, an der zahlreiche kleine Ruderboote lagen. Der junge Polizist sagte dicht hinter Cosmo: »Der Signore hat schon wieder seinen Mantel vergessen«, und hängte ihn Cosmo über die Schulter. Er erklärte ihm auch, daß jeden Abend sämtliche Boote im Hafen auf diese Art auf beiden Seiten des Hafens gesammelt und festgemacht wurden und daß die Österreicher den Posten stellten, der die Boote auf dieser Seite zu bewachen hatte. Man wolle damit verhindern, daß nach zehn Uhr abends außer dem Zollkutter und der Gig des englischen Kriegsschiffes noch irgendein Boot aus- oder einlaufe.

»Besuchen Sie mich doch morgen Mittag in Canteluccis Herberge«, flüsterte Cosmo, worauf der *sbirro* eifrig: »Gewiß, Exzellenz«, hauchte, ehe Cosmo die Stufen hinunterging.

Cosmo fand sich gleich darauf zwischen zwei *sbirri* in einem Boot sitzen. Der Greis stieß ab und legte die Riemen ein. Von oben, vom Kai her, rief Barbone ihm zu: »Die Gendarmen behalten dein Boot für die Nacht drüben!« Die Antwort des greisen Fährmannes war ein tiefer Seufzer, und schon nach wenigen Ruderschlägen versank der Kai mit dem Wachposten in der Dunkelheit. Einer der *sbirri* sagte befriedigt: »Unser Dienst ist zu Ende, sobald wir den Signore abgeliefert haben«, und der andere meinte: »Ich hoffe, der Signore vergißt nicht, daß wir seinethalben lange aufgeblieben sind.« Cosmo, den die Aussicht, den Gendarmen ausgeliefert zu werden, mit großem Widerwillen erfüllte, lachte unfroh und sagte nach einer Weile kalt: »Warum vertrödeln Sie Ihre Zeit mit einer Fahrt durch den ganzen Hafen? Lassen Sie mich an Bord des nächsten Fischerbootes klettern, dann will ich schon von Deck zu Deck bis ans Ufer gelangen, und Ihr Dienst wäre gleich zu Ende.«

Der Kerl zu seiner Linken wandte mit gespieltem Ernst ein: »An Bord der meisten Tartanen befinden sich Hunde, und wir können einen hochgeborenen Fremden nicht der Gefahr aussetzen, von einer dieser Bestien gebissen zu werden.« Der andere hatte aber für Ironie nichts übrig. Mit barscher Kommandostimme befahl er dem Fährmann, sich in der Mitte des Hafenbeckens und in gehörigem Abstand von den vertäuten Schiffen zu halten.

Es war, als rudere man über einen von Bergen eingefaßten

See. Wellenbrecher verlängerten den Uferstreifen seewärts. Der alte Mann hob und senkte die Riemen gemächlich und lautlos, und das Licht der funkelnden Sterne lag zitternd und wie eine Schleppe auf dem Wasser, das sich zu beiden Seiten des Bootes kräuselte. Als sie so weit gekommen waren, daß man die Ausfahrt des Hafens sehen konnte, entdeckte Cosmo, der sich ohne besondere Absicht umsah, am Ende der Mole, also ziemlich weit entfernt, einen dunklen Flecken von der Größe eines Kopfes, der da nichts zu suchen hatte. Es ging kein Wind, und am Horizont häuften sich Sterne. Es wurde ihm sogleich klar, daß der Fleck nur der Zollkutter oder das Boot des englischen Kriegsschiffes sein konnte, denn kein anderes durfte des Nachts unterwegs sein. Er war allerdings so damit beschäftigt, sich einen Plan für sein Verhalten auszudenken, daß er dem seltsamen Fleck weiter keine Aufmerksamkeit schenkte. Er betrachtete zerstreut den regelmäßig rudernden Greis und fragte sich: »Ist es nun Zeit, den Hut zu verlieren oder nicht?« Wie sollte er in dieser Windstille überhaupt den Eindruck erwecken können, der Hut sei ihm vom Kopfe geflogen? Dann machte er es sich zum Vorwurf, daß er davon ausging, die beiden Kerle (deren Nähe ihm allmählich zuwider wurde) seien mit überdurchschnittlichen Geistesgaben gesegnet. Sollte er den Hut packen und wegwerfen, würden sie zwar annehmen können, daß er versuche, ihnen Ärger zu bereiten, daß er verrückt sei oder sonst etwas derart, doch sicher würde ihnen nicht einfallen, daß er etwas in seinem Hut bewahre, was er vernichten wollte. Er löste verstohlen die Schnalle seines Mantels und legte die Hände auf die Knie. Seine Bewacher hielten nicht für nötig, ihn an den Armen festzuhalten. Sie schienen sich überhaupt nicht sehr für ihn zu interessieren. Cosmo überlegte, ob er nicht aufstehen und ins Wasser springen solle, sagte sich aber, daß sie ihn, der in voller Kleidung samt Stiefeln schwimmen müßte, bald genug ergreifen würden. Immerhin wäre der

Zweck erreicht. Allein, der Gedanke, am Kragen hinter dem Boot her durchs Wasser gezogen und dann wie eine ertrunkene Ratte der Gendarmerie vorgeführt zu werden, war so unerfreulich, daß er den Plan verwarf.

Man hatte das Hafenbecken nun etwa zur Hälfte durchquert. Die Schiffe am Kai waren zum größten Teil mit der Uferlinie verschmolzen. In der Nähe lagen eine Polackerbrigg und eine Schebecke vor Anker. Beide waren nur schattenhaft auszumachen, und die Schebecke mit ihren niedrigen Masten wirkte wie ein Fleck auf dem matt schimmernden Wasser. Von Zeit zu Zeit ließ der greise Fährmann ein Stöhnen vernehmen. Das Boot schien kaum von der Stelle zu kommen. Alles, was auf dem Wasser schwamm, war stumm und dunkel. Die Besatzungen der Küstenfahrer waren entweder an Land, oder sie schliefen; und falls auf den Schiffen Hunde sein sollten, so waren auch die in den Schlummer versunken, der sich auf alle Dinge dieser Welt gelegt hatte und mit denen verglichen die Sterne ungemein wach wirkten. Ungeachtet seiner Ratlosigkeit genoß Cosmo doch jenes Gefühl des Friedens, das ihn zugleich mit allen Ärgernissen überkommen hatte.

»Wir brauchen ja die ganze Nacht, um da hinüber zu kommen«, knurrte der Mann zu seiner Linken plötzlich. »Ich möchte mal wissen, weshalb Barbone ausgerechnet diese Antiquität aus dem Bett gezerrt hat.«

»Ich hab ihm gesagt, daß ich kaum noch Luft kriege, weil ich schon so alt bin«, sagte der Fährmann gelassen. Er mußte offenbar mit Rudern innehalten, wenn er sprechen wollte, denn er ließ die Riemen schleifen, während er in die herrschende Grabesstille hineinsprach: »Er wütete aber wie ein Teufel, und weil ich nicht wollte, daß er die Nachbarn weckte, kam ich mit. Ob ich nun im Boot sterbe oder im Bett, ist ja einerlei.«

Beide *sbirri* zeigten sich empört über Barbone, doch erbot sich keiner, die Riemen selber zu übernehmen. Gepeinigt stöhnend begann der Greis neuerlich zu pullen. Cosmo fragte: »Was ist das für ein Fleck dort zwischen den Molenköpfen?« Einer seiner Häscher drehte den Kopf und sagte: »Das muß das Zollboot sein. Ich wollte, es käme näher, dann könnten wir uns schleppen lassen.« Der andere sagte höhnisch: »Nur keine Angst, die Besatzung schläft bestimmt fest, bestenfalls haben sie einen Mann im Ausguck. Die haben ein feines Leben ... *voga, vecchio, voga*!«

Cosmo kam der Gedanke, daß er das Wachboot des Kriegsschiffes anrufen könne, falls dies in die Nähe käme; der befehlshabende Offizier würde ihn gewiß nicht in den Händen dieser Banditen lassen, ohne sich zum mindesten seine Geschichte anzuhören. Unglücklicherweise kam sein Boot auf dem Kurs, den es quer durch den Hafen hielt, nicht in die Nähe des Kriegsschiffes. Die Laterne an dessen Kreuzmast schien Cosmo sehr weit entfernt zu sein; hätte sie nicht vor dem schwarzen Hintergrund der Landmasse gebrannt, hätte sie entrückter gewirkt als alle Sterne und nicht halb so wachsam geglänzt. Er wandte die Augen ab und ließ den Blick müßig vor sich auf dem Wasser ruhen. Der *sbirro* zu seiner Rechten gähnte gewaltig. Das nahm der andere zum Anlaß, über die Beschwerlichkeit dieser ganzen Angelegenheit zu schimpfen. Cosmo seinerseits war immer noch zu verblüfft, um sich zu langweilen. Gerade jetzt, und wie aus purer Opposition zu diesen ihm ekelhaften Äußerungen, fühlte er sich hell wach. Überdies rückte der Augenblick heran, da etwas unternommen werden mußte, und die Gespanntheit aller seiner Sinne verdichtete sich zu einer ihn ganz erfüllenden Ungeduld. Und während er in dieser Verfassung aufs Wasser starrte, erblickte er das Wachboot des Kriegsschiffes.

Aber war es das wirklich? Nun, es war etwas Dunkles auf dem Wasser, und da kein anderes Boot in der Nähe war ... es war klein; vermutlich noch sehr weit weg und kehrte wahrscheinlich den Bug her ... Ruderschläge waren nicht zu hören .... die Riemen waren wohl eingeholt ... sehen konnte er nun wieder gar nichts ... na, versuchen wir's, vielleicht klappt es.

Ohne sich sonst irgend zu bewegen, holte er tief Luft und ließ dann aus voller Brust den Ruf »Boot ahoi!« ertönen. Die Kraft seiner Stimme erstaunte ihn selber. Sein Ruf füllte das gesamte Hafenbecken so vollständig aus, daß er wußte, er brauchte nicht noch einmal zu rufen, und er blieb still wie eine Statue. Seine Nachbarn waren unter dem Ruf zusammengefahren, so daß das Boot leise zu schwanken begonnen hatte, und in ihrer Ratlosigkeit beugten sie sich zu ihm hin und starrten ihn aus weit aufgerissenen Augen an. Nach einem Weilchen fragte der eine ehrfurchtsvoll: »Was ist denn, Signore?« und ergriff ihn am Mantel. Den anderen hörte Cosmo murmeln: »Das war ein Kriegsgeschrei«, und auch er faßte nach dem Mantel. Da die Schnalle gelöst war, glitt der Mantel von Cosmos Schultern, und die beiden packten ihn an den Armen. Es fiel Cosmo auf, daß der schwache Fährmann keinen Moment aufgehört hatte zu rudern. Sein eigenes Gebrüll hatte Cosmo gut getan. Irgendwie gewann er dadurch seine Selbstachtung zurück, sein Blut begann wieder durch die Adern zu rollen, ganz als sei das wirklich ein Schlachtruf gewesen. Er hatte den Kerlen Angst eingejagt. Wären sie nicht so reglos sitzengeblieben, wäre es gewiß zu einem Handgemenge gekommen, das im Wasser geendet hätte. Ihr Griff um seine Arme war aber recht zaghaft. Sie taten nichts weiter, als aus vorgebeugten, fast zusammenstoßenden Köpfen seine Lippen zu betrachten, von denen ein so ungewöhnlicher Ruf gekommen war. Cosmo starrte steinern geradeaus, als bemerke er ihre Anwesenheit gar nicht, und wieder glaubte er, einen dunklen Fleck voraus im Wasser zu sehen. Er sagte bei sich: »Ich irre mich nicht, aber was bin ich doch für ein Narr, das ist eine Boje oder so etwas.« Nach etwa zwei Minuten dachte er: »Unser Greis wird gleich dagegenfahren.«

Er fand, es sei nicht seine Sache, jemanden zu warnen; der Aufprall, den er vorhersah, geschah überdies denn auch sofort. Er hatte die Entfernung falsch geschätzt. Da das Boot nur langsam fuhr, war die Erschütterung gering, viel geringer als Cosmo bei einem Zusammenstoß mit einem so festen Körper erwartet hatte, wie eine Boje es ist. Eigentlich war es mehr ein leises, hohles Dröhnen als ein Anprall. Cosmo, der darauf gefaßt gewesen, war der einzige, der den Zusammenstoß sofort aufnahm. Als nächster drehte der greise Fährmann scharf den Kopf. Er gab keinen Laut von sich und machte keinen Versuch, von der Ducht aufzustehen. Er ließ, wie es Cosmo schien, ganz einfach die Riemen los. Den *sbirri* fiel erst auf, daß etwas geschehen war, als das hohle Dröhnen sich wiederholte, und als Cosmo schon erkannt hatte, daß der Gegenstand da auf dem Wasser nicht eine Boje war, sondern ein Boot, kaum größer als das, in dem er selber saß. Dann taten beide *sbirri* einen Ausruf, und in ihrer Überraschung lockerten sie ihren Griff um Cosmo. Einer der beiden rief erstaunt: »Ein leeres Boot!« Das war nun wirklich eine Überraschung. Ohne besondere Absicht stand Cosmo auf, und auch einer der *sbirri* war aufgestanden, entweder um das Boot festzuhalten oder um es wegzustoßen, denn es war mittlerweile längsseits gekommen. Eine unbekannte Stimme ließ sich jetzt laut aus der Dunkelheit vernehmen: »Der Mann mit dem Hut!«, und wie hingezaubert standen plötzlich drei Gestalten in dem fremden Boot. Cosmo blieb nicht einmal Zeit, sich überrascht zu fühlen. Die Boote stießen gegeneinander, er spürte, daß man ihn am Kragen und an einem Arm packte, daß man ihn mit Gewalt zwischen den beiden *sbirri* hervorzerrte, daß die gewaltigen Arme, die ihn hervorgezerrt hatten, ihn plötzlich losließen, und daß er schwer wie ein unbelebtes Ding in das fremde Boot fiel, noch ehe er mit den Beinen ganz aus dem anderen heraus war. Während dieses gewaltsamen Platzwechsels rutschte ihm ohne sein Zutun der Hut vom Kopf.

Er war nicht eigentlich verängstigt, doch war er in entschuldbarem Maße verwirrt. Man wird nicht jeden Tag so mir nichts, dir nichts entführt. Er wurde sich schmerzvoll des Umstandes bewußt, daß er seinen neuen Entführern im Wege war, denn man trat ihm in die Rippen und trampelte auf seinen Füßen herum. Er hörte Schläge auf harte Objekte knallen, die er als menschliche Köpfe erkannte, weil sie nutzlose Schreie ausstießen, die in Ächzlauten endeten. Der Angriff wurde entschlossen, brutal und mit einem Minimum an Lärm ausgeführt. Er hörte nichts anderes als knallende Schläge und schweres Atmen der Angreifer. Dann plantschte es hilflos. »Da ersäuft jemand«, dachte Cosmo.

Er beeilte sich, unter den Füßen der Kämpfenden hervorzukriechen. Zum Glück für seine Rippen waren diese Füße bloß, was ebenfalls zur Verhinderung von Lärm bei diesem erstaunlichen Vorgang beitrug. Im Bug angelangt, setzte er sich auf, und nun war auch schon alles vorüber. Drei schattenhafte Gestalten standen nebeneinander aufrecht im Boot wie Arbeiter, die ein bedeutendes Werk verrichtet haben. Das Boot, aus dem man ihn herausgerissen, schwamm einen Meter entfernt, offenbar leer. Es kam Cosmo vor, als sei der ganze Vorfall, der wohl kaum länger als eine Minute gedauert hatte, innerhalb von Sekunden abgelaufen.

Von den Schiffen am Kai kam kein Laut, nicht einmal von der Brigg und der Schebecke, die doch am nächsten lagen. Cosmo wurde von einer mächtigen Stille überwältigt, wie sie auf eine schwere Explosion folgt, die eine Auslöschung aller unserer Sinne bewirkt. Plötzlich hörte er eine sehr ernste Stimme der stummen Welt eine Warnung zurufen: »Wer sich da muckst, wird umgebracht!« Diese Warnung erging offensichtlich an niemanden, in keine Richtung, an keinen Empfänger. Cosmo, der die Worte deutlich hörte, konnte damit nicht das Bild eines Menschen verbinden. Er schreckte erst aus seiner Benommen-

heit auf, als er unter der Hand, die er auf den Bootsrand legte, menschliche Finger fühlte. Er riß die Hand weg, als habe er sich verbrannt, und sah dann erst hin. Das weiße Haar des alten Fährmannes schwamm unmittelbar neben dem Boot auf dem Wasser. Er hielt sich stumm am Boot fest, bewahrte selbst in dieser Lage die sanftmütige Geduld seines verehrungswürdigen Alters, und Cosmo betrachtete ihn schweigend. Eine Stimme, die diesmal gar nicht körperlos klang, sagte von achtern her: »Bringt die Riemen aus.«
»Hier liegt ein Mann im Wasser«, sagte Cosmo und wunderte sich darüber, seine eigene Stimme unter so phantastischen Umständen zu hören. Sie hatte jedoch den gewünschten Erfolg, denn kaum hatte er diese Worte gesagt, als Cosmo sich auch schon gezwungen sah, einem bärtigen Seemann, den er noch nicht bemerkt hatte, dabei zu helfen, den alten Mann ins Boot zu ziehen. Der wog nicht schwer, als sie ihn über den Rand hineinhoben, doch stellte er sich, als sei er schon ertrunken und rührte selber keinen Finger. Auch die anderen Männer im Boot begannen, sich für diesen Vorgang zu interessieren.
»Ist er tot?« fragte es gedämpft von achtern her.
»Er ist sehr alt und schwach«, erklärte Cosmo leise. Jemand fluchte ausgiebig, aber dumpf und endete mit der Bemerkung: »Das macht die Sache kompliziert.«
»Der Schuft Barbone hat einen Sterbenden aus dem Bett gezerrt«, begann Cosmo impulsiv.
»*Va bene, va bene* ... decken Sie ihn zu und kommen Sie nach achtern, Signore.«
Cosmo folgte dieser Aufforderung und fand sich achtern neben einem Mann sitzen, der ihm sogleich die Hand auf die Schulter legte. Aus dieser Geste schien so etwas wie unterdrückter Jubel zu sprechen. Die Entdeckung, daß dieser Mann Attilio war, verschlug Cosmo im ersten Augenblick die Sprache, erschien ihm im nächsten Augenblick aber schon wie selbstverständlich.

»Es scheint wirklich so, als könne nichts uns trennen«, sagte der ungewöhnliche Mann leise. Er nahm die Hand von Cosmos Schulter und wies den beiden Ruderern – die Cosmo für die Flüsterer vom Turm hielt – den Weg unter den Bug der Brigg. »Wir müssen uns vor den Zöllnern verstecken«, sagte er. »Ich nehme an, daß der Kutter gleich kommt.«
Nun fiel kein Wort mehr, bis einer der Männer das Ankertau der Brigg zu fassen bekam, das Boot an den Vordersteven heranzog und Cosmo, der nun selber das leise Rudergeräusch vernehmen konnte, Attilio flüsternd fragte: »Sind die hinter Ihnen her?«
»Wenn sie überhaupt hinter etwas her sind, dann hinter einer schönen, tragenden Stimme«, erwiderte der andere kühl. »Wie kamen Sie nur auf die Idee, uns so laut anzurufen?«
»Ich mußte mich wegen der Papiere, die Sie mir hinterlassen hatten, vor den *sbirri* wie eine verängstigte Maus benehmen und wollte endlich auch einmal auftrumpfen.« Cosmo gab diese psychologische Erläuterung in grimmigem Ton ab, änderte den Ton aber, als er hinzusetzte, er habe geglaubt, das Wachboot des englischen Kriegsschiffes zu sehen, und die Versuchung, es anzurufen, sei eben zu groß für ihn gewesen.
»Ihr Gebrüll hat die Zöllner wahrscheinlich munter gemacht. Von uns wissen sie nämlich nichts. Wir hatten Glück und konnten ungesehen ablegen.« Das Rudergeräusch war unterdessen so laut geworden, daß ihnen die Lust zur Unterhaltung verging, denn von dem Knarren schwerer Riemen in ihren Dollen geht in stiller Nacht etwas Entschlossenes, Unerbittliches aus, und der Kutter, von den kurzen schnellen Schlägen seiner zwölf Riemen getrieben, schien unbeirrbar einem Ziel zuzustreben, als er dumpf rauschend vorüberglitt. Für die Männer, die hinter dem Vordersteven der Brigg verborgen zuhören mußten, ohne etwas sehen zu können, wurde die Spannung unerträglich. Cosmo fragte sich angstvoll, ob er wohl noch einmal gefangen

genommen werden sollte, ehe diese Nacht der Überraschungen zu Ende ging, doch im letzten Augenblick schwenkte der Kutter ab und fuhr unterm Heck der Brigg durch, als sei er nur auf einer Rundfahrt durch den Hafen begriffen. Jeder im Boot atmete auf. Doch gleich darauf verstummte das Geräusch der Ruder, und alle Insassen des Bootes wurden wieder zu Stein. Endlich hauchte Attilio in Cosmos Ohr: »*Per Dio!* Sie haben das andere Boot gefunden.«

Cosmo schämte sich beinahe seiner furchtsam geflüsterten Erwiderung: »Sind die Männer darin tot?«

»Ich weiß bloß eines: wenn einer von ihnen noch sprechen kann, sind wir verloren«, flüsterte Attilio zurück.

»Die *sbirri* sollten mich zu den Gendarmen bringen«, begann Cosmo flüsternd seinen Bericht, doch da drang jählings von neuem das Geräusch der Ruder an ihr Ohr; aber bald legte sich ihre Besorgnis, denn es wurde deutlich, daß das Geräusch sich nach der Ostseite des Hafens hin entfernte. Die Zöllner, die ihre Rundfahrt ursprünglich begonnen hatten, weil sie im Hafen Rufe zu hören glaubten, waren zu ihrer großen Überraschung auf ein Boot gestoßen, das anfangs leer geschienen, dann aber doch zwei auf den Bodenbrettern liegende Gestalten enthalten hatte, die offenbar tot, mindestens aber bewußtlos waren. Attilio vermutete ganz richtig, daß der Kommandant des Zollkutters beschließen würde, das Boot zur Hafenpolizei am Ostufer zu schleppen, und ebenso richtig war seine Überzeugung, daß jetzt oder nie Gelegenheit war, aus dem Hafen zu schlüpfen, den er und seine Genossen als Falle empfanden, die jeden Moment zuschnappen konnte. Bestenfalls war die Situation verzweifelt. Auch Cosmo empfand das, wenn auch distanzierter, etwa wie ein Zuschauer wider Willen. Und doch war er um die Sicherheit seiner Kumpane so besorgt, als kenne er sie schon Zeit seines Lebens. Wenn ihn diese Sache im Grunde auch nichts mehr anging, so bildete er sich doch eine Meinung und

lag Attilio damit in den Ohren, während die beiden Ruderer aus Leibeskräften die Riemen handhabten.
Attilio saß steif am Ruder, starrte unablässig auf das dunkel schimmernde Wasser in der Lücke zwischen den beiden schwarzen Molenköpfen und hörte ihm zu. »Der Signore hat recht. Wir können dem Kutter nicht entkommen, wenn der uns entdeckt. Wir haben nur eine einzige Chance: aus dem Hafen heraus zu sein, bevor der Kutter auf seinen Posten vor der Einfahrt zurückkehrt. Die Angelegenheit mit dem Boot wird den Zöllnern ungeheuer rätselhaft vorkommen. Sie werden mit den Gendarmen darüber schwätzen und Zeit dabei verlieren, es sei denn, einer der beiden *sbirri* kommt zu sich.«
»Ja, die *sbirri* ...«, murmelte Cosmo.
»Was wollen Sie? Wir haben sie nach Kräften mit den Fußlatten bearbeitet, das dürfen Sie mir glauben.«
Cosmo bezweifelte das nicht. Das Geräusch der auf die Schädel jener Wichte niedersausenden Schläge war übelkeiterregend gewesen, die Erinnerung daran beschwichtigte ihn jetzt allerdings. Und ebenso beschwichtigend wirkte die Wiederkehr der Stille auf ihn, nachdem das Knarren der Riemen des Kutters in der Ferne verklungen war. Cosmo faßte wieder Mut, bis ihm klar wurde, daß er im Leben keinen so hellen Sternhimmel, keine so klare Nacht, keinen Hafen von so ungeheuerlicher Ausdehnung gesehen hatte. Er glaubte, nicht eine einzige Minute verlieren zu dürfen. Er sprang auf und riß sich den Rock vom Leibe. Attilio rief entsetzt: »Lassen Sie das!« Es sah ja aus, als habe sein Engländer beschlossen, sich schwimmend zu retten. Cosmo aber murmelte: »Ich muß mitmachen«, ging leichtfüßig an den beiden Ruderern vorbei und tastete unter der Ducht nach einem überzähligen Riemen. Ehe er einen fand, kam er in Berührung mit einem nackten Fuß. Dies rief ihm die Anwesenheit des greisen Fährmannes ins Gedächtnis. Der arme, alte Kerl, der an der Prügelei keinen Anteil hatte, war aus purer

Schwäche über Bord gefallen und war lange vom kalten Wasser durchweicht worden. Jetzt lag er am Bug zusammengerollt und bibberte wie ein Hund. Im Augenblick war Cosmo angesichts dieses nutzlosen Ballastes bloß verärgert. Er vermochte an nichts anderes zu denken als an den Zollkutter. Er sah ihn vor sich, lang und schlank, sah ihn das gläserne Wasser durchschneiden wie ein vorwärts drängendes Lebewesen, während er das eigene Boot als plumpen Bottich empfand, den man Zentimeter um Zentimeter unter Aufbietung aller Kräfte von der Stelle bewegen mußte. Er biß die Zähne zusammen und pullte verbissen und ohne auch nur einmal den Kopf zu wenden, als rudere er einer Niederlage beim Rennen entgegen. Plötzlich sah er, wie das Ende der Alten Mole vorüberglitt und daß Attilio nicht mehr geradeaus hielt, sondern den Molenkopf umrundete und wieder aufs Ufer zuhielt. Auf seine Weisung wurden die Riemen eingeholt, und das Boot lag still im flachen Wasser zwischen den Steinblöcken am Fuße der Mole. Die Ruderer keuchten von der Anstrengung. Kein Windhauch bewegte die kühle Luft. Cosmo zog seinen Rock wieder an, ging nach achtern und setzte sich neben Attilio.

Es schien, als habe Attilio es fertiggebracht, während er das Boot steuerte, die Taschen von Cosmos Rock zu durchsuchen, denn die ersten Worte, die er jetzt in leisem, besorgtem Tone sprach, lauteten: »Signore, wo sind die Papiere?«

Cosmo hatte die Papiere ganz vergessen. Schrecken befiel ihn. »Die Papiere«, rief er matt, »waren in meinem Hut!«

»Ja, ich habe sie da hinein gesteckt. Sie hatten ihn auf dem Kopf, als Sie im Boot saßen, ich habe Sie an Ihrem Hut erkannt.«

»Natürlich hatte ich ihn auf. Wo ist er jetzt?«

»Das weiß Gott«, sagte Attilio beißend. »Ich möchte nur wissen, wo die Papiere sind!«

»Ich habe erst bemerkt, daß Papiere im Hut waren, als ich ihn

aufsetzte«, wehrte sich Cosmo. »Und da standen schon vier *sbirri* um mich herum.«
»Ist das möglich?« rief Attilio ganz leise.
»Und danach hat man mich keinen Moment aus den Augen gelassen.«
Während sie noch ganz verblüfft diesen Wortwechsel führten, ließ der ihnen zunächst sitzende Mann sich auf Hände und Knie nieder und begann, eifrig unter der Ducht umherzutasten. Er hatte das Wort Hut verstanden, und da war ihm eingefallen, daß er während des Handgemenges mit den *sbirri* auf einen runden Gegenstand getreten war, der unter seinem Fuß nachgegeben hatte. Er versicherte dem Signore, er habe das leider nicht vermeiden können, während er ihm schuldbewußt mit einer Hand die Krempe, mit der anderen die Krone präsentierte. Die Krone war zusammengedrückt wie eine leere Tüte, doch wurde sie mit Eifer ergriffen, und Cosmo entdeckte erleichtert, daß sie immer noch das Päckchen mit den Papieren enthielt. Attilio übernahm die Papiere mit einem nervösen kleinen Lachen. Das war ein von Erregung zeugender Laut, über den Cosmo nachdachte, solange die Stille währte und bis Attilio flüsternd ankündigte: »Da kommen sie.«
Cosmo blickte seewärts und gewahrte auf dem schwarzglänzenden Wasser, in dem das Licht der Sterne sich spiegelte, etwas Undurchsichtiges, Kompaktes, etwas, das wie eine Felskuppe aussah, und er dachte, daß das Rennen mit einem recht knappen Vorsprung gewonnen worden sei. In der Tat erreichte der Kutter wenige Minuten nach dem Boot die Molenköpfe. An seinem Standort angelangt, ließ der Kommandoführer den Kutter noch etwa fünfzig Meter seewärts vor die Mole laufen und befahl dann, die Riemen einzunehmen. Er hatte es der Polizei überlassen, das Rätsel zu lösen. Ihn ging das nichts an, und da er von einem zweiten Boot nichts wußte, kam es ihm auch nicht in den Sinn, das Ufer abzusuchen. Von See her war Attilios

Boot, das sich dicht an der Mole hielt, nicht auszumachen. Die Entfernung zwischen beiden Fahrzeugen war so groß, daß der Lärm, der entsteht, wenn zu gleicher Zeit eine Anzahl von Riemen eingezogen wird, nur als ein sehr mattes, fast unerklärliches Geräusch an Cosmos Ohren drang. Das war das letzte, was er für lange Zeit zu hören bekommen sollte. Er überließ sich der linden, unwiderstehlichen Stille von Luft, See und Sternen, welche das tätige Verlangen und die geheimen Ängste der Menschen einhüllte, deren Bühne die düstere Erde ist. Diese Stille erfüllte ihn immer von neuem bei jeder Pause in seinem langen und phantastischen Abenteuer; in ihrem glänzenden Zauber und ihrer beseligenden Heiterkeit glich sie der Macht einer großen, unauslotbaren Liebe, deren Zärtlichkeit alles Lebhafte und alles Drängende leidenschaftlichen Begehrens wie mit einem heiligen Bann beschwichtigt. Träumend hatte Cosmo seine Gedanken unbeaufsichtigt wandern lassen, wie man es vor dem Einschlafen tut. Nun schrak er zusammen, wurde wieder hellwach und sah an dem mächtigen Turm hinauf, der hier fast unmittelbar am Wasser aufragte. Er war wieder am Ausgangsorte, er hatte den Kreis seines Abenteuers ausgeschritten, und was nun geschehen sollte, wußte er nicht. Alle schwiegen. Die beiden Männer auf den Duchten hatten die Arme gekreuzt und ließen die Köpfe auf die Brust hängen; Attilio saß im Heck und hielt den Kopf reglos aufgerichtet. Die weit geöffneten Augen verliehen ihm einen Ausdruck höchster Wachsamkeit. Die Wasserfläche schien sich von der Küste Italiens bis an die Grenze des Weltalls zu dehnen, und nichts war darauf zu sehen, als der schwarze Fleck des Kutters, der sich so wenig bewegte wie ein Fels. »Hier können wir nicht bleiben, bis es Tag wird«, dachte Cosmo.

Dieser Gedanke bewegte auch Attilio. Das Wettrennen zwischen seinem Boot und dem Kutter war um Haaresbreite gewonnen worden. Hätte Cosmo sich nicht erboten, einen dritten

Riemen zu nehmen, wäre es vermutlich ein totes Rennen geworden, mit anderen Worten, Gefangennahme. Attilio war diesem Schicksal mit genauer Not dadurch entgangen, daß er nicht weiter auf die offene See hinausgesteuert, sondern den Molenkopf umrundet hatte. Das war ein Wagnis, doch hatte er den Erfolg seiner Flucht schon einmal aufs Spiel gesetzt, indem er dem Wunsch nachgab, Cosmo mitzunehmen, und seither gab es nur noch die Wahl zwischen Wagnissen.

Attilio stammte aus einem winzigen weißen Städtchen am Ostrande des Golfes von Genua. Seine Leute waren entweder Fischer oder Kleinbauern. Sie nannten sich Pieschi und waren verwandt mit dem bekannten Verschwörer aus den Tagen der Republik und der Herrschaft der Doria. Von diesem Sachverhalt hatte Attilio erst kürzlich erfahren (durch Cantelucci) und empfand darüber Genugtuung. In früher Jugend, an den Küsten Südamerikas, hatte er viele aufrührerische Reden gehört und sich mit der dortigen Auffassung von Revolution vertraut gemacht, wonach diese als eine Manifestation männlicher Würde und als das spirituelle Ziel des Lebens anzusehen war. Vor etwa einem halben Jahr war er in die Heimat zurückgekehrt, und wenn er die gealterten Gesichter in der unveränderten Umwelt sah, so kam es ihm vor, als habe er schon lange gelebt und sei nicht erst dreißig Jahre alt. Als Verwandter von Cantelucci kam er schon bald in Berührung mit den minderen Mitgliedern der Geheimgesellschaften, Überlebenden der Revolutionszeit, die der Sturz des Kaiserreiches und der Haß auf die österreichischen Eindringlinge befeuerte, welche neuerlich den tyrannischen Aberglauben der Religion und die Ausbeutung durch die privilegierten Klassen etablieren wollten. Ebenso wie der höfliche Wirt glaubte Attilio an die absolute Gleichheit aller Menschen. Er achtete alle Religionen, verabscheute jedoch die Priester, weil sie Unterwerfung predigten. Er sah auch nichts Extravagantes in der Bildung eines italienischen Staates (von welchem Plan er zuerst von dem wütenden alten Schuster, dem Onkel Cecchinas, gehört hatte), denn in allernächster Nähe hatte man ja einen großen Mann – einen Kaiser – den man an die Spitze dieses Gebildes stellen konnte. Es ging jetzt nur darum, dessen Leben vor den Anschlägen der Könige und Fürsten zu schützen, die zur Zeit in Wien seine Beseitigung planten, bis die Stunde des Handelns gekommen sein würde. Das war nicht einfach, denn die Welt, das Volk ausgenommen, war voll von seinen Feinden.

Attilio, der schweigend und unbeweglich neben Cosmo saß, machte sich keine Vorwürfe darüber, daß er am Abend noch zu Cecchina gegangen war, sich zu verabschieden. Das Mädchen war überrascht gewesen, ihn noch einmal zu sehen, denn sie hatten sich schon nachmittags voneinander verabschiedet. Aber dieses Liebesverhältnis war noch keine acht Wochen alt, und er mochte sich nicht zufriedengeben mit einem hastigen, wortlosen Lebewohl, flüchtig, hinter halb geöffneter Tür, während an Canteluccis langem Küchentisch getrunken wurde und am Ende des Flurs eine sauertöpfische Alte im Schrank rumorte. Cecchina hatte ihm seines Kommens wegen natürlich Vorwürfe gemacht, doch keine sehr heftigen. Keiner der beiden hatte dabei an Gefahr gedacht. Dann war er, sozusagen aus ihren Armen, schnurstracks in einen Hinterhalt gelaufen! Seine Geistesgegenwart und Behendigkeit machten ihn den Häschern des tölpelhaften Barbone überlegen. Erst nachdem er ihnen in dem Gewirr der Gärtchen hinter den Häusern entschlüpft war, fand er, hinter einer Mauer versteckt liegend, Zeit, dieses unerwartete Mißgeschick zu bedenken. Er wußte, daß seine Verfolger zur Polizei gehörten, denn sie hatten sich um Hilfe an das Militär gewendet; und er kam zu dem Schluß, daß er diese Überraschung einem eifersüchtigen Bewunderer Cecchinas verdanke. Jeder Lump konnte heutzutage die Polizei auf einen anständigen Menschen hetzen. Vielleicht handelte es sich sogar um einen der ständigen Gäste Canteluccis. Sein Verdacht richtete sich gegen die kleinen Angestellten, die ihre Mahlzeiten in der Herberge nahmen, und insbesondere gegen einen schlaksigen Schreiber mit spitzer Rattennase, der die Gewohnheit angenommen hatte, durch die Botenstube ein- und auszugehen, einzig, so glaubte Attilio, um Cecchina Augen machen zu können. Daß der Hinterhalt an dem für seine Abreise bestimmten Abend gelegt war, hielt er für reinen Zufall.

Gefährlich war für ihn einzig, daß er die Papiere bei sich hatte. Da er besorgte, die Freunde am Turm könnten ihn aufgeben, kam er zu früh aus seinem Versteck hervor. Die Soldaten waren zwar verschwunden, doch die *sbirri* stocherten noch halbherzig in dunklen Winkeln herum und bekamen ihn zu Gesicht. Er rettete sich noch einmal durch einen flinken Ausbruch, aber er spürte, daß die Lage verzweifelte Formen annahm. Er wagte es nicht, die Papiere wegzuwerfen. Daß er Cosmo zwischen den Steinblöcken sitzen sah, nahm er für ein außergewöhnliches Ereignis, das seine auf der Vernunft basierende Weltanschauung ebenso gründlich verwandelte, wie das etwa durch ein Wunder hätte bewirkt werden können. Plötzlich empfand er eine ehrfürchtige und vertrauende Liebe zu jenem wunderbaren Menschen, den das Schicksal ihm in den Weg geführt hatte. Die Verfolger waren nahe. Es war keine Zeit zu Erklärungen. Das war auch nicht erforderlich.

Doch kaum saß Attilio sicher im Boot, als er auch schon bedauerte, sich von den Papieren getrennt zu haben. Es hatte wenig Sinn, die Reise ohne jene Dokumente anzutreten, die Cantelucci ihm, im Auftrage seiner Oberen, anvertraut hatte.

Er fragte sich, was Cosmo geschehen sein könne? Ob die Kerle ihn auf bloßen Verdacht hin arretiert hatten? Das war doch nicht wahrscheinlich, und schlimmstenfalls bedeutete es einen kurzen Zwangsaufenthalt. Gewiß würden sie nicht wagen, ihn zu durchsuchen. Doch selbst wenn sie das Päckchen fänden, würde Cosmo es für sein Eigentum erklären und die Öffnung verhindern. Er setzte unbegrenztes Vertrauen in die Loyalität und mehr noch in die Macht des jungen Engländers, seinen Willen durchzusetzen. Er besaß das Auftreten und das Gesicht dazu, Gesicht und Auftreten eines Mannes, mit dem zu einem Unternehmen gleich welcher Art verbunden zu sein, man sich glücklich schätzen mußte.

Da der Zollkutter sich in jenem Augenblick am anderen Ende seines Wachbereiches befand, ergriff Attilio die Gelegenheit, in den Hafen hineinzurudern. Die absolute Stille, die über dem Hafen lag, ermutigte seine angeborene Kühnheit noch. Anfangs hielt er auf den Ostrand des Hafenbeckens zu, wo sich der Gendarmerieposten befand. Dort herrschte Ruhe. Er ließ seine Leute das Boot zwischen die Schatten der vor Anker liegenden Schiffe rudern und wartete. Schlaf herrschte über Land und Meer. Attilio begann zu glauben, Cosmo sei gar nicht entdeckt worden. Stimmte das, dann mußte er jetzt bereits der Herberge von Cantelucci zustreben. Attilio beschloß, sich in einem der leeren Küstenschiffe am Kai zu verbergen, dort den Morgen abzuwarten und dann selber die Herberge aufzusuchen, wo er sich solange versteckt halten konnte, bis man einen neuen Termin für seine Abreise festsetzte. Er wies seine Genossen an, leise nach dem dunkelsten Teil des Kais zu rudern. Und dabei vernahm er Cosmos mächtigen Anruf. Der verblüffte ihn fast ebenso, wie die in Cosmos Boot sitzenden *sbirri*. Die Stimme, welche die alles beherrschende Stille durchbrach, schien laut genug, jeden einzelnen Schläfer in der Stadt zu wecken, ja, die Steine den Berg hinabrollen zu lassen. Und fast sogleich dachte er: »Was für ein Glück!« Das Glück der unglaublichen Dreistigkeit dieses Engländers, denn wer anders hätte sich so etwas einfallen lassen? Er wies seine Ruderer an, die Riemen einzuholen und die Fußlatten zu packen. Das ungemein schwächliche Pullen des alten Fährmannes ließ genug Zeit für diese

Vorbereitungen. Attilio flüsterte seine Anweisungen: »Wir müssen den fremden Signore aus dem Boot holen. Seine Begleiter sind vermutlich *sbirri.* Schlagt kräftig zu.« Gerade als die Boote aneinander gerieten, erkannte er den aufrecht stehenden Cosmo, und in diesem Augenblick fielen die Worte: »Der Mann mit dem Hut!«, die Cosmo hörte. Attilio schrieb alles weitere dem Glück zu, das jeder hatte, der sich mit diesem Engländer einließ. Selbst die unbemerkte Flucht aus dem Hafen schob er nicht auf Cosmos Ruderkünste, sondern auf dessen sonderbare Persönlichkeit.

Ohne sich zu bewegen, brach er die Stille jetzt mit einem »Signore«, das er deutlich, aber gedämpft aussprach. Cosmo freute sich, die Geschichte zu erfahren, ehe der Augenblick der Trennung heranrückte. Allerdings fand er die Theorie der Begünstigung, die Attilio dem Sachverhalt anhängte, nicht überzeugend. Er sagte vielmehr, Attilio wäre jetzt doch schon längst mit seinem geheimnisvollen Auftrag unterwegs, wenn er nicht seinetwegen umgekehrt wäre; und diese Umkehr habe ihn doch wieder in die Falle geführt.

Die Antwort des anderen bestand in einem gemurmelten »Si, doch wäre das nicht das gleiche. Ist es denn nicht seltsam, Signore, daß wir, seit Sie den Fuß nach Genua hineingesetzt haben, immer wieder zusammengeführt worden sind?«

»Das stimmt«, sagte Cosmo in einem Ton, der den anderen ermutigte fortzufahren, wenn auch weniger zuversichtlich.

»Es gibt Leute, die glauben, die Sterne beeinflußten durch ihre Stellung Begegnung und Trennung der Menschen, und vielen, wenn nicht sogar allen Menschen, sei ein Stern besonders zugeordnet.«

»Vielleicht«, sagte Cosmo ebenso gedämpft. »Ich glaube übrigens, daß ein Mann, der größer ist als Sie oder ich, ebenfalls darauf schwört, er habe einen eigenen Stern.«

»Napoleon etwa?«

»Das habe ich erzählen hören«, sagte Cosmo und dachte: »Da ist er wieder. Wo immer zwei Menschen zusammenkommen, ist er der Dritte. Man kann ihn nicht loswerden.«
»Ich möchte wissen, wo der ist«, sagte Attilio wie zu sich selber und blickte zum Himmel auf. »Oder Ihrer oder meiner«, fügte er noch leiser hinzu. »Die müssen nahe beieinander stehen.«
Cosmo ging verträumt auf das abergläubische Geschwätz ein, denn insgeheim empfand er Sympathie für diesen Mann. »Ja, es sieht so aus, als sollten Ihr Stern und mein Stern zusammentreffen.«
»Nein, ich meine, alle drei müßten zusammentreffen.«
»Ach! Dann wissen Sie mehr als ich. Wenn er allerdings auch nicht weit von hier entfernt ist. Glauben Sie aber nicht auch, mein Freund, daß es Männer und auch Frauen gibt, deren Stern sie für eine Einsamkeit bestimmt, der sich kein Sterblicher nähern kann?«
»Sie meinen: weil sie so erhaben sind?«
»Ich meine: weil sie so unvergleichlich sind«, sagte Cosmo nach kurzem Schweigen, während dessen Attilio zu grübeln begonnen hatte.
»Mir gefällt, was Sie da sagen«, ließ Attilio sich schließlich vernehmen. »Vielleicht sind deren Sterne einsam. Sehen Sie nur, wie still sie sind. Die Menschen gleichen aber mehr den Schiffen, die einander plötzlich und unerwartet begegnen. Doch auch Schiffe werden von den Sternen geleitet. Ich kann mich über das Wunder unseres heutigen Zusammentreffens gar nicht beruhigen.«
»Hätten Sie sich nicht so viel Zeit für Ihren Abschied genommen, wären wir einander nicht mehr begegnet«, sagte Cosmo und betrachtete die beiden Männer, die auf den Duchten dösten, die Flüsterer vom Turm. Sie waren ganz anders, als er sie sich vorgestellt hatte.

Attilio musterte unterdessen das Gesicht des Engländers. Er glaubte, ein Lächeln um Cosmos Lippen spielen zu sehen. Sein Staunen über Cosmos Allwissenheit hinderte ihn, eine Antwort zu geben. Er mochte nicht fragen, und doch war er nicht imstande, Mutmaßungen anzustellen, denn es gibt Offenkundiges, das sich jeder Spekulation entzieht.

»Sie haben vielleicht recht«, sagte er. »Es war das erste Mal in meinem Leben, daß es mir schwerfiel, Abschied zu nehmen. Ich fange an zu glauben«, fuhr er murmelnd fort, »daß es Leute gibt, die man besser nicht kennenlernt. Es gibt Frauen...«

»Richtig«, sagte Cosmo sehr leise und so, als wisse er nicht, was er da sagte: »Ich habe eure Gesichter sehr nahe beieinander gesehen.« Der andere rückte etwas von Cosmo ab, neigte sich dann aber wieder zu ihm hin. »Sie haben gesehen...« begann er schwerfällig und verstummte. Er dachte an etwas, das erst zwei Stunden zuvor geschehen war. »Nun denn«, sagte er gefaßt, »Sie wissen alles, Sie sehen alles, was vorgeht. Wissen Sie vielleicht auch, was aus uns beiden werden wird?«

»Sehr wahrscheinlich werden wir uns nie wiedersehen, wenn wir uns getrennt haben«, antwortete Cosmo, stützte die Ellenbogen auf die Knie und nahm den Kopf zwischen die Hände. Er sah nicht aus wie jemand, der sich bereitmacht, an Land zu gehen.

Dabei gab es im Grunde nichts, was ihn daran hindern konnte. Der Turm mit dem schmalen Uferstreifen davor, an dem ein Boot mühelos anlegen konnte, war keine zwanzig Meter entfernt, und alles lag im Schatten, sowohl der Fuß der Mole als auch diese Seite des Turmes, und das Wasser war hier tiefschwarz. Überdies lag das Boot in so flachem Wasser, daß Cosmo, falls Attilio sich weigern sollte, den Schutz der Steinblöcke zu verlassen, an Land hätte waten können, ohne weiter als bis zu den Knien naß zu werden. Attilio hätte sich jedoch gewiß nicht geweigert. Nein, da lag das Hindernis nicht.

Attilio mußte über den selben Gegenstand nachgedacht haben, wie sich erwies, als er Cosmo fragte, ob die *sbirri* wüßten, wo er wohne? Nach einigem Überlegen erwiderte Cosmo, die *sbirri* könnten das nicht wissen. Man habe ihn nicht ausgefragt. Die *sbirri* hätten, so sagte er, sich überhaupt hinsichtlich seiner Person nicht besonders neugierig gezeigt. »Doch warum fragen Sie?«

»Verstehen Sie das nicht!« drängte Attilio, und seine Überraschung war nur zur Hälfte gespielt, »es kann sein, daß ein halbes Dutzend von den Kerlen Ihre Rückkehr vor Canteluccis Herberge erwartet, und woanders können Sie doch nicht hingehen.«

»Nein, das kann ich nicht«, sagte Cosmo in einem Ton, als bedauere er diesen Sachverhalt. Er halte übrigens für möglich, daß einige der *sbirri* sich zwischen Hafen und Stadt herumtrieben, und er kenne da leider nur einen einzigen Weg, und auch den nicht genau.

Nun bestand eine solche Gefahr nur in seiner Einbildung, denn Barbone, der tatsächlich von der Polizei für solche Arbeiten verwendet wurde, besaß nicht genug Phantasie, um etwas zu tun, was ihm nicht befohlen war. Nachdem er seinen Gefangenen losgeschickt hatte, überließ er den Rest den Gendarmen und ging nach Haus zu Bett, während sein jugendlicher Jünger sich seinen eigenen Angelegenheiten widmete. Die beiden anderen *sbirri* befanden sich in ärztlicher Behandlung, insbesondere der eine, der durch einen unglücklichen Schlag gegen seine Schläfe fast das Leben verloren hätte. Der andere *sbirro* vermochte mit schwacher Stimme zu sagen, daß die vier Insassen seines Bootes aus unbekannten Gründen von mordlustigen Banditen überfallen worden seien und daß die beiden anderen, der alte Fährmann und der Gefangene, seiner Ansicht nach tot auf dem Grunde des Hafens lägen. Der Gendarmerieoffizier brachte nicht mehr aus ihm heraus, und da er weiter nichts über die Sache wußte, fand er, es sei auch am Morgen noch Zeit genug, seinen Vorgesetzten Bericht zu erstatten. Er ging dann noch einmal dorthin, wo die ihm anvertrauten Boote an der Kette lagen und zählte sie. Keines fehlte. Damit war der Vorfall für ihn abgetan.

Es stand also zwischen Cosmo und Canteluccis Herberge kein anderes Hindernis als Cosmos Unlust. Doch wollte Cosmo eine solche Umkehr sonderbar geistlos, wankelmütig, ja, geradezu unehrenhaft bedünken. Er sah sich schon an der Hinterseite des Wachlokals vorbeischleichen wie einen Verbrecher, sah sich vor Schatten zurückschrecken, von Säule zu Säule huschen und in den tiefen Gassen zwischen den Palästen irregehen, immer in der Angst, plötzlich die schmierigen Pfoten dieser widerlichen Kerle auf sich zu fühlen und zu einer Polizeiwache gezerrt zu werden, hutlos und darauf angewiesen, eine lächerliche Geschichte zum besten zu geben – und wozu das alles? Einzig um in jenes unausstehliche Zimmer zurückkehren zu dürfen. Indessen, das würde sich wohl nicht vermeiden lassen.

»Schade, daß Sie die Stadt nicht kennen«, ließ Attilio sich wieder behutsam vernehmen. »Ich würde Sie sonst an einen Ort schicken, wo Sie den Rest der Nacht verbringen und morgen ihren Diener benachrichtigen könnten. Aber Sie würden nicht hinfinden. Und das ist schade. Ich versichere Ihnen, Exzellenz, daß sie wirklich eine gute Frau ist. Es ist keineswegs übel, ein heimliches Versteck zu haben. Man weiß nie, wann man es brauchen kann, und sie ist absolut verläßlich. Sie hat ein italienisches Herz und ist überdies *giardinera*. Und was will man mehr?«

Cosmo dachte im Stillen, daß das Mädchen, das er in Canteluccis Küche gesehen, nicht wie eine Gärtnerin ausgesehen habe, doch wenn Attilio eine Liebesaffäre mit ihr hatte, mußte sie wohl zu den arbeitenden Klassen gehören. Da kam ihm der Gedanke, Attilio spreche vielleicht von einer anderen Frau. Er regte sich nicht. Attilios Gemurmel nahm eine resignierte Färbung an. »Sie werden Ihr Glück mit hinwegnehmen, Signore, und das unsere wird ihm vielleicht folgen.« Cosmo verwahrte sich gegen diese unsinnige Vermutung; er hielt sie für Unfug, fühlte sich davon aber doch an einer jener empfindlichen Stellen berührt, die wie ein *défaut d'armure* im Panzer der Dünkelhaftigkeit klaffen, den man zum Schutz vor seinen Mitmenschen anlegt. Er war plötzlich ganz davon überzeugt, ein Unglücksrabe zu sein, jemand, der versehentlich in den Bereich einer starken Ausstrahlung geraten ist, oder der eine schlafende, verderbenbringende Macht geweckt hat, die ihn bis an sein Lebensende verfolgen wird. Er war jung, *farouche*, mißtrauisch und streng, nicht nach Art der Stoiker, sondern mehr nach Art der Menschen, die von Geburt aus schwer zufriedenzustellen sind. In gewisser Weise also ganz weltabgekehrt. Attilio stieß einen vernehmlichen Seufzer aus.

»Sie weigern sich, das Ihr Glück zu nennen«, fuhr er fort. »Nun gut, verzichten wir auf eine Bezeichnung. Doch ist da etwas in Ihnen: Die Unbekümmertheit, Signore, die Sie erst vor zwei Tagen an den Tag legten, als Sie, nur Ihrer Einbildungskraft folgend, sich mir aufdrängten«, beharrte er, als seien Unbekümmertheit und Einbildungskraft Instrumente, die den Erfolg herbeizwingen müßten. Und kaum noch vernehmbar fügte er hinzu: »Sie haben eine besondere Gabe, Ihren Willen durchzusetzen.«

Kein menschliches Wesen hätte so unerwartet und in so tiefem Ernst gesprochene Worte ungerührt hinzunehmen vermocht. Cosmo reagierte darauf innerlich mit großer Verzweiflung. Die offenkundige Verkehrtheit dieser Beschreibung zermalmte ihn fast. Seit vierundzwanzig Stunden bereits fragte er sich, ob er überhaupt einen eigenen Willen besitze? Und es hatte ihm geschienen, er wisse überhaupt nicht mehr, was Mut sei. Und gerade als er der geheimnisvoll gesenkten Stimme Attilios lauschte, ging es ihm durch den Kopf, daß irgendeiner seiner Wesenszüge ihn im voraus dazu bestimmt habe, ein Opfer der Reue zu werden.

»Sie können unmöglich etwas über mich wissen, Attilio«, sagte er, »und Sie mögen sich nun hinsichtlich meiner Person einbilden, was Sie wollen, Sie müssen mich doch an Land setzen. Ich kann nicht bis zum Tagesanbruch hier bleiben und Sie auch nicht. Was haben Sie vor? Was können Sie überhaupt unternehmen?«

»Kann das den Signore denn wirklich interessieren? Erst kürzlich war es mir nicht möglich, Sie loszuwerden, und jetzt haben Sie es eilig, mich meinem Schicksal zu überlassen. Was ich unternehmen kann? Ich kann immer einen Verzweiflungsstreich unternehmen.« Er verstummte und sagte zwischen den Zähnen hindurch: »Und wenn ich bedenke, wie wenig es braucht, daß ein Erfolg daraus wird...« Der fromm angefügte Ausruf: *»Ah, Dio!«* wurde von einem Fäusteschütteln begleitet, das offenbar dem Weltall galt, doch so diskret ausgeführt wurde, daß es zu dem leisen, wenn auch heftigen Ausruf paßte.

»Und das wäre?« fragte Cosmo und hob den Kopf.

»Nichts weiter als zwei paar kräftige Arme. Mit vier Riemen, diesem Boot und einem Krümelchen Verstand werde ich allemal mit dem Kerl da fertig«. Er deutete ruckartig mit dem Kopf nach dem Zollkutter, der in diesem gezeitenlosen Meer seine Position nicht um einen Meter verändert hatte. »Ja«, fuhr er fort, »wenn wir schnell genug loskommen, könnte das sogar unbemerkt gelingen.«

Und er erläuterte Cosmo, daß in etwa einer Stunde, also kurz vor Morgengrauen, die Aussichten auf einen Erfolg noch besser sein würden, weil die Schläfrigkeit der Menschen um diese Stunde zunehme und die Wachsamkeit der Zöllner sich demzufolge vermindere. Doch selbst wenn man ihn dann sehen sollte, könne er immer noch hoffen, rudernd zu entkommen; allerdings zöge er die andere Möglichkeit vor, denn wenn er mit dem Boot auf die offene See hinaus flüchte, werde der Zollkommandant vermuten, daß draußen ein Schiff auf ihn warte; man würde dann an Land Meldung machen und die Schebecke der Regierung zur Verfolgung auslaufen lassen. Die sei ein schnelles Schiff, das innerhalb von vierundzwanzig Stunden jedes Fahrzeug zwischen Genua und Attilios Bestimmungsort einholen könne.

»Und welches ist Ihr Bestimmungsort?« fragte Cosmo und stützte den Kopf wieder in die Hände.

»Richtung Livorno«, sagte der Andere und brach ab. »Ich sage Ihnen das lieber nicht genau, denn falls Sie von den Behörden oder gar von den Österreichern vernommen werden sollten, würden Sie selbstverständlich die Wahrheit sagen wollen, wie es einem Gentleman wohl ansteht – einem *noblissimo signore* – es sei denn, Sie bringen fertig, zu vergessen, was ich Ihnen schon gesagt habe, oder Sie entschließen sich, mit uns zu kommen.«

»Mit Ihnen zu kommen«, wiederholte Cosmo, und da erst fiel ihm das Sonderbare an Attilios Ton auf, und er setzte sich aufrecht hin, um ihn anzusehen. »Ich glaube fast, Sie wären imstande mich zu entführen.«

»Dio ne voglio«, sagte Attilio. »Gott behüte. Das Gebrüll, das Sie machen würden, brächte uns in Teufels Küche. Wenn das nicht wäre, ließe sich drüber reden«, fügte er nachdenklich hinzu. »Mir liegt übrigens sehr daran, daß Ihnen aus unserer Verbindung nur Gutes erwachsen soll. Immerhin waren Sie doch schon auf dem besten Wege, uns zu begleiten, ohne auch nur eine einzige Frage zu stellen, denn vorhin steuerten wir auf die offene See hinaus, und Sie können nicht vermutet haben, daß wir hierher zurückfahren würden. Gestehen Sie nur, Signore, da haben Sie nicht daran gedacht umzukehren. Ich

hätte nur noch fünf Minuten länger geradeaus zu steuern brauchen, dann wären Sie in meiner Gewalt gewesen.«

»Sie hatten aber Angst vor dem Zollboot, Freundchen«, widersprach Cosmo.

»Diesen Augenblick, Signore«, sagte Attilio mit äußerstem Ernst. »Heda, wacht auf«, zischte er seinen beiden Ruderern zu. »Nimm dein Ruder, Pietro, und fahr uns zum alten Turm.«

»Der alte Fährmann ist übrigens auch noch da«, gab Cosmo zu bedenken.

»Halt«, sprach Attilio. »Den laß' ich nicht an Land. Auf den warten sie morgen früh in seinem Haus, und dann wird er seine Geschichte erzählen ... wenn er noch lebt. Sieh mal nach, da vorne.«

Vom Bug her hörte man schwaches Murmeln, und Attilio brummte: »Pietro würde mit einem Toten nicht reden.«

»Er ist aber sehr schwach«, sagte Cosmo.

Auf Attilios Fragen ergab sich, daß dieser Mühlstein, wie er ihn nannte, gerade kräftig genug war, um mit fremder Hilfe die Duchten zu übersteigen. Man geleitete ihn zum Heck und setzte ihn zwischen Cosmo und Attilio ab. Er ließ die breiten Hände im Schoß ruhen und zitterte von Zeit zu Zeit geduldig.

»Dieser Lump Barbone kennt kein Mitleid«, bemerkte Cosmo.

»Vermutlich war der Alte der erste, den er traf. Welche Tyrannei! Die Wehrlosen sind diesen Kerlen ausgeliefert. Er war bloß zu faul, drei Türen weiter zu gehen.«

Beide betrachteten den greisen Körper, den das Alter nicht hatte schrumpfen lassen.

»Er muß einmal ein prächtiges Mannsbild gewesen sein«, sagte Attilio leise. »Verstehst du mich, *vecchio*?«

»Si, und sehen tu ich dich auch, aber ich kenne deine Stimme nicht«, kam die Antwort gleichmütig und viel kräftiger, als einer von den beiden erwartete hatte.

»Man wird ihn jedenfalls einsperren.« Und auf Cosmos empörten Einwurf machte Attilio ihm klar, daß der Alte der Einzige sei, auf den die Behörden die Hand legen könnten und daß er daher für alle würde bezahlen müssen. Cosmo meinte, der Alte würde nicht lange im Kerker bleiben müssen.

»Es wäre besser für ihn, er stürbe unter offenem Himmel als im Kerker«, murmelte Attilio düster. »Hör mal, Alter, kannst du wohl Kurs nach einem Stern halten, wenn ich ihn dir zeige?«

»Ich war schon auf dem Wasser zu Hause, ehe ich reden konnte«, kam die Antwort. Dabei hob der Alte den Arm und legte ihn auf die Ruderpinne, als wolle er beweisen, daß er dazu Kraft genug habe.

»So, jetzt habe ich meine Mannschaft beisammen, Signore. Er mag ruhig der italienischen Sache helfen, der alte Genuese, und sei es mit dem letzten Atemzug. Und wenn Sie jetzt das Ruder nehmen, das Sie vorhin so vorzüglich gehandhabt haben, mache ich den Schlagmann, und das Boot soll nur so fliegen.«

Cosmo spürte die unterdrückte Erregung hinter dieser Bitte, ohne eigentlich auf die Worte geachtet zu haben. Sie bedurfte keiner Antwort. Aber Attilio bedrängte ihn, als hätte er Einwände gemacht. Er sei doch wohl kein Freund der Tyrannei oder der österreichischen Bedrücker? Er werde sich doch nicht weigern, einem Mann gefällig zu sein, den ihm eine verborgene Macht in den Weg geführt habe? Er, Attilio, habe ihn nicht gesucht, er wäre glücklich, wenn er ihn nie gesehen hätte. Cosmo werde doch gewiß durch nichts genötigt, heute noch in die Stadt zurückzukehren, die er erst vor drei Tagen betreten? Er habe doch noch keine Beziehungen anknüpfen können. Die Worte sprudelten von seinen Lippen in Cosmos Ohr, während der weißharige Fährmann über diesem leise rauschenden Redestrom thronte wie ein ehrwürdiger Richter. Was könne ihn denn hindern, sein Glück und die Stärke seines Armes herzuleihen? Gewiß nicht die Liebe, denn er reise doch allein.

»Genug«, sagte Cosmo, und es klang, als habe der Schmerz ihm dieses Wort abgepreßt. Attilio spürte, daß seine Sache gewonnen war, er beeilte sich, für seine ungehörige Ausdrucksweise um Entschuldigung zu bitten, und versicherte dem englischen Lord, nichts sei einfacher, als ihn im Laufe des kommenden Tages an Land zu setzen.

»Bedenken Sie, Exzellenz: Nicht weit von Genua, an der Riviera di Ponente, ist mein Heimatdorf, und dort werden Sie unter Freunden sein, die jeden Ihrer Befehle ausführen oder Sie nach Genua zurückbringen, so schnell Maulesel klettern und Pferde traben können. So würde es Ihnen in einem jeden Dorf Italiens ergehen. Man wird Sie verkleidet oder unverkleidet nach Genua und bis in Canteluccis Haus bringen, und Sie könnten dort auftauchen, ohne daß jemand ahnt, wie Sie hingekommen sind.«

Cosmo verspürte große Erleichterung und staunte zugleich darüber, daß ihm diese Erleichterung einzig von dem Entschluß kam, heimlich zu verschwinden, und zwar wie er ging und stand, ohne Geld oder irgendwelche Wertgegenstände bei sich zu haben, sogar ohne Uhr, ohne Hut, dem Geheiß eines Mannes folgend, der irgendwo und zu einem unbekannten Zweck einer geheimen Tätigkeit oblag und der ihm nichts weiter anvertraut hatte, als daß er überall in Italien Freunde besitze und eine Liebesaffäre mit einer *ortolana* unterhalte. Die unfaßbare Torheit des Ganzen ließ ihn danach verlangen, etwas zu unternehmen, und da er darauf bestand, loszufahren, befahl Attilio nach einem: »Sie haben zu befehlen, Signore«, seinen Leuten, sich bereitzumachen.

Nach weniger als einer halben Stunde hatte die Mannschaft, die am Boden kauerte, die Riemen zum Staken benutzte und mit unendlicher Sorgfalt Stoß und Anprall vermied, als seien Boot und Ruder aus Glas, das Boot weit genug vom Turm entfernt, um Kurs auf das offene Wasser nehmen zu können. Nach den ersten Riemenschlägen fühlte Cosmo sich mächtig zum

Festland hingezogen, doch war es zu spät. Er empfand im tiefsten Inneren, daß er keinen freien Willen besaß – daß der Mensch vielleicht überhaupt keinen freien Willen besitzt.

Als er sich über sein Ruder beugte, spürte er etwas wie Angst, eine Bangigkeit in allen Gliedern. Dann erblickte er den Zollkutter. Die Augen aller Insassen des Bootes waren auf den Kutter gerichtet, ausgenommen die Augen des greisen Steuermannes, dieser weißhaarigen, überraschend aufrecht sitzenden Gestalt, die ganz wie ein Bootskommandant wirkte, obgleich sie kaum noch atmete und nichts weiter war als das hilflose Opfer des Willens der anderen.

Kaum zehn Minuten später war der Zollkutter nicht mehr zu sehen, und auch die Molen waren mit dem Wasserspiegel verschmolzen. Es gab einen Moment, da einer der Männer gleichmütig bemerkte: »Jetzt kommen sie hinter uns her«, welche Bemerkung jedoch ohne Antwort blieb und sich auch als irrig erwies. Attilio, der das Tempo bestimmte, ruderte noch etwa eine Stunde lang. Er beobachtete das matt glänzende Kielwasser, das gleißende Feuer unter der schwarzen Glätte des Meeres, das so flüchtig aufleuchtete wie der Schweif des Kometen vor den schimmernden Sternen. Nur an dem schnurgeraden Kielwasser war zu merken, daß der schweigende Steuermann, dessen Arm auf der Pinne ruhte, noch lebte. Dann sah Attilio sich um, zog das Ruder ein und übernahm den Platz des Alten an der Pinne. Er mußte dessen Arm vom Holz lösen. Der Alte sagte kein Wort.

Das Boot bewegte sich nur noch langsam. Es handelte sich darum, die wartende Feluke zu finden, die mit eingeholten Segeln und ohne Lichter hier irgendwo liegen sollte. Attilio stand mehrmals auf und sah sich um, gewahrte jedoch nichts. Er wurde unruhig und sagte zu Cosmo:

»Ich hoffe nur, daß wir nicht schon an ihr vorbeigefahren sind. Gerät sie erst einmal zwischen uns und das Festland, so finden wir sie nicht vor morgen früh. Ruhen Sie sich ein bißchen aus.«

Er selber blieb stehen und ließ geduldig die Augen hin und her gehen. Plötzlich lachte er kurz auf. »Ah, da ist sie ja.«

Er steuerte stehend, und die anderen ruderten gemächlich. Der alte Mann war, ohne etwas zu sagen, vom Hecksitz gerutscht und lag am Boden. Attilio befahl leise: »Zieht die Riemen ein«, und Cosmo spürte, wie das Boot gegen die niedrige Bordwand der Feluke stieß, nach der er sich bislang nicht umgeschaut hatte. Sie wurden nicht angerufen, man hörte nicht ein einziges Wort. Die Feluke zeigte keine Lichter. Attilios Stimme sagte: »Sie zuerst, Signore«, und als Cosmo hinaufblickte, sah er drei reglose Köpfe über dem Schanzkleid. Es fiel kein Wort, die schweigenden, schattenhaften Männer sahen ihn nicht einmal an. Das erste, was er hörte, war Attilios »Achtung«, als man den alten Fährmann an Bord der Feluke brachte. Cosmo ging aus dem Weg und sah, wie mehrere Leute den Alten auf die andere Seite des Deckes trugen. Während Segel gesetzt wurden, ließ Cosmo sich auf einem Lukendeckel nieder und glaubte schon, unsichtbar zu sein, als er Attilio neben sich erscheinen sah.

»Wir bekommen auf diese Weise die erste Morgenbrise mit, und ich hoffe sehr, daß sich dann ein Wind aufmacht, der uns aus der Sichtweite dieser Stadt entfernt, die von den Österreichern geschändet ist und bald schon eine Beute der Adligen und Pfaffen sein wird.« Er verstummte. »So jedenfalls sagt Cantelucci. Unter Deck gibt es Kojen, Signore, falls sie sich ausruhen wollen.«

»Ich bin nicht schläfrig«, sagte Cosmo. Er schien zwar nicht mehr unsichtbar zu sein, fühlte sich aber doch noch körperlos. Er war weder schläfrig noch abgespannt, nicht hungrig und nicht einmal neugierig; ihm war, als sei er befreit von den Schwächen des Leibes, nicht gleichgültig, aber doch ledig aller

Beklemmungen oder Vorahnungen, im ungestörten Genuß einer Gelassenheit, die ihn glauben machte, im Besitze aller Weisheit zu sein. Er fühlte sich leicht wie eine Feder. Er stand unter der Rückwirkung auf das Chaos seiner Gefühle, auf jene seelische Qual, die von ihm Besitz ergriffen hatte, als er unter den Augen des Grafen de Montevesso die breite Marmortreppe des Palastes hinabgeschritten war. Es war, als habe ihn einer jener Fieberanfälle, bei denen das Opfer sein eigenes Delirium beobachtet, aufs Bett geworfen und aller Verantwortlichkeit enthoben. Attilio fuhr fort:

»Cantelucci ist ein erfahrener Verschwörer. Er hält die Macht des Volkes für so groß, daß er meint, eine Erhebung käme einem Erdbeben gleich. Das mag ja sein, aber wo ist der Mann, der damit was anzufangen wüßte?«

Cosmo ließ die Frage vorbeigehen, als handele es sich um ein Problem, dessen Lösung nicht dringend sei, oder auch um eitles Geschwätz. Die Nacht war windstill, und Attilio wechselte den Ton.

»Die Besatzung hat seit Einsetzen der Flaute die Angelleinen ausgeworfen. Wir werden morgen früh Fisch zum Frühstück essen. Sie werden sich für ein Weilchen als einer der unseren betrachten und die Gewohnheiten des gemeinen Volkes annehmen müssen.«

»Sagen Sie doch, Attilio«, fragte Cosmo leise und vertraulich, und legte dabei zum ersten Mal die Hand auf die Schulter jenes Mannes, der nur wenig älter war als er selber, »sagen Sie, was tue ich hier eigentlich?«

Attilio, Befahrer der südlichen Küsten dieser Erde, Schüler des Eremiten der großen Ebenen, die unter dem südlichen Sternenhimmel liegen, lächelte im Dunklen; ein kleines, freundliches Blinken weißer Zähne in einem überschatteten Gesicht. Doch antwortete er nichts als:

»Wer möchte jetzt wagen zu behaupten, unsere Sterne seien

nicht zusammengetroffen! Kommen Sie nach achtern, Signore. Ich werde irgendwo eine Decke finden, die wir auf eine Taurolle werfen, so daß daraus ein Sitz für Sie wird. Ich bin jetzt der *padrone* der Feluke, aber abgesehen von ihrer jetzt zu verrichtenden Aufgabe sind Sie selbstverständlich der Herr hier.«
Diese Worte kamen ungemein höflich, so, als seien sie eine liebenswürdige Floskel. Er blieb einen Augenblick stehen und wies mit dem Finger aufs Deck.
»Wir haben ihn mit einem Segel zugedeckt. Jawohl, das ist der alte Mann, dessen letzte Tat es war, ein Boot zu steuern. Und – merkwürdig zu denken – er tat es vielleicht für Italien.«
»Wo ist jetzt sein Stern?« fragte Cosmo, nachdem er ein Weilchen stumm auf den Alten geschaut.
»Der müßte erloschen sein, Signore«, sagte Attilio mit gekünsteltem Gleichmut. »Doch wem soll er schon am Himmel fehlen?«

JOSEPH CONRAD

Der Nigger von der »Narzissus«
Eine Seemannsgeschichte. Bd. 2054

Der Freibeuter
Roman. Bd. 2055

Der Verdammte der Inseln
Roman. Bd. 2056

Almayers Wahn
Roman. Bd. 2057

Die Rettung
Ein Roman von den Untiefen. Bd. 2058

Die Schattenlinie
Roman. Bd. 2059

Gaspar Ruiz
und andere Erzählungen
Bd. 5358/Januar '84

Geschichten der Unrast
Fünf Erzählungen. Bd. 5724

Spannung
Ein Roman aus Napoleonischer Zeit
Bd. 5355

Sieg
Eine Inselgeschichte
Bd. 5352

Über mich selbst
Einige Erinnerungen. Bd. 5725

JOSEPH CONRAD

Gesammelte Werke in Einzelbänden

Sieg
Eine Inselgeschichte.
Aus dem Englischen von Walter Schürenberg.
449 Seiten, Ln.

Spannung
Ein Roman aus Napoleonischer Zeit.
Aus dem Englischen von Günther Danehl.
289 Seiten, Ln.

Taifun
Zwischen Land und See. Drei Erzählungen.
Aus dem Englischen von Ernst Wagner.
378 Seiten, Ln.

Über mich selbst
Einige Erinnerungen.
Aus dem Englischen von Günther Danehl.
174 Seiten, Ln.

Einzelausgabe:

Freya von den sieben Inseln
Eine Geschichte von seichten Gewässern.
Aus dem Englischen von Ernst Wagner.
Fischer Bibliothek. 176 Seiten, Geb.

S. Fischer Verlag